Stephan R. Bellem

Welt aus Staub

UEBERREUTER

Für mich. Und für jeden,
der sich seinen Lebenstraum erfüllt.

Das säurefreie und alterungsbeständige Papier EOS liefert Salzer, St. Pölten
(hergestellt aus chlorfrei gebleichtem Zellstoff aus nachhaltiger Forstwirtschaft).

ISBN 978-3-8000-9553-7

Umschlaggestaltung: Grafikdesign Isabelle Hirtz, München,
unter Verwendung von Fotos von Bluberries / iStockphoto und von Shutterstock.
Lektorat: Miriam Vollrath

Druck: CPI Moravia Books GmbH, CZ
7 6 5 4 3 2 1

Ueberreuter im Internet: www.ueberreuter.at

§ 2

1. Wer unverschuldet in den Besitz einer Pflanze jedweder Form, Größe oder Art gerät, hat dies unverzüglich zu melden und die Pflanze den Behörden zu übergeben.

2. Wurde die Pflanze bereits verbrannt, so ist ihre Asche den Behörden zur weiteren Untersuchung zu überreichen.

3. Die Ermittlungen der Behörden nach dem Ursprung der Pflanze sind nach Leibeskräften zu unterstützen.

4. Jedwede Zuwiderhandlung führt zu einer Behandlung nach § 1.

Auszug aus den Notstandsgesetzen zur Eindämmung der Seuche von 2057. 93. korrigierte Auflage.

Prolog

Elaine nahm den breitkrempigen Hut vom Kopf und klopfte sich damit den Staub von der Hose. Sie wischte mit dem Ärmel des Mantels über ihre schweißnasse Stirn und blickte sich um.

Laut Karte und Kompass befand sie sich knapp hundert Kilometer südlich vom Deltakomplex, irgendwo mitten in den nördlichen Ausläufern dessen, was man gemeinhin als Mittelgebirge bezeichnete. Verkrüppelte Büsche und Sträucher trotzten hier wie durch ein Wunder dem schneidenden Wind. Ihre welken Blätter und ein feines weißes Geflecht auf dem Boden zeugten von ihrem aussichtslosen Todeskampf.

Ein Schatten zog schnell über Elaine hinweg. Als sie zum Himmel blickte, erhaschte sie gerade noch die Silhouette eines Greifvogels, der hinter einem Hügel verschwand. »Viel Glück«, flüsterte sie ihm hinterher. Es war sicherlich nicht einfach, in dieser Einöde etwas Essbares zu finden.

Oder hatte der Vogel vom Himmel aus etwas gesehen, das ihren Augen verborgen blieb? Elaine lauschte angestrengt und hielt dabei vollkommen still, doch sie konnte nichts Verdächtiges hören. Alles war totenstill.

Wie immer.

Ihr Pulsmesser zeigte einen konstanten Wert von achtzig Schlägen pro Minute. Nicht ungewöhnlich für ihren Körper, wenn sie den Gewaltmarsch bedachte, den sie hinter sich hatte. In drei Tagen musste sie wieder in den Komplex zurückkehren. Andernfalls wäre ihr ein unauffälliger Rückweg versperrt.

Sie hatte noch nie zuvor an dieser Stelle gearbeitet, hoffte aber, dass sie sich als ergiebig erweisen würde.

Die Gurte ihres Rucksacks schnitten unangenehm in ihre Schultern ein. »Warum schleppe ich auch immer so viel Scheiß mit mir herum?«, fragte sie leise. Nach zwei Tagen der Isolation musste sie einfach wieder eine menschliche Stimme hören – auch wenn es bloß ihre eigene war. Die Worte kratzten trocken in ihrem Hals, der in den letzten Stunden bloß staubige, dünne Luft geatmet hatte. Sie nahm einen Schluck Wasser und ließ es langsam die Kehle hinabrinnen. Danach säuberte sie ihre Lungen mit einem kräftigen Husten von Staubpartikeln, die ihre Bronchien reizten.

Der Wind frischte auf, und Elaine zog den braunen Schal, den sie in einer weiten Schlinge um den Hals trug, zum Schutz über Mund und Nase. Sie hoffte, der Wind würde einen fremden Geruch mit sich bringen, vielleicht von einem Tier, das sie erlegen konnte oder einer exotischen Pflanze, doch es war nur der ewig gleiche Duft von Staub. Manchmal bildete Elaine sich ein, sie könne die Pilzsporen riechen, aber das war ausgemachter Blödsinn. Man konnte sie ja nicht einmal mit dem bloßen Auge sehen, es sei denn, Tausende der Mistdinger klumpten im Wasser zusammen. Dennoch war ihr die staubige Luft der Ödnis lieber als die stickige Luft des Deltakomplexes.

Vor ihr erstreckte sich ein kleines Geröllfeld; Gesteinsbrocken, die aus dem Berg brachen und hier zum Stillstand kamen, nachdem sie die Bergkämme herunterpolterten. Manche von ihnen waren zu seltsamen Formen erodiert, andere glatt geschliffen, als seien sie direkt aus einem Flussbett gefallen.

Elaine kontrollierte erneut die Karte. *Früher könnte hier tatsächlich einmal ein Fluss gewesen sein,* dachte sie. Das Gefälle des Geländes und die Lage der Gebirgsausläufer ließen diesen Schluss durchaus zu.

»Vielleicht hab ich ja Glück«, murmelte sie in den Schal

hinein. An alten Flussläufen hatte sie schon häufiger gute Funde gemacht.

Sie griff den langen Holzstab entschlossen mit beiden Händen und drückte ihn einen Schritt voraus fest gegen den Boden. Nicht selten bildeten sich unter dem Grund feine Luftblasen, die bei zu hoher Belastung nachgaben, und man stürzte in sich plötzlich auftuende Sandlöcher.

Lebensgefährlich war ein solcher Vorfall nicht, das wusste Elaine nur zu gut, aber es reichte aus, um sich im ungünstigsten Fall ein Bein zu brechen. Und das wäre äußerst gefährlich.

Sie glaubte, an einem größeren Gesteinsbrocken einen grünen Fleck nahe dem Boden auszumachen. Geduldig arbeitete sie sich weiter voran, prüfte die Festigkeit des Untergrunds und ging einen Schritt nach vorn. Gerade in hügeligem Gelände waren die Hänge häufig unterspült und brachen ein, und Elaine wollte wirklich keinen Anfängerfehler begehen. Dafür machte sie den »Job« einfach schon zu lange.

Als sie den Felsbrocken schließlich erreichte – die letzten Meter erschienen ihr wie eine Ewigkeit –, seufzte sie resigniert.

Moos.

Kaum wertvoller als ein Pilz.

»Immerhin ein Anfang«, versuchte sie sich selbst aufzumuntern.

Es war nur ein kleiner Fetzen, nicht mehr als zehn Quadratzentimeter groß, aber das satte Grün, in dem das Gewächs noch erstrahlte, trieb ihr beinah die Tränen in die Augen. Elaine wollte schon den silbernen Spatel aus ihrem Rucksack nehmen und das Moos ungeachtet seiner Wertlosigkeit in eine Papiertüte packen, doch sie ließ die Pflanze an ihrem Platz.

»Vielleicht bist du ein neuer Anfang für diese Gegend«, flüsterte sie und strich zärtlich über die weiche Oberfläche. Sie hielt für einen Moment inne, genoss die sanfte Berührung der Natur.

Ihr Blick fiel auf eine Stelle hinter dem Felsbrocken, die sie zuvor nicht hatte einsehen können. Dort stand etwas, das die Strapazen der letzten beiden Tage mehr als wert war. Nicht weniger als fünf Maiglöckchen, die sich in den Schatten eines anderen Steins kauerten. Die Stängel waren nicht lang und die Pflanze wurzelte nicht zu tief. Es wäre ein Leichtes, sie aus der lockeren Erde zu bekommen und zurück zum Deltakomplex zu transportieren.

Elaine legte ihren Rucksack ab und holte zwei Plastikbeutel daraus hervor. In einem kleinen Papiersack bewahrte sie die feuchte Blumenerde auf, denn luftdicht verschlossen könnte sie Schimmel ansetzen. Oder noch schlimmer, der Pilz würde irgendwie hineingelangen und sich darin ausbreiten.

Sie füllte ein wenig von der Erde in die Plastiktüten und stellte sie neben die Maiglöckchen. Dann nahm sie den silbernen Spatel und stach rings um die Pflanzen vorsichtig in die Erde. Das tat sie so oft, bis sie die Blumen aus dem sandigen Boden hebeln konnte, ohne sie zu beschädigen.

Die beiden größeren packte sie zusammen in eine Tüte, in die andere kamen die drei kleineren Exemplare. Sie verschloss die Beutel, so gut es ging, aber sie durfte dabei die dürren Stängel nicht verletzen.

Als sie die Pflanzen in eine Metallbox legte, schüttelte sie seufzend den Kopf. »In ein paar Tagen seid ihr auch verrottet.«

Sie verstaute die Box, den Spatel und die Blumenerde wieder in ihrem Rucksack und setzte ihre Suche fort. Die Sonne stand hoch am Himmel, also könnte sie heute noch ein größeres Areal abarbeiten, ehe sie einen geeigneten Schlafplatz finden musste.

In ihrem Augenwinkel blitzte etwas auf, doch sie reagierte zu spät. Sie wollte gerade ihren Revolver ziehen, als sie einen harten Schlag in die linke Seite spürte, der ihr mindestens eine Rippe brach und die Luft raubte. Sie wurde von der Wucht des Aufpralls zur Seite geschleudert und schlug mit dem Kopf gegen den Felsen.

Kurz bevor die Ohnmacht sie überwältigte, hörte sie gehässiges Männerlachen.

Erster Teil

Willkommen in der Oberschicht

Kapitel 1

Sam drückte sich kräftig ab und sprang in hohem Bogen ins Schwimmbecken. Er tauchte bei seinem Kopfsprung tief hinab. Er wollte nicht einfach schnell starten, sondern das Gefühl der Ruhe und Schwerelosigkeit unter Wasser möglichst lange genießen.

Das temperierte Becken empfing ihn wie eine sanfte Umarmung, und er ließ sich langsam wieder nach oben treiben. Mit kräftigen Armzügen glitt er schnell durchs Wasser. Wenn er den Kopf zum Ausatmen unter die Wasseroberfläche drehte, beobachtete er, wie die Luftblasen aus Mund und Nase quollen.

Zehn Züge, mehr brauchte er nicht für die Bahn. Am Ende vollführte er eine Rollwende und stieß sich erneut von den grauen Kacheln ab.

Sam liebte das Schwimmen. Das Wasser schirmte seine Ohren von jeglichen Nebengeräuschen ab. Er war ganz für sich. Jeder Kraulzug brachte ihn weiter nach vorne, einem Ziel entgegen, das er niemals erreichen würde. Und mit jedem Meter, den er schwamm, schien er ein Stück des Tages hinter sich zu lassen. Als würde das Becken ihn reinigen.

Nach einem Kilometer hörte er auf. Er schlug leicht mit der Hand gegen die Kacheln, als gäbe es einen Zeitnehmer. Dann verschränkte er die Arme auf dem Beckenrand und legte das Kinn darauf ab. Der Geruch von Chlorwasser brannte in seiner Nase – er hatte seine Atemtechnik einfach nicht im Griff. Aber er weigerte sich, eine dieser Nasenklammern zu benutzen.

»Schau an, du bist so außer Atem, hast dich aber keinen Meter bewegt.« Paul liebte diesen Witz. Er lag auf einem Liegestuhl, denn seine Philosophie verlangte von ihm, sich so wenig wie möglich zu bewegen, wenn er entspannte. Sam sah ihn niemals Sport machen, dennoch war Paul am trainiertesten von ihnen. Vielleicht war auch das der Grund dafür, dass Paul sich selten ins Wasser wagte, denn auf dem Liegestuhl konnten ihn die Frauen viel besser ansehen. Und er genoss ihre Blicke. Häufig platzierte er den Liegestuhl absichtlich so, dass einer der Deckenstrahler seinen Körper in besonders vorteilhaftes Licht setzte.

Das kleine Hallenbad war um diese Uhrzeit jedoch selten gut besucht. Und zudem war der Wellnessbereich nur für Mitarbeiter eingerichtet. Die Chefetage nutzte es meist vormittags. Sie hielten dann wichtige Konferenzen in der Sauna ab. Die übrigen Ingenieure, wie Sam und seine Freunde, verschwanden nach Feierabend möglichst rasch nach Hause. Nur er, Paul und Daniel blieben noch länger, um sich einen Ausgleich für den eintönigen Tag zu verschaffen.

Und hin und wieder auch einige Angestellte aus den unteren Abteilungen wie der Kantine, der Wäscherei oder der Post. Paul liebte es, wenn »Fußvolk« anwesend war, denn die niederen Arbeiter – Männer wie Frauen – blickten zu ihnen auf. Wohl mehr zu Daniel und Paul, denn sie arbeiteten in der Lebensmittelforschung. Sam war Leiter der Haustechnik. Ihm oblag die Aufsicht über die Filtersysteme des Gebäudes. *Nicht glamourös, aber essenziell*, wusste Sam. Allerdings würde er viel lieber in derselben Abteilung wie Danny und Paul arbeiten. Paul war für die Energieversorgung der Plantagen verantwortlich, während Danny die Pflanzen auswählte und durch seine Forschung weiterverbesserte.

»Komm«, sagte Paul, »Danny ist schon in der Sauna. Noch ein bisschen abschwitzen und dann raus hier.« Er kam ans Becken heran und hielt ihm ein großes Badetuch hin.

Sam nickte, zog sich aus dem Wasser und nahm das Handtuch. Er trocknete sich oberflächlich ab und band sich das weiche Frottee um die Hüfte. »Hast du schon was vom Boss gehört? Wegen der Stelle in deiner Abteilung?«

Paul schüttelte den Kopf. »Ich sagte dir ja, du brauchst einen langen Atem, wenn du zu den Besten willst.«

»Jaja.« Er winkte ab. »Du weißt, dass ich der beste Techniker für die Luftanlagen bin. Ihr braucht mich.«

»Ich weiß. Und du kannst mit den Computern umgehen. Für die Testreihen und so.« Er zuckte die Achseln. »Ich weiß auch nicht, warum der Boss noch zögert. Aber ich denke, ich kann ihn nächste Woche weichkochen.«

»Das wäre toll!«

Paul lachte. »Na klar, die drei Musketiere müssen doch zusammenhalten!«

Bereits während ihrer Schulzeit hatte er sie immer als verschworene Gemeinschaft bezeichnet. Und im Nachhinein betrachtet mochte er damit durchaus recht haben. Danny, Paul und er machten seit der ersten Klasse alles gemeinsam. Sie waren in dieselben Sportvereine gegangen, hatten die gleichen Klamotten getragen und schon im Kindesalter den Plan geschmiedet, eines Tages eine der Plantagen zu beaufsichtigen.

Sam huschte ein schmales Lächeln über die Lippen. Sie verdankten es vor allem Pauls Hartnäckigkeit, dass sie ihre hehren Ziele, die sie als Kinder in die Plastikrinde eines künstlichen Baums in Dannys Garten geritzt hatten, heute auch tatsächlich erreichten.

Sie liefen über die dunklen Granitfliesen zu einer breiten Glastür. Dahinter lagen die anderen Einrichtungen des firmeneigenen Wellnessbereichs. Leise Musik erfüllte die Luft, und ein synthetischer Duft von Frühlingsblumen schwang darin mit. Sam rümpfte angewidert die Nase. Schwarzer Marmor verkleidete die Wände und glänzte im goldenen Licht der Lampen. Kleine Spots, die in die Decke versenkt waren.

Auch das Laminat am Boden, das den Eindruck von edlem Parkett erwecken sollte, war mit künstlichen Duftstoffen versetzt, die den Geruch echten Holzes absonderten. Pinie oder Kiefer – das wechselte von Woche zu Woche.

»Warum lassen sie die Dinge nicht einfach nach dem riechen, was sie sind?«, murmelte er vor sich hin.

»Ach, das will doch keiner. Wir können wenigstens die Illusion erhalten, findest du nicht? Schlimm genug, dass die Kinder heute keine Bäume mehr sehen und anfassen können.«

»Eben. Denen kann es doch egal sein, wie das Zeug gerochen hat.«

Paul blieb stehen und wedelte mit dem Zeigefinger vor Sams Gesicht. »Na, na, na. Du tust ja gerade so, als würdest du niemals in den äußeren Ring fahren, um dir auf dem Schwarzmarkt eine Blume zu kaufen.«

»Lass das!«, schoss Sam zurück. »Am Ende hört uns noch jemand.« Er blickte sich verschwörerisch um, aber außer ihnen war niemand hier unten. Vielleicht sogar im ganzen Gebäude.

Gleich zu Beginn des langen Flurs lag rechter Hand eine weitere Glastür, die zum Saunabereich führte. Weißer Marmor an den Wänden schaffte eine hellere Atmosphäre und wirkte weit weniger beklemmend als das Schwarz des Flurs. Die Musik war nicht mehr zu hören, stattdessen das leise Plätschern eines Wandbrunnens.

Sam zog seine Badehose aus und hängte sie auf einen Haken. Das Handtuch schlang er sich wieder um die Hüfte.

Sie ließen die beiden Ruhebecken links liegen und betraten den »Schwitzkasten«, wie Danny die Sauna nannte.

Er saß bereits auf einer der mittleren Stufen und hatte die Augen geschlossen. Paul legte sein Handtuch ab, rollte es zusammen und benutzte es als Kissen, als er sich direkt auf der höchsten Stufe platzierte.

»Das ist ungesund«, brummte Danny, ohne die Augen zu öffnen. »Du wirst nur krank.«

»Ach, lass ihn doch. Er macht das jetzt schon seit Jahren so.«

Paul lachte. »Ganz recht, ihr Luschen! Bei euch da unten wär's mir viel zu kalt.«

Sam setzte sich einen halben Meter von Dannys Kopf entfernt und lehnte sich entspannt zurück. Für einen Moment konnte er vergessen, dass auch hier nichts echt war, das Holz nur ein Imitat aus Plastik. Er blickte zur Decke. Winzige Lämpchen sendeten kleine Lichtpunkte aus, in einer lächerlichen Imitation des Sternenhimmels. Er schmunzelte. *Wenigstens die heißen Steine für den Aufguss sind echt.* Auch hier hing der künstliche Holzduft in der Luft, verstärkt noch durch den hohen Feuchtigkeitsgehalt, sodass es schon beinah unangenehm war.

»Hey, Danny, wie war eigentlich dein Essen mit Carl gestern?«

»Ja, du kleine Schlampe!«, warf Paul lachend ein. »Bist du ihm ordentlich in den Arsch gekrochen … oder er dir?«

Daniel seufzte. »Wir waren in einem Club und haben was getrunken. Mehr nicht.«

»Was für ein Club?«

»Das Blue Mood«, antwortete er.

»Kenn ich nicht.« Sam gähnte leise. Die Sauna machte ihn immer müde.

»Ich auch nicht«, gestand Danny. »Aber Carl geht da wohl häufiger hin.«

»Na ja, wenn du schön brav warst, dann steht deiner Gehaltserhöhung ja nichts mehr im Weg, was?« Pauls anzüglicher Ton ließ keinen Zweifel daran, was er andeutete.

Danny seufzte genervt.

Sam schüttelte bloß den Kopf und lenkte seine Gedanken zu einem anderen Thema. »Wisst ihr vielleicht, wann die neue Plantage in Betrieb genommen wird?«

Paul stöhnte laut auf. »Kein Gequatsche über die Arbeit, Sam. Du kennst die Regel.«

»Okay … es hat mich einfach interessiert.«

»Wir dürfen es dir nicht sagen. Wir würden alle unseren Job verlieren, wenn der Boss wüsste, dass Danny und ich dir immer so viel erzählen, dann würde er den Kleinen hier nicht chic ausführen.«

»Und dann könntest du deine Wohnung vergessen. Willst du etwa in den äußeren Ring ziehen?«, warf Danny ein.

»O ja, die haben da unten bestimmt Verwendung für einen wie dich.« Paul gestikulierte mit den Händen, als würde er die Worte an eine Leinwand werfen. »Ich sehe es schon deutlich vor mir: Sam, König des Slums.«

»Jaja, ich hab's verstanden. Themenwechsel.«

»Ja, was machen wir heute Abend?«, fragte Daniel in die Runde. Seine Stimme klang ein wenig belegt, aber das konnte auch bloß von der feuchten Luft herrühren.

»Sie spielen ein neues Stück im Theater«, schlug Sam vor, doch Pauls Grimasse ließ seine Hoffnung auf ein wenig kulturelle Zerstreuung rasch sinken.

»Ich kann heute leider nicht. Ich muss noch mit meiner Familie telefonieren.«

Paul rief an jedem dritten Tag seine Familie an. Sie wohnten noch im Betakomplex, achthundert Kilometer weiter südlich. Die Musketiere waren damals zusammen in den Deltakomplex gezogen, weil Paul drei aussichtsreiche Jobs für sie aufgetan hatte.

Sam beneidete ihn um seine Familie. Paul behauptete zwar immer, dass die regelmäßigen Telefonate ihm lästig seien, aber Sam wusste es besser. Paul war nicht allein, er hatte Menschen, die an ihn dachten. Sam und Danny hatten niemanden.

Mit Ausnahme der übrigen Musketiere.

»Freunde sind wichtiger als Familie«, warf Danny ein. »Die sucht man sich wenigstens selbst aus.«

»Ach, lass ihn doch. Wenn er sich nicht bei seiner Mutter meldet, macht sie sich nur Sorgen um ihren Jungen.«

»Wollen wir uns das Stück dann trotzdem ansehen?«

»Gern. Oder willst du es auch sehen?« Er bedachte Paul mit einem fragenden Blick, aber der winkte ab. »In Ordnung. Die Vorstellung beginnt um acht Uhr. Am besten fahren wir direkt von hier aus zum Theater.«

»Gießt einer von euch bitte noch mal nach?«, bat Paul von der obersten Stufe aus.

Sam griff nach der Schöpfkelle aus Plastik und tauchte sie in den Bottich. Als er das Wasser auf die heißen Steine goss, verdampfte es unter lautem Zischen in einer weißen Wolke, die sich rasch verflüchtigte.

»Schon viel besser. Es wurde allmählich kalt hier oben.«

Sam legte sich ebenfalls hin und atmete tief durch. Er merkte, wie die Anstrengung des Tages sich in Müdigkeit niederschlug, die ihn unweigerlich hinabgleiten ließ.

»Hey, nicht einschlafen«, hörte er Dannys Stimme, die meilenweit entfernt klang. Er stupste ihn in die Seite, sodass es Sam unmöglich war, ihn zu ignorieren. »Lange genug geschwitzt. Zeit für die kalte Dusche.«

»Geht schon mal vor, ich komm dann nach«, versuchte Sam sich rauszureden.

»Ich weiß, du kannst das nicht leiden«, schaltete Paul sich ein. »Aber wenn du das nicht machst, wirst du nur wieder krank. Und der Boss schaut sich auch die Fehlzeiten an, wenn es um die Stelle in unserer Abteilung geht.«

Sam seufzte schwer. »Ist ja gut, hast gewonnen.«

Nach der kalten Dusche gingen sie in die Sammelumkleide der Herren. Die rechte Wand wurde von einer langen Spindreihe dominiert. Ungefähr die Hälfte der knapp zweihundert Schränke ließ sich über den Gebäudepass verriegeln und stand allen Mitarbeitern offen. Die übrigen waren an einen bestimmten Angestellten gebunden. Sam und seine Freunde hatten jeder einen eigenen Spind, direkt gegenüber einem großen Spiegel.

Paul war als Erster fertig und schaute auf seine Armbanduhr. »Leute, ich muss los. Ich hatte versprochen, mich kurz nach sieben zu melden.«

Sam hob beiläufig die Hand zum Gruß. »Kein Problem. Wir sehen uns morgen.«

»Viel Spaß in dem Stück«, rief Paul noch vom Flur herein.

Sam knöpfte gerade sein Hemd zu, als Danny schon an der Tür auf ihn wartete. »Los, sonst sind die besten Plätze schon weg.«

Sie nahmen Sams Wagen, denn Danny kam meist mit der Bahn zur Arbeit. Der obere Bezirk des Deltas war mit einem guten Straßenbahnnetz ausgebaut. Eine U–Bahn, wie man sie in Zeiten vor der Seuche häufig in Großstädten vorgefunden hatte, war in den Komplexen nicht möglich, da die Plantagen unterirdisch lagen.

Eine Stadt unter der Stadt, dachte Sam.

Er parkte seinen Wagen in der Garage oberhalb des Theaters. Der Aufzug brachte sie direkt in die Lobby, die bereits vor Menschen überzuquellen schien.

Sam fühlte sich plötzlich schrecklich underdressed, als er mehreren Herren in schicken, blauen Anzügen begegnete, die durch ihre abschätzigen Blicke deutlich zu verstehen gaben, was sie von seiner legeren Abendgarderobe hielten.

Danny machte ein ähnlich betrübtes Gesicht. »Hat das Stück heute erst Premiere oder warum sind die alle so rausgeputzt?«

»Ich habe keine Ahnung. Eigentlich läuft das schon seit zwei Wochen.«

»Lass uns schnell die Karten holen und unsere Plätze suchen.«

Sie gingen zur Abendkasse, wo eine blonde Frau sie mit einem freundlichen Lächeln begrüßte. Vielleicht machte sie sich auch ein wenig über ihre missliche Lage lustig, da sie die schneidenden Blicke bemerkt hatte, das konnte Sam nicht genau einschätzen. Jedenfalls verkaufte sie ihnen zwei Karten und drückte Danny noch ein Programmheft in die Hand.

»Der Regisseur des Stücks ist wohl eine verdammt große Nummer«, sagte er, nachdem er einen Blick in das kleine Heftchen geworfen hatte. »Hat auch schon ein paar Preise gewonnen.«

»Und deswegen sind die alle so aufgetakelt?«

»Das wäre meine Erklärung.«

Sam zuckte die Achseln. »Wenn der Vorhang aufgeht,

gehen im Saal die Lichter aus. Kein Grund, sich rauszuputzen.«

»Du vergisst die Pause«, entgegnete Danny augenzwinkernd.

»Möchten Sie noch ein Glas Sekt an der Bar trinken?«, ertönte die Stimme der jungen Kartenverkäuferin. Das Lächeln schien ihr ins Gesicht geklebt zu sein. »Es ist im Kartenpreis inbegriffen.«

Danny und Sam tauschten einige fragende Blicke, doch es sprach nichts dagegen. Ein ebenso junger und mindestens genauso gut gelaunter Barkeeper reichte ihnen zwei Sektflöten. Danny kippte das Gesöff in einem Zug hinunter, aber Sam nahm sich einen Augenblick Zeit und versuchte die chemischen Bestandteile herauszuschmecken.

»Was machst du da?«, fragte Danny entgeistert.

»Ich versuche den im Labor erzeugten Alkohol vom im Labor erzeugten Aroma zu trennen«, antwortete er.

Danny schüttelte den Kopf. »Du solltest froh sein, dass man in der Mitte des letzten Jahrhunderts solche Daten überhaupt gesammelt hat. Sonst wüssten wir heute nicht einmal mehr, wie ein Glas Sekt zu schmecken hat.«

»Jaja.« Sam winkte ab. »Ich weiß auch nicht …«

Danny trat näher an ihn heran und blickte ihm eindringlich in die Augen. »Und das hier ist nicht der richtige Ort, um das zu diskutieren.«

Sam tat die Bemerkung mit einem leisen Brummen ab und leerte sein Sektglas. Das Kohlendioxid prickelte angenehm in seiner Nase. Durch die Lautsprecher der Hausanlage flutete ein lauter Gongschlag den Saal. Das Zeichen, dass die Vorstellung in wenigen Augenblicken begann.

Sie bahnten sich ihren Weg durch die Menge und zu ihren Plätzen. Vor ihnen nahm ein älteres Ehepaar Platz, das beinah komplett in den Sesseln verschwand. »Klasse, freie Sicht«, freute sich Danny.

Sam schmunzelte und deutete mit dem Finger zu einer Gruppe junger Frauen, die noch miteinander diskutierten, welche von ihnen welchen Sitz bekäme.

Danny missverstand Sams Blick und wackelte mit den Augenbrauen. »Willst du sie in der Pause anmachen?«

»Was? Nein, das meinte ich nicht. Wobei …« Sam musterte die Damen eingehender. Sie mochten ungefähr in seinem Alter sein. Ihre Kleidung – nichts zu Aufgesetztes, doch von einfacher Eleganz – ließ ihn vermuten, dass sie eine ähnlich einträgliche Arbeitsstelle wie er hatten.

»Die sind auf jeden Fall unsere Kragenweite«, kam Daniel offenbar zum selben Schluss. »Lass sie uns in der Pause anquatschen.«

Sam wollte der Idee gerade zustimmen, als die Begleiter der Damen sich einfanden. Zu seiner Überraschung waren es die Herren in Anzügen, die ihn und Danny vorhin am liebsten mit ihren Blicken aus dem Theater gejagt hätten. »Ich glaube, das können wir abhaken.«

»Schade.« Er beobachtete die Gruppe noch einige Augenblicke. »Das könnten wir sein, Sam. Wenn wir nicht immer nur in der Firma wären.«

Er schüttelte den Kopf. »Ich glaube, das Kuriose daran ist, dass wir, säßen wir nicht immer in der Firma, um die Zeit für Frauen zu haben, nicht die Kohle hätten, um uns in Kreisen zu bewegen, in denen wir tollen Frauen begegnen, für die wir jetzt keine Zeit haben.«

»Die simple Schönheit deiner Logik ist doch immer wieder ein Genuss«, säuselte Danny übertrieben.

Das Stück entpuppte sich als eher mittelmäßig. Es war belanglos genug, um sich zu langweilen, aber nicht schlecht genug, um einfach zu gehen. Sam und Danny verbrachten die Pause an der Bar und tranken einen synthetischen Whiskey. Der Barkeeper zwinkerte ihnen verständnisvoll zu. Womöglich hatte er das Stück schon selbst gesehen.

Danny deutete mit einem Kopfnicken zu der Pärchengruppe, die während der gesamten ersten Hälfte durch übertrieben lautes Lachen jeden Witz für den Rest des Publikums unmissverständlich als solchen markiert hatte. »Scheinbar verstehen wir es bloß nicht. Denen gefällt es.«

Sam zuckte mit den Schultern. »Die sind bestimmt auf einem Trip.«

»Wie lange geht es jetzt wohl noch?«

»Was?«

»Das Stück«, erklärte Danny.

»Nach der Pause dauert es noch eine Dreiviertelstunde«, schaltete sich der Barkeeper augenzwinkernd ein.

Sam hielt ihm sein leeres Glas hin. »Hast es wohl schon gesehen, was?«

Der junge Mann nickte grinsend und füllte Sams Tumbler noch einmal nach. »Geht aufs Haus«, flüsterte er. »Medizin.«

Sam wollte sich gerade bedanken, als Danny ihm das Glas aus der Hand nahm. »Danke, den nehme ich. Der Knabe hier muss mich noch sicher nach Hause bringen.« Er stürzte den Inhalt in einem großen Schluck hinunter.

»Sollen wir uns die zweite Hälfte wirklich noch antun?«

»Ich finde schon«, sagte er nach kurzem Zögern. »Die Karten waren teuer genug, und was würden wir denn sonst machen? Zu Hause rumsitzen und uns langweilen.«

»Na ja, sehr spannend ist es hier ja nun gerade auch nicht.«

Danny lachte. »Aber hier langweilen wir uns wenigstens nicht allein.«

Der Gong ertönte, und die Menschen um sie herum begaben sich in einem gemächlichen, aber stetigen Strom zurück auf ihre Plätze.

»Letzte Chance«, sagte Sam und wedelte mit seinen Autoschlüsseln.

Danny schüttelte lachend den Kopf. »Wir ziehen das jetzt durch.«

Die zweite Hälfte des Stücks entpuppte sich dann auch als äußerst unterhaltsam. Jedoch nicht, weil ihnen plötzlich die Genialität des Stoffes begreiflich wurde, sondern weil sie sich die Zeit damit vertrieben, sich über die Reaktionen der übrigen Zuschauer zu amüsieren. Als dann endlich der letzte Vorhang fiel, konnten sie es kaum erwarten, in die Tiefgarage zu gelangen.

Eine ältere Dame versuchte, Danny auf dem Weg noch in ein Gespräch über das Stück zu verwickeln, so wie sich auch die übrigen Zuschauer im Nachhinein noch über das eben Gesehene unterhielten.

Sie standen, mit Sektgläsern bewaffnet, um kleine Stehtische und diskutierten ihre Lieblingspassagen.

»Fanden Sie den Wechsel in der Beziehung zwischen Vater und Sohn gegen Ende des zweiten Aktes nicht auch ganz großartig?«, fragte die Dame und erhoffte sich einen Sturm der Zustimmung.

Danny ließ sie kalt lächelnd auflaufen. »Ach, wissen Sie, das habe ich gar nicht mitbekommen, da hingen meine Augen im Ausschnitt einer jungen Frau zwei Reihen weiter vorne.«

Sam musste sich das Lachen verkneifen, wie die Alte sichtlich um ihre Fassung rang. Sie suchte nach einer passenden Erwiderung, doch da waren Danny und Sam schon halb auf der Treppe zur Garage.

»Glaubst du so was?«, fragte er auf Höhe des ersten Parkdecks. »Da tun sie plötzlich alle so überaus gebildet.«

Sam schnaubte ein Lachen. »Ich wette mit dir, am Ende hat sich vermutlich über die Hälfte der Leute zu Tode gelangweilt.«

»Eben! Das ist doch alles so verlogen. Oh, seht mich an, ich sitze im Theater, das ist Kultur, das *muss* ja gut unterhalten.«

Sam öffnete gerade die Tür zum zweiten Parkdeck, wo sein Auto stand. »Vielleicht ging es den meisten Menschen dort so wie uns? Bleiben und es aussitzen, oder sich zu Hause langweilen.«

Er schaute gleichgültig. »Gut möglich.«

»Wollen wir noch was essen?«

»Gern.«

Es war erst kurz nach zehn, doch in der Stadt brannten lediglich die Straßenlaternen. Kein Schaufenster, keine Reklametafel – einfach nichts sonst war beleuchtet. Aus historischen Filmen wusste Sam, dass es vor hundert Jahren noch anders gewesen war, aber mit Inkrafttreten der Notstandsgesetze hatte ein Umdenken stattgefunden. Energie wurde für lebenswichtige Bereiche gebraucht. Da passte ein beleuchtetes Schaufenster einfach nicht ins Konzept.

Sam fuhr zu dem einzigen Restaurant, das um diese Uhrzeit noch Essen servierte. Es war ein großer, kantinenähnlicher Häuserblock in Zentrumsnähe, der hauptsächlich die Arbeiter der Nachtschichten versorgte.

Sie betraten das Gebäude durch eine gläserne Drehtür, und sofort schlug ihnen der Duft von gebratenem Huhn in die Nase.

»Hühnchen«, sagte Danny grinsend. »Welch große Überraschung.«

Der Eindruck einer Kantine wurde zusätzlich dadurch unterstrichen, dass es ein warmes Büfett gab, an dem man sich bedienen konnte. Um diese Uhrzeit lag dort allerdings nicht viel bereit, denn nachts war der Kundenstrom doch sehr stark eingeschränkt.

Sam und Danny setzten sich an einen freien Tisch, der sie in matter Aluminiumoptik begrüßte. Das gesamte Ambiente war eher kalt, und Sam aß ungern hier, da er die Umgebung seiner Wohnung, die mit einigen wohlgehüteten Erbstücken ausgestattet war, der sterilen Einrichtung öffentlicher Gebäude vorzog.

Seine Grimasse war Danny nicht entgangen. »Was ist heute los mit dir? Hier ist doch alles wie immer?«

Sam nickte mürrisch. »Eben. Alles wie immer. Nichts ändert sich. An keinem Tag. Sie könnten doch wenigstens auch nachts ein Tischtuch hinlegen.«

»Wozu? Sie wissen, dass um diese Uhrzeit nur Leute herkommen, die keine andere Wahl haben. Und denen ist es vermutlich herzlich egal, ob hier eine Tischdecke liegt oder nicht.« Er musterte ihn eingehender. »Es ist wegen des Jobs, nicht wahr?«

Sam dachte kurz über eine Antwort nach und nickte schließlich. »Ich will die Stelle unbedingt.«

»Keine Sorge!« Er lachte entspannt. »Paul wird's schon richten.«

Ein Kellner trat an ihren Tisch heran »Was kann ich Ihnen bringen?«

Sam überging die mangelnde Höflichkeit, da er einfach nur rasch etwas essen wollte, doch Danny ließ sich nicht so einfach abfertigen. »Zuerst hätten wir gern die Speisekarte.«

»Natürlich.« Der junge Mann – er konnte kaum älter als Mitte zwanzig sein – machte sich nicht länger die

Mühe, seine Geringschätzung zu verbergen. »Die Auswahl wird sie mit Sicherheit überwältigen.« Er achtete penibel darauf, dass sein ironischer Unterton bei keiner Silbe verloren ging, wofür Sam ihm schon beinah Respekt zollen musste. Dann verschwand er so rasch, wie er zuvor aufgetaucht war, und kam mit zwei Speisekarten zurück.

»Danke, sehr freundlich«, sagte Danny übertrieben höflich, was den Kellner sichtlich noch mehr reizte. »Wir rufen Sie dann, sobald wir gewählt haben.«

»Du solltest einen Gang zurückschalten«, flüsterte Sam, nachdem der junge Mann verschwunden war. »Nicht dass er uns ins Essen spuckt.«

Danny winkte ab. »Ach was. Der hat viel zu viel Schiss, dass wir ihn feuern lassen.«

Sam zuckte die Achseln. Er schlug die Speisekarte auf, überflog die angebotenen Gerichte jedoch nur. Hühnchen in unzähligen Variationen mit Soja oder Mais als Beilage. Es gab Mais gebraten, als Püree, in Form von Maisbrot oder Nudeln aus Maisstärke. Mit Soja waren die Köche sogar noch erfinderischer. Tofu eignete sich auch hervorragend als Trägersubstanz für andere Geschmäcke, und so bot die Karte sogar »Tofu nach Rinderart«.

Sam würde wie immer die Hühnerbrust mit Brot nehmen. Dazu eine Flasche Wasser.

Danny war etwas wählerischer und entschied sich für Hähnchenteile, die in einer künstlich gefärbt und gewürzten Soße serviert wurden. Als Beilage wählte er das Maispüree.

Sam winkte den Kellner wieder herbei, der sich absichtlich Zeit ließ, sie zu bemerken. Diese letzte Demonstration der Stärke beendete den kleinen Machtkampf dann aber auch, da Danny auf ein weiteres Nachtreten verzichtete.

Sie gaben ihm kommentarlos ihre Bestellungen durch und warteten dann auf das Essen.

Sam blickte sich im Saal um. Er und Danny saßen abseits an einem Tisch für zwei Personen, doch der Kantinencharakter wurde durch zwei lange Tischreihen in der Mitte des knapp dreißig Meter in jede Richtung messenden Raumes unterstrichen. An einem Ende der langen Tafel saß eine Gruppe älterer Sicherheitsbeamten. Sie unterhielten sich auf lebhafte Weise, gestikulierten ausladend und lachten viel, was Sam zu der Annahme verleitete, dass sie ihren Dienst gerade erst antraten und nicht bereits zehn Stunden in den Knochen sitzen hatten.

Zumindest war die Beleuchtung des Speisesaals, denn damit hatte es mehr gemein als mit einem Restaurant, angenehm gedimmt, sodass das Licht nicht zu starke Reflexionen auf den unzähligen Metalloberflächen bildete.

Der Kellner brachte die Wasserflasche und knallte sie samt zwei Gläsern auf den Tisch. »Das Essen kommt sofort.«

Sam nahm die Störung kaum wahr. Zu tief war er in seiner Betrachtung des Raumes versunken. *Wie mochte es wohl früher in Restaurants ausgesehen haben?*, fragte er sich. *Holzgetäfelte Wände? Weinregale, die mit den Flaschen erlesener Jahrgänge gefüllt waren?*

»Oh, das ging jetzt aber wirklich fix.« Danny riss ihn aus seinen Gedanken und deutete auf den Teller, der plötzlich vor Sam lag.

Das Hühnerfleisch dampfte heiß und duftete genießbar. Erst jetzt bemerkte Sam, wie hungrig er war, denn ihm lief beim Anblick des Essens das Wasser im Mund zusammen. Das Brot war zwar nicht frisch, würde seinen Ansprüchen für den heutigen Abend aber genügen.

Danny ließ keine Zeit verstreichen und schaufelte das

Essen förmlich in sich hinein. »Je schneller man schluckt, desto weniger erschmeckt man die Lüge hinter der Fassade«, sagte er augenzwinkernd.

Sam pflichtete ihm im Stillen bei. Auch wenn sein Gericht nicht in einer künstlichen Soße schwamm, so wusste er doch, dass allein dem Brot unzählige Zusatzstoffe beigemischt waren, einfach nur, um den Mais, aus dem es bestand, lange genug wachsen zu lassen, damit man ihn verarbeiten konnte.

»Es ist, wie es ist«, murmelte er leise vor sich hin.

Danny winkte ab, nachdem er den letzten Hähnchenknochen geräuschvoll auf den Teller fallen ließ. »So schlecht ist es doch gar nicht.« Er machte eine Pause und blickte sich beinah verschwörerisch um. »Und es könnte schlimmer sein.«

Sam rollte mit den Augen. »Ja, ja. Wir könnten im unteren Komplex leben, ich weiß. Ich will mich auch gar nicht beschweren.«

»Dann tu's auch nicht!«, sagte Danny augenzwinkernd. »Iss dein Huhn und sei zufrieden.«

»Zu Befehl.«

Nach dem Essen übernahm Danny die Rechnung mit der Begründung, dass Sam ja bereits die Theaterkarten bezahlt habe. Ein Trinkgeld gab er nicht, aber das war dem Kellner vermutlich schon recht früh an diesem Abend klar gewesen.

Sam setzte ihn vor dessen Wohnung ab. »Wir sehen uns morgen«, verabschiedete er sich und fuhr weiter. Danny wohnte in einem schönen Wohnungsbau, der acht Apartments beherbergte. Sam selbst wohnte noch in einem Gebäude mit neun Nachbarparteien. Doch selbst das war schon deutlich über dem Durchschnitt. Denn im oberen

Komplex bewohnten die meisten Menschen eine kleine Wohnung in einem Gebäude mit zwölf Einheiten.

Und alles jenseits des oberen Rings versank zunehmend im Chaos. Im unteren Komplex waren Wohngemeinschaften von zwanzig Personen keine Seltenheit. Und je ärmer das Viertel wurde, desto schlimmer wurden die Verhältnisse. In vielen Gegenden gab es gar keine Regelung, wer nun eigentlich Mieter ist und wer sich bloß in den Schatten versteckt. Straßengangs beherrschten ganze Blöcke, feierten sich als Könige. *Als Könige wovon eigentlich?*, fragte sich Sam. *Die haben doch nichts.*

Er wollte nicht von Abschaum sprechen oder denken, doch Paul hatte mit dieser Einschätzung leider nur zu recht, denn jene Menschen scherten sich nicht um das Leben ihres Nächsten. Sie führten einen immerwährenden Überlebenskampf.

Sam bog in eine zweispurige Straße ein, deren Fahrtrichtungen von Straßenbahnschienen getrennt wurden. Gelbe Straßenlaternen tauchten den Kunstrasen in ein fast kränkliches Licht. Hin und wieder wurde der gelbliche Schimmer durch eine rot blinkende Ampel unterbrochen, doch die meiste Zeit rollte der Wagen über die trostlose Straße dahin. Um diese Uhrzeit waren kaum noch Menschen unterwegs. Obwohl der Deltakomplex eine gewaltige Stadt war, sah man nachts nur wenige seiner Bewohner, denn die Oberschicht zog es vor, bei Dunkelheit in ihren Häusern zu bleiben.

Das Licht seiner Scheinwerfer spiegelte sich in den verglasten Fassaden der Geschäftsgebäude und wirkte wie ein Paar funkelnder Augen, das ihn verfolgte.

Er verließ die Verkehrsader und bog in sein Wohnviertel ab. Sein Haus war ein gedrungen wirkender Bau, der sich zwischen zwei dunkelrote Hochhäuser quetschte. Manchmal wirkte das Haus unfertig, als hätte man noch ein weiteres Stockwerk daraufsetzen wollen, aber kurz vor Baubeginn abgebrochen. Die Fassade war weiß gestrichen, hatte jedoch einen dunklen Schmutzfilm angesetzt, während die Nachbarhäuser alle gründlich gepflegt wurden.

Sam war es egal. Auf diese Weise konnte er von sich behaupten, mit nur neun Nachbarn zu wohnen. Dass der Rest des Viertels in jedem Gebäude zwölf Parteien beherbergte, brauchte ja niemand zu wissen.

Er stellte den Wagen auf seinen Parkplatz und griff hinter den Beifahrersitz nach seinem Aktenkoffer. Der feine Kies knirschte leise unter seinen Sohlen, als er aus dem Auto stieg. Er mochte das Geräusch, jedoch trieb es ihn in seiner Eintönigkeit manches Mal auch zum Wahnsinn. Einmal im Monat fuhr er mit dem Auto aus dem Komplex hinaus. Dann tat er nichts anderes, als sich eine Stunde auf den staubigen Boden zu stellen und die Stille zu genießen. Nicht die Stille um ihn herum, denn er entfernte sich nie weit genug vom Komplex, um dem beständigen Lärm der Metropole komplett zu entgehen – nein, es war die Stille seiner Schritte, die er an der Wildnis schätzte.

Sam zog den Magnetstreifen seines Ausweises durch das Türschloss und betrat das Treppenhaus. Er war hundemüde und ausgelaugt vom Schwimmen, darum nahm er den Aufzug in den vierten Stock. Immer zwei Wohnungen lagen gespiegelt auf einem Stockwerk. Sam öffnete die Wohnungstür und schaltete direkt das Licht an. Ein großer Raum von knapp vierzig Quadratmetern bildete die Wohnküche. Ein Zettel an der Kühlschranktür sollte ihn daran erinnern, dass er noch einkaufen musste. *Das muss dann bis morgen warten*, dachte er.

Sam zog seine Jacke aus und hängte sie an einen Haken rechts neben der Tür. Seine Aktentasche lehnte er darunter gegen die Wand. Die Schuhe stellte er daneben und ging ins Bad. Auch hier dominierte mattes Aluminium die Optik. Er zog die Klamotten aus und warf sie achtlos auf einen Haufen mit anderer Schmutzwäsche. Dann putzte er sich die Zähne und zog weite Boxershorts an.

Aus dem Kühlschrank griff er sich noch eine Wasserflasche, dann stellte er den Wecker auf sieben Uhr und ging ins Bett.

Hoffentlich beschafft Paul mir den Job!, waren seine letzten Gedanken, bevor er einschlief.

*

Tessa kratzte sich den Dreck unter den Fingernägeln heraus. Nicht dass es in dieser Gegend jemanden gestört hätte. Vor wenigen Minuten hatte ein leichter Nieselregen eingesetzt, der fast senkrecht zwischen den tiefen Häuserschluchten herabfiel. Die Straßenlaterne, gegen die sie sich lehnte, war schon seit Jahren defekt –, aber wer würde freiwillig hier heruntersteigen, bloß um eine Birne zu wechseln? Der Rest der Straße war durch die gelben Lampen in ein weiches Sepia gehüllt, das dem erbärmlichen Anblick der Huren fast eine romantische Note verlieh. Manchmal, wenn die dampfende Abluft aus den unterirdischen Plantagen durch die verschweißten Gitter drang, erstrahlte die Straße in goldenem Nebel. In diesen Momenten konnte selbst Tessa der Gegend etwas abgewinnen und sich glücklich schätzen, am Leben zu sein.

Und manchmal zog mit dem Dampf auch ein wenig des Dufts der Pflanzen, die dort kultiviert wurden, an die Oberfläche. Dann schloss Tessa die Augen und stellte sich vor, sie stünde inmitten eines weiten Feldes, um sie herum nur die lebendige Natur und nicht die bröckelnden Fassaden der Hochhäuser. Außerdem übertünchte es den Gestank von Körperausscheidungen jeglicher Art und andere unschöne Dinge. Hier unten, im äußeren Ring des Komplexes, stank es schlicht nach dem Überlebenskampf der Menschen.

Um sie herum öffneten sich nach und nach die Regenschirme. Ein untrügliches Zeichen für eine Professionelle. *Niemals ohne Schirm*, dachte sie mit spöttischem Grinsen.

Sie selbst störte der Regen nicht. Im Gegenteil. Ein paar feuchte Strähnen, die an ihrer Wange klebten, brachten die Kerle erst so richtig in Fahrt. Das unschuldige Mädchen, das vom Unwetter überrascht wurde und jetzt Schutz in den trockenen Armen eines Freiers suchte.

Erbärmliche Flachwichser!

Sie hatten einen guten Job, aber bekamen bei den Frauen »von oben« kein Bein auf den Boden. Vermutlich fiel es ihnen schon schwer, eine Frau überhaupt nur anzusehen, ohne rot anzulaufen. Nur bei den Prostituierten konnten sie den starken Mann markieren. Hier waren sie die Könige. Sie wedelten mit ihren Scheinen und die Frauen erfüllten dafür ihre sexuellen Wünsche.

Auf der gegenüberliegenden Straßenseite entbrannte gerade ein Streit über die bessere Position am Rinnstein. Tessa kannte keine der beiden Huren – sie hielt sich aus allem Ärger heraus. Oder versuchte es zumindest. Meistens gelang es ihr ganz gut, aber einmal hatte ihr eine abgehalfterte Bordsteinschwalbe beinah das Gesicht mit einem Messer zerschnitten, einfach nur, um ihr die Tour zu vermasseln.

Das war jedoch nicht die Regel. Normalerweise beschützte man sich, setzte sich gemeinsam gegen brutale Freier ein, die glaubten, dass sie für fünfzig Scheine das Recht erwarben, ein Mädchen zu verprügeln.

Nicht selten endete so ein Drecksack das nächste Mal mit seinen Eiern unter einem spitzen Absatz.

Dennoch hielt Tessa sich zurück. Sie wusste, dass ihre Lolitamasche den anderen sauer aufstieß. Viele von den Kerlen waren einfach pervers, und wenn sie ihnen sagte, sie sei erst vierzehn, ließen sie noch ein paar Scheine extra springen.

Vierzehn, dachte sie und unterdrückte ein Lachen. *Als ob eine Vierzehnjährige hier nur einen Tag überleben würde!*

Die Lichter eines Wagens leuchteten um die Ecke, was den Streit gegenüber augenblicklich verstummen ließ.

Tessa trat einen Schritt näher an die Straße heran, öffnete einen weiteren Knopf ihrer ohnehin freizügigen Bluse. Sie strich sich mit der Hand durchs feuchte blonde Haar und über ihr Dekolleté. Das sollte genügen, um den Freier auf sie aufmerksam zu machen.

Der Wagen hielt tatsächlich vor ihr an. Die Scheibe wurde heruntergelassen, und ein dunkles Augenpaar musterte sie von Kopf bis Fuß. Aus dem Innern des Fahrzeugs drang eine Mischung aus Zigarettenrauch und einem penetranten Duftbaum, der den Qualm mit Pfefferminzaroma zu übertünchen versuchte. Das Autoradio spielte leise klassische Musik. Tessa kannte das Stück nicht, aber die schwere Melodie, die so perfekt die tägliche Melancholie des Slums widerspiegelte, versöhnte sie schon im Voraus ein wenig mit dem Mann, der sie gleich für Sex bezahlte.

»Wie alt bist du?«, fragte eine zittrige Stimme.

Tessa dachte kurz darüber nach, wie weit sie bei ihm gehen könnte. Schließlich antwortete sie verheißungsvoll: »Sechzehn.«

Einen Moment lang tat sich nichts, doch am Ende hörte sie die Worte, die sie erhoffte und zugleich immer wieder aufs Neue fürchtete: »Steig ein.«

Tessa glitt auf den Beifahrersitz, wobei sie darauf achtete, dass der Mann einen guten Blick auf sie und das, was ihn erwartete, erhaschte.

»Ich kenne einen Parkplatz, an dem wir ungestört sind«, sagte sie ohne Umschweife.

»N… nein«, entgegnete der Freier nervös. »Wir fahren zu mir.«

»Das kostet dich aber extra.« Tessa verbarg ihre eigentliche Freude. Kolleginnen rieten ihr zwar immer davon ab, zu den Typen in die Wohnung mitzugehen, weil man nie wusste, was einen dort erwartete. Aber für Tessa machte es keinen Unterschied, ob er sie nun in seinem Wagen misshandelte oder in seinem Schlafzimmer. So hätte sie wenigstens die Aussicht auf eine heiße Dusche.

Dass der Kerl so schüchtern war, verunsicherte sie allerdings ein wenig. Die Chancen standen nun gleich, dass es ein einsamer Mann war, der einfach nur sehr selten Sex hatte und eine Kuschelnummer wollte, oder dass es ein ziemlich perverser Spinner war, der dann richtig aufdrehte und sie verprügelte.

»Schlagen kostet auch extra«, murmelte sie unbewusst vor sich hin.

Der Schreck in seinen Augen war echt. Tessa hatte gelernt, Gesichtsausdrücke zu lesen, und entlarvte die Lügner meist mit der ersten Frage. Und im Gesicht des Mannes konnte sie tiefe Abscheu erkennen.

Sie entspannte sich selbst ein wenig. Zumindest stand ihr anscheinend keine Misshandlung bevor. Sie erhaschte noch etwas anderes im Blick des Mannes. Es war eine Mischung aus Trauer und Sehnsucht, wenn er sie ansah. Sie war sich nicht sicher, woher es kam, aber nicht selten wählten Freier die Nutten nach deren Ähnlichkeit mit ehemals geliebten Menschen aus.

Auch die, die sie verprügelten, taten das. Nur waren es in diesem Fall meist gehasste Menschen. Die Frau, die den Mann bei der Scheidung finanziell ruiniert hatte, oder die Tochter, die ständig die falschen Jungs mit nach Hause brachte …

Der Wagen holperte die Straße entlang. Der Asphalt war in katastrophalem Zustand, er wurde seit Jahren nicht mehr instand gesetzt. Die Häuserschluchten türmten sich zu beiden Seiten auf. In einigen Fenstern brannte Licht, doch die meisten Gebäude waren schon viele Jahre verlassen und verfielen allmählich. Und die wenigsten Menschen konnten sich eine eigene Wohnung leisten. Die Unterschicht – zu der Tessa sich selbst wohl auch zählen musste – schlief in einer Art Hostel oder auf der Straße. Oder man rottete sich in Großgruppen zusammen und konnte dann einen Quadratmeter einer Wohnung für sich beanspruchen. Insofern hatte Tessa es noch gut, denn sie bewohnte ihr Zimmer allein.

»Wohnst du weit oben?«, fragte sie ihn nach einer Weile.

Sie passierten ein breites Tor. Es verband den »oberen« Teil des Komplexes mit dem »unteren«, Tessas Zuhause. Hier »oben« wohnten die aufrechten Mitglieder der Gesellschaft. Menschen, die einer vernünftigen Arbeit nachgingen, die sich eine eigene Wohnung leisten konnten, die nicht für fünfzig Scheine ihren Körper verkaufen mussten, um sich dann vergammeltes Essen kaufen zu können. Wer hier wohnte, der hatte es geschafft.

»Geht so«, antwortete er leise. »Eine Wohnung am Rand.«

»Klingt doch nicht schlecht.«

Sie blickte sich wie immer neugierig um. Der obere Komplex verlor niemals seine Anziehungskraft. Sie gewöhnte sich nicht an das Bild, ganz gleich wie oft sie ein

Freier schon hierher mitgenommen hatte. Grüner Kunstrasen säumte die weißen Kieswege. Die Häuser beherbergten niemals mehr als zwölf Parteien. Und je näher man dem Zentrum kam, dem Sitz der Regenten, desto weniger wurden es.

Hier oben stank es nicht nach Unrat und Tod. Allerdings konnte man kaum einen Geruch ausmachen. Die Obrigkeit achtete selbst bei den Straßen auf beinah klinische Reinlichkeit.

Manchmal hielt Tessa sich tagsüber im oberen Teil des Komplexes auf, doch die misstrauischen Blicke der Bewohner ließen sie die Schönheit der Gegend nicht genießen. Sie war hier nie erwünscht. Und sie wäre es vermutlich auch niemals. Sooft sie die Beine auch breit machte, sie würde niemals genug Geld für eine Bleibe im oberen Komplex beiseiteschaffen können.

Nachts jedoch, wenn ein Freier sie mit in seine Wohnung nahm, da konnte sie sich einbilden, dass auch sie hier wohnte. Dass sie gerade auf dem Weg nach Hause war, wo ein warmes Essen auf sie wartete. Frisches Huhn mit Maisbrot vielleicht.

Das Tor war Tag und Nacht bewacht. Ihr Begleiter zeigte seinen Ausweis, der ihn als Einwohner der Oberstadt auswies, und niemand stellte weitere Fragen. Es war kein Geheimnis, dass man sich eine Prostituierte von der Straße mitnahm, und dagegen hatte auch niemand etwas einzuwenden. Die Wachen – eine Truppe aus zehn schwer bewaffneten Männern und Frauen – sorgten lediglich dafür, dass der Strom der Unterschicht nicht überhandnahm. Der Name ihres Freiers wurde in einer Liste notiert, gesprochen wurde dabei jedoch kein Wort. Auch das Wachpersonal wusste, dass die Kerle falsche Namen benutzten, und spielte mit. Tauchten seine Daten allerdings zu häufig in einer solchen Kartei auf, würde man ihm einige unangenehme Fragen stellen, ob er heimlich Menschen verschob. Es war geduldet, aber die Unterschicht war generell eher ein Dorn im Auge. Tessa wusste auch nur zu gut, dass dieses Tor auch rasch geschlossen werden könnte. Dann würde man den unteren Teil des Deltakomplexes von der Lebensmittelzufuhr abschotten.

Aber welche Wahl blieb ihr denn schon? Sie hatte die Hoffnung, dass einer der Freier sie zur Frau nehmen könnte, schon vor langer Zeit aufgegeben.

Sie hielten vor einem gepflegten Wohnhaus. Tessa schätzte, dass das mehrstöckige Gebäude nicht mehr als acht Wohnungen beherbergte. *Ein guter Schnitt*, dachte sie. *Man ist gerade noch anonym genug, um nicht zu sehr im Rampenlicht zu stehen, aber die Wohnung ist auch nicht komplett am Rand, dass man sich jederzeit mit Abschaum wie mir konfrontiert sieht.*

Die Fassade war zwar nicht frisch gestrichen, aber die Farbe erstrahlte im Licht der Straßenlaterne in hellem Blau. Die Fenster hatten echte Rollläden und Fensterbänke. Auf der Rückseite gab es womöglich sogar einen Balkon für jede Wohnung. Kunstrasen konnte sie nicht erwarten, die wenigsten Häuser verfügten über einen eigenen Garten. Man war auf die Parks in Zentrumsnähe angewiesen, oder man begnügte sich mit den grünen Streifen, die die Straße säumten. Der Gehweg war nicht gepflastert, sondern als Kiesweg angelegt, der bei jedem Schritt laut knirschte. Sie stellte sich für einen Moment vor, wie sie einen Kinderwagen den Weg entlangschob.

»Wir sind da«, sagte ihr Kunde schüchtern und riss sie aus ihren Gedanken. Tessa wollte gerade aussteigen, als er ihren Arm ergriff und sie so zurückhielt. »Wie heißt du eigentlich?«

»Welcher Name würde dir denn gefallen?«, kokettierte sie gekonnt.

Er schüttelte energisch den Kopf. »Ich bin Kurt. Und ich will deinen richtigen Namen wissen.«

»Schön, Kurt. Ich bin Louisa.« Er war nicht der erste Freier, der sich besser fühlte, wenn sie ihm Offenheit vorspielte. Vielleicht hatte er nicht bloß das Verlangen nach Sex, sondern ein tieferes Bedürfnis nach Nähe und Geborgenheit. Wie absurd es war, dieses echte Gefühl bei gekaufter Liebe zu suchen! Dieser Mann suchte etwas Echtes in der ganzen Lüge. Tessa würde es ihm vorspielen. Für solche Fälle jedoch benutzte sie einen falschen Namen – und sie war sich sicher, dass auch er ihr nicht seinen richtigen Namen gesagt hatte, doch das kümmerte sie nicht weiter.

Sie hasste das alles. Verabscheute die immer fremden Männer und deren Wünsche. Ja, sie konnte ihnen etwas vormachen, aber nicht, wenn sie einen Teil von sich preisgab. Ihr Name gehörte nur ihr.

Wieder huschte ihr ein Lächeln über die Lippen. *Er sucht Geborgenheit in meinen Armen und ich in seiner Wohnung*, dachte sie.

»Also, Kurt, wie soll der Abend ablaufen?«

Er hielt sie noch immer am Arm zurück, jedoch kaum fest genug, um sie ernsthaft zu behindern. Vielmehr schien er noch unschlüssig, als ob er über den Punkt, sie in sein Auto zu holen, hinaus keinerlei Idee hätte, und starrte sie einfach nur mit dieser Mischung aus Sehnsucht und Bedauern an, wie zuvor.

»Du kommst mit in meine Wohnung.«

Es klang in Tessas Ohren eher wie eine Frage. Und allmählich tat ihr Kurt in seiner Unbeholfenheit einfach nur leid. Sie lachte, um die Situation ein wenig zu entspannen.

»Aber natürlich tue ich das. Es ist doch viel interessanter, wie du mich dann gerne hättest.«

»Können wir reden?«

Tessa wurde von der Frage überrascht, obwohl es nicht unüblich war. Viele Männer suchten einfach bloß Nähe und wollten sich jemandem anvertrauen. Dann musste sie Interesse heucheln und ihnen sagen, dass sie schon das Richtige täten.

Dennoch verwunderte es sie stets aufs Neue, wenn ein Kerl nicht sofort Sex mit ihr haben wollte. »Klar, aber das ist nicht umsonst.«

»Nichts im Leben ist umsonst.«

Er ließ sie schließlich los und sie stiegen aus dem Wagen.

»Ein schönes Haus«, sagte sie beiläufig. Manche Kerle wollten Komplimente hören, andere nicht. Diesen Kurt konnte sie noch nicht wirklich einschätzen.

»Danke.«

Er wirkte niedergeschlagen. Schon die ganze Fahrt über war er schweigsam und beobachtend gewesen. Als würde er ihre Reaktionen auf seinen Lebensstil analysieren.

Er öffnete die Haustür und geleitete sie zum Lift. Während sich die Aufzugstüren schlossen, legte Tessa ihre Hand auf seinen Schritt. »Hast du es schon mal im Fahrstuhl gemacht?«

Er entzog sich ihrem Griff. »Erst reden wir.«

Tessa nickte entschuldigend. »Einverstanden. Kein Problem. Ich dachte nur, du willst vielleicht eine kleine Kostprobe.« Sie versuchte ihn mit einem lasziven Blick aus der Reserve zu locken. »Oder dass du mir eine geben möchtest.«

»Erst reden wir.«

Sie ließ es dabei bewenden.

Seine Wohnung entsprach den anderen Wohnungen,

die sie in ihrer Zeit als Prostituierte schon gesehen hatte. Nichts Besonderes. Eine Wohnküche dominierte den Raum. Dann gab es noch ein kleines Bad und ein Schlafzimmer. Die Klimaanlage war mit einem Duftmittel versetzt, denn die gesamte Wohnung roch streng nach einer Mischung aus Zitrone und Seife. Der intensive Geruch stach in Tessas Nase, und sie wusste, dass sie diesen Job mit enormen Kopfschmerzen beenden würde.

Kurt legte seine Autoschlüssel auf den Küchentresen und nahm zwei Gläser aus dem Schrank. »Möchtest du einen Schluck trinken?«, fragte er sie und schenkte ihr bereits ein, ohne ihre Antwort abzuwarten.

Tessa nahm das Glas mit einem Lächeln entgegen und nippte an seinem Inhalt. Whiskey.

Sie mochte das Zeug nicht, musste es aber hin und wieder mit ihren Freiern trinken.

Sie nutzte den Moment und sah sich weiter um. Die Wände waren kahl – keine Bilder von Verwandten oder Fotografien verzierten die Wohnung. Möglicherweise hatte Kurt sich mit seiner Familie überworfen oder es existierte schlicht keine mehr. Auch auf dem kleinen gläsernen Couchtisch lagen keine persönlichen Gegenstände, wie man sie sonst vorfand. Die Wohnung war überaus sauber, wirkte beinah frisch geputzt.

»Setz dich«, bat er sie und wies zum Sofa.

Tessa nahm Platz und versank in den viel zu weichen Sofakissen, die mit rotem Kunstleder überzogen waren. »Wie alt bist du wirklich?«, fragte er sie ohne Umschweife.

»Na, das habe ich dir doch schon gesagt!«, wich sie lachend aus. »Sechzehn.«

Er schüttelte den Kopf. »Gelogen.«

Sie seufzte. »Und was willst du hören? Fünfzehn? Vierzehn?«

»Die Wahrheit.«

Sie zögerte ihre Antwort einen Moment hinaus, als würde sie mit sich um die Worte ringen. »Ich bin siebzehn, okay?«

Er reagierte nicht.

»Ist das jetzt ein Problem? Wirst du mich anzeigen?«

Er schüttelte langsam den Kopf. »Wieso tust du das?« Die Frage und sein bohrender Blick brachten sie aus dem Konzept. Üblicherweise überschlugen sich die Perversen, wenn sie ihnen weismachte, dass sie noch minderjährig war. »Du rufst jetzt aber nicht die Bullen oder so?«

Er griff in seine rechte Gesäßtasche und zog seine Geldbörse daraus hervor. Tessa beobachtete ungläubig, wie er daraus die fünfzig Scheine für eine Nummer mit ihr herausnahm und sie vor ihr auf den Tisch legte. »Nimm.«

»Aber …«

»Nimm es. Du brauchst es mehr als ich.«

Sie zögerte. Schon einmal hatte ein Freier ihr das Geld auf diese Weise angeboten. Und als sie freudig zugegriffen hatte, hatte er sie verprügelt und als Diebin beschimpft. Erst als ihre Augen richtig blau und geschwollen waren, hatte er sie nicht mehr geschlagen, sondern zum Sex gezwungen … Eine Woche später fanden sich seine Eier unter einem spitzen Absatz wieder.

Aber Kurt schien das Angebot ernst zu meinen.

»Das ist deine Anzahlung.«

»Wofür?«

»Die ganze Nacht«, sagte er leise. »Ich will nicht allein sein.« Er ließ sich in die Lehne des Sofas fallen und starrte zur Decke. »Du kannst das Bad benutzen. Und im Schlafzimmer findest du ein paar saubere Klamotten. Nicht unbedingt deine Größe, aber vielleicht empfindest du sie für die Nacht bequemer.«

»Du bist ein wirklich seltsamer Kunde, Kurt.«

Er lachte schnaubend. »Ich glaube, der heutige Abend ist für uns beide etwas Neues.«

Tessa nickte und ging ins Bad. In dem zehn Quadratmeter messenden Raum war Platz für eine behindertengerechte Dusche und, neben Waschbecken und Toilette, auch für ein breites Regal, das um einen Wäschetrockner herum gebaut war.

»Nimm dir ein Handtuch, das dir gefällt!«, rief Kurt vom Wohnzimmer herein.

Tessa ließ die Tür einen Spalt offen. Sie war sich noch immer nicht ganz sicher, was er von ihr erwartete, aber vielleicht war es ja eine Peepshow. Sie drehte sich mit dem Rücken zur Tür. Sollte er tatsächlich ein Spanner sein, dann würde er die Illusion schätzen, dass sie sich unbeobachtet fühlte. Sie streifte langsam ihre Klamotten ab, ein Kleidungsstück nach dem anderen, und gewährte dabei gekonnt einige verführerische Ausblicke auf ihren jungen Körper. Erst als sie komplett nackt war, drehte sie sich beiläufig noch einmal um, als wolle sie sich im Spiegel betrachten. Zu ihrer Überraschung stand Kurt nicht in der Tür. *Ein wirklich seltsamer Kerl*, dachte sie. *Irgendwie wirkt er so … traurig.*

Eine Gänsehaut überkam sie, und sie spürte die Kälte, die ihr anhaftete. Eine Kälte, die der Strich mit sich brachte und die sie nie ganz aus ihren Knochen bekam. Die Nächte auf der Straße zu verbringen, die Tage damit zu füllen, mit dem wenigen Geld zu überleben. Beim Anblick der geräumigen Wohnung, in die Kurt sie gebracht hatte, wurde ihr bewusst, wie sehr sie ein solches Leben herbeisehnte.

Aus den Leitungen strömte sofort warmes Wasser, nicht erst nach einer Minute. Und es würde auch nicht nach einer Minute schon wieder aufhören. Sie griff nach einem Duschgel, das nach Moschus duftete. Ein herber Duft, doch das war ihr lieber, als nach ihren Freiern zu stinken. Tessa vergaß die Zeit. Sie stand einfach nur unter dem warmen Wasserstrahl und ließ sich berieseln. Das würde die Vergangenheit nicht von ihr abwaschen, aber es fühlte sich gut an.

Das Handtuch war weich und flauschig. Und es roch nach ... es roch überhaupt nicht. Tessa presste es gegen Mund und Nase, doch sie konnte keinen Geruch daran ausmachen. Kein abgestandener Duft, der latent nach Schimmel stank, klebte daran, wie an allen Dingen, die man in ihr Badezimmer mitnahm. Ihr Blick fiel erneut auf die Waschmaschine. Zu gern hätte sie ihre Klamotten darin gewaschen oder sie am liebsten direkt verbrannt, bis ihr einfiel, dass Kurt ihr angeboten hatte, sich an seinem Kleiderschrank zu bedienen. Sie schlang sich das Handtuch um den Körper und trat ins Wohnzimmer.

Als sie Kurt bemerkte, der sie matt anlächelte, wollte sie das Handtuch schon wieder ablegen. Sie hatte völlig vergessen, dass er sie für Sex bezahlte, nicht dafür, dass sie seine Wohnung benutzte.

Er hob abwehrend die Hände. »Lass es um.« Er deutete mit der rechten Hand auf eine Tür. »Darin findest du ein paar Sachen. Nimm dir, was immer dir gefällt. Es ist in Ordnung.«

Sie lächelte breit. Es war so verwirrend, dass sie plötzlich wie angewurzelt stehen blieb. Tessa befühlte mit der linken Hand ihre Wange, die vom Lächeln hochgezogen war. Sie konnte sich kaum erinnern, wann sie das letzte Mal in ihrem Leben ehrlich und aus tiefstem Herzen gelächelt hatte. »In ... Ordnung«, stammelte sie den Tränen nah und eilte ins Schlafzimmer.

Sie schloss rasch die Tür hinter sich und schluchzte leise. Ein Dankgebet schien ihr angebracht, doch sie hatte keine Ahnung, wie man so etwas tat, also blickte sie stattdessen zur Decke und formte mit ihren Lippen ein stummes »Danke«.

Der Raum wurde von einem breiten Bett dominiert, das mit dunkelblauer Bettwäsche bezogen war. Auf der Decke lag Kurts Jacke. Über dem Bett hing ein Bild von einer Wiese. Tessa hatte das Delta so gut wie nie verlassen und schon gar keine echte Wiese dabei gesehen, doch etwas in dem Bild ließ sie für einen Moment glauben, dass eine wilde Wiese vor knapp zweihundert Jahren tatsächlich so ausgesehen haben könnte.

Eine Glastür in der Wand gegenüber führte auf eine Art Feuertreppe mit Balkon. Sie hatte kein Interesse an der Aussicht, denn schon durch die Fensterscheiben konnte man erkennen, dass jeglicher Ausblick von anderen Hochhäusern versperrt war.

Ihr Interesse galt vielmehr dem Kleiderschrank. Ein massives Monstrum aus echtem Holz. Vermutlich ein Erbstück, das schon seit Jahrzehnten – oder gar Jahrhunderten – im Familienbesitz war. Sie fuhr mit der Hand über das einst so lebendige Material, befühlte jede noch so kleine Furche der Maserung und versuchte den Geruch des Holzes in der Luft auszumachen.

Im Schrank hingen vor allem Hemden und feine Hosen. Abgesehen davon, dass die Sachen nicht im Geringsten ihrer Größe entsprachen, war sie sich nicht sicher, ob sein Angebot tatsächlich alle Kleider einschloss – sie waren zweifellos teuer gewesen. Sie fand eine dunkle Jogginghose und ein weites Sweatshirt. Beides war weich und duftete dezent nach Lavendel. Ein kleiner Duftspender im Schrank hatte dafür gesorgt. Der Pulli war ihr viel zu groß, doch gerade das machte ihn so gemütlich und kuschelig. Ihr Blick fiel auf den Nachttisch. Darauf stand eine halb volle Flasche Whiskey, daneben lag eine Tablettenschachtel. Tessa las am Etikett, dass es sich um eine Form von Valium handelte, und riss erschrocken die Augen auf. *Wie einsam bist du wirklich, Kurt?*, schoss es ihr durch den Kopf.

Sie verließ das Schlafzimmer und fand ihn noch immer auf dem Sofa sitzend vor. Er musterte sie von Kopf bis Fuß. Ungeschminkt und nicht in ihrer Arbeitskleidung fühlte Tessa sich ein wenig unwohl. Ihr Make–up war wie eine Maske, hinter der sie sich verbergen konnte.

Er lächelte. »So bist du noch viel hübscher.« Er rutschte ein Stück zur Seite und sie setzte sich neben ihn. Er deutete auf den Tisch, wo unter einem grünen, gläsernen Aschenbecher weitere Geldscheine lagen.

»Warum tust du das für mich?« Sosehr sie sich über das viele Geld freute, in Kombination mit den Tabletten im Schlafzimmer überkam sie ein beklemmendes Gefühl.

Er zuckte die Achseln. »Du gefällst mir.« Er fasste sie zum ersten Mal, seit sie in sein Auto gestiegen war, direkt an. Nicht, um sie zu stoppen, sondern, weil er sie berühren wollte. Sanft, fast schüchtern strich er über ihr blondes Haar. Seine Finger streiften dabei ihre Wange und Tessa überkam erneut eine Gänsehaut.

Reiß dich zusammen!, schalt sie sich in Gedanken. *Egal was er dir schenkt, er ist immer noch ein Freier! Mach deinen Job!*

Sie drehte sich halb zu ihm herum und lächelte ihn mit verheißungsvollem Blick an, doch er schüttelte den Kopf. »Hör auf, dich zu verstellen«, bat er sie. »Ich weiß, dass du mich nicht wirklich willst. Ich weiß, dass ich dich bloß dafür bezahle. Aber sei einfach ehrlich zu mir. Ich gebe mir Mühe, dass es auch für dich schön wird, versprochen.«

Sie nickte. »Du bist wirklich ein ungewöhnlicher Kunde.«

Er lächelte, aber es wirkte nicht fröhlich. Seine Hand war an ihrer Schulter angekommen und streifte den viel zu großen Pullover einfach von ihr ab. Tessa ließ es geschehen und zog die Arme aus den Ärmeln. Kurt streifte das Sweatshirt bis zu ihrer Taille herunter und berührte dann zärtlich ihre Brüste.

Sie strich über seine Wange und vergrub ihre Hand in seinen Haaren. Dann zog sie seinen Kopf näher zu sich heran und küsste ihn.

»Ich werde mir auch Mühe geben«, versprach sie und öffnete sein Hemd.

Sie lagen in seinem Bett und er hielt sie schweigend im Arm. Dabei streichelte er sanft ihren Rücken und die Schulter.

Tessa ließ ihre Finger hin und wieder über seinen Oberkörper kreisen, kräuselte sein Brusthaar oder strich leicht an seinem Bauch entlang.

Zu ihrer Überraschung war der Sex mit ihm wirklich überaus schön gewesen. Kurt hatte sich als talentierter und zärtlicher Liebhaber entpuppt. Und er hatte sich Zeit gelassen. Die meisten Freier scherten sich bloß um ihre eigene Befriedigung und versuchten möglichst viel davon in die halbe Stunde zu packen, für die sie sie bezahlten. Doch Kurt war anders. Er hatte vielmehr versucht, sie zu lieben.

Dass ihm das gelungen war, verstörte Tessa auf eine bestimmte Weise noch mehr. Aus dem Augenwinkel sah sie immer noch die Whiskeyflasche und die Tabletten. Die beiden Dinge wirkten wie ein düsteres Versprechen, was die Nacht noch bereithielt. Und plötzlich fühlte sie sich mitschuldig daran. Sie würde ihn verlassen, und der Wohnung nach zu urteilen hatte er niemanden außer ihr.

»Soll ich hierbleiben?« Die Frage überraschte sie selbst fast ebenso sehr wie ihn.

»Und dann?«

Sie zuckte die Achseln und dachte nicht weiter über ihre Worte nach. Sie ließ ihren Gedanken einfach freien Lauf. »Das hier hat doch Spaß gemacht.« Sie küsste ihn auf die Wange. »Und das meine ich wirklich ernst.« Er reagierte nicht direkt, also redete sie weiter. »Es könnte doch auch noch länger Spaß machen.«

Jetzt lachte er leise. »Das kann ich mir nicht leisten.«

Tessa schüttelte den Kopf. »Ich will nicht bezahlt werden. Es reicht schon, wenn du mich nicht wieder wegschickst.«

»Das würde nicht gut gehen«, sagte er leise. »Du würdest dich abhängig fühlen. Ein falsches Wort und ich könnte dich wieder in die Gosse werfen. Das würde auf Dauer keinen von uns glücklich machen.«

Sie stützte sich auf und blickte ihm tief in die Augen. »Aber was, wenn doch? Was, wenn aus Dankbarkeit Liebe wird? Ist das so unmöglich?«

»Nicht unmöglich. Aber unrealistisch.«

Sie küsste ihn, diesmal nicht, weil er sie bezahlte, sondern, weil ein Gefühl ihr sagte, dass es das Richtige war. »Wäre es denn so schlecht, es zu versuchen?«

»Du bist mir nichts schuldig.«

»Ich weiß.« Tessa wollte noch etwas erwidern, doch der Klang der Türklingel zerriss die Gemütlichkeit. »Erwartest du Besuch?«

Kurt blickte auf die Uhr. Es war schon weit nach Mitternacht. »Nein.« Er stand auf und zog seine Boxershorts an. »Warte hier, das wird nicht lange dauern. Da hat sich sicher nur jemand in der Tür geirrt.«

Tessa setzte sich im Bett auf und zog die Decke bis zum Hals hoch. Eine unbestimmte Angst kroch an ihren Beinen empor und verfestigte sich in ihrer Magengrube zu einem schweren Klumpen. Sie wartete gespannt, bis Kurt den Störenfried abwimmelte, doch zu ihrer Verwunderung öffnete er die Tür.

Ein Mann betrat die Wohnung und redete direkt drauflos. Sein Tonfall schien freundlich, doch Tessa hatte genug Erfahrung mit kranken Typen, um die unterschwellige Bedrohung in seiner Stimme auszumachen. Dummerweise dämmte die Tür die Geräusche so stark, dass sie kein Wort verstand – die ganze Konversation war ein Wechsel der Stimmlagen zwischen Kurt und dem Fremden.

Plötzlich wurden die Stimmen lauter, und endlich schaltete sich ihr Selbsterhaltungstrieb wieder ein. Sie hatte die Worte zuvor ernst gemeint. Sie hätte Kurt und sich wirklich gerne eine Chance gegeben. Doch in was auch immer er hier verwickelt war – Tessa wollte es nicht sein.

Sie stieg langsam aus dem Bett, achtete darauf, möglichst kein unnötiges Geräusch zu machen. Auf dem Boden lag lediglich die Jogginghose.

Scheiße!, schoss es ihr durch den Kopf. *Scheiße! Scheiße! Scheiße! Meine Sachen sind noch im Bad.*

Sie verharrte für einen Moment in der Hocke und lauschte. Die beiden Männer waren offensichtlich in einen heftigen Streit verfallen. Es würde nicht mehr lange dauern, bis die Situation eskalierte, davon war sie überzeugt.

Tessa blickte gehetzt umher. Sie brauchte Schuhe, ein Oberteil – irgendetwas. Vor dem Fußende des Betts lag Kurts Jacke auf dem Boden. Sie streckte sich und erreichte den Saum gerade mit ihren Fingerspitzen. Leise zerrte sie die Jacke zu sich heran und streifte sie über ihren nackten Oberkörper.

Sie wusste, dass Kurt einige Paar Schuhe im Schrank stehen hatte, doch keines davon würde ihr passen. Sie griff nach seinen getragenen Socken, die auf dem Fußboden lagen, und steckte sie in die Jackentasche.

Sie wollte gerade zum Fenster schleichen, als ein zweiter Gedanke sich meldete: *Das Geld! Scheiße, das liegt noch auf dem Couchtisch!*

Sie mochte Kurt. Aus einem unbestimmten Grund heraus hatte sie sich bei ihm geborgen gefühlt. Und sie hatte das Gefühl gehabt, dass er sie auch brauchte. Dennoch wollte sie jetzt nicht mit leeren Händen verschwinden.

Sie blickte sich hastig um. Die Tablettenschachtel war in der Hitze des Gefechts vom Nachttisch gerutscht, vermutlich, als er die Bettdecken beiseitegeschlagen hatte. Sie hob die herausgefallenen Blister auf und steckte sie in die Jackentasche. Dabei bemerkte sie seine Geldbörse, die ein Stück aus der Gesäßtasche seiner Hose hervorlugte.

»Es tut mir leid«, flüsterte sie tonlos und griff nach dem Kunstleder.

Anschließend schlich sie zum Fenster und schob es langsam nach oben, da es sich einfacher und leiser öffnen ließ als die Glastür. Nicht jedoch, ohne vorher ein kurzes Stoßgebet zu einer wie auch immer gearteten höheren Macht zu senden, dass es kein verräterisches Quietschen ausstoßen würde.

Der Wind war eiskalt und schnitt ihr ins Gesicht, sodass ihre Augen tränten. Tessa schloss das Fenster wieder und huschte die Feuerleiter hinunter. Unten zog sie sich die Socken über die Füße und rannte. Rannte, so schnell sie konnte, davon.

Der Wind hatte sich gelegt, doch ihre Augen tränten noch immer.

Kapitel 2

Tessa wusste nicht, wie lange sie gerannt war. Die von Kurt geklauten Socken waren an einigen Stellen bereits durchgewetzt und einmal war sie in eine Glasscherbe getreten. Ihr rechter Fuß blutete aus der daraus resultierenden Schnittwunde und die Jacke war kein Schutz gegen den Regen. Sie war völlig durchnässt und fror, hielt die Jacke mit den Händen fest verschlossen in dem sinnlosen Versuch, sich gegen die Kälte zu schützen. Sie folgte dem Weg, den sie gekommen waren, so gut sie konnte, aber oftmals endete sie in einer Sackgasse, musste umkehren und den halben Weg noch einmal gehen.

Warum laufe ich eigentlich davon?, fragte sie sich unentwegt. Doch dann fiel ihr immer wieder ein, wie der fremde Mann mitten in der Nacht in Kurts Wohnung aufgetaucht war und sich mit ihm gestritten hatte.

Tessa hatte eine dunkle Vorahnung, wie die Auseinandersetzung mittlerweile geendet war. Sie hatte die Flucht ergriffen, als der Streit eskalierte. Für sie bestand kein Zweifel daran, dass dort etwas Schlimmes geschehen war. Und sie konnte es sich nicht leisten, in eine solche Sache verwickelt zu werden.

Erst jetzt bemerkte sie, dass der obere Komplex etwas Bedrohliches an sich hatte. Die Gebäude wirkten alle identisch, austauschbar. Sechsstöckige Wohnhäuser. Immer zwei Wohnungen pro Stockwerk und alle absolut baugleich. Das waren die äußeren Straßen der gehobenen Wohnviertel. *Wie ein Ei dem anderen*, dachte sie.

Die Beleuchtung mochte besser funktionieren, aber die klinisch sanierten und betreuten Wohnanlagen wirkten zu perfekt – geradezu leblos.

Wenn sie mit einem Freier im Auto mitfuhr, fielen ihr diese Dinge nicht auf. Vom gemütlichen Beifahrersitz eines Kleinwagens aus war die Stadt neu und aufregend. Nahezu grenzenlos. Als stünden ihr alle Türen offen.

Jetzt hatte sie eher das Gefühl, dass die Gassen sie einfach verschlucken würden. Sie würde sterben und ein Angestellter der Stadtreinigung würde sie in den nächsten Müllcontainer werfen. Die Laster fuhren den Müll wöchentlich in die Wildnis. Niemand wusste wohin. Vielleicht eine Verbrennungsanlage, vielleicht entledigten sie sich ihrer Ladung auch einfach in einer tiefen Grube.

Es gab schlicht kein Ökosystem mehr, das sie noch ruinieren konnten.

Irgendwann erreichte sie den Kontrollpunkt. Die Wachmänner stellten keine Fragen – es war keine Seltenheit, dass eine Hure misshandelt in ihr Viertel zurücktorkelte. Solange die Unterschicht auch dortblieb, war es den Verantwortlichen gleichgültig.

Mit jedem Schritt, den sie im unteren Komplex setzte, fühlte Tessa sich ein wenig sicherer. Hier kannte sie sich aus, hier – das wurde ihr jetzt klar – war sie zu Hause.

Im unteren Delta begegnete man fast zu jeder Tages– und Nachtzeit noch Menschen auf den Straßen. Nachts handelte es sich dabei meist um Punks, die sich weigerten, in einem der leer stehenden Häuser zu wohnen. Und obwohl sie in der Regel friedlich waren, mied Tessa heute jeglichen Blickkontakt. Sie trug lediglich eine durchnässte Jacke und Jogginghosen. Sie fühlte sich beinah nackt und ausgeliefert. Nicht zuletzt, weil sie Kurt wirklich gemocht hatte … oder hätte mögen können, diese Frage würde sich niemals beantworten lassen. Zumal sie ihm jetzt auch noch sein Geld geklaut hatte.

Für einen kurzen Moment spielte sie dann allerdings

doch mit dem Gedanken, die Punks anzusprechen und ihnen die Beruhigungspillen zu verkaufen, die sie aus der Wohnung hatte mitgehen lassen.

Als sie die Menge an leeren Alkoholflaschen erblickte, die eine Gruppe um sich herum drapiert hatte, verwarf sie die Idee und schritt stur weiter.

Der Weg zu ihrer Wohnung – besser: ihrem Zimmer – führte sie durch die Straße, in der sie auch auf ihre Freier wartete.

Eine ältere Hure mit schlecht sitzender roter Perücke hielt sie an. »Kind, was ist mit dir passiert? Hat dich so ein Wichser verprügelt?« Sie schüttelte den Kopf und wollte einfach nur weiterlaufen, doch die Prostituierte hielt sie zurück. »Kindchen! Mit uns kannst du reden.« Sie legte ihr fürsorglich die Hand auf die Schulter. »Du kannst uns vertrauen.«

Tessa schüttelte den Kopf. »Es ist wirklich nichts passiert. Bitte, ich will einfach nur nach Hause.«

Die Alte ließ sie gehen. »Bitte. Aber komm nicht angekrochen, wenn dich einer verprügelt.«

Tessa blickte nicht zurück und verschwand hinter der nächsten Ecke.

Die Tür zu ihrem Wohnhaus war nicht verschlossen und sie betrat das dunkle Treppenhaus. Die Beleuchtung war auf so ziemlich jedem Stockwerk ausgefallen. Entweder waren die Birnen durchgebrannt und es hatte sie niemand ersetzt, oder die Bewohner hatten sie einfach geklaut. Tessa konnte den Weg zu ihrer Wohnung mit geschlossenen Augen entlanggehen. Manchmal war es auch nötig, die Augen zu verschließen. Nicht alle Wohnungen wurden gewaltlos an neue Mieter übergeben. Hier unten galt, dass man sich nehmen musste, was man verdiente.

Aber dafür bekam man meistens auch, was man verdiente …

Ob man mich auch mit dem Gesicht nach unten in der Gosse finden wird?, fragte Tessa sich häufig. Die düsteren Gedanken schienen über dem heruntergekommenen Viertel zu hängen wie Regenwolken am Himmel an Herbsttagen.

Auf ihrem Stockwerk nahm sie den rechten Flur. Die Massenhäuser, wie Tessa die riesigen Wohnblöcke im unteren Komplex nannte, waren auf eine Art viel schöner als die klinisch korrekten Apartmenthäuser der Oberstadt: sie hatten Individualität. Hier glichen sich nicht alle Wohnungen. Es gab unterschiedliche Schnitte, unterschiedliche Zimmeranzahl – sogar Wohnungen, die direkt übereinanderlagen, konnten sich unterscheiden.

Tessa blieb vor der Tür ihrer Einzimmerwohnung stehen und suchte in den Hosentaschen nach ihrem Schlüssel.

»Scheiße!«, zischte sie.

Ihre Schlüssel waren in ihren eigenen Klamotten.

Den Kleidern, die sie in Kurts Wohnung zurückgelassen hatte.

»Scheiße, Scheiße, Scheiße!«

Einen Schlüsseldienst gab es hier nicht. Niemand kam hierher, um einer Nutte die Tür aufzubrechen. Jeder Nachbar, den sie hätte bitten können, würde sicherlich unangenehme Fragen stellen oder eine Gegenleistung von ihr verlangen. Außerdem könnte sie die Tür nach dem Aufbrechen nicht mehr verriegeln. Und eine verriegelte Tür war gerade nachts unabdingbar.

Sie lehnte sich mit dem Rücken gegen den Türrahmen und rutschte langsam daran zu Boden, kauerte sich gegen ihre Wohnungstür und legte die Stirn auf die verschränkten Arme.

Das war's, dachte sie. *Alle meine Sachen … Mit den paar Kröten in meiner Tasche komme ich auch nicht weit.*

Am nächsten Tag würde sie jemanden bitten, die Tür zu

öffnen. Dann könnte sie sich wenigstens ihre Sachen greifen und von hier verschwinden. In einen anderen Teil des Komplexes und eine neue Wohnung anmieten. Arbeiten könnte sie überall.

Ficken wollen die Kerle immer. Jetzt bloß nicht einschlafen … Bloß nicht … einschlafen …

Ihr Kopf schlug mit einem leisen Klopfen gegen die Tür.

*

Der metallische Geruch frischen Bluts stach in ihrer Nase. Sie war nicht mehr an dem moosbewachsenen Felsen. Und die Tatsache, dass sie diesen klaren Gedanken fassen konnte, ließ in ihr die Hoffnung keimen, dass es nicht ihr eigenes Blut war, dessen Geruch die Luft erfüllte.

Sie konzentrierte sich auf ihren Körper, versuchte, ohne sich zu bewegen, festzustellen, ob sie schwer verletzt war. Gerne hätte sie ihren Brustkorb abgetastet, um die vermutlich gebrochene Rippe zu befühlen, aber sie wollte den Männern nicht preisgeben, dass sie schon wieder bei Bewusstsein war.

Sie schnappte zwei männliche Stimmen auf, die sich unterhielten.

»Glück muss man haben, was? Blumen und eine Tussi, die wir verkaufen können.«

Sie lachten. Ein widerlicher, dreckiger Laut, der keinen Zweifel an ihren Absichten ließ.

»Ja, Sid holt den Doc, dann machen wir sie schön gefügig«, sagte der andere. »Wollen ja nicht, dass sie ihrem Käufer Probleme macht.«

Der Erste schnaubte. »Pah! Gib mir ein paar Stunden mit ihr, das wird reichen.«

Einer von ihnen stand auf und kam mit schweren

Schritten näher. Elaine zwang sich, die Augen geschlossen zu halten, auch wenn das bedeutete, dass sie ihren Gegner nicht kommen sah. Aber anhand des zeitlichen Abstands zwischen den Schritten und des lauten Stapfens schätzte sie den Körper des Kerls auf gut zwei massige Meter.

»Lass das, Bull!« Die Stimme des anderen Kerls war scharf und gab zweifellos zu verstehen, dass er hier das Sagen hatte. »Der Pfeil hat sie hart genug getroffen. Jeder blaue Fleck mindert den Preis. Und du weißt, dass wir sie nicht lange pflegen können.«

Bull blieb stehen und drehte sich auf der Stelle. Der Staub und feine Sand unter seinen Sohlen knirschte dabei laut. So laut, dass Elaine das Gefühl hatte, er stünde direkt auf ihrem Kopf. »Schon gut, Adam. Ich weiß. Schnell raus mit der Ware.«

Er entfernte sich wieder von ihr, und Elaine atmete unauffällig durch. *Ein Pfeil hat mich also getroffen*, dachte sie.

Munition für Schusswaffen war selten und teuer. Viele Förster – wie sich die Pflanzenschmuggler selbst nannten – griffen häufig auf herkömmliche Waffen zurück, um sich zu schützen. Diese Typen hatten sie allem Anschein nach mit einem Wuchtpfeil außer Gefecht gesetzt. Das funktionierte ähnlich wie ein Gummigeschoss, nur dass eine schwere Kugel dort befestigt war, wo normalerweise die Pfeilspitze saß.

Mit solch einem Geschoss musste man aber nah an sein Ziel heran, da die Pfeile nicht sonderlich weit flogen. *Wie konnten die so nah an mich herankommen, ohne dass ich sie bemerkte?*, fragte sie sich. *Anfängerfehler!*

Hätte sie die Männer kommen sehen, hätte sie ihnen mit ihrem Revolver einen gebührenden Empfang bereitet. Noch schlimmer, nun war die Waffe in den Händen dieser Kerle.

Offensichtlich waren ihre Gegner bloß zu zweit, sicher wusste sie es jedoch nicht. Es hatte keinen Zweck, wenn sie eine Chance zur Flucht haben wollte, dann musste sie jetzt die Augen öffnen und sich umsehen.

Sie spürte, dass sie auf der rechten Seite lag, also öffnete sie bloß ihr rechtes Auge einen winzigen Schlitz weit. Sie befand sich in einer Holzhütte. Früher mochte sie einmal ein Forsthaus gewesen sein, heute waren Forsthäuser ein alterndes Relikt, das langsam dem Pilz verfiel. Dieses hier schien aber zumindest noch so weit in Schuss zu sein, dass die Bodendielen in ihrem Blickfeld sich nicht wölbten oder Löcher aufwiesen, was ungewöhnlich war. Das Holz wirkte frisch und kräftig, beinah neuwertig, was aber absolut unmöglich war hier draußen. Es musste sich bei der Hütte um einen mindestens hundert Jahre alten Bau handeln, der einfach nur sorgfältig gepflegt wurde. Doch das nagende Gefühl, dass mit der Hütte etwas nicht stimmte, blieb. Allerdings fand sie keine schnelle Antwort darauf, und ihre momentane Lage machte solche Überlegungen ohnehin müßig.

In der Mitte des Raums stand ein Tisch, an dem zwei Männer saßen. Sie konnte die Entfernung nicht genau benennen, schätzte sie aber auf ungefähr drei Meter. Einer der Männer war ein eher schmächtiger Kerl. Er trug schlechte Sportschuhe, völlig ungeeignet für die Wildnis, darüber eine abgewetzte Hose, an deren rechtes Hosenbein er ihr Halfter gebunden hatte.

Das beantwortet die Frage nach dem Verbleib meiner Waffe, dachte sie grimmig. Auch ihr Mantel hatte den Weg in seine Garderobe gefunden, was sie darauf schließen ließ, dass »Sid« eine eher breitere Statur hatte und Adam der einzige Mann der Gruppe war, dem Frauenklamotten passten. Den dunklen Mantel trug Adam offen, und der schwere

Stoff rutschte ihm über die Schultern und bis in die Ellenbeugen. *Wie schmächtig ist der Kerl denn?*, fragte sie sich ungläubig.

Bull war das genaue Gegenteil. Sein Anblick zerstreute jeden Zweifel darüber, wie er zu seinem Spitznamen gekommen sein mochte. Waden, dicker als ihre Taille, ragten aus den abgerissenen Beinen einer ehemals langen Hose heraus und verschwanden dann in schweren Stiefeln. Sie konnte noch einen Teil eines Tattoos ausmachen: eine geflügelte Rose.

Ziemlicher Dreck, dachte sie abschätzig. *Warum immer diese kitschigen Tätowierungen?*

Die Hose war Teil eines dunklen Overalls, der über die Jahre extrem gelitten haben musste. An mehreren Stellen war der Stoff zerschlissen, und Bulls Wampe drückte sich bedrohlich durch mehrere Schlitze an der Bauchseite. Der mit Sicherheit zwei Meter messende Fleischklops schien unbewaffnet zu sein, was bei seiner reinen Körpermasse auch gar nicht vonnöten war. Ein direkter Treffer seiner feisten Pranken würde sie für eine Weile außer Gefecht setzen. In jedem Fall zu lange, um hier lebend hinauszukommen.

Nein, dachte sie. *So geht es nicht. Adam zuerst, dann Bull. Eine Kugel aus dem Colt wird auch dieses Monster ausschalten.*

»Zeig mir das Ding noch mal«, bat Bull und streckte seine massige Hand aus.

Adam zog den Colt Python aus dem Halfter und wedelte damit vor seinem Gesicht herum. »Nein, du Idiot. Mit deinen Wurstfingern machst du ihn nur kaputt!«

Bull schien ein wenig sauer zu sein, doch er gab keine Widerworte. Stattdessen deutete er auf den Griff des Revolvers. »Die muss reich sein, wenn sie sich echtes Holz leisten kann.«

Walnussholz, du Idiot!, dachte Elaine. Die Waffe war ein Geschenk ihres Großvaters gewesen und bereits eine Antiquität. Wie ihr Großvater in den Besitz des Sechsschüssers gekommen war, wusste sie nicht, doch es war eines der wenigen Erbstücke, die sie besaß. Und sie pflegte den Colt jeden Tag sehr sorgfältig, um eine Fehlfunktion zu vermeiden. Zu oft hatte sie schon mit angesehen, wie einige ihrer Konkurrenten sich auf alte Pistolen verließen, die dann im entscheidenden Moment den Dienst versagten. Ihr Python hatte sie noch nie im Stich gelassen.

»Glaube ich nicht«, erwiderte Adam. »Wäre sie reich, würde sie nicht schmuggeln.«

Bingo! Sie musste an sich halten, um ihren Ärger über die Dummheit der beiden Männer nicht laut herauszubrüllen.

»Aber die anderen Sachen …«, fuhr Bull fort. »Die Wurfmesser und der ganze Kram. Und die Klamotten.«

Adam winkte ab. »Dann ist sie eben bisher recht erfolgreich gewesen.« Er blickte zu ihr herüber und lächelte schmierig. »Viel wichtiger ist, dass sie zwei schöne Titten hat. Die bringen mehr Kohle.«

Sie schauderte bei dem Gedanken, was passierte, wenn dieser Sid wieder hier auftauchte und sie die beiden Schweine noch nicht außer Gefecht gesetzt hätte.

Elaine fasste einen Plan, und sie konnte nur hoffen, dass ihre Verletzung ihn nicht vereitelte. Sie stöhnte übertrieben laut auf und wand sich ein wenig am Boden.

»Scheiße, was hat die Schlampe?«, fragte Bull und stand auf.

»Was fragst du so blöd! Geh hin und sieh nach!«

Er stand auf und schlappte gemächlich zu ihr herüber. Elaine biss sich mehrmals kräftig auf die Lippe und jaulte dabei erneut auf – diesmal vor echtem Schmerz.

Bull beugte sich neben ihrem Kopf zu ihr hinunter, um

sie zu untersuchen. Sie wimmerte ein wenig und spuckte blutigen Speichel aus.

»Scheiße, Adam, ich glaub, sie ist schwer verletzt!«

»Was lässt du sie dann da rumliegen? Bring sie her, verdammt!«

Eine schwitzige Pratze vergrub sich in ihrem Haarschopf und hob sie unsanft vom Boden hoch. Dabei spürte Elaine einen dumpfen Schmerz in der linken Seite ihres Brustkorbs. Ihre Befürchtung schien sich zu bewahrheiten, was den Rippenbruch betraf.

»Nicht so grob, du Metzger!«, herrschte Adam seinen tumben Gehilfen an.

Bull nutzte nun beide Hände und brachte Elaine vorsichtig zum Tisch, wo er sie erstaunlich sanft auf der Tischplatte ablegte.

Sie spürte, wie ihr Herzschlag sich beschleunigte, und mahnte sich innerlich zur Ruhe. Sie würde nur diese eine Chance bekommen, das wusste sie.

»Sie spuckt Blut.«

»Das sehe ich auch«, raunte Adam. »Vermutlich die Rippe. Scheiße.«

»Wann kommt der Doc hier an?«, fragte Bull in der Hoffnung, die Lage damit zu entspannen.

»Das dauert noch. Bis dahin ist sie uns vielleicht krepiert.«

Elaine wartete, bis Adam aufstand und sich den Mantel wieder über die Schultern ziehen wollte, um die Bewegungsfreiheit seiner Arme wiederherzustellen.

Blitzschnell rollte sie zu seiner Seite des Tisches herum, wobei sie die Schmerzen in ihrem Brustkorb beiseitebiss. Mit der Linken griff sie nach der Waffe und zog den Abzug durch. Es gab einen lauten Knall, als der Colt Python die Treibladung der Patrone Kaliber .357 zur Explosion brachte. Die Kugel durchschlug Adams Fuß mitsamt dem Dielenboden. Er schrie auf und taumelte einen Schritt zurück. Durch den Rückstoß und Adams Rückzug kam der vier Zoll lange Lauf der Waffe aus dem Halfter frei.

Elaine setzte ihre Rollbewegung fort, über die Kante der Tischplatte hinaus, und sie schlug schmerzhaft auf dem Boden auf. Sie keuchte, als ihr die Luft aus der Lunge gepresst wurde und ihre gebrochene Rippe sich verschob. Die Schmerzen ignorierend hob sie die Waffe unter dem Tisch an und zerschoss Bull das rechte Knie.

Der Riese jaulte laut auf und stürzte, als der Unterschenkel unter seinem Gewicht nachgab und in einem grotesken Winkel seitlich ausbrach. Elaine änderte den Winkel ihres Arms und schoss ihm ins Gesicht. Sie beobachtete nicht, wie die Kugel in seinen Kopf eindrang und sein Hirn zerfetzte. Stattdessen zog sie die Arme an den Körper und rollte sich unter den Tisch.

Keine Sekunde zu früh, denn Adam hatte sich von dem ersten Schock erholt und ein Messer nach ihr geworfen, das sie am Hals erwischt hätte. Am verzierten Griff erkannte Elaine, dass es sich auch hierbei um eine ihrer Waffen handelte. Sie kam wieder in die Hocke und drückte sich kraftvoll nach oben, wobei sie den Holztisch erwischte und mit ihrem Rücken umkippte. Das Möbelstück fiel krachend zu Boden und bildete so einen provisorischen Schutzschild gegen weitere Messer.

Elaine feuerte ein Geschoss mittig durch das Holz, zielte auf einen Punkt, an dem sie Adam vermutete. Sie wusste, dass die schwere Kugel die Platte mit Leichtigkeit durchschlagen würde. Danach kam sie in einer Hechtrolle über die rechte Schulter aus ihrer Deckung und erfasste die Situation mit einem kurzen Blick.

Adam hatte noch ein zweites ihrer Wurfmesser geschleudert, das zitternd in der Tischplatte steckte. Dann hatte er sich hinter einen Stuhl geworfen, während sie ihren Blindschuss abgegeben hatte. Dort verharrte er noch immer. Zu ihrer Erleichterung stellte sie fest, dass er den Mantel zuvor schon von den Armen gestreift hatte. Sie hätte ungern auf das schöne Stück geschossen.

Elaine zog den Hahn des Revolvers und zielte auf Adams Brust. »Keine. Bewegung.«

Er starrte an ihr vorbei, rührte sich aber nicht. Elaine musste sich nicht umdrehen, um zu wissen, was er sah. Bull war tot. Sie hatte ihn getötet. Und Adam würde der Nächste sein.

Schließlich gelang es ihm, sich wieder auf sie zu konzentrieren. »Lass mich leben!« Der flehentliche Tonfall seiner Stimme widerte sie an.

Das Adrenalin pumpte noch immer heiß durch ihre Adern, und sie musste sich beherrschen, nicht sofort den Abzug zu betätigen. Sie kontrollierte ihren Atem und sprach langsam, damit er sie auch beim ersten Mal direkt verstand. »Wo ist Sid? Wo sind meine Blumen?«

Adam schüttelte schluchzend den Kopf. »Ich weiß es nicht.«

»Wo verkauft ihr eure Ware?«

»Ich weiß es nicht.«

Sie hielt irritiert einen Moment inne. Dann entdeckte sie die dunkle Lache unter Adams Gesäß. Sie seufzte entnervt. »Klar, mich mit Drogen gefügig machen wollen. Ganz harter Bursche bist du, was? Und dir jetzt vor Angst in die Hose pissen.« Sie überlegte kurz, was sie mit dem Kerl anstellen sollte. »Du bist nutzlos.«

Adam blickte sie entgeistert an. »Was?«

»Mit dir zu reden, bringt mich nicht weiter.« Elaine hob den Revolver etwas höher, zielte jetzt auf sein Gesicht. Bei der Bewegung durchfuhr sie ein stechender Schmerz in der linken Seite. »Scheiße!«, presste sie unter zusammengebissenen Zähnen hindurch.

Adam sah seine Chance zur Flucht gekommen und sprang auf. Aus einem Reflex heraus drückte Elaine ab und die Kugel traf ihn in die Hüfte. Die Wucht schleuderte ihn nach hinten und zu Boden.

Elaine stand auf und spannte den Hahn erneut. *Die Letzte*, wusste sie. »He, du!«, rief sie und ging vorsichtig einen Schritt näher. Adam bewegte sich unkontrolliert und stöhnte dabei vor Schmerz. Sie tat einen weiteren Schritt und konnte ihm nun wieder in die schmerzverdrehten Augen blicken. »Adam … du heißt doch so, nicht wahr?«

Er unterbrach sein Stöhnen für einen Moment, um ihr eine Beleidigung an den Kopf zu werfen.

»Also schön, Adam.« Sie machte einen letzten Schritt und stand nun neben seinem Oberkörper. »Wir beide wissen, dass nur noch eine Kugel übrig ist. Ich werde also nicht vorbeischießen, um dich zum Reden zu motivieren. Und davonlaufen kannst du auch nicht.« Sie trat ihn mit dem Fuß leicht in die Seite. Erst jetzt bemerkte sie, dass sie ihre Wanderstiefel nicht trug. »Neue Frage. Wo sind meine Sachen?«

Er presste sich mit schmerzverzerrtem Gesicht die Hände auf das verletzte Bein. »Du dumme Schlampe!«, brachte er keuchend hervor. »Sid wird dich umlegen.«

»Also hat er meine Pflanzen, richtig?«

Adam machte sich nicht einmal die Mühe, sie anzusehen.

Elaine seufzte. »Schau, wenn du mir nützlich bist, dann lasse ich dich hier liegen und gehe. Dann hast du die Chance, dass … Sid und dieser Doktor dich rechtzeitig finden. Wenn du dich weiterhin als nutzlos herausstellst, dann …«

Sie ließ die Worte unausgesprochen, richtete den Lauf des Revolvers jedoch auf sein Gesicht. »Die Wahl liegt bei dir.«

Er unterbrach sein schmerzerfülltes Wimmern und Fluchen für einen Moment und schluckte schwer. »Hey … das war doch nichts Persönliches, weißt du?«

Sie legte den Kopf schief und runzelte demonstrativ die Stirn. »Lass mich nachdenken. Ihr habt mir aufgelauert, mich verschleppt, meine Pflanzen gestohlen und wolltet mich als Sexsklavin verschachern … Ich denke, Adam, viel persönlicher kann es nicht mehr werden, oder wie siehst du das?«

Er senkte ängstlich den Blick. »Deine Sachen liegen da hinten in der Truhe.«

Elaine trat einen Schritt zurück und warf einen kurzen Blick über die Schulter. In der gegenüberliegenden Ecke des Raums stand eine Kiste aus geschwärztem Metall. »Schön liegen bleiben«, sagte sie kalt lächelnd und ging zu dem Container hinüber. Er war nicht verschlossen und der Deckel war erstaunlich leichtgängig. Darin lagen anscheinend alle ihre Sachen, die Adam nicht am Körper trug. Sie griff nach den schweren Wanderstiefeln und zog sie an.

Auch ihr Rucksack und sogar ihr Kompass waren hier verstaut. Sie ließ den Deckel geräuschvoll fallen, was Adam einen erschrockenen Aufschrei entlockte.

»Mach dir nicht ins Hemd«, stöhnte sie, »… oder nicht noch mal.« Sie nahm sich den zweiten Stuhl, der noch neben Bulls Leiche stand, und stellte ihn ungefähr einen Meter neben Adams Kopf ab. »Also …«, begann sie lehrerhaft, »fassen wir zusammen. Sid ist mit meinen Pflanzen zurück zum Delta, richtig?«

Adam nickte zögerlich.

»Und dort trifft er diesen Doktor. Unterbrich mich, wenn ich mich irre, ja? Also, dieser Doktor will mich dann mit Drogen ruhigstellen, damit ihr mich an einen alternden Funktionär mit Erektionsstörung verkaufen könnt.«

Wieder nickte er.

Sie schürzte die Lippen. »Das scheint ein ganz netter Nebenerwerb zu sein. Wie weit sind wir vom Komplex entfernt?«

Er hustete ängstlich. »Knapp sechzig Kilometer.«

Sie richtete den Revolver erneut auf seinen Kopf. »Wann kommt Sid wieder hier an?«

Adam wimmerte. Sein Gesicht war blass und Schweißperlen sammelten sich auf seiner Stirn. »Erst morgen Mittag«, stammelte er.

»Und welcher Tag ist heute?«

»Mittwoch.«

»Das ist zu spät«, murmelte sie. »Wo kann ich ihn im Komplex finden?«

Adam hustete schwach. Er stand offensichtlich kurz vorm Kollaps. »Er findet dich.«

Sie seufzte. »Und warum sollte er mich suchen?«

Adam lachte heiser und deutete auf die Leiche des Hünen. »Sein … Bruder«, sagte er leise. »Bull war sein Bruder.«

»Verstehe.« Sie überlegte einen Moment, was sie als Nächstes tun sollte. »Dann bist du nutzlos.« Der Colt brüllte einmal kurz auf, als das Geschoss aus seinem Lauf geschleudert wurde. Der Einschlag ließ Adams Körper erzittern, danach regte er sich nicht mehr.

Nie mehr.

Elaine durchsuchte seine Taschen und fand einen runden, blauen Plastikchip, den sie achselzuckend einsteckte. Sonst trug er nichts bei sich. Keine Brieftasche, kein Geld. Auch Adam hatte eine dieser Kitsch-Tätowierungen am Bein. *Vermutlich ein Gangtattoo*, dachte sie. *Die fliegenden Blümchen, wie niedlich.*

Sie beeilte sich, ihre eigenen Sachen zu bergen, und lud ihren Revolver nach. Die leeren Hülsen verstaute sie in einem Seitenfach ihres Rucksacks, um sie später wieder zu befüllen. Das war wesentlich einfacher, als an eine Genehmigung für scharfe Munition zu kommen – die sie auch nicht hatte.

Schade eigentlich, dachte sie. *Die Hütte wäre ein prima Versteck.*

Sie wollte gerade durch die Tür verschwinden, als ihre Aufmerksamkeit auf einen blinkenden Gegenstand an Bulls linker Pratze fiel, einen Goldring. *Ich brauche einen Ersatz*, dachte sie mit Blick auf den geschmierten Wachmann, der bei ihrer Rückkehr sicherlich eine neuerliche Bezahlung fordern würde. Sie zückte ihr Messer, für den Fall, dass der Ring nicht von seinem fetten Finger glitt.

Vor der Hütte hielt sie kurz inne und orientierte sich mithilfe ihres Kompasses und der Karte ein wenig. »Sechzig Kilometer in knapp 36 Stunden«, murmelte sie. »Ist zu schaffen.«

Ein neuer Gedanke kam ihr in den Sinn: *Sid.*

»Wenn er mich schon sucht, warum sollte er mich nicht finden?« Sie verwarf die Idee allerdings rasch wieder, als sie ihre Lage überdachte. *Mindestens eine gebrochene Rippe, ein geschmierter Wachmann, der nur noch bis morgen Nacht Dienst hat, und meine einzige Waffe ist ein Revolver … kein guter Plan.*

Sid würde warten müssen.

Stattdessen würde sie auf dem Rückweg zum Komplex einen kleinen Umweg machen. Vielleicht hatte sie ja noch einmal Glück und fand eine weitere Pflanze?

*

Elaine erreichte den Kontrollposten am Donnerstag kurz vor Mitternacht. Seit sich immer mehr ihrer Konkurrenten etablierten, versuchte die Regierung mit schärferen Kontrollen entgegenzuwirken.

Natürlich rechtfertigte man diese Maßnahmen mit der Begründung, dass man für eine optimale Versorgung der städtischen Bevölkerung stets genau über die Einwohnerzahlen informiert sein müsse.

Als würde es auffallen, wenn bei knapp zehn Millionen Menschen einer fehlt, dachte sie.

Der Deltakomplex war eine der größeren Städte. Die Landflucht hatte die Menschen vor mehr als achtzig Jahren in die Ballungszentren getrieben, und daraus hatten sich die Komplexe gebildet. Hochhausmoloche, ein Gebäude größer als das andere. Die äußeren Bauten wirkten fast wie eine mittelalterliche Palisade – bloß waren sie über fünfzig Meter hoch.

Menschen lebten wie die Sardinen, ohne jeden Freiraum. Und dennoch, sogar die Ärmsten zogen ein Leben im Komplex dem aussichtslosen Kampf in der sterbenden Wildnis vor.

Drei Soldaten schoben hier Dienst. Bewachten die Bevölkerung vor »Bedrohungen von außerhalb«, wie die Medien berichteten. In Wahrheit durchsuchten sie jeden, der die Stadt betreten wollte, nach illegaler Ware. Wäre alles nach Plan gelaufen, hätte Elaine dem geschmierten Soldaten eine ihrer Pflanzen überlassen und er hätte sie dafür nicht erschossen.

Nun war es Zeit für Plan B.

»So spät noch unterwegs?«, fragte ein hochgewachsener Mann aus einem kleinen Häuschen heraus. Hinter ihm an der Decke brannte ein schwaches Licht, das den Raum kaum erhellte, doch Elaine konnte deutlich das Sturmgewehr erkennen, das neben ihm gegen einen Tisch lehnte. Irgendwo in der Dunkelheit verborgen saßen seine zwei Kameraden und zielten vermutlich gerade auf sie.

Manchmal fragte sie sich, wie der Soldat dann die Pflanze vor seinen Kollegen geheim hielt und sie nach Hause schmuggelte, doch letztlich interessierte es sie nicht genug. *Hauptsache, er lässt mich in den Komplex*, dachte sie.

»Ja, ich hatte eine kleine Panne.«

»Oh.« Sein Ton wurde misstrauisch. »Und unsere Vereinbarung?«

Für den Bruchteil einer Sekunde war sie versucht, ihn auflaufen zu lassen und den Ring zu behalten. Das Teil würde ihr eine Menge Kohle einbringen. Dann fiel ihr ein, dass Menschen auch schon für weniger erschossen worden waren.

»Die gilt natürlich«, sagte sie, woraufhin ihr Gegenüber sich sichtlich entspannte. »Allerdings ist dein Anteil nicht grün.«

»Sondern?«

Sie förderte ein kleines Plastiktütchen aus einer Manteltasche zutage und überreichte es ihm. »Gold.«

Er nahm die Tüte entgegen und betrachtete ihren Inhalt. »Da klebt Blut an dem Ring.«

Sie zuckte die Achseln. »Gold ist abwaschbar.«

Er drohte ihr mit dem Ring in der Faust. »Wenn du mich verarschst, dann lass ich dich hochgehen!«

»Reg dich ab. Pass lieber auf, dass deine Kameraden den Ring nicht finden.« Sie legte den Kopf schief und blickte ihn fragend an. »Wie schaffst du es eigentlich, dass sie nicht beteiligt werden wollen?«

Er ließ die Faust rasch in seiner Jackentasche verschwinden. »Das geht dich nichts an.«

Sobald man durch das Eingangstor trat, teilte sich die

Straße. Der eine Teil mündete in einen Tunnel, der direkt in den oberen Komplex führte, der andere geleitete Elaine auf ihrem Weg in den unteren Komplex.

Nach ein paar Metern bog sie links in eine Hauptverkehrsstraße ab und steuerte eine Straßenbahnhaltestelle an. Die Beleuchtung des Fahrplans war ausgefallen, aber Elaine kannte sich aus und wusste, welche Linie sie nehmen musste. Um diese Uhrzeit war sie auch der einzige wartende Fahrgast und sie setzte sich auf eine kleine Bank.

Sechzig Kilometer in eineinhalb Tagen, dachte sie mit Blick auf ihre schmerzenden Füße. *Und alles umsonst.*

Sie fror. Es hatte vor einer Weile zu regnen begonnen, und obwohl ihre Kleidung wasserabweisend war, fand die nagende Kälte doch ihren Weg auf Elaines Haut. Sie blickte auf die Uhr und seufzte. Von hieraus benötigte man noch knapp vier Stunden bis zu ihrer Wohnung. Die Straßenbahn hielt nicht in ihrem Wohnviertel, und um diese Uhrzeit würde sie keinen Anschluss mehr finden und die letzten fünf Kilometer zu Fuß zurücklegen müssen.

Als wäre ich nicht schon genug sinnlos gelaufen, überlegte sie mürrisch.

Diesmal hatten sich der ganze Aufwand und das hohe Risiko nicht im Geringsten gelohnt.

Dieser Arsch von Sid hat meine Pflanzen und meine Kohle, grummelte sie weiter. *Wenn ich den Wichser erwische, mach ich ihn kalt.*

Die Bahn hielt mit quietschenden Bremsscheiben. Offensichtlich hatte der Wagenführer sie erst im letzten Moment gesehen und wäre sonst, ohne zu halten, durchgefahren.

Elaine beeilte sich darum mit dem Einsteigen. Es gab keinen Grund, die armen Schweine, die die Nachtschicht hatten, auch noch durch die eigene Langsamkeit zu ärgern.

Außerdem wollte sie so schnell wie möglich in ihre Wohnung, um an ihrem Gewächshaus nach dem Rechten zu sehen.

Elaine war recht früh auf den Gedanken gekommen, dass das Schmuggeln von Pflanzen allein sie auf Dauer nicht absicherte. Seitdem versuchte sie, ein paar der anspruchsloseren Gewächse selbst zu züchten.

Solche Zöglinge überlebten meist nicht länger als einen Monat, doch bei schnell wachsenden Pflanzen reichte das aus, um einen schönen Profit zu machen. Und das ganz ohne die Gefahren der Wildnis.

Sie nahm auf einem freien Doppelsitz Platz und stellte ihren Rucksack auf dem Fenstersitz ab. Die Wildnis war gefährlich, aber das waren Straßenbahnen nach Mitternacht auch. Zu ihrer Erleichterung war der Wagen fast leer. Und die anderen Fahrgäste waren zum Großteil so stark alkoholisiert, dass sie vermutlich bis zum Sonnenaufgang auf ihren Plätzen sitzen bleiben würden.

Elaine konnte es ihnen nicht verdenken. Für viele bot die Straßenbahn mehr Sicherheit und Komfort als die eigenen vier Wände.

Sie selbst jedoch mochte ihre Wohnung. Und sie konnte es kaum erwarten, eine heiße Dusche zu nehmen und danach in ihr Bett zu fallen.

Ein Vorteil der Schmuggelei war das viele Geld. Elaine konnte sich einen Wohlstand leisten, der für die meisten Menschen des unteren Komplexes für immer unerreichbar blieb. Ein Nachteil dieses Geschäfts war natürlich, dass sie nicht im oberen Delta wohnen konnte. Zu viele neugierige Blicke machten ein Leben ohne offiziellen Gehaltsscheck dort zu einem endlosen Spießrutenlauf, den auf die Dauer einfach niemand fehlerfrei bestand.

Die Bahn fuhr gerade am größten öffentlichen Park

der »Unterstadt«, wie Elaine den unteren Komplex auch nannte, vorbei. Eine riesige Grünfläche aus Kunstrasen, die von gewundenen Kieswegen durchzogen wurde. Der Park sollte die Menschen daran erinnern, wie die Welt einmal ausgesehen hatte. Grün und hell. Elaine konnte das nicht wirklich glauben. Sie war in der grauen Einöde eines Komplexes aufgewachsen und würde vermutlich auch in einer solchen grauen Einöde sterben. Diesen Versuch, den Menschen die Natur näherzubringen, empfand sie als geschmacklos und billig.

Die Dinge ändern sich immer, sagte sie zu sich selbst. *Und man kann nichts dagegen tun.*

Auf der anderen Seite konnte sie verstehen, wenn Familien mit ihren Kindern an der frischen Luft etwas mehr erleben wollten, als zu sehen, wie ihr Kind in eine weggeworfene Heroinspritze fiel … in dem Park gab es leider mehr als genug davon.

Vielleicht ist der Wunsch nach Leben und Schönheit doch tiefer in uns verwurzelt, als man meint. Sie lächelte. *Verwurzelt …*

Viele ihrer Kunden waren angesehene Mitglieder der Oberschicht. Die, die es sich leisten konnten, das Schlafzimmer für mehrere Hunderter mit ein wenig Grün zu verzieren, nur um dann mit anzusehen, wie es innerhalb weniger Tage abstarb.

Ihr selbst tat es jedes Mal aufs Neue in der Seele weh, wenn sie eine Pflanze den Todeskampf verlieren sah. Einmal hatte sie sich selbst eine gelbe Tulpe auf dem Schwarzmarkt gekauft, um sich für ihre hervorragende Ausbeute zu belohnen. Die Pflanze war innerhalb eines Tages von Pilzsporen übersät gewesen. Und nach weniger als achtundvierzig Stunden hatte der Parasit die Blüte völlig zerfressen.

Bis heute wusste Elaine nicht, wie es dem Schmuggler überhaupt gelungen war, die Pflanze bis zum Schwarzmarkt zu bringen, ohne dass sie bereits dort einen kränklichen Eindruck gemacht hatte.

Sie konnte den Kollegen – oder Konkurrenten, diese Betrachtung variierte von Tag zu Tag – jedoch nicht mehr danach fragen, denn er war damals noch am selben Abend einer Polizeipatrouille in die Hände gefallen und auf offener Straße hingerichtet worden.

Die Gerichte arbeiteten heutzutage deutlich schneller, als es die geschichtlichen Aufzeichnungen glauben ließen.

Ein eisiger Schauer lief Elaine über den Rücken. Sie wusste: Früher oder später könnte sie einen ähnlichen Tod finden. Die Sache konnte neunundneunzig Mal gut gehen, aber beim hundertsten Mal würde man sie vielleicht schnappen. Und dann?

Unschuldsbekundungen waren den Polizeisoldaten vollkommen gleichgültig. Man würde sie für schuldig befinden und an Ort und Stelle hinrichten. Und ein neuer Schmuggler würde aus seinem Loch kriechen, um ihren Platz einzunehmen.

Der Kreislauf des Lebens.

Das Stadtbild veränderte sich mit jeder Haltestelle mehr und mehr. Die Häuserfassaden wurden dunkler und dreckiger, die Straßenbeleuchtung spärlicher. Beleuchtete Fenster wechselten sich mit heruntergelassenen Rollläden ab, und Elaine konnte sich nur zu gut die Szenen ausmalen, die sich dahinter abspielten.

Die Bahn näherte sich allmählich der Endhaltestelle. Einem Punkt, an dem die südliche Unterstadt in die östliche überging. Dorthin fuhren die Bahnen nur selten. Und nur bei Tageslicht.

Elaine stand auf und schulterte ihren Rucksack. Sobald die Bahn anhielt, stieg sie aus und marschierte die Straße weiter nach Osten. Von jetzt an stand ihr noch eine Stunde Fußmarsch bevor, der gerade durch den mittlerweile prasselnden Regen besonders unangenehm zu werden versprach.

Sie zog den Hut tiefer über die Stirn und schlang den Mantel enger um ihren Körper in dem hilflosen Versuch, die Nässe und Kälte fernzuhalten.

Das wird noch ein langer Abend, erkannte sie seufzend.

Es war seltsam. Sie lief an den dunkelsten Gassen entlang, sah immer wieder die Schatten von Gestalten, die darin lauerten, doch niemand stellte sich ihr in den Weg. Als würde Elaine selbst ein solches Maß an Bedrohung verströmen, dass man lieber einen Bogen um sie machte.

Sie wusste, dass dieser Gedanke nur zum Teil der Wahrheit entsprach. Sicherlich wäre sie für den durchschnittlichen Straßenräuber der sichere Tod, aber das war nicht der Grund, weshalb man sie unbehelligt ließ.

Die Menschen scherten sich hier nicht um andere. Sie kümmerten sich meist nur um sich selbst. Und Übergriffe waren seltener, als die Medien der Oberstadt es verbreiteten.

Lügen für die Massen, dachte sie. *Hauptsache, man fürchtet sich vor der Unterschicht. Irgendein Feindbild braucht man ja immer. Als würde die Umwelt nicht schon genügen.*

Hier im südlichen unteren Komplex gab es keine künstlichen Parks mehr und auch nur wenige Stellen, an denen man Lebensmittel kaufen konnte oder gewöhnliche Haushaltsgegenstände. Doch dafür gab es etwas, das alle Menschen des Deltas gleichermaßen wollten: den größten Umschlagplatz für Pflanzen in der gesamten Stadt.

Jeder wusste davon. Die Polizei, die Politiker, die Einwohner – einfach alle. Und die meisten hatten den Markt schon einmal besucht und eine Grünpflanze gekauft. Der Witz bestand darin, dass die Polizei eingreifen musste, wenn sie von einem abgehaltenen Markt erfuhr, es aber nicht auf Verdacht hin tat. So waren Razzien selten, denn jeder Mensch wollte einmal im Leben eine Grünpflanze besitzen. Darum hielt sich auch fast jeder bedeckt, wenn es um die Weitergabe der Termine ging.

Man hörte etwas von jemandem, der etwas gehört hatte … und so weiter.

Elaine war dennoch stets auf der Hut. Die Polizei mochte sich mit den Schmugglern abgefunden haben, aber wenn sie sie auf frischer Tat ertappten, dann hätten sie keine andere Wahl, als sie zu erschießen.

Schließlich bog sie in die »Nuttengasse« ein. So nannte sie den Straßenstrich. Von hier aus wäre sie in wenigen Minuten in ihrer Wohnung.

Die Huren kannten sie und verschonten sie mit ihren Offerten. Als Fußgänger stellte man ohnehin kein lohnendes Ziel für ihre Angebote dar. Elaine kannte einige von ihnen persönlich. Eine Zeit lang hatten die Prostituierten sie ermutigt, die Branche zu wechseln. Doch Elaine hielt ihre Arbeit noch immer für sicherer. Allein der Gedanke, sich ständig einem fremden Mann auf diese Art auszuliefern, machte ihr wirkliche Angst. Menschen der Unterschicht waren wenig bis gar nichts wert, das wusste sie. Und die Freier wussten es auch. Die Frauen hatten häufig Probleme damit, ihre Bezahlung zu bekommen oder nicht misshandelt zu werden.

Für einige Zeit hatte Elaine sich als eine Art Leibwächter für die Prostituierten ein wenig Geld dazuverdient. Als sie jedoch einmal einem der Stadträte die Finger der Hand, mit der er eine der Frauen misshandelt hatte, brechen musste, war der Job für sie zu unsicher geworden. Sie hatte ihm die linke Hand verkrüppelt, und der Mann hatte ihr noch in seinem Wagen Rache geschworen.

Danach war Elaine für ein paar Wochen untergetaucht. Mittlerweile, glaubte sie, sei Gras über die Sache gewachsen, denn der Zwischenfall lag schon mehrere Jahre zurück. Dennoch wollte sie nicht wieder als Leibwächter der Huren arbeiten. Zu groß erschien ihr das Risiko, sich erneut mit einem hohen Funktionär anlegen zu müssen.

Sorry, dachte sie mit Blick auf eine Prostituierte, die gerade ihre Brüste zu sortieren schien, *aber das ist es mir einfach nicht wert.*

Sie ließ die Nuttengasse hinter sich und bog in ihre Straße ein. Die Häuser hier waren riesige Wohnungsanlagen mit vierzig Einheiten und mehr. Und trotzdem, wer in einem solchen Haus wohnte, das wusste Elaine, der galt hier unten schon beinah als reich. Viele Einzimmerwohnungen wurden von einem Dutzend Menschen behaust, die sich dort nur nachts zum Schlafen zusammenfanden, um sich im Winter gegenseitig zu wärmen.

Sie selbst nutzte die Anonymität des Hauses, um sich einen Wohlstand zu leisten, den sie in der Oberstadt vergebens gesucht hätte.

Sie öffnete die Haustür und stellte gleichgültig fest, dass die Beleuchtung des Treppenhauses wieder einmal nicht funktionierte. Sie überlegte, ob sie es Gunther sagen sollte, doch der selbst ernannte Hauswirt scherte sich nicht um derlei Kleinigkeiten.

Wenn aber eine der Huren mit der Miete in Verzug ist, dann bist du zur Stelle, dachte Elaine angewidert. Dann konnte man sich bei ihm einen Mietnachlass erkaufen. Ob ihm das Gebäude tatsächlich gehörte, wusste Elaine nicht, aber es war auch noch nie jemand aufgetaucht und hatte eigene

Ansprüche erhoben. Möglicherweise schmierte er die Obrigkeit, das war nicht unüblich.

Achselzuckend kramte sie eine Taschenlampe aus ihrem Rucksack und nahm die Treppe.

Gunther stand jedenfalls auf ihrer Liste. Dort vermerkte sie jene Namen von Personen, denen sie gerne eine Kugel verpassen würde. Eines Tages, wenn sie genug Geld gemacht hätte, um sich in den Alphakomplex an der Küste abzusetzen, würde sie die Liste abarbeiten, das hatte sie sich geschworen.

Aber es ist niemals genug, nicht wahr?

In Gedanken versunken bemerkte sie die kümmerliche Gestalt, die in ihrem Hausflur saß und gegen eine Wohnungstür gelehnt schlief, erst, als sie fast über ihr ausgestrecktes Bein gestolpert wäre.

»Nix für ungut«, sagte sie und ging weiter.

Das Mädchen wachte auf und wimmerte leise, während sie versuchte ihre Jacke enger um ihren – wie Elaine im Lichtkegel der Taschenlampe erkannte – nackten Oberkörper zu wickeln.

Die Kleine wirkte wie einer dieser traurigen ausgesetzten Hunde aus Filmen des letzten Jahrhunderts. Elaine liebte alte Filme. Und sie waren leicht zu bekommen. Sie waren eine Erinnerung an eine bessere Vergangenheit, eine hellere Welt, wenn man es so wollte. Mittlerweile war es die einzige Möglichkeit, einen mehrjährigen Baum zu sehen, der nicht schon durch den Pilzbefall dem Tode nahe war.

Und wie das Mädchen – Elaine schätzte sie auf siebzehn Jahre, vielleicht ein wenig älter – verschreckt in dem Türrahmen saß, die Augen gegen das grelle Licht der Taschenlampe anblinzelten, da wirkte sie wie ein verlorener Welpe, der noch immer hoffte, dass seine Mutter ihn wiederfinden würde.

Sie konnte also gar nicht anders, als das Mädchen anzusprechen. »Hey, alles in Ordnung?«

Die Kleine versuchte so zu tun, als sei sie nicht aufgewacht, doch der Versuch misslang ihr kläglich. Zu stark war das Zittern ihrer Finger zu erkennen, das sich mit Elaines Stimme noch verstärkt hatte.

Sie seufzte und legte ihren Rucksack vor ihrer Wohnungstür ab. Dann ging sie wieder einen Schritt zu dem Mädchen zurück und in die Hocke. Sie stellte die Taschenlampe neben sich, mit dem Lichtkegel zur Decke, sodass der Flur ein wenig erleuchtet wurde.

»Ich weiß, dass du nicht schläfst«, sagte sie und bemühte sich um einen sanften Tonfall.

Der notdürftigen Bekleidung nach zu urteilen, handelte es sich bei dem Mädchen vermutlich um eine Prostituierte, die mit ihrem Freier aneinandergeraten war. Das passierte leider viel zu häufig, und Elaine schüttelte den Kopf.

»Hat er dir sehr wehgetan?«, fragte sie und legte den Kopf schief, um ein wenig mehr vom Gesicht des Mädchens erkennen zu können.

Die Kleine schaute vorsichtig zu ihr auf. »Nein.«

Elaine runzelte die Stirn. »Du musst nicht lügen, weißt du? Wenn dich irgend so ein Flachwichser verprügelt hat, dann musst du das den anderen Huren sagen. Oder deinem Zuhälter …«

»Ich habe keinen Zuhälter«, fiel sie ihr ins Wort. »Ich brauche keinen.«

»Gut für dich. Bleibt mehr Kohle übrig. Aber du darfst dich trotzdem nicht so behandeln lassen.«

»Nein, wirklich. Es ist nichts. Ich habe nur meine Sachen verloren und bin durch den Regen gelaufen. Und jetzt komme ich nicht in meine Wohnung.«

»So, du hast deine Sachen also *verloren.*« Sie machte kleine Gänsefüßchen in der Luft. »Wie kam es dazu?«

»Geht dich nichts an.«

Sie zuckte die Achseln. »Stimmt. *Ich* habe meine Schlüssel noch. Kann mir egal sein.«

Sie griff nach der Taschenlampe und wollte gerade aufstehen, als das Mädchen sie am Arm zurückhielt. »Bitte, kannst du mir mit der Wohnungstür helfen?«

»Ich soll die Tür für dich aufbrechen?«

»Könntest du das?«

Sie zog die Schultern nach oben. »Sicher, aber Gunther würde das nicht gefallen.«

»Egal, bitte, ich gebe dir auch Geld dafür!«

Sie atmete tief ein und entließ die angestaute Luft in einem schweren Seufzer. Die Tür aufzubrechen würde zwangsläufig Gunther auf den Plan rufen. Und Elaine konnte das widerliche Arschloch nicht ausstehen.

Allerdings würde das Geld der Kleinen meine Tour nicht völlig wertlos machen, überlegte sie plötzlich.

»Also schön«, sagte sie schließlich. »Aber sollte das Probleme geben, dann regelst du die allein.«

Die Kleine nickte dankbar.

Elaine ging an der Tür aus Hartplastik in Stellung und betrachtete das Schloss. Manche Türen waren so billig produziert, dass man sie mit genug Kraftaufwand nach innen drücken konnte und so das Schloss aushebelte.

So auch bei diesem Modell.

»Geh einen Schritt zur Seite«, wies sie das Mädchen an. Dann nutzte sie die Flurbreite als Anlauf und trat mit voller Kraft gegen die Mitte der Tür.

Das Plastik bog sich widerstrebend ein wenig durch und splitterte unter ihrer Stiefelsohle, hielt dem Tritt aber stand. Elaine holte erneut Schwung und wollte sich gerade mit ihrem vollen Körpergewicht gegen die Tür werfen, als ihr die gebrochenen Rippen wieder in den Sinn kamen. Sie brauchte Ruhe. So schnell wie möglich.

»Scheiße«, murmelte sie und zog den Revolver.

Das Mädchen erstarrte vor Schreck, die Augen weit aufgerissen. »Bitte …«, stammelte sie. »Ich verschwinde auch … versprochen.«

Elaine blickte sie stirnrunzelnd an. »Beruhige dich. Ich bin verletzt und kann nicht noch mal gegen das Drecksding springen.« Sie deutete auf den Colt Python. »Aber keine Sorge, ich hab noch den Generalschlüssel.«

Sie zielte auf das Schloss und betätigte den Abzug. Der Revolver brüllte auf, und das Mündungsfeuer unterstützte für einen kurzen Moment die Taschenlampe bei ihren Bemühungen, den Flur zu erhellen. Die Kugel schoss aus dem Lauf, zerriss dabei krachend die Luft und schlug direkt in das Türschloss ein, von dem sie nichts als ein großes Loch übrig ließ.

Sie nickte zufrieden, verstaute die Waffe im Halfter und blickte das Mädchen auffordernd an. »Los, rein und die Türkette anlegen. Der Lärm wird Gunther auf den Plan rufen.«

Die Kleine nickte dankbar und hielt ihr ein paar Geldscheine hin.

Elaine schätzte die Summe mit einem Blick; kaum genug Verdienst für eine harte Nacht als Prostituierte. *Verdammt!*, schalt sie sich in Gedanken. *Nicht weich werden!*

Schließlich ergriff sie einen einzelnen Schein und zog ihn vorsichtig aus dem Bündel heraus. »Stimmt so.«

Das Mädchen strahlte vor Dankbarkeit übers ganze Gesicht und verschwand durch die Tür. Elaine hörte noch, wie sie die dünne Türkette anlegte, und ging dann ebenfalls in ihre Wohnung.

Dort verharrte sie für einen kurzen Moment in der Dunkelheit und blickte stumm zur Decke. *So hätte ich auch enden können. Eine einsame kleine Nutte, die nachts durchnässt in Hausfluren schläft, weil irgend so ein Wichser sie verprügelt hat.*

Sie atmete hörbar aus. *Und ist es jetzt besser?* Sie fasste sich an die linke Seite ihres Brustkorbs und versuchte tief einzuatmen, brach den Versuch jedoch rasch ab und hustete schmerzerfüllt.

Jetzt robbe ich durch den Dreck und hoffe, dass ich genug Pflanzen finde, die ich dann verkaufen kann. Und ich hoffe, dass keine dämlichen Wichser wie Sid sie mir wegnehmen.

Vom Flur her drang Lärm an ihr Ohr, der in seiner Intensität stetig zunahm.

Gunther, dachte sie seufzend und öffnete ihre Wohnungstür.

*

Tessa trat erleichtert durch die nun offene Tür. Sie wollte der Frau noch für die Hilfe danken. Und dafür, dass sie fast kein Geld verlangt hatte, doch die Fremde war schon in ihrer eigenen Wohnung verschwunden.

Tessa legte die Türkette an und wollte gerade die durchnässte Jacke ausziehen, als sie laut polternde Schritte auf dem Flur hörte.

Sie blieb wie erstarrt stehen, denn sie wusste nur zu gut, wer den Lärm verursachte.

Gunther!

Sie zitterte. Diesmal war es nicht die Kälte, die diese Reaktion in ihr auslöste.

Der Schein einer Taschenlampe fiel durch das Loch in der Tür in ihre Wohnung herein. Es flackerte bei jedem stampfenden Schritt, zuckte aggressiv hin und her und kündigte die Katastrophe an.

Gunther blieb vor ihrer Tür stehen und strahlte mit der Lampe durch das Loch. »Was soll denn das hier darstellen?«, fragte er mit wütender Stimme.

Tessa ahnte, dass er wusste, dass sie in der Wohnung war. Gunther wusste anscheinend immer, wer wann das Haus verließ oder betrat. Es gab das Gerücht, dass er den Lichtschalter des Treppenhauses bei der Haustür in Wahrheit mit einer leisen Klingel in seiner Wohnung verdrahtet hatte, um so auch nachts über jede Bewegung auf dem Laufenden zu sein.

Tessa bezweifelte allerdings, dass der Widerling über genug technische Kenntnisse verfügte, um eine solche Arbeit zu bewerkstelligen.

Sollte er jedoch tatsächlich über eine solche Vorrichtung verfügen, dann wusste er, dass sie allein war. Und da sie ihn als feigen Drecksack einstufte, bezweifelte sie, dass er ihre Wohnung aufgesucht hätte, wenn zu befürchten wäre, dass er hier einem Einbrecher begegnete.

Sie hielt den Atem an. *Vielleicht geht er ja wieder weg?*

»Tessa?«, brüllte er im Flur. »Ich weiß, dass du da drin bist! Was hast du mit meiner Tür gemacht?«

Noch immer machte sie keinen Laut. Hoffte, dass er einfach wieder gehen würde.

»Lass mich rein«, verlangte er. »Ich muss den Schaden begutachten.«

Bilder zuckten durch ihren Kopf. Bilder vom letzten Mal, als Gunther in ihrer Wohnung war. Seine schweißnassen Hände, sein heißer Atem, der nach Brathähnchen stank und ihre Sinne fast betäubte. Wie er sie überall anfasste …

»Mach jetzt sofort auf!«, brüllte er.

Ihre Lippen formten ein stummes »Nein«, doch sie war starr vor Angst. Als Prostituierte konnte sie mit jener Sorte Mann umgehen, aber in ihrer Wohnung wollte sie einfach nur sicher sein. Sicher und allein. Hier war sie nicht die abgeklärte Hure, hier war sie bloß Tessa.

Er streckte seinen schwabbeligen Arm durch das Loch in der Tür, versuchte die Schließkette zu erreichen, doch seine Wurstfinger kamen nicht an sie heran.

»Ich habe dich gewarnt«, raunte er.

Für einen kurzen Moment herrschte Stille, dann warf er sich mit voller Wucht gegen die Tür und riss die Verankerung der Schließkette einfach aus der Wand. Er blieb im Türrahmen stehen, blockierte ihren einzigen Fluchtweg und schaltete seelenruhig das Licht an.

Sie stand in der Mitte des Raums, triefnass und lediglich mit einer Jogginghose und einer Jacke bekleidet. Sie fühlte sich nackt – schlimmer noch –, sie fühlte sich, als könne er durch ihre Haut, ihr Fleisch und die Knochen hindurchsehen. Und er sah, wie verängstigt sie jetzt war.

»Die Tür wirst du bezahlen müssen«, sagte er langsam. Sie konnte die wachsende Erregung in seiner Stimme förmlich schmecken. Sie hing wie ein penetranter Geschmack im Raum.

Tessa wandte sich um und versuchte seinem Blick standzuhalten. Gunther stand in der Tür, nackt bis auf eine fleckige Unterhose, die seine Genitalien eher schlecht verdeckte.

Mit zittrigen Fingern fischte sie das Bündel Geldscheine aus dem Portemonnaie und hielt es ihm hin. Er trat langsam näher und warf die Tür dabei ins nicht mehr vorhandene Schloss, sodass sie einen Spaltbreit offen blieb. Er nahm ihr die Geldscheine ab, wobei er darauf achtete, dass seine Finger ihren Handrücken streichelten. Sie unterdrückte den kalten Schauer aus Ekel und Abscheu, der ihr dabei über den Rücken lief.

»Das wird nicht reichen«, sagte er mit gespieltem Bedauern, ohne das Geld überhaupt zu zählen. Aber Tessa wusste, dass es ihm nie reichte, egal wie viel sie ihm bezahlte.

Es reichte nie.

Sie schüttelte dennoch entschlossen den Kopf. »Das ist mehr als genug für eine neue Tür!«, platzte es aus ihr heraus.

Er nickte. »Stimmt.« Dann deutete er auf die Wand. »Und das Loch da? Ich musste die Wand demolieren, um hereinzukommen.«

Ihre Stimme zitterte, doch die nächsten Worte kamen wie ferngesteuert über ihre Lippen. »Ich habe dich nicht hereingebeten.«

Er lächelte breit und legte seine schweißige Hand auf ihren Kopf. »Aber Tessa … Liebes … ich musste mich doch vergewissern, dass es dir gut geht!«

Er strich über ihr Haar und ihre Wange. Dabei lag keine Zärtlichkeit in der Berührung, eher eine unbestimmte Gier. Als würde er ihre Haut und Haare besitzen wollen. »Ich wäre untröstlich, wenn dir etwas zustoßen würde.«

Sie zitterte und verschlang die Arme krampfhaft vor der Brust. »Bitte«, wimmerte sie, was Gunther mit einem lüsternen Grinsen überhörte.

»Es ist besser, wenn ich heute Nacht hierbleibe. Für deine Sicherheit.« Er löste ihre Arme und zog den Reißverschluss der Jacke auf. Seine freie Hand glitt unter den nassen Stoff und landete klatschend auf ihrer Brust. Sie senkte schamerfüllt den Blick und starrte auf seine wachsende Erektion.

»Ein junges, hübsches Ding, wie du es bist …«, flüsterte er.

»Braucht keinen schmierigen, alten Sack wie dich«, ertönte plötzlich eine Stimme.

Tessa schielte an Gunther vorbei und erkannte ihre Nachbarin, die ihr mit dem Türschloss geholfen hatte. Sie stand lässig an den Türrahmen gelehnt und hielt in der rechten Hand einen großen silbergrauen Gegenstand.

Tessa brauchte eine Sekunde, um zu realisieren, dass es sich dabei um den Revolver handelte.

»Das geht dich nichts an, Elaine!«, fauchte Gunther und winkte sie mit der linken Hand fort. Dann fixierte er Tessas Augen. »Das geht nur uns beide etwas an. Nicht wahr?«

Tessa wagte nicht, zu sprechen.

»Ich sehe das anders, Fettsack«, fuhr die Frau ungerührt fort. »Wenn die Kleine schreit, weil du sie gegen ihren Willen fickst, dann kann ich nicht schlafen. Und mein Schlaf ist mir gerade heute überaus wichtig, verstehst du?« Sie trat einen Schritt in die Wohnung ein. »Und außerdem habe ich die Tür geöffnet.«

»Halt's Maul und verschwinde!«, brüllte Gunther wütend und drehte sich um, wobei er Tessa mit sich herumriss. Erst jetzt erblickte er den Revolver, dessen Lauf nun auf sein Gesicht zielte.

»Liefer' mir keinen Grund«, sagte Elaine leise, doch ihre Stimme erfüllte den Raum, hing bedrohlich wie eine Gewitterwolke über Gunthers Kopf.

Seine Geilheit schien mit einem Mal abgeklungen zu sein – zumindest konnte Tessa sie nicht mehr spüren, als er sich schützend an sie presste und hinter ihr in Deckung ging. »Na los, du Schlampe, schieß doch! Aber dann erwischst du auch die kleine Nutte.«

Elaine zuckte gleichgültig die Achseln. »Dann hab ich wenigstens meine Ruhe vor euch beiden.«

Tessa riss erschrocken die Augen auf, und auch Gunther erstarrte vor Schreck zur Salzsäule.

»Also, du Bild von einem Mann«, spottete Elaine, »verschwindest du zurück in dein Loch und lässt sie in Ruhe, oder muss ich dich erst ausreichend motivieren?« Bei den letzten Worten deutete sie mit ihrem Blick auf den Lauf ihres Revolvers.

Tessa erschrak, da Gunther sie plötzlich weit von sich stieß. Sie stolperte und fiel auf die alte Matratze, die sie als Bett benutzte. »Da hast du sie. Kannst sie selber ficken, du Lesbe.«

Elaine schüttelte den Kopf. »Sie wohnt ab jetzt bei mir. Klar? Und das ist in meinem Mietpreis inbegriffen.«

Gunther zuckte die Achseln in dem vergeblichen Versuch, seine Autorität zurückzuerlangen. »Mir egal.«

Elaine trat einen Schritt zur Seite und ließ ihn verschwinden. Dann warf sie Tessa ein aufmunterndes Kopfnicken zu. »Los, schnapp deinen Kram und komm mit.«

Das Mädchen zitterte noch immer am ganzen Körper, doch sie gehorchte. Wie ferngesteuert griff sie in den silbernen Metallschrank und packte sich einen Stapel ungeordneter Klamotten. Auf einer Kommode aus Aluminium bewahrte sie ein Erinnerungsfoto ihrer Eltern auf, das die gesamte Familie vor einer Gruppe künstlicher Bäume in einem Park zeigte. Mehr war ihr in diesem Moment nicht wichtig.

»Warum hilfst du mir?«, fragte sie, als sie durch die Tür trat.

Elaine zuckte erneut die Achseln. »Gunther ist ein widerliches Arschloch.«

»Ja«, stimmte sie kopfnickend zu. Dann legte sie leiser ein »Danke« nach.

Sie betrat die neue Wohnung und kam aus dem Staunen

fast nicht heraus. Elaine nannte gut und gerne über fünfzig Quadratmeter ihr Eigen. Die Wohnung war vermutlich noch ein Stück größer als die von Kurt.

»Wie ist das möglich?«, platzte es aus ihr heraus.

Die ältere Frau lächelte schmal. »Ich habe mehrere Wohnungen zusammengeschlossen. Sie deutete auf einen Absatz in der Decke. »Siehst du?« Ihr Finger wanderte die Linie entlang, bis zur Wand. »Eigentlich stehen wir gerade noch im Hausflur.«

»Wow …« Sie blickte sich mit großen Augen um. »Und Gunther hat dir das erlaubt?«

Sie lachte trocken. »Ich habe ihm keine Wahl gelassen.«

Die Wohnung war erstaunlich komfortabel eingerichtet. Ein breites Sofa mit dicken Kissen lud sie geradezu zum Schlafen ein. An der Decke hing ein vierarmiger Lüster, Metallschränke in gebürstetem Aluminium unterstützten durch ihre mangelnde Reflexion das gedimmte Licht. Die Küche bestand aus einer großen Kochinsel in der Mitte des Raums, direkt an der Stelle, wo früher eine Wand die beiden Wohnungen trennte. Von der gegenüberliegenden Wand des Apartments führten zwei Türen in andere Zimmer. Vermutlich Elaines Schlafzimmer und das Bad.

»Du kannst das Sofa haben«, sagte sie knapp und nahm ihren Rucksack. »Im rechten Schrank im Bad sind frische Handtücher. Bedien dich.«

Tessa stand ein wenig perplex im Raum. »Hast du keine Angst, dass ich dich bestehle und dann verschwinde?«

Elaine lachte trocken. »Hier drin ist nichts von Wert.« Vor der Tür zu ihrem Schlafzimmer blieb sie dennoch stehen und wandte sich noch einmal halb zu Tessa um. »Und dann … wieso solltest du mich bescheißen und abhauen, wenn du die Chance hast, hier sicher zu schlafen?«

»Danke.«

»Oh, eine Regel habe ich aber für dich«, fiel ihr noch ein. »Solltest du morgen vor mir aufwachen, dann bleib in der Wohnung, klar? Gunther wird sicherlich nicht besonders gut auf uns zu sprechen sein.« Dann war sie im Schlafzimmer verschwunden und schloss die Tür hinter sich.

Einen Moment verharrte sie reglos und atmete tief durch. Es roch … sauber. In der Luft lag keine Spur von Schimmel, Unrat oder alter Farbe, die von sich auflösendem Plastik abblätterte. Und das war erstaunlich, denn der Rest des Gebäudes – und Tessa war in vielen Wohnungen gewesen, denn auch die Ärmsten sehnten sich nach körperlicher Nähe und sparten teilweise monatelang dafür – stank nach dem stetigen Verfall, der den gesamten unteren Komplex begleitete.

Tessa legte ihre Klamotten aufs Sofa. Die Wohnungstür war verschlossen und Elaine schien für heute Nacht nicht mehr aus dem Zimmer zu kommen. Sie zog Kurts Jacke aus und warf sie über die Sofalehne. Dann ging sie ins Bad und verwöhnte sich selbst mit einer heißen Dusche. Die Handtücher fand sie im Schrank, der aus demselben gebürsteten Aluminium hergestellt war wie die Wohnzimmerschränke. Sie gurgelte gründlich mit Mundwasser, das nach Pfefferminz schmeckte, und trocknete sich ab. Das Badetuch hängte sie auf einen Haken und ging zurück ins Wohnzimmer.

Sie entschied, dass es besser wäre, auch Kurts Jacke auf einen Haken zu hängen, und hob sie auf. Dabei fiel ein brauner Gegenstand heraus und landete knisternd auf dem Boden.

Sie nahm noch die Geldbörse und den Tablettenblister aus den Taschen und legte die Jacke beiseite, um sich den letzten Fund genauer anzusehen. Eine kleine Plastiktüte, die mit dunkler Erde gefüllt war.

Seltsam, was manche Kerle mit sich herumschleppen, dachte sie und legte das Tütchen auf ihre Klamotten. Dann suchte sie einen freien Jackenhaken neben der Wohnungstür.

Zurück an ihrem provisorischen Bett für die Nacht zog sie sich endlich trockene Sachen an und ließ sich erschöpft in die weichen Kissen fallen. Ihre Hand spielte mit dem Tablettenstreifchen, doch sie zögerte. *Wenn ich jetzt Schlaftabletten nehme, bin ich hilflos.* Sie schüttelte den Kopf und schob den Blister unter eines der Sofakissen. Dann betrachtete sie die Geldbörse aus Kunstleder. Im Zimmer war es zu dunkel, um die kleine Schrift auf den ID–Cards zu entziffern. Und sie wusste nicht, ob ihre Retterin sie nicht vielleicht doch beobachtete, weshalb sie es dabei beließ und die Geldbörse zu den Tabletten legte. Unter ihr improvisiertes Kopfkissen.

Sie fror noch immer ein wenig und griff links neben sich, um mehr Kleidungsstücke zu sich heranzuziehen. Dabei erwischte sie auch wieder das kleine Tütchen mit Erde.

Sie wog es in der Hand und schätzte den Inhalt auf kaum mehr als zwanzig Gramm.

Was, wenn es sich gar nicht um Erde handelt?, dachte sie plötzlich. *Wenn Kurt am Ende eine dieser Designerdrogen für Reiche genommen hat?*

Sie schüttelte den Kopf. *Wenn er tatsächlich drogensüchtig gewesen wäre, dann hätte er nicht die Schlaftabletten gebraucht, um sich umzubringen*, erinnerte sie sich an das Bild seines Nachttischs. *Aber was ist es dann?*

Sie ließ den Beutel verschlossen, versteckte ihn aber ebenfalls unter ihrem Kissen. Elaine hatte sie zwar gerettet, aber irgendetwas an der Frau stimmte nicht. Und Tessa war für eine Nacht in genug Schwierigkeiten geraten, als dass sie jetzt einer Fremden blind vertraut hätte.

Sie stand auf und ging zurück ins Bad. Dort nahm sie

sich zwei weitere Handtücher, die sie als Decke benutzen könnte, und setzte sich wieder auf die Couch.

Sie sank in die weichen Kissen und ließ endlich los. Die Bilder der vergangenen Nacht kamen zurück und trieben ihr die Tränen in die Augen, doch die Tatsache, dass sie noch am Leben war, zauberte ein Lächeln auf ihr Gesicht, als sie einschlief.

Kapitel 3

Der Wecker klingelte um Punkt sieben. Sam versuchte ihn zu greifen, aber seine Bewegungen fühlten sich schwammig und unpräzise an. Ein lautes Poltern bestätigte den Verdacht, der in seinem Hinterkopf dämmerte. Der Wecker lag jetzt am Boden. Unter gebrummtem Protest zwang er sich, nach der piepsenden Digitaluhr zu suchen.

Er schlug die Bettdecke endgültig beiseite und ging zum Fenster. Die Sonne stand noch nicht hoch am Himmel, darum spiegelte sich die Morgendämmerung rotgolden auf den Dächern der Glasbauten der Innenstadt. Sam öffnete gähnend ein kleines Holzschränkchen. Ein Erbstück, das er seinen Eltern verdankte, die es ihm zu seinem Auszug geschenkt hatten. Er glaubte, dass es noch aus der Zeit seiner Urgroßmutter stammte und nicht aus der kurzen Epoche, in der man sämtliche vom Pilz befallene Holzbestände im Eiltempo verarbeitet hatte.

Das Schränkchen maß kaum mehr als einen halben Meter in jede Richtung. Dennoch war es mit einer kunstvoll verzierten Doppeltür versehen. Die Intarsien waren vergoldet, allerdings bekam Sam schon seit Jahren keine Politur mehr dafür, weshalb es matt und fleckig wirkte. Manchmal stellte er sich vor, wie der Schrank wohl früher im Licht der Sonne geglänzt haben mochte.

Er drehte ihn ein wenig mehr dem Fenster zu und öffnete das silberne Vorhängeschloss, das die Türen sicherte. Im Innern des Schranks stand ein roter Blumentopf, in dem ein kleiner Ficus saß. Seufzend las Sam die fünf welken Blätter auf, die die Pflanze am vergangenen Tag wieder verloren hatte, und legte sie fein säuberlich in einen dafür bereitgestellten Aschenbecher.

Das Piezoelement des Feuerzeugs knackte und der Funke entzündete das Gas. Sam steckte die Blätter in Brand und beobachtete schweren Herzens, wie sie in den Flammen vergingen. Im ersten Moment war der Raum von einem intensiven Duft erfüllt, den er nicht beschreiben konnte. Er wusste lediglich, dass der angenehme Geruch von den verbrennenden Blättern ausging. Jedoch nur im ersten Moment – dann überlagerte der beißende Gestank des Rauchs die feine Note.

Sam kontrollierte die Feuchte der Blumenerde und wässerte den Ficus ein wenig nach. Dann ließ er die Pflanze vor der Scheibe allein und das für sie so lebenswichtige Sonnenlicht aufsaugen.

Nur zu gerne hätte er das Fenster geöffnet, aber er wollte nicht noch mehr Pilzsporen in seine Wohnung einlassen, als ohnehin schon da waren.

Er betrachtete den kleinen Baum vom Stamm bis zum kleinsten Blatt. Vier Tage war er nun in seinem Besitz. Vermutlich würde es auch kaum länger dauern, bis er den Kampf gegen den Pilz verlöre. Die Färbung des Holzes hatte schon von einem hellen Braun zu einem kränklichen Gelb gewechselt, was ein untrügliches Zeichen für den fortschreitenden Verfall war. Viele der größeren Blätter trugen braune, eingetrocknete Spitzen. Sie würden den eben zu Asche verbrannten in wenigen Tagen – möglicherweise gar schon heute – folgen.

Sam verharrte noch einen Moment länger vor der Pflanze. Er sog ihren Geruch in sich auf. Es war eine dezente Note, die er nichts Bekanntem zuordnen konnte. Darum glaubte er, dass der Ficus einfach den typischen Duft einer Pflanze absonderte, den heute schlicht niemand mehr kannte. Es gab synthetische Düfte, wie den eines Nadelwaldes oder von Rosen, aber einen ordinären Ficus hatte wohl niemand für bewahrenswert erachtet. Sam versuchte sich die Schönheit der Pflanze genau einzuprägen. Er wagte nicht, ein Bild mit seiner Handykamera davon zu machen. Viele Kollegen waren bereits für weniger schwere Vergehen verurteilt worden. Und eine Verurteilung zog meist nur eine Strafe nach sich …

Er schüttelte den Kopf und konzentrierte sich erneut auf den Ficus. Das Sonnenlicht ließ die noch gesunden Blätter in einem satten Grün erstrahlen. In dem Schränkchen stand eine Sprühflasche mit Mineralwasser. Nur so konnte Sam sicher sein, dass er nicht auch über das Wasser noch mehr Pilze in die Wurzel der Pflanze spülte. Er benebelte die Blätter und betrachtete verträumt die irisierenden Farben der feinen Tröpfchen, die sich darauf absetzten.

»Es tut mir leid«, flüsterte er, als er die Türen des Schränkchens wieder mit dem kleinen Vorhängeschloss sicherte. Der Ficus sollte den ganzen Tag im Sonnenlicht baden können, nicht bloß morgens und abends, wenn er die Tageslichtlampe einschaltete. Aber er wollte die Pflanze so lange wie möglich konservieren, ohne zu aufwendige Mittel zu gebrauchen.

Er blickte auf die Uhr. Über eine halbe Stunde hatte er mit dem Ficus zugebracht. Er sprang auf und eilte ins Bad. Carl, der Boss, würde ihn heute womöglich sehen wollen. Und wenn er den neuen Job wollte, dann sollte er unter gar keinen Umständen zu spät kommen. Er hatte ohnehin das dumpfe Gefühl, dass Carl ihn nicht besonders gut leiden konnte. So, wie er niemanden mochte, der mehr von der Arbeit verstand als er selbst. Und dennoch, dieser Mann würde über Sams Beförderung entscheiden, ob es ihm nun gefiel oder nicht.

Sam setzte eine Kanne Wasser auf und suchte nach der Schachtel mit den Kaffeepillen. Er wusste nicht, ob Kaffee vor hundert Jahren tatsächlich so geschmeckt hatte, doch er mochte den Duft, den die kleinen Kapseln absonderten, wenn sie sich in heißem Wasser auflösten. Dazu zwei Scheiben Maisbrot, die er dünn mit Margarine aus Rapsöl bestrich. Näher kam er einem natürlichen Geschmack nicht. Den Kaffee trank er nicht, sondern ein Glas Wasser. Er mochte lediglich das Aroma, das die dampfende Flüssigkeit in der Wohnung verbreitete.

Er packte seine Aktentasche und verließ das Haus. Die kurze Fahrt durch die kaum befahrenen Seitenstraßen genoss er zu den Klängen einer CD mit Vogelgezwitscher. Manchmal malte er sich aus, dass die künstlichen Bäume doch echt seien und er gerade durch eine weite Allee fuhr, die ihn hinaus ins Grüne brachte.

Aber wie jeden Morgen kam an diesem Punkt der Moment, in dem er in die viel befahrene Straße einbog und sich im Stoßverkehr mit einer Armee von anderen silbergrauen Hybridautos vorfand.

Hundert Jahre, dachte er kopfschüttelnd, als er die anderen Wagen betrachtete. *Seit hundert Jahren steht die Forschung still.*

Der Elektromotor surrte leise vor sich hin, ein hochfrequenter Ton, der einem die Sinne rauben konnte, wenn man nicht lernte, ihn zu ignorieren. Sam nahm ihn kaum noch wahr.

Im Wagen neben ihm fuhr ein junger Mann, der gerade dabei war, seine Haarsträhnen im Rückspiegel zu kontrollieren. Jede einzelne Locke schien dabei einen festgelegten Platz zu haben, an dem sie sich einfinden musste, oder der ganze Zauber begann von Neuem. Sam schüttelte lachend den Kopf. *Was für ein Glück, dass ich keinen Kundenkontakt habe!*, dachte er.

Die Straße kreuzte wenig später mit einer dreispurigen

Hauptverkehrsader Richtung Zentrum. Sam hielt sich auf der mittleren Spur, denn so würde er direkt zu seinem Arbeitsplatz, dem Labor für Forschung und Entwicklung neuer Lebensmittel, geleitet. Paul war vermutlich schon da und kontrollierte die Ergebnisse der letzten Versuchsreihe zur Pilzbelastung.

Vor der Einfahrt ins Parkhaus musste er einem Wachmann seinen Gebäudepass zeigen, ehe der die Schranke hochzog. Sam und der Pförtner kannten sich, tauschten hin und wieder die üblichen Floskeln aus, die den Eindruck von persönlicher Nähe suggerierten, ohne die Person jedoch wirklich ernsthaft am eigenen Leben zu beteiligen. Sobald man sich aus den Augen verloren hatte, hatte man die Unterhaltung auch schon wieder vergessen. Eine Kontrolle wäre deshalb eigentlich nicht nötig gewesen, aber die Einfahrt wurde von der Sicherheitszentrale aus noch einmal videoüberwacht. Sollte Unger das Protokoll nicht peinlich genau einhalten, hätte er ein großes Problem.

»Guten Morgen, Herr Konrad«, begrüßte er ihn lächelnd.

Sam erwiderte die Geste. »Hallo, Bernhard. Wie geht's Ihnen denn?«

Er winkte ab. »Bestens, bestens. Wie immer.«

»Schön.«

Unger sah auf seine Uhr. »Sind aber ein bisschen spät dran, was?«

Sam nickte seufzend. »Der Verkehr. Es war heute wirklich kein Durchkommen.«

Er schüttelte lachend den Kopf. »Wäre das nicht schön, wenn die anderen Menschen immer mit der Bahn fahren würden?«

Sam stimmte in das Lachen mit ein und es kam von Herzen. Im Büro musste er häufig über dumme Witze und noch dümmere Kommentare lachen. Doch Bernhard war einfach eine Frohnatur und steckte ihn jedes Mal mit seiner guten Laune an. »Ich wünsche Ihnen noch einen schönen Tag, Bernhard.«

»Ich Ihnen auch, Herr Konrad.«

»Nennen Sie mich Sam.«

Er nickte, wie jedes Mal, und zog die Schranke hoch. Sam fuhr in die Garage hinauf und stellte den Wagen auf seinem Parkplatz ab.

Zum Treppenhaus waren es nur ein paar Meter, die er rasch zurücklegte. Überall im Gebäude waren Kameras. Auch wenn sie nur für die Sicherheitstechnik genutzt wurden, so konnte man sich nie ganz sicher sein, dass die Chefetage sich nicht hin und wieder einige Aufnahmen ansah, um die Produktivität der Arbeitskräfte zu prüfen. *Wäre ein blöder Zufall, wenn Carl mich gerade heute kontrollieren würde.*

Von der Garage aus führte ein Tunnel direkt in den Bürokomplex, wo er arbeitete. Dort nahm er den Aufzug in den sechsten Stock. Paul und Danny waren zwei Stockwerke höher, wobei Paul vermutlich gerade einige Stockwerke tiefer war und die Gewächshäuser kontrollierte. Um zu seinem Schreibtisch zu gelangen, musste er einen langen Korridor entlanggehen. Einen jener langen und trostlosen Korridore, wie sie das gesamte Bürogebäude durchzogen. Beigefarbene Plastikverkleidungen zierten die nackten Betonwände mit einem Zentimeter Abstand. Hinter ihnen saßen helle Scheinwerfer, die den Gang so indirekt beleuchteten. Das Licht wirkte durch das beigefarbene Plastik wärmer, als es in Wirklichkeit war, was Sam an sich sehr begrüßte. Dennoch drückte die Eintönigkeit des Flurs auf sein Gemüt. *Man hätte doch die Verkleidung farblich variieren können*, dachte er jeden Tag aufs Neue. *Oder man hät-*

te sie mit Bildern verzieren können, Fotografien … ach, was soll's, resignierte er schließlich.

Sein Büro war ein kleiner Raum, der von einem rechteckigen Schreibtisch dominiert wurde, auf dem ein Zweiunddreißig-Zoll-Bildschirm stand. Sam stellte seine Aktentasche neben das rechte Tischbein und schaltete den Computer an. Das Betriebssystem startete, und wenige Sekunden später starrte er auf das Hintergrundbild seines Arbeitsplatzes.

Er wollte gerade mit der Arbeit beginnen, als das Telefon klingelte. Es war Paul. »Hey, Sam, kannst du mal runter auf die Fünf kommen?«

Auf Ebene fünf, was gleichbedeutend mit fünfzig Metern unter der Erde war, wurde Mais in langen Gewächshäusern angepflanzt.

Sam hatte das dortige Luftfiltersystem entworfen und betreut, als es vor zwei Monaten in Betrieb genommen worden war. Er stöhnte. »Sag nicht, dass die Filter schon am Ende sind.«

»Nein, nein«, beschwichtigte ihn Paul. »Carl ist gerade hier und wir sehen uns die Pflanzen an.« Er machte eine dramatische Pause. Paul liebte solche Momente, wenn er eine Unterhaltung komplett bestimmte. »Und er meinte, du solltest dir das ruhig auch ansehen.«

»Carl?« Sam spürte, wie er nervös wurde. *Was will der Boss da unten?*, fragte er sich.

Paul verfiel in Flüsterton. »Jetzt mach dir nicht ins Hemd und komm runter«, zischte er.

»Okay, bin gleich da.« Sam legte den Hörer auf und setzte den Computer in den Ruhemodus. Ohne sein Passwort käme niemand an seine Daten.

Die zweihundert Meter bis zum Fahrstuhl kamen ihm mit einem Mal viel weniger öde und eintönig vor. Allerdings hatte er noch weniger Sinn für die Dekoration der Wände und verschwendete keinen Gedanken mehr an etwaige Landschaftsfotografien aus den Kunstarchiven, die man zur Verschönerung hätte anbringen können.

Stattdessen drückte er im Fahrstuhl den Knopf fürs fünfte Untergeschoss und atmete tief durch. Im matten Aluminium der Kabine überprüfte er noch schnell sein Spiegelbild. In seiner Position als Ingenieur musste er keinen Anzug tragen, aber wenn er geahnt hätte, dass er heute Carl begegnete – vielleicht hätte er es sich sogar überlegt. Wobei Sam wahrlich kein Freund von Anzug und Krawatte war.

»Ebene fünf.« Die warme Frauenstimme kam vom Band. Sam malte sich häufig aus, wie die Dame wohl aussah, wie alt sie war – ob sie überhaupt noch lebte. Gut möglich, dass die Aufnahme aus dem letzten Jahrhundert stammte.

Die unterirdischen Geschosse wurden als Ebenen bezeichnet, die oberirdischen Etagen als Stockwerke. So wurde vermieden, dass die Mitarbeiter stets in den falschen Etagen ausstiegen. Eine leise Glocke ertönte und die Türen glitten mit einem schlürfenden Geräusch zu den Seiten.

Der Fahrstuhl mündete direkt in einen schmalen Korridor, dessen Ende außer Sichtweite lag. Im Gegensatz zum Büroflur des sechsten Stocks waren die Seitenwände hier verglast. In regelmäßigen Abständen von ungefähr zwanzig Metern waren zudem Schleusen in die Wände eingelassen, die in die dahinterliegenden Gewächshäuser führten. Künstliches Sonnenlicht simulierte für die Pflanzen Tag und Nacht, und eine Bewässerungsanlage garantierte optimale Bodenfeuchte für die unterschiedlichen Gewächse.

In den Schleusen hingen Schutzanzüge, die über eine eigene Sauerstoffversorgung verfügten. Ohne diese war es streng verboten, die angrenzenden Gewächshäuser zu betreten.

Carl und Paul erwarteten ihn bereits im Gang. Paul lächelte fröhlich und nickte ihm aufmunternd zu.

Der Abteilungsleiter hingegen trug seine übliche Maske der Gleichgültigkeit zur Schau, gepaart mit seinen schwarzen glatt gegelten Haaren. Er hatte diesen Gesichtsausdruck so weit perfektioniert, dass er ihn selbst für alle offiziellen Anlässe gebrauchte. Ob er eine neue Vorschrift erklärte, einem Mitarbeiter die Räumlichkeiten zeigte, eine Entlassung vornahm oder seinen Vorgesetzten in den Arsch kroch – Carls Gesicht war nicht zu lesen. Aus der ewigen Gleichgültigkeit entwickelte sich ein Maß an Arroganz, die ihresgleichen suchte.

Sam spürte, wie er allmählich unruhig wurde. *Was will er von mir?* Diese Frage wälzte er unentwegt in seinem Kopf, konnte sich aber keine Antwort darauf geben. *Paul hat ihm doch nicht verraten, dass ich die Pläne für die Oberflächenplantage gemacht habe?* Diesen Gedanken verwarf er rasch wieder. Hätte Carl das tatsächlich herausgefunden, dann hätte er erst Paul und dann Sam gefeuert. Immerhin war es ein Projekt, das direkt der Regierung unterstand.

»Sam!«, begrüßte Carl ihn schließlich. »Schön, dich zu sehen.«

Die Floskel wirkte durch seine gelebte Gleichgültigkeit eher wie eine Beleidigung, doch Sam schluckte sein Unbehagen hinunter. Er lächelte freundlich und trat entschlossen näher. »Paul sagte mir, du wolltest mich sprechen?«

Carl nickte. »Du weißt doch, dass bei uns im achten ein freier Schreibtisch steht«, sagte er schließlich. »Und Paul meinte, du seist der Richtige für mein Team.«

Sam wusste nicht, was er antworten sollte. Er hatte sich diesen Moment mehrmals ausgemalt, aber niemals war er in seinen Gedanken dabei fünfzig Meter unter der Erde gewesen.

Paul stand leicht versetzt zu dem Abteilungsleiter, außerhalb von dessen Blickfeld, und zeigte ihm breit grinsend zwei Daumen nach oben.

»Also, Sam, was sagst du?«, fragte Carl direkt. Anscheinend nahm die ganze Unterhaltung schon wesentlich mehr Zeit in Anspruch, als er zu entbehren bereit war.

Sam stand mit offenem Mund da, stammelte ein paar unzusammenhängende Worte, bis er schließlich energisch nickte. »Natürlich! Sofort!«

»Gut.« Carl blickte auf seine Uhr. »Dann wäre das geklärt. Paul, du zeigst ihm alles.« Er ging an Sam vorbei und klopfte ihm kurz auf die Schulter. »Willkommen in meinem Team!« Er brachte seine Lippen näher an Sams Ohr und flüsterte. »Ich erwarte absolute Loyalität.« Dann war er schon fast im Fahrstuhl verschwunden.

Sam runzelte die Stirn.

»Alter!«, rief Paul freudig, sobald sie allein waren. »Ist das geil? Jetzt kommst du endlich zu den großen Jungs.« Er wartete offenbar auf Sams Reaktion, die jedoch ausblieb. »Was ist?«, fragte er.

»Was meinte er mit Loyalität?«

Er zuckte die Achseln. »Na ja, du solltest eben nichts tun, was Carls Vertrauen in dich untergraben könnte.«

Sam lachte. »Du meinst, wie den Ingenieur einer anderen Abteilung deine Pläne machen lassen?«

»Ja, genau!«, pflichtete Paul ihm bei und klatschte in die Hände. »Solche Sachen darfst du hier nicht bringen.«

Sam deutete durch die Glasscheibe hindurch auf die Maispflanzen. Genetisch verändertes Saatgut sorgte für ein rascheres Wachstum. Und eigentlich auch für eine höhere Widerstandsfähigkeit gegen die Pilzsporen, aber selbst das könnte die Pflanzen in freier Wildbahn nicht retten. Lediglich durch leistungsfähige Luftfilter konnte man gewährleisten, dass sie lange genug am Leben blieben, um eine Ernte zu ermöglichen.

»Was wollte Carl hier unten?«, fragte er schließlich. »Die Beförderung hätte er mir doch auch in seinem Büro geben können.«

»Er wollte sich erst noch einmal deine Arbeit hier anschauen. Die Luftfilter arbeiten mit hundert Prozent – und das nach zwei Monaten ohne Wechsel des Filters. Das ist ziemlich beeindruckend.«

Sam legte den Kopf schief und blickte seinem Freund skeptisch in die Augen. »Da ist doch noch mehr.«

Paul hob beschwichtigend die Hände. »Jaja, ich gestehe alles! In den Plänen des neuen oberirdischen Plantagenbaus sind Luftfilter vorgesehen. Und diese sind in Größe und Anordnung denen hier erschreckend ähnlich.«

»Und was hat Carl dazu gesagt?«

Er zog eine Augenbraue hoch und hielt kurz inne. »Nichts. Er hat sich alles angesehen und für das neue Projekt abgesegnet … Vermutlich denkt er, ich hätte von deinem Design geklaut.«

Sam atmete tief durch. *Beförderung!*, dachte er glücklich. *Endlich der achte Stock.*

»Also«, sagte Paul und rieb sich die Hände. »Carl meinte, ich soll dir alles zeigen, also fangen wir mal an.« Sam wollte bereits wieder zum Fahrstuhl gehen, als Paul ihn zurückhielt. »Deine Filter hier, die haben ihn wirklich beeindruckt. Durch deine Arbeit schaffen wir vielleicht zwei Ernten, bevor wir die Plantage säubern müssen.«

»Das wäre ja großartig!«, platzte es aus ihm heraus, wobei ein Großteil seiner guten Laune allein von der Beförderung herrührte.

»Komm, ich zeig dir dein neues Büro.«

»Danny wird Augen machen!«

Paul nickte. »Sicher, wenn er wieder gesund ist.«

Sam stutzte. »Was?«

»Weißt du das noch gar nicht?«, fragte Paul verwundert.

Er schüttelte den Kopf. »Was sollte ich denn wissen?«

»Danny hat mir mitten in der Nacht auf die Mailbox gesprochen. Hab ich erst heute Morgen gesehen«, erklärte Paul. »Was immer ihr gestern Abend so getrieben habt, es war zu viel für ihn.«

Sam schüttelte entgeistert den Kopf. »Wir waren essen. Da ging es ihm noch gut.«

»Dann haben wir die Antwort ja schon«, erwiderte der Freund mit süffisantem Grinsen. »Hättest du mich zu einem Theaterstück geschleift, wäre ich auch ein paar Tage krank.«

»Hey, Danny wollte sich das Stück ansehen. Ich zwinge niemanden.«

»Ja, ja. Lass stecken.« Er winkte ab. »Komm, wir holen deinen Kram und schaffen deinen Arsch in den achten.« Er lächelte und drückte auf den Türknopf des Aufzugs. »Es wurde auch wirklich höchste Zeit.«

»Hat Danny geschrieben, was ihm fehlt?«, hakte Sam noch einmal nach.

Paul zuckte die Achseln. »Nicht wirklich. Er fühlt sich einfach nicht gut und bleibt heute zu Hause.«

»Aber zum Arzt muss er nicht?«

»Kann ich dir nicht sagen. Jedenfalls hat er darüber nichts gesagt.«

Auf dem Weg nach oben klopfte Paul ihm lachend auf die Schulter. »Willst du direkt zur Plantage rausfahren? Oder was soll deine erste Amtshandlung als leitender Ingenieur sein?«

Sam ließ sich die Worte noch einmal auf der Zunge zergehen. *Leitender Ingenieur!*, dachte er voller Stolz.

»Oder suchst du lieber direkt nach einer neuen Wohnung?«, fragte Paul, als sein Gegenüber nicht reagierte.

»Ich weiß nicht«, gestand er.

Der Fahrstuhl wurde sanft abgebremst. »Sechster Stock«, ertönte die warme Frauenstimme aus den Lautsprechern, und die Türen glitten mit Ertönen einer leisen Glocke zu den Seiten auf.

Die zweihundert Meter bis zu seinem Büro kamen ihm plötzlich wie ein Katzensprung vor. In seinem Kopf begleitete ein Orchester jeden seiner Schritte wie einen Siegeszug. Zum ersten Mal, seit er hier arbeitete, passierte Sam die Bürotüren seiner Kollegen mit einem Lächeln auf den Lippen.

In seinem Büro gab es keine persönlichen Gegenstände, die er mitnehmen musste. Das Einzige, was zu tun war, war, den Computer aus dem Ruhemodus zu wecken, um ihn dann herunterzufahren.

»Das war's«, sagte Sam feierlich und hob seine Aktentasche vom Boden auf.

»Auf Wiedersehen, sechster Stock, und hallo, achter Stock«, pflichtete Paul lachend bei.

»Auf Nimmerwiedersehen«, korrigierte er und trat aus dem Büro heraus auf den Flur.

»Wirf noch einmal einen letzten Blick hinein«, sagte Paul und deutete mit einem Kopfnicken durch die offene Tür. »Du hast hier immerhin viel Zeit verbracht.«

»Ja«, stimmte Sam zu und drehte sich um. Sein Blick wanderte über den Schreibtisch und die kahlen Wände. Direkt nachdem man ihm das Büro zugeteilt hatte, hatte er die bunte Plastikverkleidung an den Betonwänden entfernt. Lieber starrte er auf den nackten Stein als auf die geschummelte Behaglichkeit. »Eine lange Zeit«, flüsterte er.

Paul schlug ihm lachend auf den Rücken. »Und du wirst nie mehr hierher zurückkehren müssen!« Er hatte sich bereits wieder in Bewegung gesetzt. »Los, dein neues Leben erwartet dich!«

Mein neues Leben!, dachte Sam und fühlte die Aufregung in sich wachsen.

Seine bessere Anstellung bedeutete unweigerlich mehr Gehalt. Doch das war nicht der eigentliche Gewinn. Mit dem Mehr an Prestige könnte er eine bessere Wohnung beziehen. In einem Haus mit vielleicht acht oder gar nur sechs Parteien. *Möglicherweise sogar ein Apartment mit drei Zimmern?*, wagte er zu hoffen, verwarf den Gedanken jedoch rasch wieder. *Ich glaube, nicht einmal Carl hat drei Zimmer.*

Er beeilte sich, Paul noch vor dem Aufzug einzuholen. Die Türen schlossen sich und nichts geschah.

»Du musst schon den Knopf drücken«, sagte Paul.

Sam wählte schulterzuckend den achten Stock. »Ich dachte, du hättest schon.«

Paul lachte. »Und dir die Freude nehmen, bei deiner ersten Fahrt als Mitarbeiter von Carls Team nur Beifahrer zu sein? Niemals.«

Sams Augen wurden groß, als er die Tragweite der kleinen Handlung erkannte. »Scheiße, du hast recht. Ich fahre das erste Mal in den achten, weil ich ab jetzt da oben arbeite!«

»Geiles Gefühl, oder?«

Er nickte energisch. »Das kannst du laut sagen.«

Sam fieberte dem Moment entgegen und endlich hielt der Fahrstuhl mit einem Glockenschlag an.

Die warme Frauenstimme begrüßte ihn: »Achter Stock.«

Die Türen teilten sich in der Mitte. Sam war schon häufiger hier oben gewesen, aber niemals zuvor hatte ihm der Anblick eine solche Befriedigung verschafft. Hier betrat man nicht einen schmalen Korridor, der trostlos an den einzelnen Büros entlangführte, sondern hinter den Fahrstuhltüren öffnete sich ein weites Foyer, das sicherlich zwanzig Meter in jede Richtung maß. Roter Teppich bedeckte den gesamten Fußboden und dämpfte angenehm seine Schritte. In die gegenüberliegende Wand waren jeweils fünf Meter von der Ecke entfernt zwei große Glastüren eingelassen, die in den inneren Bereich der Abteilung führten. Dazwischen stand ein Empfangstresen aus Metall und Bioplastik auf Zellulosebasis, wie man es überall benutzte. Man gewann es aus den Abfällen der Pflanzen und verarbeitete es dann weiter.

Noch niemals hatte Sam den Anblick der immer ähnlichen Designs, die durch den Spritzguss der Teile bedingt waren, so genossen wie jetzt.

Eine junge Frau und ein ebenso junger Mann begrüßten Paul mit einem Lächeln.

Perfekte, blonde Menschen, dachte Sam und fuhr sich mit der Hand durch den braunen Kurzhaarschnitt. Sein Blick haftete noch ein wenig länger auf den makellosen Zügen des Empfangsteams. Ihr Lächeln war so einnehmend, wie es unecht war.

Doch im Moment war es wie ein Willkommensschild am Tor zu einer bessere Welt.

»Cindy, Alex«, begrüßte Paul die beiden, »das ist Sam. Er wird unser Team ergänzen.«

»Oh, wie reizend!«, trällerte Cindy augenzwinkernd.

»Hat er schon eine Schlüsselkarte?«, fragte Alex und klickte hektisch auf den Tasten seiner Maus herum.

»Nein. Carl hat ihn erst vor zehn Minuten befördert.«

»Ach so.« Er studierte seinen Monitor. »Soll ich die Sachen dann schon fertig machen oder auf die offizielle Weisung warten?«

Paul schüttelte den Kopf. »Warte lieber auf Carls Memo.« Er legte Sam die Hände auf die Schultern und schob ihn vor sich her in Richtung der linken Tür. »So, wir zwei Hübschen gehen jetzt in dein neues Büro!«

Sam ließ sich von Paul dirigieren, vorbei an einer Skulptur aus gebürstetem Aluminium, den Flur entlang. Die Wände waren hier mit hieroglyphenartigen Reliefs verziert; Bilder, berühmte Zitate, Handabdrücke – bei der Erbauung des Gebäudes hatte man den Abteilungsleitern freie Hand gelassen. Sam hatte sich die Wände noch nie genauer angesehen, er hatte sich nur stets darüber gewundert, wie kreativ man hier oben an die Sache herangegangen war, während man im sechsten Stock die dröge Plastikverkleidung gewählt hatte.

Der Flur wirkte auch ungleich breiter und luftiger, was man durch Oberlichter entlang der Büros und Glastüren erreichte.

Paul deutete über seine Schulter hinweg auf eine Glastür, zwanzig Meter voraus. »Da wirst du sitzen«, sagte er feierlich. »Und ich bin dann endlich zwischen dir und Danny.«

Sam runzelte die Stirn. »Ist das ein Eckbüro?«

Paul sagte nichts, doch Sam glaubte sein Kopfnicken zu spüren. »Dafür habe ich Carl ganz schön bequatschen müssen.«

Sam blieb abrupt stehen. »Du meinst, ich habe jetzt zwei Fenster?«, fragte er ungläubig.

»Und ein Oberlicht«, feixte Paul.

»Ist nicht dein Ernst.«

»Doch, du hast es dir verdient. Das Büro wurde renoviert und letzte Woche fertig.«

»Aber stünde es nicht Danny oder dir zu? Oder jemand anderem aus der Abteilung, der schon länger dabei ist?«

Paul lachte trocken. »Sieh's als Entschädigung, dass du so lange bei den Versagern vom sechsten rumhängen musstest.«

»Hey!«, protestierte Sam, immerhin war er vor zwanzig Minuten noch einer jener Versager gewesen.

»Du warst ausgenommen, keine Sorge. Du warst schließlich so was wie eine Geisel.«

Sie erreichten die Bürotür und Sam versuchte durch das Milchglas hindurch die Einrichtung des Raums zu erraten. Paul hielt seine Schlüsselkarte vor den Sensor, und die Tür sprang, begleitet von einem Summen, einen Spaltbreit auf.

»Ab morgen machst du das mit deiner eigenen«, sagte er lächelnd und ließ Sam den Vortritt.

Sam betrat den Raum, und sein Blick wurde direkt von einem massiven Schreibtisch angezogen. Stirnrunzelnd musterte er das Material, aus dem er geschaffen war, wagte jedoch nicht, ihn zu berühren. Die Illusion wäre dann vorbei.

»Du kannst ihn ruhig anfassen«, ermunterte ihn der Freund. »Das Holz ist echt.«

Er wirbelte herum und starrte Paul entgeistert an. »Was?«

Sein Grinsen wurde breiter und breiter. »Ich sagte doch, hier im achten gibt es ein paar schöne Dinge.«

»Aber du und Danny …«, fing Sam an.

»Ja, wir haben keine Holztische«, stimmte Paul achselzuckend zu. »Carl wollte das so.« Er trat einen Schritt näher heran und flüsterte in Sams Ohr. »Er hat anscheinend noch Großes mit dir vor.«

»Ach ja?«

Er zuckte die Achseln. »So habe ich es jedenfalls verstanden. Er kam gleich heute Morgen zu mir und meinte, dass er dich unbedingt sprechen wolle. Das würde keinen Aufschub dulden und wir bräuchten dich ganz dringend als Verstärkung, bla, bla.«

»Als Verstärkung? Ihr wart doch vollzählig.«

»Das hat er aber gesagt, Sammy.« Er deutete wieder auf den Schreibtisch. »Jetzt nimm das Ding doch endlich in Beschlag, sonst lasse ich es in mein Büro stellen.«

»Vergiss es!« Sam stellte sich schützend vor das Möbelstück und breitete die Arme aus. »Nur über meine Leiche!«

Paul grinste verschlagen. »Es sind schon Menschen für weniger gestorben.« Dann lachte er und verabschiedete sich. »Du weißt ja, wo ich bin. Richte deinen Arbeitsplatz ein, und wenn du so weit bist, zeige ich dir auch offiziell, woran wir arbeiten.«

Sam nickte und hörte noch, wie Paul die Tür hinter sich schloss, doch er hatte sich schon längst dem Schreibtisch zugewandt. Er ließ seine Arbeitstasche fallen und legte die Hände auf das warme, dunkle Holz. Woher sie das Prachtstück hatten, wusste er nicht, aber es war ihm egal. Vielleicht hatte die Firma irgendwo Restbestände antiker Möbel.

Für Sam zählte nur, dass dieser Tisch nun sein täglicher Begleiter werden würde. Er strich sanft mit den Fingern über die feine Maserung, die man trotz der schützenden Lasur noch erfühlen konnte. Feinste Rillen zeugten von den Jahren, die der Baum, aus dem das Holz für den zwei Meter breiten Holztisch gewonnen worden war, gewachsen war. Die er gelebt, ja geatmet hatte. Früher hatten Forscher anhand von Bäumen, die man aus Mooren geborgen hatte, Aussagen über das antike Klima getroffen. Heute konnte man das Wetter zu jedem beliebigen Zeitpunkt in einer Computerdatenbank finden.

Aber dieses Erlebnis, dachte Sam, *dieses Stück Geschichte vor Augen zu haben, das wird man in keiner Datenbank finden können.*

Er umrundete das wuchtige Monstrum und ließ sich erleichtert in einen schwarzen Kunstledersessel fallen. Die Kippautomatik fing ihn sanft auf und federte seinen Schwung weich ab. Auf der Tischplatte lag eine helle Schreibunterlage. Sam befühlte sie mit den Fingerspitzen und nickte. *Veloursleder.*

Der Computer war genau gleich wie sein vorheriges Arbeitsgerät, deshalb verschwendete er darauf keinen weiteren Blick, denn die Schubladen des Schreibtischs hatten es ihm viel eher angetan. Drei an der Zahl auf jeder Seite, allerdings waren die rechten Schubladen mit einer Breite von geschätzten vierzig Zentimetern sicherlich doppelt so breit wie jene auf der linken Seite des Tischs.

Fein gearbeitete Messingringe, die wie ineinander verflochtene Haarzöpfe wirkten, dienten als Griffe. Zu seiner Verwunderung hatte man keine Schlösser an den Schubladen angebracht, weder einfache noch technisch moderne. Aber insgeheim war Sam froh, dass man das schöne Stück höchster Schreinereikunst nicht durch ein profanes Schloss verschandelte. Auch wenn es bedeutete, dass er in diesen Schubladen keine Geheimnisse aufbewahren könnte.

Sam rotierte den Bürostuhl ein wenig, sodass er einen Blick durch die Fensterfront werfen konnte, die beide Außenwände komplett ersetzte.

Der Deltakomplex wirkte aus dieser Höhe wie ein geschäftiger Ameisenbau. Elektroautos schlängelten sich durch die Straßen, jeder Fahrer darin mit seinen ganz eigenen Zielen. Am Boden, direkt unter seinem Fenster, konnte er den kleinen Park der Firma erkennen. Immergrüner Kunstrasen strahlte satt im Sonnenlicht. Schneeweiße Kieswege durchschnitten die Fläche wie Spinnfäden, bildeten ein dichtes Netz, Pfade, auf denen die Arbeiter in ihrer Mittagspause endlos flanieren konnten. Es war der perfekte Irrgarten. Man konnte an einer Kreuzung jedes Mal eine andere Abzweigung wählen und würde dennoch Jahre brauchen, um zufällig eine bereits abgelaufene Strecke zu wiederholen.

Sam erinnerte sich an die unzähligen Mittagspausen, die er mit Paul und Danny im Schatten des Hochhauses verbracht hatte. Um diese Uhrzeit war der Park jedoch nahezu menschenleer. Rings um ihn reckten sich weitere Hochhäuser in den Himmel, die zu richtigen Wolkenkratzern anwuchsen, je näher man dem Zentrum des Komplexes kam. Zu den Randbezirken der Oberstadt hin, wo auch Sam wohnte, wurden die Häuser wieder ein wenig kleiner, nur um dann erneut enorm anzuschwellen, wenn man die zivilisierte Oberstadt verließ und sich in die heruntergekommenen Slums des Unterkomplexes wagte.

Sam hasste die Unterstadt. Allein der Gedanke daran, er könnte einmal dort enden, ließ ihn frösteln. Dennoch fuhr er hin und wieder hinunter, wenn er den Tipp bekam, dass auf dem Schwarzmarkt neue Pflanzen gehandelt wurden. So war er auch in den Besitz des Ficus gekommen.

Das Telefon auf seinem Schreibtisch klingelte. Sam nahm den Hörer ab, ahnte aber bereits, wer der Anrufer war. »Was gibt's, Paul?«

»Ich habe eine SMS von Danny bekommen«, antwortete er. »Er schreibt, dass er krank ist und sich gleich ins Bett legt.«

»Was? Wart mal kurz.« Sam kramte sein Handy aus der Hosentasche und wählte Dannys Kontakt an. Es klingelte einmal, dreimal, fünfmal – nach dem zehnten Klingeln schaltete sich die Mailbox an. Sam wartete die Ansage ab, dann sprach er eine Nachricht darauf. »Hey, Danny. Schade, dass du krank bist … Alter, ich wurde befördert! Ich sitze jetzt nur zwei Türen weiter von dir! Paul und ich gehen heute Abend feiern. Die richtige Party holen wir aber nach. Gute Besserung.«

Er legte das Handy auf die Tischplatte und widmete sich wieder seinem Telefonat mit Paul. »Ich hab ihm gerade auf die Mailbox gesprochen. Scheiße. Wollte heute mit euch beiden ein wenig feiern.«

»Ja«, sagte Paul betrübt. »Ich find's auch kacke. Aber dann müssen wir beide uns eben für drei amüsieren.«

Sam lachte trocken. »Da hast du wohl recht.« Sein Handy vibrierte und wanderte dabei ein wenig über die Tischplatte. »Oh, warte, ich glaube, Danny meldet sich.«

Er blickte auf das Display, es zeigte eine neue Nachricht an: »Das ist ja super! Ich freu mich für dich. Hab einen bösen Magen–Darm–Virus. Leg mich jetzt hin. Gruß, D.«

»Und?«, fragte Paul aufgeregt. »Was sagt er? Kann er doch kommen?«

»Nein, hat die Scheißerei und bleibt daheim.«

»Ist dann auch besser«, entgegnete Paul. »Er hatte schon heute Morgen kaum noch Stimme übrig. Vermutlich vom vielen Kotzen.«

»Der arme Kerl.«

»Bist du so weit, dass ich dir die ganz offiziellen Pläne der ersten Plantage zeigen kann? Oder drehst du dich noch auf deinem neuen Stuhl?«

»Nein, ich komme gleich rüber.« Er legte den Hörer auf und stand keine Minute später vor Pauls Tür. *Wahnsinn!*, dachte er, *so schnell war ich noch nie bei ihm.*

»Komm endlich rein!«, rief Paul aus dem Büro heraus. »Ich kann dich vor der Tür stehen sehen.«

Sam öffnete lachend die Tür und trat ein. Paul deutete mit einem Kopfnicken auf den freien Stuhl vor seinem Schreibtisch, während er eilig auf seiner Computertastatur tippte.

»So«, sagte er schließlich und schob die Tastatur von sich. »Hier sind die Pläne.« Er öffnete eine Schublade seines Schreibtischs und holte ein zusammengerolltes Poster heraus, das er auf der Tischplatte entrollte.

Sam studierte die technischen Zeichnungen eingehend, zog einige der Linien mit dem Finger nach, ehe er sich wieder zurücklehnte. »Das sieht mir mehr wie ein Militärkomplex aus«, stellte er schließlich fest. »Doppelte Umzäunung, Wachtürme, Kamerawinkel und Flutlichter …«

Paul hob beschwichtigend die Hände. »Natürlich müssen wir das Areal ausreichend sichern, Sammy. Was hast du denn gedacht? Dass wir die Plantage errichten und sie dann ihrem Schicksal überlassen?«

Er schüttelte den Kopf. »Nein, das nicht. Aber ich hatte gehofft, dass sie … ein neuer Anfang werden könnte.«

»Ein Anfang wofür?«

»Das Land vom Pilz zu befreien.«

Paul nickte. »Das wird sie auch sein, Sam. Aber nicht sofort. Solche Dinge brauchen Zeit, das müsstest du doch am besten wissen.« Er deutete auf die Fläche im Inneren der Begrenzung. »Hier passiert der interessante Teil. Da setzen wir deine Entwürfe um, Sam.«

Er rieb sich mit der Hand über den Mund und kniff die Augen zusammen. »Das sind über zwei Hektar«, sagte er schließlich, nachdem er grob nachgerechnet hatte.

Paul nickte breit grinsend. »Ist das nicht super?«

Sam schüttelte stirnrunzelnd den Kopf. »Ich bin mir nicht sicher, ob das Filtersystem ein so großes Luftvolumen schafft.«

»Warte«, unterbrach ihn Paul. »Du sagtest, dass deine

Idee gerade deshalb so genial ist, weil sie sich der Größe der Anlage anpassen kann.«

»Jaja, das stimmt auch, aber …«

»Aber was? Hast du's drauf oder nicht?«

Sam schaute ihn unsicher an. »Ganz ehrlich, ich weiß es nicht. Ich habe es nie für so große Flächen berechnet. In der Theorie müsste es funktionieren.«

»Mehr kann man nicht erwarten.«

»Wirklich?«

Paul legte den Kopf schief und blickte ihm ernst ins Gesicht. »Wo lebst du denn? Carl erwartet natürlich Ergebnisse. Die Plantage wird *das* Projekt der nächsten Jahre. Geld, Arbeitskraft, Saatgut – natürlich muss das funktionieren.«

Sam schlug die Hände über dem Kopf zusammen und atmete mit geblähten Backen aus. »Scheiße, Paul. Ich sagte dir, dass ich es für tausend Quadratmeter durchgerechnet habe. Das hier ist um Faktor zwanzig vergrößert.«

»Aber du hast es doch auf fundierte Zahlen gestellt, oder nicht?«

»Ja natürlich, aber …«, er warf erneut einen kopfschüttelnden Blick auf die Baupläne, »… das hier ist enorm. Allein der Energiebedarf für die Ventilatoren und die Bewässerung …«

»Das lass mal die Sorge von einem anderen Ingenieur sein«, sagte Paul augenzwinkernd. »Wir bauen nicht umsonst zwei neue Silankraftwerke.«

»Das Zeug ist gefährlich.«

»Das Zeug ist die Zukunft! Oder was willst du sonst mit dem ganzen Sand machen?«

Er seufzte. »Also hängt mein Job hier schon jetzt am seidenen Faden?«

Paul zuckte die Achseln. »Möglich. Aber bis die Plantage fertig ist, vergehen noch ein paar Jahre.« Und augenzwinkernd fügte er hinzu: »Du musst eben in der Zeit eine Position mit Kündigungsschutz erreichen.«

»Wie weit sind wir mit den Vorbereitungen für die Anlage?«

»Das Areal ist planiert und die Bodenplatte wird betoniert.« Er stieß sich kraftvoll vom Tisch ab und sprang aus dem Stuhl. »Aber lassen wir das. Viel wichtiger ist die Frage: Wo gehen wir heute Abend hin und wann geht's los?«

»Wann sind wir hier fertig?«

Paul schaute ihn mit einem breiten Grinsen an. »Wir können gleich los.«

»Aber was ist mit der Arbeit?«

Paul winkte ab. »Carl sagte, ich soll dir alles zeigen. Und ich fange eben bei deiner neuen Wohngegend an. Und außerdem … solange wir die Plantage noch nicht betreten können, sind uns sowieso die Hände gebunden.«

*

Ein ganzes Heer von Fliegen erzeugte in seiner Gesamtheit ein niederfrequentes Summen, das seine Eingeweide vibrieren ließ. Sid rümpfte die Nase, denn eine so große Ansammlung der lästigen Insekten konnte nichts Gutes bedeuten.

Es konnte eigentlich bloß eines bedeuten: Adam und Bull hatten es verkackt.

Erst jetzt bemerkte er den süßlichen Gestank, der die Luft erfüllte, und zog sein Halstuch über Mund und Nase. Seine beiden Begleiter taten es ihm gleich.

»Das sieht übel aus, Boss«, stellte Eli das Offensichtliche fest.

Sid würdigte ihn keines Blickes, wie er dümmlich grinsend die Augen hinter seiner Sonnenbrille versteckte. Stattdessen zog er seine Pistole und betrat die schmale Veranda. »Bull? Adam?«, rief er laut.

Die einzige Antwort war das monotone Surren der Fliegen.

Sid öffnete die Tür und die Insekten stoben wild durcheinander. Das leise Brummen wich einem hektischen, hohen Ton, der von einer unterschwelligen Aggressivität begleitet zu sein schien. Als würden die Fliegen sich gemeinsam zum Angriff rüsten, jetzt, da er sie in ihrem königlichen Mahl unterbrochen hatte. Sie erreichten dabei einen Lärmpegel, der schon in den Ohren schmerzte, und Sid schnitt eine Grimasse.

Die Hütte war ein einziges Chaos. Der Gestank von Blut und verwesendem Fleisch erfüllte den Raum. Die schnell schlagenden Insektenflügel erzeugten eine leichte Brise, die den Luftzug der sich öffnenden Tür unterstützte und den beißenden Geruch in die Freiheit drückte. Sid konnte in der Hütte neben einer schwarzen, flirrenden Wolke kaum etwas anderes erkennen. »Eli, Doc, macht mal die Fensterläden auf!«

Er wartete, bis seine Untergebenen der Aufforderung nachkamen, und mit jedem Sonnenstrahl, der durch die nun geöffneten Fenster in die Hütte fiel, konnte er mehr Details seiner Umgebung ausmachen.

Der umgestürzte Tisch versperrte einen Großteil der Sicht. In die Tischplatte schien etwas eingeritzt zu sein, doch dahinter ragte etwas heraus, das seine Aufmerksamkeit augenblicklich fesselte.

Eine große Blutlache, gespickt mit kleinen fleischigen Brocken. »Scheiße«, flüsterte er atemlos, als er die Überreste des Gesichts erkannte. »Bull?« Er trat einen weiteren Schritt in die Hütte hinein und umrundete damit halb den umgestürzten Tisch. »Bull!«, brüllte er, als er den massigen Körper seines Bruders sah und es keinen Zweifel mehr an der Identität der Leiche gab.

»Boss?«, schrie Eli von draußen herein. »Boss, was ist los?«

»Scheiße! Scheiße, Scheiße, Scheiße!« Sid schlug sich mit der Pistole gegen das Gesicht. Immer wieder, bis er aus einer kleinen Platzwunde in der rechten Augenbraue blutete.

Eli und Doc kamen jetzt zur Tür herein, was die Fliegen zu einem erneuten summenden Protest veranlasste.

»Fuck, Boss«, hauchte Eli. »Dein Bruder.«

»Und Adam«, stellte Doc nüchtern fest. Bei jedem anderen wäre Sid vermutlich ausgerastet, angesichts der demonstrativen Teilnahmslosigkeit, aber Doc war noch niemals anders gewesen.

»Alter, wie kann dich das so kaltlassen?«, fragte Eli hysterisch. Die Situation schien ihn langsam, aber sicher zu überfordern.

Doc zückte eine kleine Tüte mit Tabletten aus seiner Westentasche. »Nimm eine von denen, das bringt dich wieder runter.«

Eli schüttelte den Kopf. »Und dann so werden wie du? Vergiss es.«

»Haltet jetzt eure verkackte Fresse!«, herrschte Sid sie an. »Wie konnte die Schlampe die beiden ausschalten? Und wo ist sie hin?«

Die Männer schwiegen. Eli vermutlich, da er mal wieder keine Ahnung hatte, und Doc, weil der dauerhafte Drogenkonsum ihm jegliche Emotion aus dem Hirn geblasen hatte.

»Vielleicht ist sie noch hier?«, wagte Eli nach einer kurzen Pause wieder zu sprechen.

»Dann hätte sie uns schon abgeknallt«, bemerkte Doc gleichgültig.

Sid wollte ihm zuerst eine Kugel verpassen, doch schließlich musste er der drogengestützten Nüchternheit der Aussage zustimmen. »Nein«, sagte er schließlich, »die Schlampe ist wieder auf dem Weg ins Delta. Oder schon dort.«

»Hey, Boss, sieh dir das mal an«, sagte Eli mit zittriger Stimme und deutete auf die Tischplatte.

Sid trat einen Schritt zurück und studierte die in die Holzplatte geritzten Worte.

»Ich mache keine Gefangenen«, las er laut vor.

»Wow, die Kleine ist tough«, sagte Doc teilnahmslos.

Sid funkelte ihn wütend von der Seite an.

»Ich mein ja nur!«, versuchte er ihn zu beschwichtigen. »Adam umzulegen …« Er deutete auf die massige Leiche. »Und dann erst Bull …«

»Ja, Doc«, unterbrach ihn Sid, »ich hab's kapiert. Die Schlampe hat was drauf.«

»Und was machen wir jetzt?«, fragte Eli, der sich bereits über Adam gebeugt hatte und den Leichnam durchsuchte.

Sid betrachtete Bulls leblosen Körper mit Bedauern. Sein Bruder war sicherlich ein geistesschwacher Fleischberg gewesen, den Sid nie sonderlich geschätzt hatte, aber ihn in einer Lache des eigenen, getrockneten Bluts zu sehen, zerrte an seinen Eingeweiden. Er blickte auf seine Armbanduhr. »Wir müssen zurück«, sagte er leise. »Unser Kontakt erwartet uns morgen Abend.«

»Der wird ganz schön sauer sein«, stellte Eli fest. »Die Kleine hatte echt tolle Titten.«

»Und du hast ihm ja auch lange genug davon vorgeschwärmt«, raunte Sid. »Dabei war noch gar nicht sicher, ob sie auf Docs Pillen anspringt.«

Doc lachte emotionslos. »Alter, mir kann keine widerstehen.«

Sid machte eine wegwerfende Handbewegung. »Egal. Wir haben keine Zeit, die beiden zu beerdigen. Außerdem lasse ich nicht zu, dass der Pilz sie zerfrisst …«

»Das ist doch gar nicht bewiesen …«, warf Eli ein, aber Sid unterbrach ihn direkt wieder.

»Ist mir scheißegal! Mein Bruder verrottet nicht hier draußen, klar? Hast du bei Adam was gefunden?«

»Nein, seine Taschen sind leer.«

»Scheiße. Er hatte den Chip.«

»Kann dir der Kontakt keinen neuen geben?«, fragte Doc in seiner monotonen Art.

»Sicher kann er das«, antwortete Sid genervt. »Aber das wird er sich wieder gut bezahlen lassen. Das kostet uns bestimmt die Hälfte der Beute.«

Doc zuckte die Schultern. »Brauchen wir denn einen neuen Chip?«

Sid blickte ihn entgeistert an, war kurz davor, seine Pistole zu heben und dem Idioten das drogenverseuchte Hirn auszublasen. »Doc, ich schwöre dir, wenn hier nicht schon zwei Leichen liegen würden, wärst du dran.« Er steckte die Pistole wieder in den Schulterhalfter und atmete tief durch. »Wir brauchen einen neuen Chip, weil wir nur so auf Dauer Geschäfte machen können, klar?«

»Klar.«

»Und jetzt?« Eli schien sich in der Gegenwart zweier Leichen zunehmend unbehaglich zu fühlen.

Sid massierte sich mit den Zeigefingern die Schläfen. »Okay. Wir fackeln die Bude ab. Und dann geht's zurück ins Delta.«

»Und was unternehmen wir wegen der Schlampe?«

Er seufzte. »Ich weiß es nicht. Hast du eine Ahnung,

wo sie wohnt oder wer sie war? Hatte sie Papiere bei sich? Nein. Also, zerbrich dir nicht den Kopf darüber.«

»Ich mein ja nur … Sie hat den Chip …«

»Was mich glauben lässt, dass sie nach uns suchen wird«, warf Sid ein. »Sonst wäre sie einfach abgehauen. Nein, Jungs, die Kleine will sich rächen, das spüre ich. Sie wird uns suchen.«

»Und dann?«

Er stöhnte entnervt. »Na, was schon? Verdammt, Eli, benutz deine Fantasie. Wenn sie uns findet, legen wir sie um. So einfach ist das.«

Kapitel 4

»He, aufstehen.« Die Stimme klang streng, aber nicht unfreundlich. Tessa streckte sich genüsslich und rieb sich die Augen. Sie hatte keine Ahnung, wie spät es bereits war, aber durch die Fenster drang helles Tageslicht in die Wohnung hinein.

Elaine hielt eine weiße Tasse in ihr Gesicht, aus der heißer Dampf aufstieg. Der Duft von Kaffee hing in der Luft. »Magst du?«

»Gern.« Tessa griff nach der Tasse und setzte sich auf. Sie blies ein wenig auf das heiße Getränk, bevor sie schlürfend einen ersten Schluck nahm. »Und danke noch mal.«

Elaine winkte ab. »Keine Ursache.«

»Nein«, beharrte Tessa. »Das war das Netteste, was jemals jemand für mich getan hat.« Sie blickte sie fragend an. »Warum?«

Elaine zuckte die Achseln. »Es erschien mir richtig.« Sie wandte sich ab und stellte sich an eines der Fenster. Ihr Blick schweifte in die Ferne. »Ich war noch was schuldig.«

»Mir nicht.«

Ein schmales Lächeln stahl sich auf ihre Lippen. »Karma.«

»Hmm …« Sie ließ es dabei bewenden, nahm einen weiteren Schluck Kaffee und war erstaunt über sein kräftiges Aroma. »Der ist gut«, sagte sie unbewusst.

Elaines Lächeln wurde breiter. »Der ist ja auch echt.«

Tessa machte große Augen. »Wirklich? Wie?«

Sie legte einen Zeigefinger auf die Lippen. »Genieß deinen Kaffee.«

Tessa lehnte sich zurück und betrachtete die mit Bildern behangene Wand. Dahinter lag ihre Einzimmerwohnung, in die sie hoffentlich nie mehr einen Fuß setzen musste.

Die Bilder zeigten Landschaftsaufnahmen. Ob sie aktuell oder aus einer längst vergangenen Zeit stammten, konnte Tessa nicht sagen. Sie war schließlich noch niemals aus dem Delta hinausgekommen.

»Kannst du irgendwo hin?«, fragte Elaine unvermittelt.

Tessa schluckte. Das Gefühl, vom Regen in die Traufe geworfen zu werden, überfiel sie plötzlich und schnürte ihre Kehle mit eiskaltem Griff ab. »Nein«, antwortete sie ehrlich.

Die ältere Frau nickte. »Verstehe.«

Tessa klammerte sich krampfhaft an die weiße Kaffeetasse. »Ich trinke noch aus, dann verschwinde ich. Danke noch mal.«

Elaine lachte trocken. »Keine Eile.« Sie leerte ihre Tasse in einem Zug und ging an Tessa vorbei in die offene Küche. »Bleib, solange du willst. Ich hab Platz genug.«

Das Mädchen hätte beinah die Tasse fallen lassen. »Wirklich?«

»Das hab ich doch gerade gesagt, oder nicht?« Sie seufzte lächelnd. »Wenn du alles zweimal hören musst, dann werden unsere Unterhaltungen sehr anstrengend.«

»Danke.« Tessa wagte nun zum ersten Mal, sich ausgiebiger in der Wohnung umzusehen.

Die Kochinsel hatte man mit hellen Backsteinen regelrecht in den Raum gemauert, die Arbeitsplatte aus Granit ragte gut dreißig Zentimeter über die Ränder des Sockels hinaus, sodass man sich nicht die Füße an den harten Steinen anstieß. An der Wand dahinter befand sich eine Küchenzeile aus Aluminiumschränken. Das matt gebürstete Metall schien das Licht seiner Umgebung regelrecht zu verschlucken und beruhigte die Augen. Außer den Landschaftsbildern zu ihrer Rechten gab es keinen weiteren Wandschmuck. Wenn man auf dem Sofa saß, hatte man die Küche im Rücken und erblickte durchs Fenster die Skyline des unteren Komplexes. Neben dem Fenster stand ein großer Fernseher, viel zu groß für die Gegend, in der er aufgestellt war.

Wie sie letzte Nacht schon richtig erkannt hatte, gab es nur zwei Türen, die aus der großen Wohnküche hinausführten. Sie lagen gegenüber der bebilderten Wand, die rechte führte ins geräumige Bad und die linke mit an Sicherheit grenzender Wahrscheinlichkeit in Elaines Schlafzimmer.

Sie wollte sich gerade zum wiederholten Mal bei ihrer Retterin bedanken, als von der Straße her lauter Tumult, selbst durch die geschlossenen Fenster, zu hören war.

Elaine war augenblicklich am Fenster und blickte hinunter. »Scheiße. Die Bullen.«

Tessa schluckte schwer. »Es tut mir leid.«

»Hat mich der kleine Penner doch glatt zweimal abkassiert«, murmelte sie vor sich hin. »Steckt den Ring ein und liefert mich noch ans Messer …« Sie hielt inne. »Das kann nicht sein … Wenn er zugeben würde, dass ich ihn gekauft habe, dann würde man ihn als Erstes abknallen.« Sie schürzte die Lippen und warf Tessa einen skeptischen Blick zu. »Wie schlimm *genau* war deine Nacht eigentlich?«

Tessa schüttelte schluchzend den Kopf. »Es tut mir leid.«

Elaine stöhnte. Vor dem Haus machten sich fünf Polizisten bereit, das Gebäude zu betreten. Sie hatten schusssichere Westen angelegt und luden ihre Schrotflinten und Pistolen durch. Die Polizei und das Militär waren die einzigen Bereiche, für die noch Waffen und Munition produziert wurden. Deshalb verließ Elaine sich auf ihren antiquierten

Colt Python. Sie konnte die Hülsen selbst befüllen, und wenn eine Patrone einmal eine Fehlzündung hatte, drehte die Trommel sich geduldig weiter.

Schmuggler, die auf altertümliche Pistolen setzten, krepierten häufig wegen einer Fehlfunktion. Über die Jahre hatte Elaine so gelernt zu erkennen, wer von der Regierung geschmiert wurde. Hin und wieder hatte sie mit Partnern gearbeitet. Und wann immer die über auffällig zuverlässige Pistolen verfügt hatten, war sie misstrauisch geworden.

Bei den Polizisten bestand jedoch keine Hoffnung, dass ihre Munition versagte oder die Federn des Bolzens brachen. Deren Waffen würden reibungslos funktionieren.

Tessa wollte gerade durch die Wohnungstür verschwinden, als Elaine ihren Blick von dem Spektakel auf der Straße losriss. »Wo willst du hin?«, fragte sie streng.

»Weg!«, antwortete die Kleine schluchzend. »Ich will dich nicht in Gefahr bringen.«

»Das hast du schon«, schoss sie zurück. Ihre Worte ließen die junge Frau kraftlos in sich zusammensinken und taten ihr in dem Moment schon wieder leid. »Hey, ist halb so wild«, versuchte sie Tessa aufzumuntern.

»Was passiert, wenn sie mich hier finden?«

Sie atmete tief durch. »Sollten die wirklich deinetwegen hier sein, dann werden sie uns beide erschießen.«

»Und das soll nicht schlimm sein?« In ihrer Stimme schwang mehr und mehr Panik mit.

Elaine brachte sie mit einem schmalen Lächeln zum Schweigen. »Sie müssen dich ja nicht finden.« Sie deutete mit dem Kopf auf ihre Schlafzimmertür. »Komm, beeil dich!«

Tessa folgte ihr ins Schlafzimmer, auch wenn sie keinen Sinn darin sah. Dort öffnete Elaine ihren Kleiderschrank.

»Werden sie mich da nicht suchen? Die haben doch Hunde.«

Die ältere Frau griff in den Schrank hinein, und kurze Zeit später war ein leises Klicken zu hören. »Mir nach!«, befahl sie und verschwand im Schrank.

Tessa zögerte keine Sekunde und machte einen Schritt nach vorn. Jetzt konnte sie sehen, dass die Rückwand des Schranks eine Geheimtür war, die in einen Raum führte. Sie beeilte sich, zu Elaine aufzuschließen, und stand kurz darauf in einer Art Werkstatt.

Elaine deutete auf eine gläserne Schiebetür zu Tessas Linken. »Rein da. Schließ die Tür und mach keinen Mucks.«

»Was ist das?«

»Eine Schleuse. Luftdicht.« Die Frau funkelte sie bedrohlich an. »Du öffnest weder diese Tür noch die andere, klar? Und bete, dass die Kerle in dreißig Minuten verschwunden sind.«

»Was passiert dann?«

»Dann geht dir da drin langsam der Sauerstoff aus.« Sie nickte ihr ermutigend zu. »Also, versuche so wenig und ruhig wie möglich zu atmen.« Sie wollte die Glastür bereits wieder hinter Tessa schließen, als sie ihr noch einen letzten Rat mit auf den Weg gab: »Und fass um Himmels willen nichts an!«

Tessa nickte ängstlich. Dann verschwand Elaine wieder durch die geheime Schranktür und das Licht in ihrem Versteck erlosch. Kein Fenster, kein Spalt, keine gedimmte Lampe erhellte die Umgebung. Nur völlige Finsternis, die sie umklammerte.

Nicht zu schnell atmen, versuchte sie sich selbst zu ermahnen, aber es half nichts. In der Stille der Schleuse – wie Elaine es genannt hatte – konnte sie ihren Pulsschlag laut pochen hören. So laut, dass sie nicht glaubte, er würde irgendjemandem verborgen bleiben.

Das Gefühl, keine Luft mehr zu bekommen, war plötzlich übermächtig. Sie schnappte wie ein Fisch nach Atem, hechelte dann wie ein Hund und begann zu schwitzen.

Beruhige dich!, schalt sie sich immer wieder. Zu gern hätte sie die feinen Lebenslinien ihrer Handfläche angestarrt, das war etwas, das sie stets beruhigte, doch in der vollkommenen Dunkelheit konnte sie nicht einmal mit Sicherheit sagen, dass sie noch Hände besaß – oder überhaupt einen Körper. Nur ihr Geist existierte hier noch. Ihr Geist, der sich gerade ausmalte, wie die Polizisten Elaine abführten und sie allein in der Wohnung zurückblieb.

Je länger sie über die Situation nachdachte, desto kleiner wurde die Angst, zu ersticken. Die Luft in der Schleuse roch zudem angenehm frisch und sauber. Und bevor sie hier drin erstickte, würde sie die Schiebetür öffnen und ihr Glück mit den Spürhunden versuchen.

Hoffentlich geht das gut, dachte Elaine und schloss die Geheimtür in der Schrankwand, die zu ihrer Werkstatt führte. In geschlossenem Zustand konnte man sie kaum ausmachen. Einer eingehenden Kontrolle mit einer Wärmebildkamera würde sie sicherlich nicht standhalten, doch einen einfachen Klopftest bestand die Aluminiumtür mit Leichtigkeit, davon hatte sie sich selbst überzeugt.

Vielleicht suchen die Bullen ja auch gar nicht nach Tessa, versuchte sie sich selbst einzureden, aber ihr Gespür für Ärger sagte ihr klar das Gegenteil. Allerdings fühlte sie keine unmittelbare Bedrohung für sich selbst. Fünf Polizisten – das war die Standardgröße einer Streife im unteren Komplex.

Hätte man wirklich ihren Kontaktmann gefasst, dann wäre man hier mit einer ganzen Staffel angerückt, denn immerhin war sie eine Schmugglerin. Vielleicht wäre sogar jemand von der Regierung aufgetaucht.

Nein, diese fünf Bullen suchten jemand anderen. Und in dem Fall gab es keinen Grund, ein Risiko einzugehen und Tessa sichtbar in der Wohnung sitzen zu lassen. Ihr Revolver war ebenfalls in der Werkstatt. Luftdicht verschlossen in einem Stahlkasten. Die Spürhunde der Polizei konnten auch den kleinsten Pulverrückstand erschnüffeln und privater Waffenbesitz war illegal.

Ein weiterer Punkt auf einer langen Liste mit möglichen Todesstrafen, dachte Elaine kopfschüttelnd. *Ob sie mich überhaupt noch ein Wort sagen lassen würden, bevor sie mir eine Kugel durch den Kopf jagen?*

Sie prüfte mit kritischem Blick den Zustand der Wohnung. Vor allem die Couch durfte nicht so aussehen, als habe jemand darauf übernachtet, deshalb richtete Elaine die Kissen darauf wieder so an, als hätte heute noch niemand darauf gesessen. Sie raffte Tessas Klamotten zusammen und stopfte sie im Bad in die Wäschetonne unter ihre eigenen Sachen. Danach blickte sie sich noch einmal in dem Raum um und nickte zufrieden.

Elaine presste ihr Ohr an die Wohnungstür und lauschte angespannt auf die Geräusche im Treppenhaus. Die Männer nahmen die Stufen im Gleichschritt und ohne auch nur ein Wort zu wechseln. Sie spähte durch den Türspion, und wenige Augenblicke später sah sie auch den ersten Polizisten in ihren Hausflur einbiegen.

»Scheiße!«, presste sie leise zwischen zusammengebissenen Zähnen hervor. Sie warf einen kurzen Blick über die Schulter zu der Stelle der Wand, hinter der sie das Mädchen vermutete. *Tessa, in welche Scheiße bist du da letzte Nacht nur geraten?*

Sie ging zur Kochinsel und setzte eine Kanne Wasser

auf. Der Duft von frisch aufgebrühtem Kaffee würde die Hunde womöglich ablenken. *Scheiße, der Kaffee!*, schoss es ihr plötzlich durch den Kopf, als sie ihren Denkfehler erkannte.

Ihr Blick fiel auf die Kaffeedose, in der das gemahlene Pulver seinen betörenden Duft verbreitete. Die Dose unter den laufenden Wasserstrahl zu stellen, bereitete ihr beinah körperliche Schmerzen, doch sie zögerte keine Sekunde. Heißes Wasser schoss dampfend aus der Leitung und spülte den ganzen Kaffee – immerhin fast ein halbes Pfund – in den Ausguss. Ein wenig des wohligen Aromas verteilte sich noch im Raum und brachte sie zum Seufzen. *Ich hoffe, die Geschichte der Kleinen ist den ganzen Ärger wert*, dachte sie.

»Clara Lucas?«, brüllte einer der Polizisten und trat gegen Tessas Tür. Da Elaine in der Nacht zuvor das Schloss zerschossen hatte, flog die Tür weit auf und schlug mit einem dumpfen Knall gegen die Wand.

So heißt sie also offiziell, dachte Elaine. *Und gleich trommeln sie gegen meine Tür …*

»Sandra Parker?«, rief ein Beamter, gefolgt von lautem Hämmern gegen die Wohnungstür.

Elaine überlegte für einen kurzen Moment, ob sie die Polizisten ignorieren sollte und hoffen, dass sie wieder abziehen würden. Doch sie verwarf den Gedanken augenblicklich wieder.

Sie ging zur Tür und öffnete sie vorsichtig, ganz so, als würde sie ein Polizeiaufgebot gehörig einschüchtern, war in Wahrheit aber über die Maßen erleichtert, dass sie ohne Spürhund angerückt waren. »Ja bitte?«

Der Polizist vor ihrer Tür kam ohne Umschweife zur Sache: »Wir suchen Ihre Nachbarin, Clara Lucas. Wissen Sie, wo sie sich aufhält?«

»Clara … wer?«, spielte Elaine die Dumme, biss sich aber im nächsten Moment direkt auf die Zunge. Polizisten mochten keine Scherze, niemals. Und Elaine begab sich auf einen schmalen Grat.

»Ihre Nachbarin!«, fuhr der Polizist sie an. »Sie ist unter dem Namen Clara Lucas registriert.«

»Das wusste ich nicht«, warf Elaine mit entschuldigendem Tonfall ein. »Ich habe sie schon eine Weile nicht mehr gesehen.«

Der Polizist hob gebieterisch die Hand. »Gestern Nacht soll es hier laut gewesen sein«, fuhr er fort. »Ein Hausbewohner sagte, er habe ein lautes Geräusch gehört.«

»Ist mir nicht aufgefallen, aber ich habe einen festen Schlaf.« *Klar, als würde einer aus dem Haus mit euch sprechen!*, durchschaute sie die Lüge. Solche Methoden waren nicht ungewöhnlich. Die Polizisten versuchten durch gezielte Lügen, ihr Gegenüber zu einer belastenden Aussage zu bewegen.

Er nickte beiläufig. »Dürfen wir uns in Ihrer Wohnung umsehen?«

Elaine wusste nur zu gut, dass es auf diese Frage nur eine richtige Antwort gab, also trat sie beiseite und bat die Polizisten mit einem freundlichen Lächeln herein. *Und das Spiel beginnt*, dachte sie. »Die linke Tür führt in mein Schlaf…«

»Verhalten Sie sich ruhig und bleiben Sie hier«, wies der Polizist sie an. »Wir finden uns zurecht.«

Elaine stellte sich zwischen Küchenzeile und Kochinsel. An einer magnetischen Leiste an der Wand hingen ihre großen Küchenmesser. Lächerliche Waffen gegen die Automatikpistolen der Polizei, doch sie hatte sich schon vor langer Zeit geschworen, niemals kampflos aufzugeben. Die gemauerte Kochinsel würde ihr gegen einen direkten Angriff ausreichenden Schutz bieten, nur von den Seiten wäre sie angreifbar.

Einer der Bullen beschäftigte sich vielmehr mit ihren Bildern an der Wand als mit der Durchsuchung ihrer Wohnung. Unbemerkt griff sich Elaine das kleinste der Messer und schob es ihren rechten Ärmel hinauf. *Isoliere die Schwachen von der Herde*, dachte sie grimmig und ging mit aufgesetztem Lächeln zu dem jungen Mann hinüber.

In Gedanken bereitete sie sich darauf vor, ihm mit einem schnellen Schnitt die Kehle zu öffnen, sich seine Waffe zu greifen und die übrigen Männer zu erschießen. Dann würde sie untertauchen. Vielleicht bei Jack, vielleicht würde sie den Komplex auch einfach endgültig hinter sich lassen.

Noch zwei Schritte, dann wäre sie bei ihm. Seine Kollegen kamen gerade aus ihrem Bad und dem Schlafzimmer.

»Sie ist nicht hier«, sagte der Wortführer schon fast enttäuscht.

Elaine unterdrückte das Verlangen, ihm eine entsprechende Antwort zu geben, sie nickte lediglich mit ausdrucksloser Miene. »Ich hoffe, Ihre Suche verläuft von jetzt an erfolgreicher. Tut mir leid, dass ich nicht helfen konnte.«

Er winkte ab. »Beim nächsten Mal sind Sie gefälligst kooperativer.« Er wandte sich halb seinen Männern zu. »Abrücken. Soll sie doch einer vom Nachrichtendienst suchen.«

Interessant, notierte Elaine diese Information auf einem imaginären Notizblock in ihrem Kopf.

Dann waren die Polizisten wieder verschwunden und Elaine verriegelte die Wohnungstür. Sie atmete erleichtert auf.

Zur Sicherheit wartete sie noch, bis die Polizisten wieder in ihren Wagen einstiegen und davonfuhren. Gerade als sie den Kleiderschrank und die dahinterliegende Geheimtür öffnen wollte, kam ihr ein Gedanke, der sie ins Grübeln brachte. *Was, wenn sie meine Wohnung verwanzt haben?*

Sie blickte sich argwöhnisch im Zimmer um. *Wo würde ich eine Wanze verstecken? Oder eine Kamera?* Sie untersuchte die gegenüberliegende Wand nach verräterischen Anzeichen für eine Manipulation. Dann ihr Bett und den Nachttisch. Doch schon bald gab sie achselzuckend auf. *Wenn sie mich verwanzt haben, dann bringt es auch nichts mehr, die Dinger wieder zu entfernen.*

Schließlich öffnete sie die Geheimtür, betrat die dahinterliegende Werkstatt und schaltete das Licht ein. Tessa saß stocksteif in der niedrigen Duschwanne und blinzelte hektisch, da ihre Augen sich an die Finsternis gewöhnt hatten und selbst die gedimmte Deckenlampe für sie greller als die Mittagssonne war.

Elaine schloss die Geheimtür fest hinter sich. »So, Zeit für ein paar Antworten«, sagte sie, sobald sie die Schiebetür der Luftschleuse öffnete.

Tessa blickte sie aus großen Augen an, die Erleichterung stand ihr dabei deutlich ins Gesicht geschrieben. »Sind sie wieder weg?«

»Ja.«

Sie seufzte laut. »Zum Glück! Vielen Dank für deine Hilfe …«

Elaine hob gebietend die Hände. »Immer langsam. Du schuldest mir ein paar Antworten.«

Tessa blickte sich demonstrativ um. »Ich habe auch einige Fragen.«

»Ich zuerst«, beharrte Elaine. »Zum Einstieg etwas Einfaches. Welcher Name ist dein echter? Tessa oder Clara?«

»Clara … aber so wurde ich schon lange nicht mehr genannt.«

»Dann bleibe ich bei Tessa.« Sie legte den Kopf schief und musterte das Mädchen mit einem Lächeln. »Passt ohnehin besser zu dir.«

»Danke.«

»So, jetzt mal ernsthaft«, fuhr sie fort. »Was wollten die von dir? Was ist letzte Nacht geschehen?«

Tessa blickte betrübt zu Boden. »Ich war bei einem Freier. Er wollte mich für die ganze Nacht. Dazu war er noch wirklich nett und kein Arschloch, das darauf steht, Frauen zu verprügeln …«

»Gut, dein Job hat dir also mal Spaß gemacht«, unterbrach Elaine. »Komm zum Punkt. Warum sucht dich die Polizei. Hat er seinen Schwanz in dir verloren? Hat seine Frau euch erwischt? Hast du ihn … umgebracht?«

Tessa riss erschrocken die Augen auf. »Nein! Ich habe ihm nichts getan. Da war ein anderer Mann. Sie haben sich gestritten.«

»Ein Dreier?«

»Nein. Mitten in der Nacht klingelte es an seiner Tür. Er versteckte mich im Schlafzimmer und unterhielt sich mit ihm. Sie stritten sich. Heftig. Da bin ich abgehauen.«

Elaine schüttelte den Kopf. »Das kann nicht alles gewesen sein«, murmelte sie mehr zu sich selbst. Sie blickte Tessa direkt in die Augen. »Die Polizisten waren auf Befehl des Nachrichtendienstes hier, Kleine.«

»Und jetzt lassen sie uns in Ruhe?«

Sie zuckte die Achseln. »Kann sein. Kann aber auch sein, dass sie uns verwanzt haben und in ein paar Minuten wieder hier auftauchen. Aber zurück zu letzter Nacht. Hast du irgendwas gehört oder gesehen?«

»Nein. Ich habe seine Brieftasche genommen und bin weggerannt.«

Sie nickte. »Verstehe. Du weißt also, wer er ist. Scheiße.«

»Was ist?«

»Ich fürchte, dein Freier ist tot.« Tessa riss erschrocken die Augen auf, aber Elaine redete ungerührt weiter. »Das ist das Einzige, was Sinn macht. Stellt sich bloß die Frage, weshalb man ihn umgelegt hat und wieso man jetzt hinter dir her ist.«

»Bist du sicher, dass er tot ist?«

»Entweder das, oder du hattest zufällig Sex mit einem hohen Regierungsbeamten und jetzt seine ID–Card in der Tasche, die es beweist.« Sie schüttelte den Kopf. »Was für ein Gefühl hattest du bei dem Streit?«

Tessa blickte traurig zu Boden. »Ich bin weggerannt, bevor es eskalierte. Es wurde viel geschrien ...«

»Du hast also schon vermutet, dass die Sache richtig hässlich geworden ist, nicht wahr?«

Sie nickte.

»Und du bist eine potenzielle Zeugin.«

»Und was soll ich jetzt machen? Aussagen?«

Elaine starrte sie entgeistert an. »Bist du verrückt? Die legen dich um!«

»Aber ... wenn ich doch eine Zeugin bin?«

»Tessa. Der Bulle sagte, dass der Nachrichtendienst sich um dich kümmern soll. Du weißt, wer die sind? Die Lakaien der Regierung. Wenn die dich suchen, dann bist du am Arsch, Kleine.«

Sie sackte in sich zusammen, begann leise zu schluchzen.

»Hey, Kopf hoch!«, versuchte Elaine sie aufzumuntern. »Ich passe schon auf dich auf.« Sie deutete auf ihr blondes Haar. »Zuerst verpassen wir dir eine neue Frisur und Haarfarbe.«

»Und das wird reichen?«

»Vielleicht für eine flüchtige Kontrolle. Aber neue Papiere wären auch nicht schlecht«, überlegte sie weiter.

Tessa blickte sie fragend an. »Warum tust du das für mich?«

Elaines Blick schweifte ab, zurück in eine Zeit, in der sie ähnliche Probleme gehabt hatte. *Jack*, dachte sie lächelnd. *Du hattest recht … irgendwann gibt man es zurück.*

»Also?«, hakte die junge Frau nach.

Elaine vertrieb die Gedanken mit einem leichten Kopfschütteln. »Karma«, war ihre knappe Antwort.

»Danke.« Tessa schluchzte schon wieder. »Ich weiß nicht, wie ich dir jemals danken soll.«

»Komm erst mal aus meiner Schleuse und zeig mir die Papiere des Kerls.«

Tessa kam heraus, blieb dann aber wie angewurzelt stehen. »Was ist das hier?«, fragte sie und machte eine ausladende Handbewegung.

Elaine lächelte. »Das ist meine Arbeit. Und mein Lebensunterhalt. Also schön vorsichtig sein.«

Das Mädchen nickte und blieb erneut kopfschüttelnd stehen. »Du bist eine Schmugglerin, kann das sein?«

»Mehr als das«, gab sie unumwunden zu. »Wir bezeichnen uns als Förster. Und ich suche nicht bloß nach Pflanzen, ich kultiviere sie.« Sie deutete durch die Schleuse hindurch in den dahinterliegenden Raum. »Mein Gewächshaus.«

In dem Raum standen zwei vier Meter lange Reihen mit Tischkulturen in matten Aluminiumbecken. Der linke Tisch war mit einer durchsichtigen Plastikplane abgedeckt, die wie ein langer Vorhang von den Lampen hing, die über den beiden Tischen für das nötige Tageslicht sorgten. Denn Fenster gab es im Gewächshaus – wie auch in allen von Elaines Geheimräumen – nicht.

Ein Luftbefeuchter sorgte für ein passendes Raumklima, und an der Decke hing ein großer Apparat, der mit einem sich langsam drehenden Ventilator entfernt an eine Klimaanlage erinnerte.

»Ich kann immerhin achtzig Prozent der Pilzsporen aus der Luft filtern«, sagte Elaine, als sie Tessas interessierten Blick bemerkte. »Mittlerweile züchte ich fast die Hälfte aller Pflanzen, die ich verkaufe, selbst.«

»Und … wie kommst du an die Setzlinge?«

»Na, indem ich rausgehe und nach ihnen suche. Raus aus dem Komplex, in die Wildnis.«

»Wie machst du das?«

Sie lachte trocken. »Ich besteche die Torwachen, ganz einfach.«

Tessa nickte. »Verstehe … Und dann bringst du die Sachen auf den Schwarzmarkt?«

»*Den* Schwarzmarkt gibt es nicht wirklich«, wiegelte sie ab. »Man braucht einen Schieber und der kennt andere Schieber, und die kontaktieren dann alle ihre Kunden und bestellen sie an einen immer wechselnden Ort.« Sie öffnete einen kleinen Schrank, der unter den Schreibtisch gebaut war, und holte eine unscheinbare Tube daraus hervor. »Komm, wir machen dir die Haare. Ein wenig kürzer und vor allem«, sie wedelte mit der Tube vor Tessas Gesicht, »dunkler.«

Sie gingen zurück in die eigentliche Wohnung, und Elaine achtete peinlich genau darauf, dass sowohl die Luftschleuse als auch die Geheimtür sorgfältig verriegelt waren. Nachdem Tessa die Schleuse verlassen hatte, drückte Elaine einige Knöpfe auf einer Fernbedienung, und die Anlage begann die verbrauchte und mittlerweile verseuchte Luft zu reinigen.

Der Effekt war leider stets geringer als erhofft, doch ohne die Schleuse und die Luftfilter würden ihre Pflanzen innerhalb weniger Tage verrotten.

Sie führte Tessa ins Bad, dort wusch das Mädchen sich die Haare und kämmte sie vorm Spiegel glatt.

»Hast du das schon mal gemacht?«, fragte sie zaghaft.

Elaine nickte ihr aufmunternd zu. »Das wird schon.« Dann zuckte sie die Achseln. »Na ja, vielleicht wird es nicht reichen, um neue Kunden zu gewinnen, aber die Straße solltest du ab jetzt ohnehin meiden.«

Aus der Schublade des Badezimmerschränkchens nahm sie eine kleine Schere und stellte sich hinter Tessa auf. Dann griff sie kreuz und quer einige Strähnen zusammen und schnitt sie ab. Sie ignorierte Tessas lautes Schlucken und setzte ihre Arbeit ungerührt fort.

»Wie lange machst du das schon?«, versuchte Tessa sich ein wenig abzulenken.

Elaine wickelte gerade eine weitere Haarsträhne um ihren Finger und schnitt sie auf halber Länge ab. »Schon viel zu lange.«

»Ist das nicht gefährlich?«

Die einfache Frage erinnerte Elaine an ihre jüngst zugezogenen Verletzungen. Sie legte die Schere für einen Moment beiseite und hob ihr Shirt weit genug an, dass man den riesigen Bluterguss an ihrem Rücken sehen konnte. »Ich glaube, eine Rippe ist gebrochen«, sagte sie beiläufig und griff wieder zur Schere.

Tessa machte große Augen. »Hast du keine Angst? Ich meine, wenn man dich erwischt, dann …«

»Dann werde ich hingerichtet«, vollendete Elaine ungerührt. Sie nickte langsam. »Früher … früher hatte ich mal Angst. Aber heute nicht mehr.«

»Weil du heute die Erfahrung hast?«

Sie schüttelte den Kopf. »Weil ich die Grenze schon überschritten habe. Verstehst du? Es gibt kein Zurück mehr.«

»Du könntest aufhören.«

»Und dann? Dann müsste ich noch immer in der Angst leben, dass mich irgendwann mal einer in die Pfanne haut. Und vor allem: Wovon sollte ich dann leben?«

»Du könntest dir einen normalen Job suchen«, überlegte Tessa laut.

Elaine lächelte schmal. »So wie du?«

»Wie meinst du das?«

»Na ja, du könntest dir auch einen anderen Job suchen. Du müsstest nicht jede Nacht da draußen deine Beine spreizen, in der ständigen Angst, dass dich einer von den Kerlen verprügelt, oder?«

Sie zuckte mit den Schultern. »Vielleicht …«

»Und warum tust du es nicht?« Elaine wartete ihre Antwort nicht ab: »Du hast eine Grenze überschritten, Tessa. Du hast dich für eine bestimmte Art zu leben entschieden. Und an diese Entscheidung bist du nun gebunden.«

»Hmmm …«

Tessa stellte keine weiteren Fragen und ließ die Prozedur über sich ergehen. Elaine gab sich große Mühe, die Frisur besonders kümmerlich aussehen zu lassen, damit ein Polizist bei ihrem Anblick auf keinen Fall darauf käme, dass sie die gesuchte Prostituierte sein könnte. Eine dreckig-schwarze Haarfarbe, in Verbindung mit Tessas blasser Haut, würde den Effekt noch verstärken.

»So, jetzt darfst du dich im Spiegel bewundern!«, sagte sie feierlich, nachdem Tessa die Haare erneut gewaschen hatte.

Das Mädchen blickte in den Spiegel und zuckte vor Schreck zusammen. »Oh«, entfuhr ihr leise.

Elaine legte ihr mitfühlend die Hand auf die Schulter. »Ich weiß«, sagte sie, »es ist ein harter Schnitt. Aber ein kleiner Preis, wenn du dadurch länger lebst, oder?«

Sie nickte. »Danke.«

Elaine nickte müde. Die Tortur der letzten Tage steckte ihr noch zu tief in den Knochen. »Ich sollte mich wieder hinlegen.«

»Müsstest du nicht besser zu einem Arzt gehen?«

Sie lachte trocken. »Und wie soll ich dem erklären, dass ich in der Wildnis überfallen wurde?«

»Das musst du ja nicht sagen … Oder du findest einen Arzt, der keine Fragen stellt«, überlegte Tessa.

»Kleine, solche Ärzte kosten eine Menge Geld. Geld, das ich nicht ausgeben will.« Sie winkte ab. »Das verheilt schon wieder. Ich brauche einfach nur Ruhe.«

»Helena könnte dir helfen!«, rief sie plötzlich. »Wir haben häufiger mit Prellungen und Brüchen zu tun. Und Helena flickt uns immer wieder zusammen. Sie hat ein Rezept für eine Salbe und macht gute Verbände.«

Elaine zögerte, doch Tessa blickte sie bittend – fast flehend – aus großen Augen an. *Sie will sich revanchieren*, ahnte Elaine und nickte. »Also gut.«

Sie war schon auf dem Weg zur Tür, als sie innehielt und sich noch einmal zu Tessa umwandte. »Gib mir die Brieftasche des Freiers.«

»Warum?«

»Ich will sie in meine Werkstatt einschließen. Das ist sicherer.«

»Glaubst du, hier wird eingebrochen?«

Sie lachte. »Ich habe Gunther einmal dabei erwischt … Ist dir noch nicht aufgefallen, dass er bei nasskaltem Wetter ein wenig hinkt?«

»Nein, aber ich versuche, ihn nicht anzusehen.«

»Ist auch besser. Jedenfalls hat er das Hinkebein als Andenken an seine Schnüffelei. Seitdem ist nie wieder etwas passiert … Aber mit der Polizei und dem Trubel von letzter Nacht könnte er vielleicht zu neugierig werden.«

Tessa nickte und förderte die Brieftasche zwischen den Sofakissen zutage. »Warum hat er uns eigentlich nicht verraten?«

Elaine blickte kurz zur Seite. »Geldgier, vermute ich. Er hasst mich, aber ich zahle ihm auch ein ordentliches Schweigegeld. Wenn ich draufgehe, dann verliert er auch. Zumal ich ja auch gegen ihn aussagen könnte, dann wäre er ganz schnell erledigt.«

»Also erpresst ihr euch gegenseitig?«

Sie schüttelte lachend den Kopf. »Wir erkennen eher den beiderseitigen Nutzen.«

Sie brachte die Brieftasche in ihre Werkstatt und verschloss sorgfältig die Geheimtür. Aus ihrem Kleiderschrank fischte sie noch eine alte Jacke, die sie Tessa in die Hand drückte.

»Oh, ich dachte, wir gehen noch in meiner Wohnung vorbei, ein paar Sachen holen«, sagte das Mädchen kleinlaut.

Elaine schüttelte den Kopf. »Ich denke nicht, dass davon noch viel übrig ist.«

»Gunther …?«

»Wohl eher jeder andere Bewohner des Hauses. Der Zirkus letzte Nacht wird sich rumgesprochen haben. Und dann …«

»… haben sie meine Wohnung ausgeschlachtet«, schloss Tessa mit leisem Seufzen.

»Ja, darauf würde ich wetten. Also, nimm die Jacke und lass uns gehen.« Dann griff sie selbst nach ihrem Mantel und wunderte sich kopfschüttelnd darüber, wie oberflächlich die Polizisten sich umgesehen hatten. Der Mantel war zwar nicht illegal, aber er hätte doch ein schönes Geschenk für eine Polizistenfrau abgegeben.

Bevor sie die Wohnungstür öffnete, musterte sie Tessa

noch einmal gründlich vom Kopf bis zu den Füßen. Den nackten Füßen. »Kleine, du brauchst Schuhe«, stellte sie trocken fest. »Welche Größe hast du?«

»Viereinhalb.«

»Warte.« Dann verschwand Elaine wieder in ihrem Schlafzimmer und kramte im Schrank nach einem bestimmten Paar Schuhe: robuste Halbschuhe in unscheinbarem Grau, die gut zum neuen Äußeren der jungen Frau passten.

Sie kam wieder ins Wohnzimmer und reichte sie Tessa. »Die sind dir ein bisschen zu groß, tut mir leid.«

»Das macht nichts«, erwiderte sie lächelnd. So glücklich wirkte sie fast wie ein junges Mädchen.

Als sie die Wohnung verließen, wurde irgendwo weiter den Flur entlang hastig eine Tür zugeschlagen.

»Wir gelten jetzt offiziell als gefährlich«, bemerkte Elaine und kicherte kindisch, was ihrer Begleiterin einen verwirrten Blick entlockte.

Ansonsten war der Flur düster und verlassen. Je finsterer es war, desto weniger konnte man von den heruntergekommenen Wänden erkennen, was sich als wahrer Segen herausstellte. Elaine wollte gar nicht immer wissen, ob sie gerade in die Pfütze einer defekten Wasserleitung oder Pisse getreten war.

Tessas Wohnung war tatsächlich schon von allerhand Goldgräbern durchsucht worden. Möbel waren verrückt, Kleidungsstücke lagen verstreut am Boden und man war mit dreckigen Schuhen darüber hinweggetrampelt. Die Matratze war verschwunden, ebenso alle anderen Wertgegenstände, die ihr in der Nacht zuvor bei einem flüchtigen Blick aufgefallen waren.

Es stank nach menschlichem Unrat, als hätte man die Wohnung als Toilette missbraucht.

»Warum tut man so was?«, fragte Tessa und rümpfte angewidert die Nase.

Elaine zuckte die Achseln. »Vielleicht ein ehemaliger Kunde, der nicht mit dem Service zufrieden war? Oder einer, der sich dich nicht leisten konnte.« Sie ging weiter und winkte dem Mädchen über die Schulter zu, ihr zu folgen. »Ohne das Loch bist du besser dran, glaub mir.«

Tessa blieb noch einen Moment in der Tür stehen und starrte weiterhin in die geplünderte Wohnung. »Dieses Loch war mein Zuhause«, flüsterte sie leise.

Elaine wartete am Treppenabsatz auf die junge Frau und nickte ihr ermutigend zu. »Ich weiß, das ist hart … Aber jetzt hast du die Chance, ganz neu anzufangen.«

Sie gingen die Stufen hinab, vorbei an ähnlich finsteren Korridoren, bis sie im Erdgeschoss Gunthers Wohnungstür passierten. Elaine entging nicht, dass Tessa für einen kurzen Moment die Arme schützend vor ihrem Bauch verschränkte, ehe sie sich wieder ein Herz fasste und entschlossen weiterging. *Gunther, du Wichser*, dachte sie und fühlte den Zorn in sich aufsteigen. *Was hast du dem Mädchen angetan?* Sie machte sich eine gedankliche Notiz, dass sie es herausfinden würde – was sicherlich zu Gunthers Schaden wäre, doch das war ihr egal.

Tessa war ihre Chance, ihr Karma auszugleichen. Ein Wink des Schicksals, um ihr dabei zu helfen, ihre früheren Verfehlungen wiedergutzumachen.

Jack hatte vor einigen Jahren ihr Leben auf eine ähnlich radikale Weise verändert. Damals war sie selbst schwach gewesen, war umhergetrieben mit der Masse. Die Masse der Sklaven – wie Elaine die Unterschicht nannte. Sklaven, weil viele von ihnen arbeiteten, ohne jemals einen angemessenen Lohn zu bekommen. Die Oberschicht des Komplexes war reich, fett und sorgenfrei. Aber nicht jeder war Wissenschaftler oder Ingenieur. Die meisten lebten in einer künstlichen Mittelschicht: Bewohner, die einen Job hatten, der es ihnen erlaubte, sich frei zu bewegen, die aber zu wenig Geld verdienten, um jemals in eine Wohnung im oberen Komplex zu ziehen. Sie stemmten die Hauptlast der Gemeinschaft. Sie stellten auch den größten Teil der Gesellschaft, doch sie wurden größtenteils ignoriert. Sie machten nicht genug Probleme wie die Unterschicht, um von der überprivilegierten Oberschicht wahrgenommen zu werden.

Elaine hatte damals gerade ihren Job als Kassiererin verloren und wurde wenige Tage später aus ihrer Wohnung geworfen. Nachdem der Vermieter die Meldung über ihre Arbeitslosigkeit erhalten hatte, hatte er sie vor die Wahl gestellt: Entweder sie zahlte die Miete im Voraus – mit Geld oder … anderen Dienstleistungen – oder sie packte ihre Sachen.

Sie bereute nicht, dass sie sich damals ihren Stolz bewahrt hatte, doch wenn Jack sie nicht vor seiner Kneipe aufgelesen hätte – vielleicht wäre sie auch wie Tessa geendet. Eine namenlose Nutte, die ihren Körper für Geld zugrunde richtet.

Sie hatte eine Weile in Jacks Laden gekellnert, eine Zeit lang sogar als Leibwächterin für einige seiner Huren, die er damals noch beschäftigt hatte. Aber eines Abends war sie dahintergekommen, womit er in Wahrheit sein Geld verdiente: Er war ein Hehler. Ein kleiner Fisch mit gerade einmal fünf Stammkunden, doch allein der Preis einer einzigen lebendigen Pflanze brachte ihm mehr Geld ein als die Zeche einer ganzen Woche.

Jack hatte Elaine das erste Mal auf den Schwarzmarkt mitgenommen. Dort hatte sie die Wahrheit hinter der Fassade aus gebürstetem Aluminium gesehen, die die Oberschicht zu wahren versuchte.

Auf dem Schwarzmarkt waren die Menschen plötzlich gleich, geeint durch die Gier nach Pflanzen – nach etwas Lebendigem. Hier zählten die Ware und das Geld. Hier zeigte die Gesellschaft ihr wahres Gesicht.

Damals hatte Elaine beschlossen, dass sie nie wieder an der Kasse irgendeines Supermarktes sitzen würde, um Mais und Hühnchen über einen Scanner zu ziehen. Sie würde ihr Leben in die Hand nehmen.

Jack hatte ihr geholfen. Er hatte für sie die ersten Kontakte zum Wachpersonal des Stadttores geknüpft. Hatte ihr mit der Ausrüstung geholfen und ihre Ware für sie verkauft.

Und auf die Frage, warum er ihr half, hatte er stets nur geantwortet: »Karma.«

Jack war religiös, betete noch immer zu Gott, auch wenn die Religion seit Jahrzehnten offiziell abgeschafft war. Er glaubte an eine bessere Welt, die es zu erreichen galt. Und sein Beitrag an ihr nährte seine Hoffnung auf eine solche Welt. Er hatte es ihr einmal mit einfacher Mathematik zu erklären versucht: »Wenn jeder nur an sich denkt, Elaine, dann ist an alle gedacht, richtig? Aber wenn jeder an all seine Mitmenschen denkt, dann ist an jeden Menschen fast eine Milliarde Mal gedacht.«

Sie hatte es all die Jahre nicht verstanden, doch als sie Tessa in der vorigen Nacht verstört und hilflos vorgefunden hatte, da war ihr plötzlich klar geworden, dass sie im Leben mehr erreichen musste als den eigenen Wohlstand. Sie hatte erkannt, dass es teilweise in ihrer Macht lag, das Leben anderer zu beeinflussen. Und sie war sich sicher, dass sie in Tessas Leben etwas Positives bewirken konnte.

Mit Gunther abzurechnen wird mein Karma sicherlich weiter verbessern, dachte sie grimmig.

Sie verließen das Hochhaus und bogen direkt links ab. Elaine folgte dabei der jüngeren Frau und behielt die Umgebung aufmerksam im Auge. Ohne ihren Colt fühlte sie sich schon fast hilflos, ein Teleskopstab war die einzige Waffe, die ihr zur Verteidigung blieb. Sie beruhigte sich mit dem Gedanken, dass es am helllichten Tag selten zu Verbrechen kam. Solche Dinge geschahen meist im Schutz der Dunkelheit oder aus der Not heraus. Letzteres konnte man freilich nie ganz ausschließen, aber dieses Risiko ließ sich entsprechend minimieren.

Dennoch, Elaine blieb auf der Hut. Ihre Seite schmerzte, ebenso ihre Füße, denen noch immer der Gewaltmarsch der letzten Tage in den Knochen steckte.

»Ist es weit?«, platzte ihr plötzlich heraus, und sie musste beinah über sich selbst kichern. *So weinerlich bin ich doch sonst nicht?*

»Oh, es ist nicht weit«, antwortete Tessa. »Nur drei Blocks.«

»Da haben wir aber unterschiedliche Definitionen von Entfernungen«, murmelte Elaine in ihren Mantel hinein, ließ es jedoch dabei bewenden. Wenn sie Tessa jetzt auch noch das Gefühl gäbe, ihre Dankbarkeit und der Gefallen, den sie ihr erweisen wollte, würden sie belasten, dann würde die junge Frau sich nur noch schlechter fühlen. Stattdessen fragte sie: »Wie lange kennst du Helena schon?«

Tessa überlegte kurz. »Ein paar Jahre … seit ich anschaffe eben.«

Ein paar Jahre macht sie das schon?, wunderte sich Elaine. *Vielleicht ist sie doch älter, als sie aussieht … oder bloß noch ärmer dran.*

Sie musterte ihre Begleiterin, die sie bis gerade eben noch fast für ein Kind gehalten hatte, und suchte Anzeichen, die ihr wahres Alter verrieten, gab das Unterfangen aber ebenso rasch wieder auf.

»Und hat sie dir schon oft geholfen?«

»Ist das wichtig?«

»Ich will nur sichergehen, dass sie weiß, was sie tut«, log Elaine. In Wahrheit wollte sie mehr über Tessas bisherige Lebensumstände erfahren, doch die junge Frau blieb verschlossen. Von dem Moment an, als sie die Straße betreten hatten, hatte sich ihr Verhalten geändert. Sie wirkte viel selbstsicherer als noch vor wenigen Minuten in Elaines Wohnung.

Sie ist das Leben auf der Straße gewohnt, dachte Elaine, die hin und wieder eine ähnliche Veränderung an sich selbst feststellte, sobald sie den Komplex verließ und sich in der Wildnis frei bewegte.

Auf den Straßen begegneten ihnen nur wenige Menschen. Selbst um diese Tageszeit waren die meisten in ihrem Viertel in ihren Wohnungen. Im Schutz der Dunkelheit gingen sie auf Beutezug; Mülltonnen, Hinterhöfe und verlassene Wohnungen. Tagsüber mieden sie das Licht schon fast wie Zombies.

So vertrieben sie sich die Zeit, denn ihre Umgebung bot leider keinerlei Abwechslung. Die Gebäude verfielen allmählich. Manche aufgrund natürlicher Prozesse der voranschreitenden Zeit, andere aufgrund menschlicher Verwüstung – gezielt oder wahllos. Jugendbanden machten sich häufig einen Spaß daraus, Gebäude zum Einsturz zu bringen. Und wer es am längsten in dem Inferno aus herabstürzenden Steinen aushielt, der war der neue Anführer. Eine dumme Mutprobe, bei der nicht wenige einen frühen Tod fanden.

Oder Erlösung, nagte es an Elaine. *Was haben sie denn schon sonst vom Leben an diesem Ort zu erwarten? Die Unter-*

schicht wird immer hier festsitzen. Sie werden keine Geschenke der Regierung bekommen, keine schönen Wohnungen und Urlaubstage, so wie die reichen Ingenieure. Sie werden nachts vielleicht auf dem Dach eines Hochhauses sitzen, zum oberen Komplex blicken und von einer besseren Zukunft träumen. Einer Zukunft, die ohne sie stattfinden wird.

»Wir sind da«, riss Tessa sie plötzlich aus ihren trüben Gedanken, und Elaine blickte auf. Obwohl es nur drei Blocks von ihrer Wohnung entfernt lag, war sie noch niemals hier gewesen. Die Straße war ihr völlig fremd.

Tessa hatte vor einem ungewohnt kleinen, roten Wohnhaus angehalten. Es mochte vielleicht gerade einmal zwanzig Wohnungen beherbergen. Und es war erstaunlich gepflegt. Die Fassade war zwar nicht frisch gestrichen, doch man konnte deutlich erkennen, dass die Bewohner versuchten, sie in Schuss zu halten.

»Das Haus ist schön«, sprach sie ihren ersten Gedanken laut aus.

Tessa zuckte die Achseln. »Das muss es auch. Sonst bleibt die Kundschaft aus.«

»Verstehe.« *Ein Puff also*, begriff Elaine. »Arbeitest du hier?«

»Nein, ich stehe meistens in der Straße, weißt du?«

»Die Nuttengasse«, sagte Elaine. Sie wusste nicht, ob die Bezeichnung Tessas Gefühle verletzen könnte, aber schließlich nannten auch viele Huren die Straße so. Zudem hatte Elaine vor langer Zeit aufgehört, übermäßige Rücksicht auf die Gefühle anderer zu nehmen. Tessa könnte eine Ausnahme dieser Regel werden, im Moment vermittelte sie allerdings nicht den Eindruck, dass eine solche Sonderbehandlung überhaupt nötig wäre.

Die junge Frau nickte leicht, beinah fröhlich und klopfte an die Tür. Wenige Augenblicke später wurde sie von einem grobschlächtigen Kerl geöffnet, der Tessa nicht begrüßte und für Elaine nur einen neugierigen Blick übrig hatte.

»Hey, ist Helena da?«, fragte Tessa geradeheraus.

Der Türsteher musterte sie nun beide: »Ist sie eine Kundin von dir?«

Sie schüttelte den Kopf. »Eine Freundin. Bitte, ich brauche Helenas Hilfe.«

Er schien ein wenig mit sich selbst zu ringen, wie er hier verfahren sollte. Schließlich gab er nach. »Schon gut, Kleine, sie ist oben«, sagte er und gab die Tür frei. »Du weißt ja, wo ihr Zimmer ist.«

Der Puff war schlicht dekoriert. Die Omnipräsenz von roter Farbe an Wänden, auf Sofabezügen und sogar im Bodenbelag jagte Elaine einen Schauer der Abscheu über den Rücken. Sie hatte vor vielen Jahren für den Bruchteil einer Sekunde mit dem Gedanken gespielt, ihren Lebensunterhalt auf diese Weise zu bestreiten, doch in ihren Albträumen sahen Bordelle stets genauso aus, und nur eine Stunde in dieser auf Sex drängenden Atmosphäre würde sie verrückt machen. Die simple Wahrheit ließ sie noch größeren Respekt für Tessa empfinden. *Wie sie ihr Leben meistert*, dachte sie, *das könnte ich nicht durchhalten. Da lege ich mich lieber mit Hunderten Kerlen wie Bull an.*

Im Foyer war eine Bar, die in schummriges Licht getaucht war. Ob es dazu diente, die Nutten oder die Freier in einem bessern Licht erstrahlen zu lassen, konnte Elaine noch nicht sicher beantworten, aber gemessen an Tessas Äußerem als Maßstab für andere Huren tippte sie auf Letzteres.

Der Barkeeper grüßte sie mit einem knappen Nicken. Offensichtlich kannte man Tessa hier gut, was die erneute Frage aufwarf, weshalb sie nicht auch hier ihr Geld verdiente. Trotz allem wirkte der Puff sicherer als die Straße.

Gäste – oder vielmehr Kunden – hielten sich keine im Foyer auf, dafür war es wohl auch zu früh. Elaine vermutete, dass ein Etablissement wie dieses sich hauptsächlich durch wohlhabendere Oberschichtler finanzierte, die abends nach der Büroarbeit hier noch eine Extraschicht einlegten.

Das Haus war sauber, die Luft roch angenehm nach Bodenreiniger und Raumspray. Die Fenster waren geputzt und sie konnte kein einziges Staubkorn auf den Möbeln ausmachen. Die Schränke waren zwar aus Plastik, das durch eine entsprechende Behandlung Holz ähneln sollte, doch das war nur logisch. Die kühle Sterilität, die Aluminium vermittelte, passte nicht an einen Ort, an dem sich die zahlende Kundschaft gern der Illusion von Liebe hingab.

Links neben der Bar führte eine Treppe nach oben, vermutlich zu den Zimmern der einzelnen Damen. Tessa steuerte zielstrebig darauf zu, darum achtete Elaine darauf, nicht zurückzufallen. Von einem zufällig vorbeischauenden Kunden für eine Angestellte gehalten zu werden, stand ganz sicher nicht auf ihrer Liste.

Als sie im ersten Stock ankamen, musste Elaine ihre Einschätzung gleich wieder revidieren, denn einige Geräusche, die durch die verschlossenen Türen auf den Flur drangen, legten deutlich Zeugnis von der Geschäftigkeit im Bordell ab. Sie blickte auf die Uhr und zuckte mit den Schultern. *Vermutlich der Quickie in der Mittagspause …*

Tessa ignorierte die Geräusche und ging den Gang hinunter, der von – wie hätte es anders sein können – gedimmtem Rotlicht erhellt wurde.

Helenas … Arbeitszimmer … lag linker Hand hinter der zweiten Tür. Nach Tessas zaghaftem Klopfen wurden sie hereingebeten.

Der Raum wurde von einem gewaltigen Himmelbett dominiert. Zu Elaines Erleichterung war der Raum nicht in dem vorherrschenden Rot gehalten, sondern schien eine Art Wolkenthema zu verfolgen. Weiß und zarte Blautöne zierten Bettwäsche, Wände und auch Helenas Kleid, das entfernt an ein Barockgewand erinnerte.

Offenbar hatte sie einen Mann erwartet, der schon mit halb offener Hose durch die Tür drängte, um seine paar Kröten in ihren Klingelbeutel zu werfen. Doch die Verwunderung in ihrem Blick wich rasch der Freude darüber, Tessa zu sehen. Die beiden waren wohl befreundet, denn sie fielen sich lachend in die Arme.

Seltsam, wunderte sich Elaine. *Der Puff ist ja jetzt nicht so weit weg von der Nuttengasse.*

»Ich hätte nicht gedacht, dich noch mal zu sehen«, sagte Helena mit rauchiger Stimme.

Die Kerle stehen sicherlich auf diese verruchte Stimme, dachte Elaine.

»Geht es dir gut?«, fragte Helena weiter und kontrollierte jeden Quadratzentimeter von Tessas Gesicht. »Das ist alles wirklich super verheilt.«

Allmählich bekam Elaine eine Ahnung, weshalb Tessa nicht hier arbeitete und weshalb der Türsteher sie so lange gemustert hatte. Plötzlich fehlte ihr der Colt Python mehr denn je.

»Jaja«, winkte Tessa ab in dem Versuch, das Gespräch schnell auf ein anderes Thema zu bringen. »Mir geht's gut.« Sie deutete auf Elaine: »Aber ihr könntest du helfen.«

Helena schien sie erst jetzt überhaupt zu bemerken und jegliche Freundlichkeit wich aus ihrem Blick. »Wer ist sie?«, fragte sie. Die rauchige Stimme klang weder warm noch aufreizend, sondern vielmehr bedrohlich und dunkel.

»Eine Freundin«, sagte Tessa rasch. »Sie hat mir heute Nacht das Leben gerettet.«

Elaine war sich nicht sicher, ob das ganz der Wahrheit entsprach, doch sie würde auf keinen Fall widersprechen.

»Da war ein Kerl«, fuhr Tessa fort, ohne eine Antwort abzuwarten, »der wurde ziemlich grob. Und sie hat mich bei sich schlafen lassen.«

»Und was soll ich für sie tun?«

»Sie ist verletzt. Ich glaube, eine Rippe ist gebrochen.«

Helena nickte, wobei ihr die dichten braunen Locken ins Gesicht fielen. »Und jetzt brauchst du meine Salbe, hab ich recht?«

»Das wäre super«, sagte Tessa unter einem erleichterten Seufzen, was Elaine nur noch deutlicher zeigte, wie wichtig es der Kleinen war, sich bei ihr zu revanchieren.

Die erfahrene Hure – Elaine schätzte sie ungefähr auf Mitte dreißig, vielleicht sogar etwas darüber – ließ sich einen schier endlos erscheinenden Moment Zeit mit ihrer Antwort. Schließlich öffnete sie eine Schublade ihrer Kommode und holte eine große Salbendose heraus.

Hier scheint Gewalt wohl auf der Tagesordnung zu stehen, dachte Elaine für sich.

»Setz dich bitte«, sagte Helena freundlich und deutete neben sich auf das Bett.

Elaine kam der Aufforderung gerne nach, ihre Füße schmerzten wieder höllisch. Normalerweise gönnte sie sich nach einem Ausflug in die Wildnis ein paar Tage Ruhe. Dann besuchte sie nur Jack, der ihre Waren an seine Kunden weiterverkaufte. *Scheiße!*, fiel es ihr siedend heiß ein. *Ich muss Jack ja noch treffen!*

In all der Aufregung mit Tessa, der Polizei und Sids Handlangern hatte sie völlig vergessen, dass sie Jack neue Pflanzen bringen musste.

»Hast du auch einen Namen?«, fragte Helena nicht weniger freundlich, aber argwöhnisch genug, um zu zeigen, dass sie zwar Tessa vertraute, nicht jedoch deren Bekannten.

»Elaine«, war darum ihre ehrliche Antwort. Nutten hatten ein gutes Gespür für ihr Gegenüber, nicht zuletzt, um die feinen Nuancen des Liebesspiels auszuloten, die ihre Freier heimlich bevorzugten, und auch, um ihre Zuhälter und Konkurrentinnen richtig einzuschätzen. Elaine wollte nicht riskieren, sie durch eine schlechte Lüge zu verärgern.

»Und was tust du, Elaine?«, hakte Helena nach, während sie langsam die Dose aufschraubte.

»Ich schlage mich so durch«, blockte sie ab und hob ihr Shirt weit genug hoch, dass die Prellung sichtbar wurde.

»Sieht ganz danach aus.« Sie strich mit den Fingerspitzen über die Salbe. »Das wird sich sehr heiß anfühlen, aber es hilft, versprochen.«

Elaine nickte, war in Gedanken schon wieder halb bei Jack und der Frage, welche ihrer Pflanzen sie schon aus dem Gewächshaus nehmen wollte, um wenigstens ein paar Scheine zu machen.

Plötzlich hatte sie das Gefühl, ihre Haut stünde in Flammen und das Feuer würde sich seinen Weg direkt in ihre Eingeweide fressen. »Scheiße, was ist das?«, schrie sie erschrocken auf.

Helena legte ihr beruhigend die freie Hand auf die Schultern. »Keine Sorge, es ist gut.«

»Gut?« Elaine rang nach Atem, so sehr schmerzte das Teufelszeug auf ihrer Haut. »Willst du mir nicht lieber gleich das Fleisch mit einem Gasbrenner vom Körper schmelzen?« Ihre rechte Hand zuckte unwillkürlich zu ihrer Hüfte, wo sonst der Colt in seinem Halfter ruhte, so wie sie es immer tat, wenn sie sich bedroht fühlte, doch die Waffe lag sicher verschlossen in einem gepanzerten Schrank in ihrer Wohnung.

Sie hatte sich kaum merklich bewegt, das wusste sie. Kaum mehr als ein nervöses Zucken, aber Helenas erfahrenem Blick war es nicht entgangen. Sie nickte amüsiert. »Was könnte eine hübsche Frau wie dich wohl in solche Schwierigkeiten bringen?«

Elaine zuckte aufgesetzt die Achseln, wohl wissend, dass ihre Ausflüchte jetzt sinnlos waren. »Das frage ich mich auch immer wieder.«

Helena verstand und ließ es dabei bewenden. »Wir haben alle unser Päckchen zu tragen, nicht wahr?« Dann blickte sie Tessa fast wehmütig an. »Ich bin bloß froh, dass meine Kleine ihres nicht mehr ganz allein tragen muss.«

Elaine runzelte die Stirn, ersparte sich aber einen Kommentar.

Helena betrachtete die mit Salbe eingeriebene Stelle und atmete erleichtert auf. »Gut, du scheinst keine allergische Reaktion zu zeigen.«

»Keine … was?«

Die Hure legte ein entwaffnendes Lächeln auf. »In seltenen Fällen kann es zum Atemstillstand führen.« Sie kramte aus ihrer Kommode eine zweite, sehr viel kleinere Metalldose. Darin füllte sie ein wenig Salbe ab, verschraubte sie fest und überreichte sie Tessa. »Alle acht Stunden, bis sie aufgebraucht ist.«

Die junge Frau nickte dankbar und steckte den Tiegel ein.

Elaine befühlte nun selbst zum ersten Mal die gebrochene Rippe. Der Bluterguss war nicht mehr ganz so schmerzhaft, auch ihre Muskeln in der Körperregion schienen deutlich entspannter. Sie streckte probeweise das Kreuz durch und atmete tief ein. »Erstaunlich … Was kostet mich das?«

Helena schüttelte lächelnd den Kopf. »Du bist mir nichts schuldig.«

Elaine legte den Kopf schief und zog den rechten

Mundwinkel zu einem Lächeln hoch. »Man ist immer etwas schuldig.«

»So?« Helena dachte kurz über ihre Antwort nach. »In dem Fall schuldest du mir, dass du gut auf meine kleine Tessa aufpasst.«

Elaine streckte ihr die Hand entgegen. »Einverstanden.«

Helena blickte auf die Uhr und dann erschrocken zu Tessa. »Verschwindet jetzt lieber!«

Die beiden Frauen umarmten sich, während Elaine wieder ihren Mantel anzog.

»Es war schön, dich wiederzusehen«, sagte Helena und schloss Tessa ein weiteres Mal in ihre Arme. »Pass gut auf dich auf.«

»Werde ich.«

Als sie wieder auf der Straße waren und außer Sichtweite des Bordells, blickte Elaine Tessa neugierig von der Seite an. »Du scheinst ihr viel zu bedeuten.«

Die junge Frau nickte, schien in ihren Gedanken weit entfernt zu sein.

»Du hast mal in dem Puff angeschafft, nicht wahr?«

Tessa sagte nichts.

Elaine kaute auf ihrer Unterlippe. Sie wollte die Kleine nicht bedrängen, andererseits wüsste sie gerne, wie viele Schwierigkeiten sie sich mit ihr aufhalste. »Du kannst es mir sagen.«

»Ja.«

»Was ist passiert?«

Tessa druckste ein wenig herum. »Etwas Schlimmes.«

»Man hat dich verprügelt?«

»Ja.«

»Ein Kunde?«

»Nein.«

»Der Türsteher?« Elaine fühlte eine unbestimmte Wut in sich aufwallen. Sie hasste Männer, die Frauen schlugen, hatte sie schon immer gehasst. Und Tessa war wahrlich ein Floh. »Soll ich mich für dich bei ihm revanchieren?«

»Nein.«

»Was? Nein zur Rache oder nein zu ›Er war es‹?«

»Er war es nicht.«

»Wer dann?«

»Die Chefin.«

Elaine blies die Luft mit einem leisen Pfeifen durch die Zähne. »Warum?«

»Es hatte sich jemand über mich beschwert«, sagte Tessa. »Mehrmals.«

»Worum ging es denn?«

»Der Kerl hatte gelogen!«, platzte es aus Tessa heraus. »Er hat gelogen! Ich hab alles gemacht, was er wollte! Aber ihm hat sie geglaubt!« Sie zitterte vor Wut, und Tränen kullerten ihre Wange hinab.

»Scheiße.« Elaine versuchte sie zu beruhigen, indem sie ihr sanft über den Rücken strich. »Und dann?«

»Sie hat mich mit einem Knüppel verprügelt, weil sie dem Kerl das Geld eines ganzen Monats wiedergeben musste«, fuhr die Kleine schluchzend fort. »Und dann hat sie mich in der Nuttengasse abgeladen und gesagt, dass ich nicht mehr zur Familie gehöre.«

Elaine nickte, runzelte dann aber überrascht die Stirn. »Du bist mit ihr verwandt?«

»Sie ist meine Tante.«

»Und Helena? Bist du mit der auch verwandt?«

»Nein, sie hat sich nur schon immer um mich gekümmert.«

»Verstehe. Warum hat sie …«, fing sie an, doch Tessa fiel ihr ins Wort.

Die Erinnerungen kochten über, und die junge Frau ließ ihren Emotionen freien Lauf. »Ich wusste damals nicht, wie das Geschäft läuft«, sagte sie fast trotzig. »Man macht, was die Kerle verlangen, egal ob sie auch dafür bezahlen. Wenn sie Stammkunden sind, dann lässt man ihnen hin und wieder was durchgehen. Und wenn es zu viel wird, dann kümmern sich die Jungs darum, verstehst du?«

»Ich kann dir folgen, ja.« *Du wurdest von den Menschen verraten, denen du vertraut hast*, dachte sie.

»Die Klappe halten und die Beine breit – das war die Devise.« Sie schüttelte wütend den Kopf. »Da ist mir die Straße lieber. Da verhandle ich den Preis. Da sage ich, wo's langgeht.«

»Und keine durchgeknallte Puffmutter«, pflichtete Elaine verständnisvoll bei.

»Ja.«

Sie blieb stehen und hielt Tessa am Arm fest. »Danke«, sagte sie, als die junge Frau sich zu ihr umdrehte. »Das war wirklich nett von dir.«

Tessa schüttelte den Kopf. »Ich muss dir danken … letzte Nacht, das war großartig von dir.«

Elaine schüttelte lachend den Kopf. »O Gott, bevor wir uns weinend in die Arme fallen, sollten wir zurück in die Wohnung.«

Sie liefen weiter, und Elaine bemerkte den stechenden Gestank von Müll und Kloake, der plötzlich die Straßen erfüllte. Der Wind hatte sich gedreht und wehte ihnen nun in den Rücken. Sie wandte sich beim Gehen halb um und spähte die Straße entlang. »Da hinten muss ein Klärwerk sein.«

»Ja«, antwortete Tessa geistesabwesend. Sie schien plötzlich weit fort zu sein, womöglich wälzte sie einige unschöne Erinnerungen hin und her.

»Na ja, irgendwo muss die Scheiße ja hin, nicht wahr?«

»Ja«, war wieder die einzige monotone Antwort der jungen Frau.

Elaine gab seufzend auf und ließ ihre Begleiterin in Ruhe. Klärwerke in der Stadt, besser gesagt im unteren Komplex, waren keine Seltenheit, sondern die Regel. Sämtliche Abfälle wurden innerhalb des Komplexes aufbereitet. Dabei war in der Einöde außerhalb des Deltas mehr als genug Platz. Doch durch die internen Recyclingbetriebe versuchte man die Umwelt nicht noch zusätzlich zu schädigen. Und man war bestrebt, alles zu recyceln, da die Ressourcen begrenzt waren. Seit die Weltbevölkerung auf hundert Megakomplexe wie das Delta zusammengeschrumpft und die Staaten zerfallen waren, kämpfte jede Stadt für sich selbst ums Überleben. Im Delta gab es nicht unendlich viele natürliche Rohstoffe, Metall war beispielsweise schwer zu bekommen. Darum war eine umfassende Aufbereitung der Abfälle unumgänglich.

Sie neigte den Kopf ein wenig zur Seite und dachte über die Pflanzen nach, die sie Jack heute anbieten könnte. *Der Wilde Wein könnte seinen Kunden gefallen*, überlegte sie. *Und der Ginster. Der Ableger entwickelt sich gut, da kann ich aus der Mutterpflanze noch Geld machen, bevor sie stirbt.*

Sie stupste Tessa so lange gegen den Arm, bis diese endlich aus ihren Gedanken aufschreckte. »Ich muss heute Abend noch mal weg«, verkündete sie ihr.

»Oh.« Die Kleine schaute betreten zu Boden. »Soll ich dann lieber gehen?«

Elaine seufzte. »Ich dachte wirklich, dass wir darüber hinaus wären. Ich wollte dir anbieten mitzukommen.«

»Wohin?«

»Zu meinem Schieber«, gestand Elaine. »Ich muss ein bisschen Geld machen.«

»Wieso nimmst du mich zu ihm mit?«

Elaine zuckte die Achseln. »Ich finde, du könntest eine neue Lebensperspektive gebrauchen.«

Sie lächelte matt. »Gut möglich.«

Elaine deutete auf ihre geprellte Seite. »Allerdings kann ich nicht versprechen, dass es weniger ungemütlich als dein bisheriger Job ist.«

»Ich kann was aushalten«, bekräftigte Tessa und blickte trotzig drein.

»Das glaube ich dir.« *Das glaube ich dir nur zu gern …*

*

Sie fuhren in Pauls Wagen aus der Stadt hinaus. Paul nahm den Schnelltunnel, denn er fuhr nicht gerne durch den unteren Komplex, seit ihn dort einmal eine Motorradgang aufgemischt hatte. Ungefähr seit dem Tag war seine Meinung über den »Abschaum der Gesellschaft«, wie er die Unterschichtler nannte, mehr als gefestigt.

Sam war sich bei der Bezeichnung der Menschen nicht so sicher. Zwar bestand kein Zweifel daran, dass er ein nützlicheres Mitglied der Gesellschaft war, dass er etwas für die Gemeinschaft tat und ihren Fortbestand sicherte, doch er empfand eher Mitleid mit den Unterprivilegierten. Pauls teilweise radikale Ansichten teilte er nicht.

Umbringen ist keine Lösung, glaubte er. Außerdem gingen viele von ihnen einer geregelten Arbeit nach. Sam vertrat den Standpunkt, dass es eine Mittelschicht gab, die viel für den Komplex leistete. Paul hingegen unterteilte die Menschen in zwei klare, scharf voneinander getrennte Kategorien: Leute, die im oberen Komplex wohnten, und den Rest.

»Du wirst die Stelle lieben, Sammy«, versprach Paul,

während er das Gaspedal seines Wagens durchtrat. Innerhalb des Komplexes wurden die Batterien des Elektromotors ständig durch ein Induktionsfeld in den Straßen geladen. So konnten die Autos unendlich lange und weit fahren. Erst außerhalb der Stadt verbrauchte der Wagen seine Ladung. Dann kam man noch ungefähr zweihundert Kilometer weit, für größere Energiespeicher war in den kleinen Autos einfach kein Platz.

»Werde ich das?«, spielte Sam den Skeptiker. In Wahrheit brannte er darauf, das Areal zu begutachten.

Man baute endlich ein Gewächshaus nach seinen Vorgaben. Seine Ideen würden den Fortbestand von zehn Millionen Menschen sichern. Würden sie mit Nahrung versorgen, sauberer Luft … und eines Tages vielleicht sogar … Pflanzen, die dem Pilz widerstanden.

Paul nickte energisch. »Wir haben den Boden schon dreifach gerodet, die Erde bis auf zwei Meter Tiefe verbrannt«, erklärte er. »Da wächst nichts mehr. Für bestimmt zehn Jahre nicht.«

Sam schnitt eine Grimasse. Er wusste, dass eine solche Behandlung des Untergrunds nötig war, obwohl man ihn komplett betonierte, aber in seinen Augen war es nicht der Sinn der Übung, die Böden klinisch zu reinigen, bevor man sie bebaute, zumal man damit einer Unterspülung Tür und Tor öffnete. Er hoffte noch immer, dass die Pflanzen sich in einer natürlichen Evolution an den Pilz anpassten und ihm standhielten. Nach knapp zweihundert Jahren war es einfach an der Zeit dafür.

Und was, wenn wir durch unsere rigide Vorgehensweise eine solche Weiterentwicklung verhindern?, nagte es wieder einmal an ihm.

Er wischte die Zweifel beiseite, indem er sich vor Augen hielt, dass die Menschheit ohne diese konsequente Haltung schon vor hundert Jahren durch die Umweltfolgen des globalen Pflanzensterbens ausgelöscht worden wäre. Und dass Danny bereits an einer Lösung forschte – auch wenn niemand außer Sam davon wusste.

Am Stadttor wurden sie angehalten und kontrolliert. Als Paul seinen Firmenausweis vorzeigte, ließ man sie sofort passieren. Food Corp. hatte schon fast politische Entscheidungsgewalt im Delta, denn sie sorgte allein für die Lebensmittelversorgung von zehn Millionen Menschen.

Manchmal witzelten sie darüber, dass Carl als hoher Funktionär der Firma wie ein Puppenspieler an den Fäden der Regenten ziehen könnte.

Ein Gedanke, der Sam regelmäßig frösteln ließ, denn Carl war weder ein besonnener Mensch noch ein irgendwie sympathischer Vertreter seiner Art. Eigentlich war er bloß ein Arschloch. Er stauchte seine Untergebenen zusammen, wann immer er konnte, schwärzte Kollegen an, die ihm bei seinem weiteren Aufstieg innerhalb der Firma gefährlich werden könnten, und verhinderte geschickt die Beförderung von fähigen Leuten. Sam war sich sicher, dass Carl auch seiner eigenen Beförderung lange Zeit im Weg stand.

Warum hat er am Ende doch nachgegeben?, fragte er sich, ohne jemals eine Antwort darauf zu finden. Carl war ein verschlossener Typ. *Ein völlig auf sich selbst bezogenes Arschloch eben.*

Sie fuhren allein auf einer breiten Asphaltstraße. Ein Relikt aus der Zeit, als die Zivilisation noch auf unzählige Städte und Dörfer verteilt war. Seit die Menschen in den Komplexen lebten, verwitterten die Straßen mit jedem Tag ein wenig mehr. Aber diese hier war erstaunlich gut in Schuss.

»Die Straße wurde instand gesetzt«, erklärte Paul, als er

Sams verwunderten Blick bemerkte. »Sie führt uns direkt zur Plantage.«

Sam betrachtete den Freund kritisch von der Seite. »Seit wann ist die Anlage eigentlich schon in Planung? Und ich meine: *wirklich* in Planung?«

Paul warf ihm ein entwaffnendes Lächeln entgegen. »Dir kann man nichts vormachen, Sammy.« Er kniff die Augen zusammen und hob leicht den Kopf. »Ich glaube, es sind jetzt schon fünf Jahre. Die Straße wurde letztes Jahr ausgebaut.«

Sam nutzte die Gelegenheit, um sich ein wenig die Gegend anzusehen. Er kam nicht häufig aus dem Komplex heraus – wieso auch, in der Einöde der Wildnis gab es nichts, was den Besuch lohnte. Dennoch faszinierte ihn das tote Land. Und die Trostlosigkeit der Umwelt ließ ihn die Eintönigkeit des Komplexes, wo alles aus Plastik und Metall bestand, in einem anderen Licht sehen.

Verödeter und erodierter Boden wechselte sich mit nacktem Fels ab. Hin und wieder wurde die grau-braune Monotonie von einem kleinen Flecken mit gelbem Gras durchbrochen. Weißer Puder bedeckte mancherorts die Erde, Hinweise auf die fortschreitende Verseuchung durch den Pilz. Bereit, vom Wind an ferne Orte getragen zu werden für den Fall, dass es irgendwo noch Pflanzen gab, die er zerstören konnte.

»Ich hasse dieses Zeug«, fluchte Sam leise vor sich hin.

»Ich auch«, pflichtete Paul ihm kopfnickend bei. Er begann beim Sprechen zu gestikulieren, als er fortfuhr, und schlug mit der Handkante zur Betonung leicht gegen das Lenkrad: »Aber mit deinem Filtersystem, Dannys neuen Pflanzenkreuzungen und meiner Fähigkeit, euch zu motivieren, werden wir es schaffen, Sam. Wir werden es endlich schaffen, überlebensfähige Pflanzen zu züchten!«

»Hoffentlich.« Sam zückte sein Handy und wählte Dannys Nummer. Nach mehrmaligem Klingeln meldete sich bloß die Mailbox. »Schläft wohl noch.«

»Der muss bald wieder fit sein«, sagte Paul nachdenklich. »Carl wird schon ungeduldig.«

»Nach einem halben Tag?«, fragte Sam ungläubig. »Warum?«

Paul schnitt eine Grimasse. »Das muss unter uns bleiben, klar?«

»Natürlich.«

»Carl ist kein Freund der Plantage, aber nachdem die Idee laut ausgesprochen war, musste er sie unterstützen. Immerhin kommt sie aus seiner Abteilung.«

»Okay? Und weiter?«

»Aber er findet Dannys Ansatz nicht richtig«, fuhr Paul fort. »Ich konnte einmal hören, wie sie sich in Dannys Büro gestritten haben.«

»Worum ging es?«

Achselzuckend entgegnete er: »Weiß ich nicht genau ... eine neue Pflanze, die Danny wohl im Labor gekreuzt hatte, ohne einen offiziellen Auftrag dafür. Carl war dagegen, aber Danny beharrte darauf, dass es ein großer Durchbruch wäre. War recht heftig.«

»Davon hat er gar nichts erzählt. Wann war das?«

»Ist erst ein paar Tage her.«

Die Straße teilte sich: Geradeaus führte sie weiter ins Niemandsland und war offensichtlich nicht länger instand gesetzt worden und bereits das Opfer der vielen Unterspülungen gewesen. Riesige Löcher und Risse klafften in der Asphaltdecke. Links zweigte eine schmalere Seitenstraße ab, die in einem kleinen Bogen zurück in die Richtung verlief, aus der sie kamen. Erst jetzt bemerkte Sam, dass linker Hand das Gelände etwas abfiel und er von hier auf eine große ebene Fläche blicken konnte, die jedoch einen leichten Knick nach Süden machte.

»Ist es das?«

»Jep, wir sind da.« Paul hielt vor einem schwarzen Wachhäuschen. Er deutete auf die südliche Grenze des Areals. »Wir konnten nicht weiter nach Osten, weil der Boden da schon zu stark erodiert ist. Alles, was schwerer als ein sich im Dreck wälzendes Liebespaar ist, bricht ein.«

»Verstehe.« Sam schätzte, dass das Wachhaus unbemannt war, denn er konnte weit und breit kein Firmenauto sehen, mit dem ein entsprechender Wachmann hierhergefunden haben sollte.

»Die ersten Zäune werden nächste Woche gebaut«, erklärte Paul. »Dann wird wohl auch mit der Bewachung begonnen.«

Sie stiegen aus und überblickten das Areal. Der Boden war schwarz vom ständigen Feuer, mit dem man ihn behandelt hatte. Dennoch störte Sam, dass er unabgedeckt war.

»Bevor wir bauen, müssen wir das noch mal machen«, sagte er seufzend.

»Was?«

»Die Reihenfolge stimmt leider nicht. Erst baut man die Kuppel, dann rodet man darunter. So ist der Grund schon wieder mit Sporen durchsetzt, noch ehe wir anfangen.«

»Du vergisst die Betondecke, die noch draufkommt«, erwiderte Paul. »Und dann bringen wir das Substrat für die Pflanzen rein. Da ist alles sauber, Sammy.«

»Es wäre einfacher, wenn man erst die Kuppel errichtet hätte«, beharrte Sam. »So können wir nie testen, ob die Pflanzen auch in gewöhnlichem Boden überleben.«

Paul machte große Augen. »Das stand aber nicht in deinen Plänen!«

»Natürlich nicht«, gestand Sam. »Wenn ich von Anfang

an gesagt hätte, was ich plane, dann hätte mir doch keiner zugehört.«

»Und was planst du? So ganz unter uns?«

»Diese Anlage sollte ein Test sein.« Sam zeichnete mit den Händen Kästchen in die Luft, die den gerodeten Boden in unterschiedliche Abschnitte unterteilten. »In mehreren Stufen hätte man testen können, wie robust die Pflanzen sind. Wie viel Sporen sie verkraften und wie lange sie noch wachsen.«

»Du weißt doch, was mit den Pflanzen passiert«, entgegnete Paul verwirrt. »Sie kommen in Kontakt mit dem Pilz und sterben ab.«

Sam schüttelte den Kopf. »Aber hast du dich nie gefragt, wieso es bei manchen schneller geht als bei anderen? Warum wir mit dem Mais drei Ernten einfahren, ehe der Boden tot ist, mit Weizen aber gerade mal eine?« Er wandte sich Paul vollends zu. »Die Pilzseuche wurde nie genau erforscht. Vor hundert Jahren hat man versucht, sie durch Rodung einzudämmen, was die Pole abschmelzen ließ. Man hat nie geforscht, man hat bloß versucht es einzudämmen. Das hier sollte ein erster Schritt werden, die Pflanzenwelt des Planeten wiederzubeleben.«

»Du klingst schon beinah wie Danny«, sagte Paul kopfschüttelnd. »Ihr zwei seid schon verrückt.«

»Danny wusste von meinem Plan«, gestand Sam.

»Was?« Pauls Stimme überschlug sich fast.

»Er hat gesagt, dass er einige Versuche gemacht hätte an Pflanzen. Und dass er ein paar Testkandidaten zusammenstellen würde.«

»Also ging es darum bei seinem Streit mit Carl«, schlussfolgerte Paul.

Sam nickte. »Ich denke schon. Hoffentlich bin ich nicht schuld daran, dass Danny seinen Job verliert.«

Paul lachte. »Klar, sonst musst du ihn zur Entschädigung bei dir wohnen lassen!« Er klopfte ihm auf die Schulter. »Er wird ihm kaum den Kopf abgerissen haben. Komm, wir fahren wieder zurück. Ich hab dir alles gezeigt, Zeit, dass wir deine Beförderung feiern.«

»Du hast doch schon einen Plan, oder?«

Pauls Grinsen reichte fast von Ohr zu Ohr. »Lass dich überraschen.« Als er Sams kritischen Blick bemerkte, fügte er hinzu: »Ich habe mir ein paar Gedanken gemacht.«

Sie fuhren zurück in die Stadt, wobei Paul jeder Frage nach ihrem abendlichen Ziel geschickt auswich. Bald gab Sam es auf, es herausfinden zu wollen. Er kannte seinen Freund nun lange genug, um zu wissen, dass er sich nie in die Karten blicken ließ.

Sehr zu seiner Verwunderung fuhren sie nicht zurück zur Firma, sondern in den nördlichen Teil des oberen Komplexes. Sam war noch nie hier gewesen, und dass, obwohl er schon seit mehreren Jahren im Delta wohnte, doch Paul schien sich auszukennen. Er lenkte den Wagen zielstrebig durch die Straßen und Seitengassen, bis sie vor einem niedrigen Gebäude parkten, das in einer Art riesigem Hinterhof erbaut war. Der Bungalow war mehr als ungewöhnlich, denn eigentlich nutzte man jeden Quadratmeter Baufläche für Hochhäuser.

Über dem Eingang prangte ein rotes Neonlicht, das im Wechsel zwei tanzende Frauen zeigte. Eine kroch auf allen vieren, die andere lag mit gespreizten Beinen auf dem Rücken. *Würden beide Lichterketten gleichzeitig leuchten, könnte man die zwei beim Liebesspiel beobachten*, dachte Sam kopfschüttelnd, als ihm klar wurde, welche Art »Club« Paul gemeint hatte.

»Ist das dein Ernst?«, fragte er ungläubig.

»Es wird Zeit, dich in die Oberschicht einzuführen, Sammy«, antwortete Paul breit grinsend.

Sam runzelte die Stirn. »Sieht mir eher aus, als wolltest du mich in was anderes *einführen*.«

Paul lachte dreckig. »So gefällst du mir!« Dann stieg er aus.

Sam folgte ihm seufzend.

Die beiden Türsteher, beide von der Sorte, Probleme rasch durch einen Schlagstock zu beseitigen, grüßten Paul freundlich, ja fast herzlich, wohingegen sie Sam nur einen versteinerten Blick zuwarfen.

»Wie oft kommst du her?«, fragte Sam entgeistert, nachdem sie die Tür hinter sich gelassen hatten.

»Wie oft? Kommt auf den Abend an«, erzählte Paul. »Und darauf, wer gerade tanzt.«

Sam schüttelte verwirrt den Kopf. »Ich meinte nicht hier, ich meinte her. Wie oft besuchst du den Schuppen?«

Sie standen in einer Art Windfang ... oder vielmehr einer Schleuse, die es von außen unmöglich machte, einen Blick ins Innere des Ladens zu werfen, wenn man daran vorbeiging. Paul wandte sich zu ihm um und blickte ihm ernst in die Augen.

»Sam, das hier ist der exklusivste Tanzclub der Stadt!«, belehrte er ihn. »Hier drin sitzen Politiker, der Polizeichef, die Bosse der großen Firmen ... ja sogar Carl lässt sich hier den Schwanz lutschen. Also, stell dich nicht so an! Du gehörst jetzt dazu.«

Mit einem Mal war sich Sam nicht so sicher, ob er das überhaupt noch wollte, aber Paul ließ ihm keine Wahl. Er zerrte ihn einfach hinter sich her, durch die nächste Tür in die schummrige Beleuchtung einer Bar.

Der Raum maß mindestens dreißig Meter in jede Richtung. An der gegenüberliegenden Wand war eine lange Bar mit über dreißig Barhockern, von denen jedoch keiner besetzt war. Der Club war noch eher mäßig besucht, und die Gäste drängten sich um eine herzförmige Bühne, die in der Mitte des Raums aufgebaut war. Zu der Bühne führte ein Laufsteg, was dem ganzen Konstrukt auch groteske Ähnlichkeiten mit einer Zunge verlieh.

Womit wir wieder beim Neonlicht wären, dachte Sam, als er das wiederkehrende Thema durchschaute. Er wagte sich kaum zu fragen, tat es aber doch: »Wie heißt der Laden?«

»Forty Licks«, antwortete Paul und gestikulierte dem Barkeeper etwas in Zeichensprache. »Komm, an der Bühne ist noch ein Tisch frei.«

Sam folgte ihm kopfschüttelnd. *All die Arbeit, und dann ende ich in einem Striplokal*, dachte er unentwegt.

Ein viel zu leicht bekleidetes Mädchen brachte ihnen die Drinks, die Paul gerade bestellt hatte. In schmalen, hohen Gläsern überlagerten sich zwei unterschiedliche Flüssigkeiten, ohne sich miteinander zu vermischen. Die obere war rötlich und in ihrer Konsistenz eher träge, die andere klar und wässrig. Als Sam das Glas ein wenig schüttelte, vermischten sich die beiden Flüssigkeiten nicht wirklich, sondern die rote bildete kleine Kügelchen, die in der helleren umherschwammen.

»Schnaps mit Chiliöl«, verkündete Paul und rührte seinen Drink kräftig mit dem Strohhalm um.

Was soll's, warf Sam seine letzten Bedenken über Bord und tat es Paul gleich. Beim Rühren bildete sich eine feine Emulsion, rote Perlen schienen schwerelos im Alkohol zu schweben.

Paul leerte sein Glas mit einem einzigen mächtigen Zug durch das Röhrchen.

Sam folgte seinem Beispiel – und bereute es augenblicklich. Der Alkohol brannte in seiner Kehle, doch das war kein Vergleich zum Chiliöl, das sich in seinem Magen anfühlte, als wolle es sich direkt wieder einen Weg durch seine Bauchdecke ätzen. Er hatte das Gefühl, Feuer zu speien, als würden seine Zähne schmelzen und seine ganze Haut sich einfach abschälen vor Schmerz.

Dann fing die Welt an, ein wenig zu verschwimmen, und Sam konnte nicht mit Sicherheit sagen, ob es der Alkohol war, der seine Sinne trübte, oder ob die Schärfe ihn schlicht erblinden ließ.

»Und?«, fragte Paul, der bereits dem Barkeeper eine weitere Bestellung signalisierte.

Sam verzog das Gesicht. »Total widerlich!« Er hielt sein leeres Glas in die Höhe. »Wie heißt der Drink eigentlich?«

»Thirty Seconds to Mars«, sagte Paul und warf ihm ein breites Grinsen entgegen.

Er nickte. »Ja, als Raketentreibstoff macht sich das Gesöff bestimmt nicht schlecht.«

Die Scheinwerfer wurden auf die Bühne gerichtet und leuchteten eine junge Frau so vollständig aus, dass sich kein einziger Schatten auf ihren Körper legen konnte. Sie trug bereits lediglich mit Glasperlen besetzte Reizwäsche und stöckelte mit laszivem Hüftschwung zur Metallstange, die in der Mitte des Herzens aufgestellt war.

Ihre Schattenlosigkeit ließ sie noch unwirklicher erscheinen, als es der ganze Ort ohnehin vermochte. Sam schüttelte den Kopf, während er die um die Bühne verteilt sitzenden Männer betrachtete. Sie wedelten mit Geldscheinen – natürlich möglichst kleinen, denn niemand wollte hier direkt zu viel investieren. Und mit jedem Schein feilschten sie um die Aufmerksamkeit der Tänzerin.

Die ging vor jedem sabbernden Kerl brav in die Hocke, gewährte ihm den Einblick, den er so lautstark verlangte, oder warf ihm ihr orangerotes Haar – ob es nun eine Perücke war oder gefärbt, spielte keine Rolle – ins Gesicht.

Ihre neuen Drinks kamen, doch Sam lehnte dankend ab, was Paul mit einem leicht verwirrten Gesichtsausdruck zurückließ. Stattdessen bestellte Sam ein Wasser. »Du musst noch fahren«, erinnerte er Paul, der der Kellnerin rasch Sams Drink abnahm und so gleich zwei hochprozentige vor sich stehen hatte.

Er winkte ab. »Schon in Ordnung. Wir bleiben sowieso bis morgen früh.«

»Oh.« Er machte sich keine Mühe, seinen Unmut darüber zu verbergen.

»Was ist?«

Er blickte Paul ratlos an. »Na ja, ich hatte nicht vor, die ganze Nacht in einem Stripschuppen zu verbringen.«

Paul schien seinen Einwand misszuverstehen. »Keine Sorge, die haben auch noch Zimmer«, sagte er mit einem Zwinkern, was Sam nur mit den Augen rollen ließ. »Gefällt's dir hier etwa nicht?«

»Nicht wirklich.«

»Warte«, bat er den Freund und zückte seine Brieftasche. »Hey, Süße!«, rief er der Tänzerin zu, die zu klebrig klingender Musik gerade ihren BH öffnete. Paul wedelte mit einem Hunderter, der seine Wirkung nicht verfehlte. Sie krabbelte langsam auf allen vieren zu ihnen herüber und kniete sich dann mit gespreizten Schenkeln vor Paul hin.

Doch bevor sie damit anfangen konnte, ihren Körper auf alle erdenklichen Weisen zu berühren, deutete Paul auf Sam. »Er hat heute Geburtstag. Mach, dass er ihn nie vergisst, ja?«

Sie warf Sam einen verführerischen Blick zu, dann schenkte sie ihm ihre volle Aufmerksamkeit. Er wollte gerade protestieren, als sie sein Gesicht zwischen ihren Brüsten begrub. Bei dem Versuch, zu atmen, saugten seine Lippen den Schweiß von ihrer Haut auf, der ebenso klebrig süß schmeckte, wie die Musik des Ladens in seinen Ohren klang. Sie fuhr mit ihren Händen durch sein Haar und presste ihn fester an sich, während sie unter gespielter Lust aufstöhnte.

Sam wollte sie von sich drücken, doch seine Hände fanden an ihrem eingeölten Körper keinen Halt. Schließlich erwischte er ihren Slip und hakte die Daumen unter den String. Aber sie war schneller und weitaus geübter im Umgang mit grapschenden Gästen. Sie wich einige Zentimeter zurück und Sam schnappte gierig nach Luft. Offenbar hatte sie seine Handlung missverstanden, denn sie wedelte tadelnd mit dem Zeigefinger. »Nicht anfassen.« Ihre Stimme klang rauchig, vielleicht ein wenig verlebt, was Sam bei dem Umfeld, in dem sie vermutlich täglich arbeitete, nicht weiter überraschte.

Die Tänzerin wollte sich gerade den Schein von Paul greifen, als der ihn im letzten Moment wieder zurückzog. »Ich sagte, er soll ihn *nie* vergessen!«

Sie überspielte ihre Enttäuschung mit einem erstarrten Lächeln und wandte sich wieder Sam zu. Der hatte sich gerade von dem drohenden Erstickungstod erholt, als sie ihn am Kragen packte und auf die Beine zog. Er wollte noch protestieren, aber sie steckte ihre Zunge so tief in seinen Mund, dass Sam fürchtete, sie könnte bis zu seinen Mandeln vordringen.

Er versuchte erneut sich zu befreien, wobei seine Hände auf ihren Brüsten landeten. Sie hatte offensichtlich erkannt, dass sie für den Hunderter deutlich mehr Einsatz zeigen müsste, darum stöhnte sie laut auf und warf sich Sam entgegen, der gar nicht anders konnte, als sie aufzufangen.

Er ließ sich wieder auf seinen Stuhl fallen und die harte Lehne bohrte sich schmerzhaft in seinen Rücken.

Die Stripperin – oder Prostituierte – rieb derweil ihren Hintern an Sams Schoß. Ob es der Alkohol war oder die unwirkliche Situation, konnte Sam nicht sagen, aber es begann ihn zu erregen.

»Ja, Baby!«, feuerte Paul sie lautstark an. »Besorg's ihm, dann ist ein Hunderter extra für dich drin!«

Weitere Ermutigung brauchte die Dame nicht. Und auch Sams Abwehr wurde immer halbherziger, je mehr seine Triebe die Kontrolle über seinen Körper übernahmen.

Die sie umgebenden Männer applaudierten und grölten, einige brüllten auch, dass sie der Nächste in der Reihe sein wollten, doch ihre Stimmen verhallten zunehmend. Sam gab seine Gegenwehr nun völlig auf und ließ die Frau ihre Arbeit tun.

Als er sich befriedigt zurücklehnte, stand sie – ganz der Profi, der sie war – kommentarlos auf, nahm die Hunderter, die Paul ihr entgegenstreckte, und beschloss, dass sie mit diesem Tanz genug Geld verdient hatte.

Sam atmete tief durch. Neben ihm auf dem Tisch stand ein weiterer Teufelsdrink, obwohl er sich nicht daran erinnern konnte, dass Paul eine weitere Bestellung aufgegeben hatte. Er griff achselzuckend danach und leerte ihn in einem Zug. Wieder brannten der Alkohol und das Öl schmerzhaft in seinen Eingeweiden, aber diesmal begrüßte er das schwankende Gefühl, das sich kurz darauf einstellte.

Scheiß drauf, dachte er. *Heute wird gefeiert!*

»Ich wusste, es würde dir gefallen!«, gratulierte Paul ihm lachend.

Auf der Bühne erschien bereits die nächste Tänzerin, und auch die Bar hatte sich über die letzte Stunde weiter mit Gästen gefüllt.

Sam betrachtete die Dame, ihr brünettes Haar, das ihr gerade bis auf die Schultern herabfiel, und ihren herzförmigen Hintern, und die Worte kamen wie von selbst aus seinem Mund: »Wie weit gehen sie hier?«

Paul klopfte ihm ermutigend auf die Schultern. »So weit dich dein Geldbeutel trägt, Sammy. Es gibt hier keine Grenzen.« Er machte eine ausladende Handbewegung. »Willkommen in der Oberschicht!«

Die Männer, die ihn gehört hatten, stimmten grölend zu und hoben ihre Gläser.

Sam betrachtete die Tänzerin und leckte sich über die Lippen. »Willkommen in der Oberschicht.«

Er zückte seine Geldbörse, nahm ein dickes Bündel Scheine heraus und winkte die Tänzerin damit zu sich.

Zweiter Teil

Ein Bild der Zukunft

Kapitel 5

»Danny ist tot.«

Die Worte drangen kaum bis zu ihm durch, so sehr ließ er sich in die Liebkosungen der Tänzerin fallen. Seine Hände lagen auf ihrem braunen Haarschopf, während sie ihr Gesicht in seinem Schritt vergrub.

»Nicht jetzt«, brachte er stöhnend hervor und unterstützte die rhythmischen Bewegungen der Frau mit seinen Armen.

»Sam! Danny ist tot!«

Die Stimme war eindringlicher, und irgendwo in seinem Hinterkopf wusste er, dass er ihr besser zuhörte, doch sein Trieb hatte die Kontrolle über seine Handlungen schon vor einer Weile übernommen. Und er hatte der Nutte einfach zu viel Geld zugesteckt, um jetzt auf den Blowjob zu verzichten.

Willkommen in der Oberschicht!, dachte er unentwegt.

»Verdammt noch mal, Sam, nimm deinen Schwanz aus dem Mund der Schlampe und komm mit raus!«

Endlich übernahm sein Hirn wieder die Kontrolle, wenn auch nur schleppend. Sam hob den Kopf und blickte in Pauls Gesicht. Seine Lippen bebten, wobei Sam nicht sicher sagen konnte, ob das nicht bloß an den starken Bässen der Musik lag, doch sein glasiger Blick ließ sich nicht einfach von der Hand weisen.

Seine Erinnerung war durch den vielen Alkohol und die pochende Erregung getrübt, darum hob er fragend die Augenbrauen: »Was ist los?«

Paul packte ihn unsanft an der Schulter und riss ihn aus dem Stuhl.

»Hey!«, protestierte Sam und zog rasch die Hose hoch. »Ich war noch nicht …«

»Halt die Klappe und komm mit!«, unterbrach ihn Paul und schleifte ihn aus dem Forty Licks auf die Straße.

Vor dem Club atmete Sam tief durch. Die frische Luft vertrieb die Schwere in seinem Schädel ein wenig, ließ ihn wieder klarere Gedanken fassen. *Was hat Paul gesagt?*, nagte es an ihm und er wandte sich dem Freund zu. Erst jetzt bemerkte er, dass Paul noch immer am ganzen Leib zitterte und krampfhaft versuchte, das Zähneklappern zu unterdrücken, was ihm nicht gelingen wollte.

»Was ist los?«, fragte Sam ernst.

Paul schluckte schwer. »Danny ist tot.«

»Was?« Sam schüttelte ungläubig den Kopf. »Soll das ein dummer Scherz sein?«

»Carl hat mich gerade angerufen«, fuhr Paul fort. »Die Polizei hat ihn gefunden.«

»Paul, lass das!«, sagte Sam. »Das ist ein ganz blöder Witz!«

»Es ist kein Witz.« Seine Stimme war kraftlos und zittrig. »Er ist tot.«

Sam raufte sich die Haare und wandte sich hektisch um, machte einen halbherzigen Schritt und blieb am Ende doch an Ort und Stelle stehen. »Und ich lass mir hier die Eier lutschen!« Er beugte sich vornüber und kotzte sich auf die Schuhe.

Paul trat näher und legte ihm die Hand auf den Rücken.

Er sah Sams Faust nicht kommen, die in einem kraftvollen Kinnhaken heranflog und ihn von den Beinen riss.

»Verdammte Scheiße! Unser Freund stirbt und du schleppst mich in diesen … diesen Puff hier!« Er begann zu weinen und ließ die Hände schlaff herabhängen.

Paul stand kommentarlos auf. Er wischte sich das Blut von den Lippen und schloss Sam fest in seine Arme. »Ist gut«, sagte er mit beruhigender Stimme. »Lass es raus. Lass es raus.«

Sam ließ es geschehen. Und er folgte der Anweisung. Er schrie auf, so laut er konnte. Schrie, bis seine Lungen schmerzten und er nach Luft japste. Er brüllte aus voller Kehle, bis er heiser und erschöpft zusammenbrach.

»Was ist passiert? So krank war er doch auch wieder nicht?«, fragte er schluchzend.

Paul strich ihm weiter beruhigend über den Rücken. »Das konnte mir Carl nicht sagen. Nur dass es nicht seine Darmgrippe war …« Er machte eine weitere Pause, in der er schwer schluckte. »Die Polizei sagt, es war Selbstmord, Sam … Er hat sich einfach erhängt.«

Sam schüttelte erst ungläubig, dann trotzig den Kopf. »Nein. Nicht Danny! Du lügst!« Mit jedem Wort brauste er mehr auf, kehrte die Wut zurück. »Das hätte er nie getan. Dafür war er doch auch viel zu schwach!«

Paul packte Sams Gesicht mit beiden Händen. Zwang ihn, ihm in die Augen zu blicken: »Danny ist tot, Sam. Er ist tot.«

»Warum haben wir das nicht … Warum konnten wir nicht …«, begann er, doch er fand keine Worte. Schließlich brach er heulend zusammen.

Paul half ihm nach ein paar Minuten wieder auf die Beine und sie schleppten sich zum Wagen.

Paul wollte ihn gerade aufschließen, als er die Schlüssel kopfschüttelnd wieder in seiner Tasche verschwinden ließ. »Ich kann nicht fahren.«

Sam fummelte mit zittrigen Fingern sein Handy aus der Hosentasche und bestellte ein Taxi.

Sie warteten schweigend auf den Wagen, starrten ins Leere. Hin und wieder wurde die Stille von geräuschvollem Schniefen zerrissen oder vom leisen Schluchzen, wenn die Trauer einen von ihnen wieder mit voller Macht übermannte.

Danny!, dachte Sam unentwegt. *Danny!*

»Wieso hat er uns nichts gesagt?«, fragte Paul einmal, worauf Sam ihm keine Antwort geben konnte.

Warum habe ich es nicht bemerkt?, quälte er sich mit der immer selben Frage. *Er war nicht krank. Er war am Ende. Er war zu erschöpft.*

Das Taxi kam nach einer gefühlten Ewigkeit, doch die Zeit schien seit der Nachricht von Dannys Tod für Sam ohnehin stillzustehen.

Der Fahrer ließ eine Fensterscheibe hinunter und blaffte heraus: »Habt ihr ein Taxi bestellt?«

Sam war zu sehr in Gedanken versunken, um die Frage überhaupt wahrzunehmen, aber Paul hatte sich so weit im Griff, dass er dem Fahrer signalisierte, zu warten.

»Das Taxi, Sammy«, sagte er sanft und half ihm auf die Beine.

Sam kroch in den Fond des Wagens und kauerte sich auf den Rücksitzen zusammen. Paul nahm auf dem Beifahrersitz Platz.

Der Fahrer murmelte etwas Unverständliches vor sich hin. Er hätte sie auch einfach direkt beleidigen können – es spielte für Sam im Moment keine Rolle.

Paul wies den Fahrer an, zuerst Sam nach Hause zu bringen, und der Wagen setzte sich nahezu geräuschlos in Bewegung.

»Harte Nacht?«, versuchte er ein Gespräch mit ihnen anzufangen, das Paul direkt abblockte.

»Halten Sie einfach die Klappe und fahren Sie, klar?«
Wieder brummte der Fahrer vor sich hin.
Paul steckte ihm mit einer schroffen Bewegung ein Bündel Geldscheine in den Kragen seiner Weste. »Halten Sie einfach die Klappe«, wiederholte er.

»Wir sind da«, sagte Paul leise.
Sam blickte auf und erkannte, dass das Taxi an seinem Haus angekommen war. Er hatte die gesamte Fahrt über zusammengerollt auf der Rückbank zugebracht.
Danny!, war sein einziger, quälender Gedanke.
»Sam«, fuhr Paul fort. Diesmal ein wenig eindringlicher. »Du musst jetzt aussteigen.«
Sam wischte sich mit dem Jackenärmel über die Nase und öffnete die Tür. Halb kroch, halb fiel er aus dem Wagen und verharrte dann regungslos auf dem Asphalt.
Eine zweite Wagentür wurde geöffnet. Jemand legte eine Hand sanft auf seinen Rücken. »Sammy …« Paul seufzte tief. Dann wandte er sich offensichtlich dem Taxifahrer zu: »Warten Sie hier. Ich bin gleich wieder da.«
»Die Uhr läuft!«, blaffte der Mann zurück und stellte den Motor ab.
»Komm«, sagte Paul leise und zog Sam wieder hoch auf die Beine.
»Wieso?«, formte er stumm mit seinen Lippen und blickte dem Freund verzweifelt ins Gesicht.
Paul schüttelte traurig den Kopf. »Ich weiß es nicht, Sam. Ich weiß es nicht.«
Die paar Meter bis zur Haustür kamen Sam beinah wie ein Marathon vor, so erschöpft fühlte er sich. Das Atmen fiel ihm schwer, seine Beine waren wie Blei und sein Kiefer schmerzte vom ewigen Aufeinanderschlagen seiner Zähne.
»Wo ist dein Schlüssel?«

Pauls Stimme war wieder weit entfernt, klang verzerrt, als wäre sein Kopf unter Wasser. Sam deutete geistesabwesend auf seine rechte Jackentasche.

Paul nahm die Schlüsselkarte aus der Tasche, schloss die Haustür auf und half ihm mit den Stufen. In der Wohnung angekommen bugsierte er ihn aufs Sofa und zog ihm die Schuhe aus. Dann holte Paul noch eine Decke für ihn aus dem Schlafzimmer, die er zusammengerollt neben Sam auf die Couch legte.

»Brauchst du noch was?«

Sam reagierte nicht, starrte nur weiter ins Leere.

»Schau, Sam, ich muss in meine Wohnung … Aber ich komme morgen früh wieder hier vorbei, ja?« Er ging zur Wohnungstür. »Carl sagt, wir können morgen freinehmen.«

»Wann ist die Beisetzung?«, brachte Sam schließlich über die Lippen.

Paul schluckte hörbar. »In zwei Tagen.« Er trat noch einige Augenblicke auf der Stelle herum, öffnete dann aber die Tür. »Wir sehen uns morgen.«

Damit zog er die Wohnungstür hinter sich ins Schloss, und Sam konnte hören, wie seine Schritte im Treppenhaus allmählich verhallten.

Wir sehen uns morgen, dachte er. *Das war das Letzte, was Danny zu mir gesagt hat. Das Letzte, was ich jemals von ihm hören werde. Wenn ich es bloß geahnt hätte …*, nagte es an ihm.

Er setzte sich auf. *Wieso habe ich es nicht erkannt?*

Es war Sam schier unbegreiflich, wie einer seiner ältesten Freunde sich in einer solch tiefen Krise befunden haben konnte, ohne dass er auch nur das Geringste bemerkt hatte.

Er stöhnte kraftlos. »Danny. Warum hast du nichts gesagt?«

Der ganze Tag kam Sam mit einem Mal wie ein schlechter Albtraum vor. Die Beförderung war unwichtig, sein Aufstieg in die höhere Gesellschaft war unwichtig. Einzig und allein der Schrecken über Dannys Tod blieb. Verfolgte ihn noch im Schlaf, als er sich auf dem Sofa zusammenkauerte.

*

Auf dem Rückweg zu Elaines Wohnung stellte sich ihnen Gunther im Hausflur in den Weg.

»Du bist mir was schuldig, Schlampe!«, blaffte er sie an.

Tessa zuckte vor Schreck zusammen, doch ihre Retterin baute sich unbeeindruckt vor dem schmierigen Hausverwalter auf. »Ich schulde dir höchstens ein Paar neue Eier, wenn du nicht gleich aus dem Weg gehst.«

Er verzog die Augen zu schmalen Schlitzen, schließlich dämmerte ihm, dass Elaine nur selten Scherze machte oder leere Drohungen ausstieß, und er gab den Weg murrend frei.

»Du schuldest mir was!«, rief er ihnen leise nach, beeilte sich aber wieder, in seiner Wohnung zu verschwinden.

Tessa wagte kaum zu fragen, sie konnte allerdings nicht abstreiten, dass Gunther teilweise recht hatte. »Und wenn die Polizei noch mal hier auftaucht?«

Elaine zuckte mit den Schultern. »Sollten sie wirklich wiederkommen, dann wissen sie vermutlich, wo du bist … und wer ich bin.«

»Und das heißt?«

»Die legen uns dann um«, antwortete Elaine trocken.

»Nein, ich meine, wird er uns dann noch einmal decken oder verraten?«

Elaine kicherte. »Ich sagte dir doch schon, dass er uns

nicht verraten kann. Denn dann hat er die Wahrheit gekannt und die Polizei beim ersten Besuch belogen!« Sie schüttelte den Kopf. »Gunther ist sogar darauf angewiesen, dass niemand von der Sache erfährt. Mach dir keine Sorgen. Wir sind hier so sicher wie an jedem anderen Ort im Deltakomplex.«

Tessa verbiss sich die sarkastische Antwort, ob das nun gut oder schlecht sei, und nickte stattdessen, als Elaine gerade die Wohnungstür aufschloss.

Im Inneren fiel die Anspannung von Tessa ab. Sie hatte sich nicht eingestehen wollen, dass sie seit der letzten Nacht und der Razzia am Morgen alles andere als gelassen war. Am helllichten Tag draußen umherzuwandern hatte an ihren Nerven gezehrt. Und auch Elaine zeigte ihre Entspannung deutlich, als sie die Tür verriegelte.

Tessa hätte über diesen Umstand noch nervöser werden können – vermutlich sogar werden sollen –, aber sie nahm es gelassen hin, akzeptierte, dass auch ihre Retterin bloß ein Mensch war. *Und Menschen haben Gefühle*, dachte sie.

Die Schmugglerin verschwand in ihrem Geheimraum und kam wenig später mit der Geldbörse von Tessas letztem Kunden zurück. »So, dann wollen wir sehen, wen du gestern aufs Kreuz gelegt hast!«

»Sprich bitte nicht schlecht über ihn«, sagte Tessa mit Nachdruck. Womöglich ein wenig zu vehement, denn Elaine blickte sie überrascht an. »Ich meine … er war nett zu mir. Wirklich nett. Er hat Respekt verdient.«

Sie nickte. »Einverstanden. Noch ist ohnehin nicht sicher, dass ihm etwas zugestoßen ist.« Sie öffnete die Geldbörse und überblickte ihren Inhalt. »Das Geld hat Gunther, nicht wahr?«

Tessa nickte niedergeschlagen. »Ein paar Hunderter.«

Elaine winkte ab. Dann fischte sie eine kleine ID-Card

aus dem Kunstlederbeutel. »Daniel Holden«, las sie laut vor und zeigte Tessa das Bild auf der Karte. »Ist er das?«

Sie nickte. »Zu mir hat er gesagt, er hieße Kurt.«

Achselzuckend fragte Elaine: »Ist das ungewöhnlich?«

»Nein. Die meisten Freier benutzen falsche Namen.« Tessa streckte die Hand aus und nahm die kleine Plastikkarte entgegen. Sie betrachtete das Porträt des Mannes, der ohne jede Veranlassung so freundlich zu ihr gewesen war. Kurt – oder Daniel – hatte sie nicht gekauft, nicht so wie die anderen Männer. Die kauften immer nur ihren Körper, bedienten sich an ihr, als wäre sie irgendein Büfett.

Doch Daniel hatte ihr das Gefühl gegeben, dass er ihre Gesellschaft schätzte. Sie verzog die Mundwinkel zu einem halben Lächeln. Er hatte ihr das Gefühl gegeben, dass sie der Freier war, nicht er.

Und sie wusste nicht warum.

Elaine holte sie in die Wirklichkeit zurück. »Okay, jetzt kennen wir den Namen des Kerls … Stellt sich bloß noch die Frage, ob die Bullen wirklich seinetwegen nach dir suchen.«

Tessa machte vor Überraschung große Augen. »Ich weiß nicht mal, warum die überhaupt nach mir suchen!«

Elaine hob beschwichtigend die Hände. »Schon gut. Ich glaub dir ja, dass du keinen umgelegt hast.« Sie durchsuchte die restliche Geldbörse und zog eine weitere Plastikkarte heraus. »Interessant …«, flüsterte sie. »Daniel war Angestellter von Food Corp.«

»Food Corp.«, wiederholte Tessa leise. »Sind die nicht für die Lebensmittelproduktion verantwortlich?«

»Und für politische Einflussnahme, Mord und Korruption«, fügte Elaine hinzu. »Zumindest, wenn man den Gerüchten glaubt.«

Tessa kaute auf ihrer Unterlippe herum. Sie nickte, als ob sie sich selbst überzeugt hätte. »Ich muss dir etwas zeigen.«

Elaine wurde hellhörig, legte die Geldbörse auf die Küchentheke und lehnte sich leicht dagegen.

Tessa ging zur Couch hinüber und zog zwischen den Sofakissen die kleine Plastiktüte heraus, die sie in Daniels Anorak gefunden hatte.

»Was ist das?«, fragte Elaine, als Tessa ihr das Tütchen überreichte.

»Ich weiß es nicht«, erwiderte die junge Frau. »Ich habe es in Daniels Jacke gefunden …«

»… die du ihm geklaut hast«, vollendete die Schmugglerin den Satz.

Tessa nickte kleinlaut.

Elaine unterdrückte ein Fluchen. Dann hielt sie das Tütchen gegen das Küchenlicht und untersuchte seinen Inhalt. »Sieht wie Erde aus.« Sie schüttelte die Tüte ein wenig, sodass sich der Inhalt etwas durchmischte. »Mit kleinen Steinen«, sagte sie und deutete auf zwei kleine ovale Gebilde von ungefähr einem Zentimeter Länge. »Nein, keine Steine«, stellte sie fest und hob die Tüte näher ans Licht. »Sieht … wie ein Samen aus …«

»Ein Samen?«, fragte Tessa neugierig. »Wie von einer Pflanze?«

Elaine schnitt ihr eine Grimasse. »Na, menschlicher Samen kann es kaum sein, was?« Sie drückte mit den Fingern durch die Plastiktüte hindurch auf die mandelförmigen Gebilde. »Vielleicht ist es auch bloß eine Nuss«, sagte sie dann. »Möglicherweise eine neue Maissorte, die Food Corp. gerade entwickelt.«

»Und Daniel hat sie gestohlen? Deswegen der Streit?« Tessa wusste nichts über Pflanzen, aber sie kannte sich mit kriminellen Zuhältern aus. Und wenn der Laden wirklich so schlimm war, wie Elaine angedeutet hatte, dann steckte Daniel offensichtlich in Schwierigkeiten.

»Schon möglich«, stimmte die Schmugglerin zu. »Sollte das ein neues Nahrungsmittel sein – oder was auch immer daraus wächst –, dann ist das auf dem Schwarzmarkt ein Vermögen wert.« Sie gab Tessa die Tüte zurück. »Viel Spaß damit.«

Tessa starrte sie ungläubig an. »Du überlässt sie mir?«

Ihr Gegenüber schnaubte. »Kleine, ich verwette meinen Arsch darauf, dass die Bullen genau das hier gesucht haben. Und ich bin vielleicht Försterin, aber nicht lebensmüde genug, mich mit Food Corp. anzulegen.«

Tessa blickte betreten zu Boden. »Und was soll ich jetzt tun?«

Elaine bemerkte, dass ihre Worte die junge Frau sehr verunsichert hatten. »Wenn du mich fragst, dann verkauf die Dinger auf dem Schwarzmarkt und halt danach die Füße still.«

»Und wenn sie nicht aufhören, nach mir zu suchen?«

Sie schaute ratlos. »Dann hast du wirklich ein Problem.«

Tessa riss erschrocken die Augen auf, doch Elaine hob gleich beschwichtigend die Hände.

»Mach dir keine Sorgen.« Sie wandte sich um und holte zwei Gläser aus dem Küchenschrank. »Normalerweise läuft es so ab«, begann sie und schenkte ihnen beiden Mineralwasser ein. »Du verkaufst die Sache auf dem Markt. Dein Käufer ist ein Idiot, parkt die Pflanze womöglich noch an der Luft, und nach ein paar Tagen ist sie verrottet.«

»Und was ist mit Food Corp.?«

»Die werden in ein paar Tagen ein wichtigeres Problem haben. Keine Ahnung, eine Plantage, die sie stilllegen müssen, einen Mitarbeiter, der ins Maisfeld gepisst hat – so was eben.« Sie reichte Tessa das Glas. »Früher oder später wird man dich vergessen.«

»Hoffentlich.« Sie nahm das Glas entgegen und trank einen großen Schluck.

Elaine deutete erneut auf die Plastiktüte. »Wir nehmen das mit zu Jack. Der kann dir helfen, den Scheiß wieder loszuwerden.« Sie leerte ihr Wasser in einem Zug und verschwand dann in ihrem Schlafzimmer. Tessa konnte hören, dass sie die Geheimtür öffnete, und folgte ihr.

Gerade als sie die Schlafzimmertür erreichte, kam Elaine schon wieder aus dem Geheimraum heraus, in der Hand den Halfter samt Revolver sowie eine kleine Plastikdose. »Kein Grund, noch länger unbewaffnet zu sein«, erwiderte sie trocken auf Tessas überraschten Gesichtsausdruck. Sie musterte Tessa und runzelte die Stirn. »Du kannst nicht zufällig mit einer Waffe umgehen?«

Sie schüttelte betreten den Kopf. »Das war noch nie nötig … und außerdem … Es ist gefährlicher für Huren, wenn sie bewaffnet sind. Ein Freier könnte …«

»Verstehe. Könnte sie dir abnehmen«, schloss Elaine. »In Ordnung.« Sie legte den Schulterhalfter an und verdeckte den schweren Revolver, indem sie einen weiten Mantel anzog. Ihre Müdigkeit schien mit einem Mal verflogen. »Du wirst das bald lernen müssen.« Das Plastikkästchen steckte sie in die der Waffe gegenüberliegende Innentasche. So wirkte ihr Oberkörper unter dem Mantel auf einen flüchtigen Blick hin noch immer symmetrisch.

»Wolltest du dich nicht ausruhen?«

Elaine winkte ab. »Später. Wenn wir bei Jack sind. Vielleicht schlafen wir bei ihm.«

»Oh.«

»Ist ein weiter Weg«, erklärte die Schmugglerin. Sie deutete auf die Plastiktüte, die noch immer auf der Theke lag.

»Vergiss das nicht. Vielleicht kann er dir sogar sagen, was es ist.«

Tessa steckte das Tütchen ein und folgte Elaine hinaus aus der Wohnung.

Um zu Jack zu gelangen, mussten sie die Straßenbahn nehmen, die jedoch erst einige Blocks entfernt losfuhr. Also stand ihnen ein langer Spaziergang bevor.

Tessa hielt sich dicht neben Elaine, weil sie fürchtete, jeden Moment von einem Polizisten aufgegriffen zu werden, was natürlich völliger Unsinn war, denn die Polizei begab sich so gut wie niemals in den unteren Komplex. Allerdings verunsicherte es die junge Frau, dass die Polizisten heute Morgen aufgetaucht waren. Man suchte nach ihr, das könnte vielleicht den ein oder anderen übereifrigen Bullen dazu veranlassen, doch noch einen Abstecher in die Slums des Deltas zu unternehmen.

Elaine selbst trug nicht gerade zu Tessas Entspannung bei, da sie mit deutlich wachsamem Blick durch die Straßen ging.

Vielleicht, weil sie jetzt ihre Waffe trägt, versuchte Tessa sich einzureden. *Wenn man sie mit einer Waffe erwischt, wird sie sofort verhaftet.*

Aber die Ungewissheit nagte an ihr. *Was, wenn Elaine sich meinetwegen unsicher fühlt? Wenn ich uns beide in Gefahr bringe?*

Für den Bruchteil einer Sekunde überlegte sie, ob sie ihr Glück allein versuchen sollte. Ob es nicht klüger wäre, sich allein durchzuschlagen und unterzutauchen. Doch als sie sich in diesem für sie völlig fremden Stadtteil umsah, die riesigen Wohnhäuser, die sich wie graue Mauern um sie herum auftürmten, wahrnahm, da erkannte sie, dass sie allein verloren war.

Tessa kannte sich in ihrer Straße aus. Der Weg von ihrer Wohnung zur Nuttengasse oder zu Helena – dort war sie zu Hause. Und nur dort fühlte sie sich nicht völlig fehl am Platz. Aber schon hier, nur wenige Gehminuten in die entgegengesetzte Richtung, fühlte sie sich verloren und vergessen.

Elaine schien ihre wachsende Anspannung zu spüren, denn sie strich ihr beruhigend über den Rücken. »Keine Sorge, wir kriegen das hin. Niemand wird dich auf einen flüchtigen Blick hin erkennen.«

Einen flüchtigen Blick …, dachte Tessa. »Und wenn sie mich genauer beobachten?«, rutschte es ihr heraus, auch wenn die Frage ihre Nervosität nur zu steigern vermochte.

Elaine versuchte, sie auch diesmal zu beruhigen. »Die Polizei meidet die Slums. Jacks Kneipe ist im Nordwesten des unteren Komplexes. Mach dir keine Sorgen.« Sie lachte leise. »Solange wir dich nicht direkt auf ein Polizeiauto setzen, wird sich keiner für dich interessieren.«

Die Haltestelle kam in Sicht, ein kleiner Unterstand mit Aluminiumdach. Die Glasscheiben, die einst die Seiten zierten und vor dem Wind schützten, waren längst zerbrochen oder geklaut. Der Betonboden unter den Sitzen aus Eisengitter war dunkel verfärbt. Tessa konnte nur raten, dass es sich dabei um menschliches Blut handelte, denn es war nicht selten, dass wartende Fahrgäste Opfer von kleinen Banden wurden, die sie abstachen, ausraubten und verbluten ließen.

Die Regierung interessierte es offensichtlich nicht – jedenfalls unternahm man nichts, um die Sicherheit solcher Stationen zu erhöhen. Die Straßenbahnen waren hingegen mit Kameras ausgerüstet …

»Kameras!«, entfuhr es Tessa vor Schreck und sie blickte sich rasch um, ob sie wirklich die Einzigen auf der Straße waren.

Elaine machte eine wegwerfende Handbewegung. »Keine Angst. Halte einfach deinen Kopf unten – aber nicht zu verkrampft –, dann passiert nichts. Die Bänder sieht sich keiner an, außer es kommt zu einem Zwischenfall.«

Tessa nickte und konzentrierte sich wieder auf ihre Umgebung, um sich ein wenig abzulenken. Die Häuser hier waren weit weniger heruntergekommen als in ihrem Viertel. Auch wenn es der untere Komplex war, so wirkte es dennoch, als würde hier jeder Mensch einer geregelten Arbeit nachgehen. Vielleicht sogar ein wenig Geld ansparen oder in eine schönere Einrichtung – Holzimitat – investieren können. Die Fassaden waren überwiegend weiß gestrichen. An manchen Stellen hatten Staub, Dreck und Unwetter dem Glanz zugesetzt, was die strahlende Wirkung aber selbst heute, da sich die Sonne hinter dicken Wolken versteckte, nicht sonderlich beeinträchtigte.

Es roch zudem viel angenehmer als im Südviertel. Nicht bloß sauberer … lebendiger! Tessa konnte es nicht greifen, doch die Luft stank weniger von Tod und Exkrementen. Und ab und zu glaubte sie Kinderlachen hinter den gekippten Fenstern zu hören.

Vor der Haltestelle machte die Bahn eine weite Kurve, um zu wenden. Ein Schild an der Rückwand des Wartehäuschens zeigte an, dass die nächste Bahn in fünf Minuten abfuhr.

Ein leises Vibrieren in den Schienen kündigte die Bahn bereits an, noch bevor man sie um die Ecke biegen sah. Sie wurde, wie auch sämtliche Fahrzeuge des Komplexes, über ein Induktionsfeld im Boden mit Strom versorgt. Oberleitungen oder Strom führende Schienen, wie man sie noch im letzten Jahrhundert verwendet hatte, gehörten daher schon lange der Vergangenheit an. Über starke Magnetfelder wurde nun in Spulen der Strom erzeugt, der zum Betrieb der Bahn nötig war.

An der Seite der Waggons prangte in grellen Buchstaben die Reklame für Food Corp. Ein saftig–gelber Maiskolben und gesund aussehende Hühner warben für die Qualität des Lebensmittelkonzerns. Darunter der Slogan »Kontrollierte Qualität für sorgenfreien Genuss«.

»Als hätten die Werbung nötig«, bemerkte Elaine abfällig. »Denen gehört doch sowieso die halbe Stadt.«

»Was, denkst du, kostet die Reklame auf der Bahn?«

»Gar nichts. Der Nahverkehr gehört auch schon Food Corp.« Sie stieg in den letzten Wagen ein und stellte sich mit dem Rücken in Fahrtrichtung.

Tessa runzelte die Stirn, als sie die vielen freien Sitzplätze betrachtete, tat es ihrer Begleitung jedoch gleich und lehnte sich mit dem Rücken gegen eine Eisenstange.

»Eine Kamera ist genau über uns, aber sieh nicht hin.«, flüsterte Elaine ihr zu. Sie verschränkte die Arme vor der Brust und deutete dann mit einem Finger unauffällig zur Decke. »Die andere zielt von vorne nach hinten. Wenn wir so stehen, kann man unsere Gesichter kaum erkennen«, erklärte sie weiter und Tessa nickte leicht.

»Verstehe.«

»Die Fahrt dauert eine Stunde«, fuhr Elaine fort. »Also, mach's dir irgendwie bequem.«

»Eine Stunde stehen ist nicht viel«, sagte sie beiläufig. »In einer schlechten Nacht steht man sich über acht Stunden die Beine in den Bauch.«

»Dann genieß die Fahrt.«

Die Bahn fuhr sanft wieder los und Tessa betrachtete die vorbeiziehenden Häuser durch die dreckverschmierten Glasscheiben. Nach und nach stiegen weitere Fahrgäste zu, viele von ihnen begleiteten sie nur für wenige Haltestellen.

Das Stadtbild veränderte sich erneut, je weiter sie in den Nordwesten vordrangen. Hier war die Gegend ähnlich heruntergekommen wie im Südteil des unteren Komplexes, wo Tessa und Elaine wohnten. Leer stehende Häuser, die allmählich zu Ruinen verfielen, daneben vernagelte Bauten, die kleinen Festungen glichen und bei denen sich Tessa lebhaft vorstellte, wie die Bewohner jeden Eindringling geschlossen vertrieben.

Allerdings sah man hier hin und wieder einen Passanten auf dem Bürgersteig oder ein Auto, das mit unbestimmtem Ziel kurz hinter der Straßenbahn folgte und dann in eine Seitenstraße abbog. Offensichtlich war der Nordwesten des Deltas zwar marode, aber nicht hoffnungslos von Kriminellen überrannt.

»Bei der Nächsten müssen wir raus«, sagte Elaine plötzlich.

Die Abenddämmerung hatte bereits eingesetzt und ließ die Wolken am Himmel wie ein orangefarbenes Flammenmeer erstrahlen. Vermutlich würde es in der Nacht wieder regnen.

Die Bahn stoppte an der Haltestelle und sie stiegen aus, wobei Tessa darauf achtete, den Kopf gesenkt zu halten und nicht in eine der Kameras zu blicken. Als sie den rauen Beton des Bürgersteigs unter den Füßen spürte, atmete sie erleichtert auf.

Die Luft schmeckte ein wenig salzig. Der Wind trieb sie von der Küste weit ins Landesinnere, peitschte über die kargen, ausgetrockneten Böden und brachte den Duft des Meeres mit sich.

»Jacks Bar ist gleich um die Ecke da vorne«, sagte Elaine und ging voraus.

Beim Einbiegen in die Seitenstraße warfen sie lange Schatten vor sich, als ob es die stummen Begleiter kaum erwarten könnten, die Bar zu betreten. Ein einsames Schild, auf dem mit einigen Leuchtdioden der Schriftzug »zum Linkin Park« angebracht war, verriet Tessa, wohin Elaine sie führte. Sie wiederholte stumm den Namen der Kneipe und runzelte die Stirn.

»Vor ein paar Jahren, als Jack den Laden eröffnete, da sollte hier noch eine große Kunstrasenfläche angelegt werden«, erklärte Elaine, der wohl nicht eine von Tessas Unsicherheiten entging. »Aber das Projekt wurde gestrichen und der Park in die Innenstadt verlegt. Man war der Ansicht, dass arme Menschen kein schönes Erholungsgebiet brauchen, die Arbeiter bei Food Corp. hingegen schon.«

»Food Corp. …«

Elaine nickte. »Ich sagte dir doch, die haben die Regierung fest im Würgegriff.« Sie blieb vor der Eingangstür der Kneipe stehen. »Es gibt Gerüchte, dass die Regierung Spione in den Konzern eingeschleust hat, um ihnen das Handwerk zu legen.«

»Und ist da was dran?«

Sie hob entschuldigend die Arme. »Wenn du mich fragst: nein. Ich glaube eher, dass die Politiker sich von Food Corp. erpressen lassen – im Gegenzug aber ordentlich abkassieren … zumindest würde ich es so machen.«

Tessa wollte noch etwas erwidern, wollte sagen, wie sinnlos sie ein solches Verhalten fand, doch Elaine war bereits durch die Tür verschwunden, also beeilte sie sich, ihr ins Innere der Bar zu folgen.

Drinnen war das Licht noch düsterer als in der Abenddämmerung auf der Straße. Blaue Neonröhren hingen in den Winkeln zwischen Decke und Wand, fluoreszierten in den Raum und sollten die Gäste vermutlich beruhigen. Zumindest war sie es so aus ihrer Zeit im Bordell gewohnt. *Rot zum Anheizen, Blau zum Abkühlen*, sinnierte sie. Auch dort hatte man damals auf eine blaue Beleuchtung gesetzt. Es entspannte die Menschen, und entspannte Menschen waren glücklicher und eher bereit, mehr zu bezahlen.

Offensichtlich verfolgte Jack eine ähnliche Politik für seine Kneipe.

Elaine ging direkt an die der Eingangstür gegenüberliegende Bar und setzte sich auf einen freien Hocker. Um diese Uhrzeit waren noch nicht viele Gäste eingelaufen. Die Tische waren leer, teilweise standen sogar noch die Stühle auf ihnen, und an der ungefähr zehn Meter langen Theke saßen lediglich zwei ältere Männer, die auf Tessa den Eindruck machten, als würden sie bereits zum Inventar der Kneipe zählen.

Einer der beiden hing mit dem Gesicht halb in seinem Glas und starrte ins Leere oder in die trübe Brühe, die eigentlich einmal klarer Maisschnaps gewesen sein musste. Der andere war damit beschäftigt, sich mit einem Zahnstocher im Mund herumzufuhrwerken und dabei unentwegt zu fluchen. Augenscheinlich hatte dieser Mann ein chronisches Problem.

Tessa setzte sich neben Elaine und verdrängte die beiden Gestalten mit einem Kopfschütteln aus ihren Gedanken, als ein Mittsechziger plötzlich vor ihr auftauchte und sie mit einem breiten Lächeln begrüßte, das mehrere Stahlzähne präsentierte.

»Elaine, meine Süße!«, rief er freudig. »Was treibt dich zu mir?«

»Wie immer«, erwiderte sie. »Ich brauche Kundschaft …«

»Die brauch ich auch«, unterbrach er sie und deutete auf den leeren Schankraum.

Sie warf Tessa einen Seitenblick zu. »Na ja … und ihretwegen.«

Tessa erholte sich indes noch immer von dem Schock,

den der aus seiner Hocke hochschnellende und unvermittelt hinter der Theke auftauchende Mann ausgelöst hatte. Aus diesem Grund verpasste sie den Moment der Höflichkeit, in dem sie sich eigentlich hätte vorstellen müssen. Als Jack sich wieder achselzuckend Elaine zuwandte, platzte ein »Ich heiße Tessa!« aus ihr heraus.

Er bedachte sie erneut mit seinem eisernen Lächeln und reichte ihr die Hand. »Ich bin Jack Palance!«

Der Hand fehlten zwei Finger und ein Stück des Daumens. Tessa zögerte jedoch nicht den Bruchteil einer Sekunde, als sie sie zum Gruß ergriff. *Ich habe in meinem Leben weit Ungewöhnlicheres angefasst …*, kam ihr kurz in den Sinn.

Ihr beherzter Händedruck schien ihm zu gefallen, denn er nickte ihr aufmunternd zu, ehe er mit der linken – völlig intakten – Hand drei Gläser unter der Theke hervorholte und sie laut vor ihnen auf die Metallplatte der Bar stellte. »Trinkt einen Schluck mit mir!«

Er füllte die Gläser und schob jeder eines davon zu.

Tessa wedelte abwehrend mit der Hand und verzog die Miene: »Ich möchte nicht, danke.«

»Trink!«, befahl Elaine trocken und stürzte ihr Glas schon hinunter.

Jack leerte den Kurzen ebenfalls in einem Zug und knallte das Glas lachend auf die Theke.

Sie seufzte, hielt den Atem an und kippte sich den Schnaps in den Rachen. Nachdem sie ihn geschluckt hatte, wartete sie auf das Brennen im Hals und die sich rasch ausbreitende Wärme im Magen, doch nichts davon geschah.

Jack und Elaine starrten sie mit großen Augen an, und als Tessa schließlich wieder ausatmete, verfielen sie in schallendes Gelächter.

Elaine hob das leere Glas an und hielt es ihr unter die Nase. »Nach was riecht das?«

Sie schnüffelte prüfend. »Nach nichts.«

Die Schmugglerin nickte zwinkernd.

»Wasser?«, dämmerte es Tessa.

»Ich kann nicht den ganzen Abend mit den Kunden um die Wette saufen«, sagte Jack leise. »Darum gibt es für mich immer bloß Schnaps aus meiner eigenen Flasche.« Er zog mit dem knubbeligen Zeigefinger der verkrüppelten Hand das linke Augenlid ein wenig hinunter. »Und mein Ruf bleibt gewahrt. Niemand säuft hier mehr als ich, verstehst du?« Er packte seine Wasserflasche mit einem kehligen Lachen wieder unter die Theke. »Ich bin kein junger Mann mehr.« Wie zum Beweis lüpfte er seinen Hut und gab den Blick auf graues, schütteres Haar preis.

»Ja, ja.« Elaine stöhnte leise. »Du stehst schon mit einem Bein im Grab, was, Hans?«

Er verzog genervt die Miene. »Du sollst mich nicht so nennen.«

Sie lachte. »Na ja, manche von uns haben sich ein wenig mehr beim Erfinden eines Decknamens angestrengt, nicht wahr?«

Er winkte ab. »Das ist eh alles unwichtig. Wenn sie dich bei den Eiern haben, haben sie dich bei den Eiern. Egal ob du dich jetzt Elaine oder Sandra nennst, Kind.«

»Ah, die Weisheit alter Männer«, sagte sie und lachte spöttisch. »Aber zur Sache.« Sie klopfte mit ihrem Glas dreimal schnell hintereinander auf die Theke, was jedes Mal ein hohes Klingeln in der Metallplatte erzeugte. Sie warf den beiden anderen Gästen einen misstrauischen Blick zu. »Können wir ungestört reden?«

Jack nickte. »Natürlich. Kommt mit nach hinten.« Er bewegte sich zur linken Seite der Theke, wo eine halbhohe Schwingtür angebracht war. Tessa fiel auf, dass Jack das rechte Bein leicht nachzog und dabei ein leises Quietschen erzeugte. Sie wagte einen Blick über die Theke hinweg und erkannte den Grund: Das rechte Bein war mit mehreren stählernen Schienen um das Knie herum fixiert, wobei zwei der Metallschienen bis zu seinem Stiefel hinunterreichten und dort kurz vor dem Absatz befestigt waren.

Ihm entging nicht, dass sie ihn musterte, also blieb er stehen und drehte sich mit gespielter Eleganz auf der Stelle. »Alles gesehen?«

Tessa spürte, wie ihr das Blut ins Gesicht schoss, und sie senkte den Kopf. »Verzeihung.«

»Schon gut«, sagte er fröhlich. Überhaupt schien er mit dem breiten Lächeln und seiner aufgeschlossenen Art eine wahre Frohnatur zu sein – etwas, das Tessa im unteren Komplex nur äußerst selten antraf, eine erholsame Abwechslung zu den übrigen, angespannten Gesichtern. Der Überlebenskampf mochte hier unten rauer sein als anderswo, aber Jack ließ sich davon anscheinend nichts anmerken.

Er führte sie durch eine schmale Hintertür in einen Raum, der in etwa halb so groß war wie die eigentliche Kneipe. Hier standen ein kleiner Schreibtisch und ein Safe. Außerdem eine breite Couch, die Jack offensichtlich auch zum Schlafen benutzte, denn es lagen Decke und Kopfkissen zusammengeknüllt darauf herum. Er hinkte zum Schlafsofa hinüber und schob das Bettzeug noch weiter beiseite. Dann humpelte er zu seinem Schreibtisch und ließ sich unter quietschendem Protest der Beinschiene auf den Bürostuhl fallen.

Tessa fragte sich, wo er die Vorräte für die Kneipe aufbewahrte, als ihr eine zweite Tür auffiel, die von der rechten Wand des Hinterzimmers abzweigte.

»Also, Kind, was führt dich her?«, wiederholte er seine Frage von vorhin.

Elaine warf ihr einen auffordernden Blick zu, und Tessa kramte das kleine Tütchen mit Erde aus ihrer Jackentasche, das sie Elaine reichte.

»Hast du so was schon mal gesehen?«, fragte sie und warf Jack das Tütchen zu, der es gekonnt mit der verkrüppelten Hand auffing.

Er schüttelte den Inhalt ein wenig, um ihn besser in dem Plastikbeutel zu verteilen, dann befühlte er mit dem rechten Zeigefinger durch die Tüte hindurch die kleinen grauen Kügelchen. »Hab ich noch nie gesehen«, murmelte er. Er blickte auf. »Wo hast du das her?«

Elaine bedachte sie erneut mit einem auffordernden Blick, und Tessa begann seufzend ihre Geschichte zu erzählen.

Als sie endete, pfiff Jack leise durch die Zähne. Er nickte Elaine zu. »Und du nimmst jetzt also Streuner auf?« Er wartete ihre Antwort nicht ab, sondern fügte breit grinsend an: »Gut so!«

Elaine lächelte. Es war anders als die Male zuvor, bemerkte Tessa. Dieses Lächeln war viel gelöster, ehrlicher. »Soll gut fürs Karma sein«, sagte die Schmugglerin.

Er lachte laut. »Ja, hat mir auch seither immer Glück gebracht!«

»Denkst du, sie kann die Tüte verkaufen?«

Er rieb sich mit der Rechten über das stoppelige Kinn. »Ich bin mir nicht sicher.« Er zuckte die Achseln. »Nicht viele kaufen Samen – wenn das überhaupt welche sind –, von denen sie nicht wissen, was daraus wächst … Aber sie kann es versuchen.«

Elaine nickte. »Gut. Dann kannst du meinen Kunden ausrichten, dass ich in drei Tagen Wilden Wein und Ginster verkaufe.« Sie warf ihm noch einen flüchtigen Seitenblick zu. »Noch was, Jacky …«

Er stöhnte lachend auf. »O nein, wenn du mich so nennst, endet das meistens damit, dass ich dir einen viel zu großen Gefallen tue!«

Elaine lächelte verwegen. »Na ja, du bist nicht mehr der Jüngste … und Tessa sucht einen neuen Job.«

Er musterte sie einen Moment, dann nickte er. »Ich denk drüber nach. Bring sie mit auf den Markt, da sehen wir weiter.«

Tessa grinste breit. Sie hatte bisher noch immer nagende Zweifel an Elaines Absichten gehegt, doch sie schien ihr tatsächlich helfen zu wollen. Aus reiner Nächstenliebe.

Jack wollte schon wieder aufstehen, als Elaine ihn mit erhobener Hand zurückhielt. »Da ist noch was. Kennst du einen Sid?«

Der Schieber runzelte kurz die Stirn und schüttelte dann den Kopf. »Sollte ich?«

»Ich weiß nicht.« Sie zuckte mit den Schultern. »Wäre vielleicht besser. Ich habe seinen Bruder umgelegt.«

Jack lehnte sich weit in dem Bürostuhl zurück, bis die Lehne lautstark protestierte. »Scheiße, Kind, wie ist das passiert?«

»Offenbar sind Sid und ich in derselben Branche tätig«, sagte Elaine trocken. Sie griff in ihre Manteltasche und holte einen blauen Plastikchip heraus. »Was hältst du davon?« Sie schnippte den Chip zu Jack hinüber, der ihn wieder gekonnt auffing.

»Woher hast du das?«

»Von einem zweiten Toten aus Sids Gang.«

Er pfiff laut durch seine Zähne. »Könnte eine Art Schlüssel sein … oder eine Erkennungsmarke. Manche Clubs geben Chips anstelle von Markierungen auf der Hand aus, weißt du?« Er warf ihn wieder zu ihr zurück und sie fing ihn mit einer geschmeidigen Bewegung auf.

»Ich gehe selten aus«, erwiderte sie.

Er wippte mehrmals leicht mit dem Kopf, als würde er die eben gehörte Geschichte noch einmal in Gedanken durchspielen. »Also, du hast zwei Kerle umgelegt. Und einer war der Bruder des Anführers der Gang?«, rekapitulierte er.

Sie nickte. »Die Schweine haben mich draußen überrascht. Haben mir meine Ausbeute des letzten Trips abgenommen. Und dann wollten sie mich noch als Sexsklavin verschachern.«

»Wie?«

»So ein Kerl namens Doc sollte mich unter Drogen setzen. Aber davor bin ich abgehauen.«

»Und jetzt hast du Angst, dass die sich an dir rächen wollen?«

»Wieso die?«, fragte sie stirnrunzelnd. »*Ich* will die Schweine finden und bezahlen lassen!«

»Ha!« Er klatschte in die Hände. »So kenn ich mein Mädchen!« Er lehnte sich entspannt zurück und legte wieder einen ernsten Gesichtsausdruck auf. »Ich kann mich ja umhören, wenn du willst.«

»Und ob.« Sie tippte sich gegen die Stirn, als ihr noch etwas einfiel: »Die Wichser haben wohl alle recht peinliche Tattoos an den Beinen«, sagte sie. »Eine geflügelte Rose.«

»Gut, aber sei vorsichtig. Die Kerle klingen gefährlich«, sagte er besorgt.

»Bin ich doch immer.«

»Was macht eigentlich dein kleines Gewächshaus?«, wechselte er das Thema. »Funktioniert der Luftfilter noch?«

Sie nickte beiläufig und lehnte sich zurück. »Jaja, alles bestens. Da brauche ich so schnell keinen Ersatz.«

Er notierte sich noch einmal die beiden Pflanzen, die

Elaine ihm zuvor angeboten hatte, und rieb sich nachdenklich das Kinn. »Ginster wird einfach, da habe ich schon eine Idee. Aber der Wilde Wein … ich weiß nicht.«

»Bei mir verrottet er bloß irgendwann«, hielt Elaine dagegen. »Es muss keine Reichtümer bringen, Jack. Die Blätter sind glatt und grün. Und er bildet sogar Beeren! Vielleicht schafft er ja die Reife.«

»In drei Tagen?«, fragte er skeptisch. »Schwer vorzustellen.«

»Nein, beim Endkunden.«

Er klappte das kleine Büchlein zu und wedelte abwehrend mit den Händen. »Einverstanden. Du hast mich überzeugt. Wilder Wein und Ginster am Montag also.«

»Danke.«

»Ich geb dir Bescheid, wann genau die Sache steigt.«

Damit schien alles gesagt, denn Elaine stand auf und blickte Tessa auffordernd an. Diese wusste nicht, was ihre Retterin von ihr erwartete, darum bedachte sie Jack noch mit einem freundlichen Lächeln, bevor sie ihr folgte.

Vor der Kneipe atmete Tessa unbewusst erleichtert auf.

»Was ist?«, fragte Elaine ernst. »Hast du gedacht, wir legen dich um, zerstückeln deine Leiche und verkaufen sie scheibchenweise?«

Sie blickte die Schmugglerin verdutzt an, unfähig zu sagen, ob es sich dabei um einen Scherz handelte oder einen Einblick in frühere Geschäfte der beiden. *Man hört so viele Gerüchte*, dachte sie ein wenig verängstigt.

Plötzlich brach Elaine in schallendes Gelächter aus. »O shit, du glaubst das auch noch?«

Sie druckste ein wenig herum. »Na ja, man liest immer wieder Nachrichten von Kannibalismus im Komplex.«

Zu ihrem Schock nickte Elaine ernst. »Ja, das ist auch nicht alles erfunden«, sagte sie grimmig. Sie gab ihr mit einem Kopfnicken zu verstehen, dass sie ihr folgen sollte, und schlug den Rückweg zur Bahnhaltestelle ein.

Tessa stolperte ihr eingeschüchtert hinterher. »Aber … das sind doch Menschen!«, rief sie aufgewühlt.

»Und die müssen nun mal essen«, entgegnete sie achselzuckend. Sie deutete auf die umliegenden Häuser. »Hier können die meisten ja noch von dem leben, was sie verdienen. Aber im südlichen Teil des unteren Deltas … oder noch weiter im Osten, zwischen den alten Industrieanlagen, da ist einfach nicht genug für alle da. Und Food Corp. macht es durch die strenge Rationierung nicht besser.«

»Aber ich dachte, sie rationieren die Lebensmittel eben, gerade *damit* jeder etwas zu essen hat?«

Sie schüttelte den Kopf. »Du musst endlich diese dämliche Propaganda aus deinem Hirn bekommen.« Sie blieb stehen und blickte Tessa skeptisch an. »Ich meine, du hast dich auf der Straße durchgeschlagen! Es kann unmöglich sein, dass du so blauäugig bist!«

»Vielleicht …«, begann Tessa kleinlaut, »… vielleicht will ich einfach so sein.«

Elaine bedachte sie erneut mit einem tiefen Seufzen. »Das solltest du rasch ablegen oder das Delta schluckt dich.«

Sie wusste, was mit dem Ausdruck gemeint war. Es bezeichnete die armen Seelen, die dem Überlebenskampf im Komplex nicht gewachsen waren, die in der Masse untergingen und bald in Vergessenheit gerieten. Menschen, die ihre Skrupel, den eigenen Vorteil um jeden Preis zu nutzen, nicht ablegen konnten; Menschen, die nicht wussten, dass man nachts nicht unbewaffnet umherstreifen sollte, zumindest nicht in den meisten Straßen; Menschen, die versuchten die Gesellschaft zu ändern, zu verbessern. Doch es war hoffnungslos. Tessa hatte es häufig genug erlebt, dass die einzige Konstante im Delta der Überlebenskampf war. Und dass sich die Dinge niemals ändern würden.

»Wir sind eben alle hier gefangen«, flüsterte sie unbewusst.

Die Heimfahrt hatte Tessa schweigend zugebracht. Sie konnte nicht leugnen, dass Elaines Ratschlag klug und vermutlich sogar weise war, doch sie wollte nicht glauben, dass sie alles, was sie war, ihre ganze Persönlichkeit, komplett ändern müsste, nur um in der Stadt zu überleben. Sie hatte sich auch bisher recht passabel durchgeschlagen …

Wem mache ich was vor?, fragte sie sich selbst. *Ich habe mich verkauft, die Beine breit gemacht und wurde nicht selten verprügelt!*

Vermutlich war ihre Weltanschauung nicht die schwärzeste, die man finden konnte, aber sie musste sich allmählich eingestehen, dass ihr Lebensweg sie schon bald in ein einsames Grab geführt hätte. Früher oder später wäre sie an einen Freier geraten, der nach einem gebrochenen Jochbein noch lange nicht aufgehört hätte.

Elaine hatte das Thema auf sich beruhen lassen. Tessa schätzte diese Eigenschaft sehr an ihr, vielleicht sogar am meisten. Elaine war nicht altklug, sie versuchte nicht krampfhaft, sie zu belehren. Sie teilte ihre Einschätzung mit und überließ es dann Tessa, welche Schlüsse sie daraus ziehen wollte, wenn überhaupt.

»Lass uns dein Tütchen einpflanzen«, schlug Elaine plötzlich vor.

»Und was ist dann mit dem Schwarzmarkt?«, entgegnete sie verblüfft.

Die Försterin zuckte die Achseln. »Ich will lieber selbst herausfinden, was das ist. Am Ende verkaufen wir das Ding noch unter Wert.«

»Verstehe.«

Sie seufzte. »Schau, ich will die Leute nicht übers Ohr hauen. Aber ich kann nicht riskieren, eine am Ende schöne Pflanze für den Preis einer kümmerlichen zu verkaufen.« Sie ging in den Geheimraum und ließ die Tür offen.

Dort wartete sie schon in der Luftschleuse auf Tessa. »Ich habe leider keine Laboranzüge«, begann Elaine, während sie ihr Shirt auszog. »Die Unterwäsche kannst du anlassen.«

Tessa blickte sie perplex an. »Was …«

»Willst du mit rein oder nicht?«, fragte Elaine ungeduldig.

Tessa verstand allmählich. »Ich will mit rein«, sagte sie gleich und entledigte sich ihrer überschüssigen Klamotten.

»Der Luftstrahl ist verdammt kalt, aber keine Sorge, im Gewächsraum ist es angenehmer.«

Noch bevor sie begriff, was die Schmugglerin damit meinte, schaltete sich eine laute Düse an, die einen so schnellen und harten Luftstrom erzeugte, dass Tessas Backen sich blähten und die Haut an ihren Armen kleine Wellen schlug.

Die Luftdusche dauerte gut eine Minute, die sich wie eine Ewigkeit anfühlte und während der sie sich mehrmals mit Elaine im Kreis drehen musste. Schließlich ertönte ein leises Piepsen und die Windmaschine verstummte.

»Was ist das?«, fragte Tessa, nachdem der Schmerz im Gesicht nachgelassen hatte.

»Ist besser, als sich jedes Mal mit Desinfektionsmittel zu duschen«, sagte Elaine grinsend und deutete zur Decke. »Dort oben werden die Keime und Pilzsporen angesaugt, der Luftstrom sorgt dafür, dass nichts an deinem Körper hängen bleibt.«

Tessa nickte. »Damit deine Pflanzen möglichst lange überleben.«

»Ja. Das Piepsen zeigt an, dass wir unter zwanzig Prozent Sporenanteil in der Luft sind.«

»Und das ist gut?«

Sie schnaubte verächtlich. »Das ist wohl der beste Wert, den eine Privatperson erreichen kann.«

Die Schleuse öffnete sich zum Gewächsraum und sofort wurde Tessa von der angenehm temperierten Raumluft umarmt. Sie schritt die Reihen mit den Blumenkästen ab und betrachtete die Pflanzen. Elaine hatte nicht übertrieben. Neben den Gewächsen, die sie Jack genannt hatte, züchtete sie noch verschiedene Farne und kleine Sträucher. Doch offenbar keine Blumen.

»Ich baue hauptsächlich langlebige Pflanzen an«, begann Elaine zu erklären, als hätte sie ihre Gedanken gelesen. »Viel Grün, keine besonders herausragenden Blüten. Die gehen zu schnell ein.«

Sie hielt Tessas Tütchen mit den wunderlichen Samenkörnern hoch. »Da hinten ist ein leerer Topf, da können wir sie einsetzen.«

»Danke.«

Elaine grinste verschlagen. »Nicht so voreilig. Wenn das Teil sich verkaufen lässt, dann will ich natürlich beteiligt werden.«

*

Der Anruf hatte ihn tatsächlich überrascht. Und das, wo ihn sonst nichts, was im Komplex geschah, sonderlich überraschte. Alles folgte einem natürlichen Muster, der Auslese der Schwachen zugunsten der Stärkeren. Er war nicht bloß ein Teil dieses Musters, er gestalte es mit. Sid und seine Punks hätten ihn erst wieder in zwei Wochen kontaktieren sollen. Das war die Regel, das Muster, das er für sie vorgesehen hatte. An jedem letzten Mittwoch im Monat trafen sie sich im Blue Mood.

Als vor einer Stunde sein Handy geklingelt hatte, hatte ihm bereits gedämmert, dass die Schwachköpfe nicht mit guten Nachrichten aufwarten würden. Jetzt saß er hier in der Bar, in einem Separee, in dem sich normalerweise alte Säcke von jungen Tänzerinnen befriedigen ließen, und wartete.

Wenn er sich nicht so sehr auf das Treffen hätte konzentrieren müssen, hätte er sich womöglich auch einen Blowjob geleistet, doch Sid war nicht zu unterschätzen. Er war ein mittelloser Punk, Abschaum der Gesellschaft, aber er war kein Idiot.

Plötzlich wurde es, bis auf die Musik, gespenstisch still in der Bar. Ein untrügliches Zeichen, dass Sid und seine Kohorten eingetroffen waren. Obwohl er den Vorhang des Separees zugezogen hatte, fand ihn der Punk ohne Probleme, denn sie trafen sich immer an genau diesem Tisch.

Der schwere rote Samtstoff wurde schwungvoll beiseitegezogen und Sid stand hoch aufragend im Durchgang. Er war groß, beinah zwei Meter, und schien neben unzähligen Tätowierungen nur aus Muskeln zu bestehen. Er setzte sich, ohne zu grüßen, ihm gegenüber an den Tisch, während einer seiner Schläger den Vorhang hinter ihm wieder zuzog. Sid konnte den Mann nicht sehen, doch er vermutete, dass er sich danach an die Bar setzte und einen Drink nahm. Oder sich vor der Bühne die Show ansah. »Hi, Mr Bluechips«, grüßte er gelassen.

»Was willst du?«, warf der Mann ihm mürrisch entgegen und ließ dabei keinen Zweifel daran, wer in dieser Beziehung der Ranghöhere war.

Das Lächeln in Sids Gesicht war wie weggewischt. »Ich hab zwei Männer verloren«, sagte er leise.

»Und seit wann genau ist das mein Problem?«

Er wedelte abwehrend mit den Händen. »Nein, nein, Mr Bluechips, ist nicht Ihr Problem … aber, Adam … er hatte den Chip, als er starb.«

Er rieb sich mit der Hand über die Stirn. »Lass mich raten: Der Chip ist weg, nicht wahr?«

»Sorry.«

Er durchschaute Sids Versuch, sich dumm zu stellen. Schon seit ihrer ersten Begegnung spielte er den Idioten. Wäre er wirklich einer, würde er nicht darüber nachdenken, dass ein neuer Chip sinnvoll sei. Und dass es noch viel sinnvoller wäre, den alten Chip zu deaktivieren. »Und jetzt brauchst du Ersatz?«

»Auch«, sagte Sid. Sein Gesicht wirkte mit einem Mal wie eine Totenmaske, ohne jede Regung, auf der sich ein letzter Ausdruck erhalten hatte: rasende Wut. »Der zweite Tote war Bull.«

»Mein Beileid«, säuselte er und gab sich dabei keine Mühe, sein geheucheltes Mitleid zu verbergen. »Ein großer Verlust …«

Weiter kam er nicht, denn Sid hämmerte mit der Faust laut auf den Tisch. »Noch ein Wort, Mr Bluechips, und ich finde einen neuen Zwischenhändler für meine Ware.«

Er zeigte sich ungerührt. »Noch ein Wort von dir und ich finde neuen Punkerabschaum, der mein Geld will. Wie klingt das?«

»Und was glaubst du, reicher Schnösel, wie weit du kommst, wenn du mich weiter anmachst?«

Ein leises Klicken ertönte, als er den Hahn der Pistole spannte, die er unter dem Tisch auf Sid gerichtet hatte. »Ich rate hier ins Blaue hinein, aber ich schätze, dass dir deine Eier etwas bedeuten?«

Für einen kurzen Moment hielt Sid seinem Blick stand,

markierte den harten Mann, doch der andere konnte deutlich sehen, wie es hinter seiner Stirn arbeitete. Schließlich lehnte Sid sich mit gespielt entspanntem Lachen zurück und verschränkte die Hände hinter dem Kopf. »Sie haben ja recht, Bull war ein dämliches Arschloch. Aber er war mein Bruder.«

»Schon klar«, räumte er ein und sicherte die Pistole wieder. »Also, weswegen bist du hier?«

»Wir haben draußen so eine Schlampe aufgegriffen«, begann Sid zu erzählen. »Die wollten wir Ihnen anbieten. Doch als ich mit Doc zurück zur Hütte kam, waren Bull und Adam tot …«

»Und die Tussi über alle Berge.«

»Jap.« Er lehnte sich wieder nach vorn und legte die Unterarme auf der Tischplatte ab. »Ich verwette meine Maschine darauf, dass die Kleine den Chip hat.«

»Nun, der wird ihr nicht viel nützen, wenn er deaktiviert wurde.«

Er schüttelte den Kopf. »Ich will sie finden. Ich will sie haben. Sobald sie den Chip benutzt …«

Er nickte. »Gut, das wäre möglich. Aber wieso glaubst du, dass sie auch nach dir sucht?«

»Wir haben ihr die Pflanzen geklaut … Und wie sie in der Hütte gewütet hat … ist nur eine Vermutung, aber ich setze mein Geld darauf, dass sie schon sehnsüchtig nach mir sucht.«

»Was soll man sagen … du bist eben ein Frauenmagnet«, sagte er und gähnte gekünstelt. »Also gut. Ich organisiere dir einen neuen Chip. Und sobald sie hier mit Adams Chip auftaucht, erfährst du es.« Er blickte demonstrativ auf die Uhr. »War's das?«

»Nein«, erwiderte Sid trotzig. »Die Pflanzen der Schlampe …«

»Kaufe ich dir wie immer ab«, vollendete er den Satz gelangweilt. »Zum üblichen Preis, minus die Kosten für den neuen Chip«, fügte er nach einer kurzen Pause hinzu, was Sids widerliches Grinsen so rasch verschwinden ließ, wie es ihm über die gepiercten Lippen gekrochen kam. Der Punk wollte etwas einwenden, aber die Worte blieben ihm im Hals stecken, als ihm wieder dämmerte, mit wem er gerade sprach.

»Also gut. Zweihundert pro Stück«, gab sich Sid schließlich geschlagen. »Obwohl meine Kosten steigen … lange kann ich den Preis nicht mehr akzeptieren. Da lohnt sich das Risiko nicht.«

Er nickte beiläufig, konnte sich einen Seitenhieb jedoch nicht verkneifen: »Mein Beileid zum Verlust deines Bruders gibt's noch obendrauf.«

Sids Augen funkelten für einen kurzen Moment wütend auf. Sein Gegenüber ermahnte sich selbst, dass auch der dümmste Punk eine Waffe benutzen könnte. Ihn bis aufs Blut zu reizen wäre nicht das Klügste. Zumal Food Corp. auf die Pflanzen angewiesen war.

Dieser Abschaum war wichtiger, als er sich eingestehen wollte. »In Ordnung«, lenkte er ein, um den kleinen Pisser wieder zu versöhnen, »ich werde sehen, ob ich dir einen Bonus verschaffen kann.« Er zog einen karierten Schreibblock aus seiner Tasche und notierte einige Anweisungen auf einem Blatt, das er unterzeichnete und Sid überreichte. »Das zeigst du wie immer am Lager. Über die Belohnung unterhalten wir uns, wenn ich dir den neuen Chip bringe … Dich kennt man beim Lager, und mit dem Zettel sollte es keine Probleme geben.«

»Ja, nur muss ich es jetzt eben selbst machen.«

»Schwer das Haupt, das die Krone trägt«, witzelte er. Dann blickte er ihn fragend an: »Also, wie klingt das?«

»Klingt fair, Mr Bluechips«, antwortete Sid erfreut.

Kaum wedelt man mit ein paar Scheinen, vergessen sie sogar den toten Bruder, dachte er abfällig. Laut fragte er jedoch: »Was soll es sein? Geld? Nutten? Waffen?«

Sid dachte einen kurzen Moment über seine Antwort nach. »Eine Wohnung«, sagte er schließlich. »Aber in der Oberstadt.«

Er verschluckte sich, da er gleichzeitig lachen wollte und husten musste. »Du bist nicht ganz dicht.«

»Ich weiß, dass Ihre Firma genug Wohnungen hat«, beharrte Sid. »Ich will raus aus dem Slum.« Er lehnte sich verschwörerisch über die Tischplatte. »Wir beide wissen, dass der Schein weit mehr wert ist als die Wahrheit. Wenn ich erst in der Oberstadt lebe, kann ich das schöne Geld viel besser nutzen.« Er machte eine kleine Pause und zwinkerte ihm zu. »Vielleicht sogar so gut, dass mein Preis für Sie sinkt.«

Mehr Hirn, als ich dachte, pflichtete er ihm insgeheim bei. Und er gratulierte sich dazu, dass er von allen Kleinkriminellen da draußen Sid gewählt hatte. Er sah, dass der Punk sich diesmal nicht so leicht abspeisen lassen würde, darum seufzte er tief, als würde ihn der nächste Satz eine große Portion Überwindung kosten, aber in Wahrheit hatte Sid recht. Die Firma verfügte über unzählige leer stehende Wohnungen. »Ich werde sehen, was ich tun kann. Aber dafür tust du mir noch einen Gefallen.«

Der Punk gab sich demonstrativ genervt. »Und welchen?«

Er schob ihm eine ID–Card hin. »Ich suche dieses Mädchen.«

Sid ergriff die Karte und grinste breit. »Ich kenne drei, die so aussehen wie die Klei…«

»Ich will *genau* diese da!«, unterbrach er ihn barsch. Er

entspannte sich wieder und atmete tief durch. »Wenn du sie für mich fändest, würde ich dir das hoch anrechnen.«

»Bin wohl doch nicht so austauschbar, was?« Sid grinste ihn arrogant an, stand auf und verließ die Bar.

»Doch, bist du«, sagte er mehr zu sich selbst, nachdem der Idiot schon längst verschwunden war. »Ich habe nur einfach keine Lust, mich nach einem Ersatz umzusehen.«

Er gab dem Barkeeper durch den geöffneten Vorhang mit einer unmissverständlichen Geste zu verstehen, wonach ihm jetzt der Sinn stand. Und wenig später betrat ein ansehnliches Mädchen das Separee, zog den Vorhang zu und schob den Tisch ein Stück beiseite.

»Ich bin Candy«, stellte sie sich vor, ehe sie auf die Knie ging und seine Hose öffnete.

»Natürlich bist du das«, sagte er trocken und lehnte sich entspannt zurück.

Kapitel 6

Sam erwachte auf dem Fußboden vor dem Kühlschrank. Er hatte nicht den blassesten Schimmer, wie er dorthin gelangt war, doch es hätte ihm nicht gleichgültiger sein können.

Danny war tot.

Die Härte dieser simplen Erkenntnis traf ihn noch immer wie ein Hammer zwischen die Augen. *Die Musketiere …*, dachte er immer wieder. *Scheiße, warum?*

Warum hatte Danny sich umgebracht? Die Frage ließ ihn nicht mehr los. »Ich hätte dir doch geholfen!«, schrie er plötzlich laut in die Einsamkeit seiner Wohnung hinaus.

Er wollte sich gerade wieder zu einem kleinen menschlichen Klumpen zusammenrollen und heulen, als es an der Tür klingelte. Zuerst reagierte er nicht, hoffte, dass wer auch immer dort vor der Haustür stand, einfach wieder verschwinden würde. Aber das Klingeln hörte nicht auf, nahm sogar an Intensität zu.

Schließlich konnte Sam es nicht länger ignorieren, raffte sich auf und ging auf wackligen Beinen zur Gegensprechanlage. »Wer ist da?« Seine Worte waren kaum mehr als ein Seufzen.

»Ich bin's«, antwortete Paul mit belegter Stimme. »Kann ich raufkommen?«

Sam drückte den Summer und öffnete die Tür. Dann wankte er in die Mitte des Raums, wo sein Sofa stand, und ließ sich kraftlos darauffallen. Er starrte die weiße Decke an, unfähig, einen Arm zu heben oder auch nur einen Finger zu rühren. Und hätte sein Körper einen bewussten Befehl benötigt, um sein Herz zum Schlagen zu bringen, er wäre zu erschöpft dafür gewesen. Ganz entfernt hörte er, wie Paul die Wohnung betrat und die Tür hinter ihm mit dumpfem Knall ins Schloss fiel.

»Sam?«

Ich bin hier. Er konnte die Worte nicht aussprechen, bloß denken, und selbst dies wollte ihm kaum gelingen.

Paul kam zu ihm herüber und setzte sich ans andere Ende der Couch. »Unten stehen Möbelpacker, Sammy.«

Was wollen die? Noch immer war er unfähig, die Worte laut auszusprechen, doch Paul fuhr ungerührt fort, als hätte er seine Gedanken gelesen.

»Die Firma hat dir eine neue Wohnung zugeteilt.« Er atmete tief durch und wischte die schwitzigen Handflächen an seinen Oberschenkeln ab. »Keine Sorge, die Jungs haben Anweisung, wegzusehen«, fügte er an.

Sam zwang sich selbst, wieder zu funktionieren. Er setzte sich auf und blickte Paul aus verquollenen Augen an. »Wovon redest du?«

»Möbelpacker, Sam«, wiederholte Paul leise, beinah kleinlaut. »In dem Moment, als Carl dich beförderte, hat er das in Gang gesetzt. Jetzt sind sie hier.«

Er schüttelte ungläubig den Kopf. »Was? Welche neue Wohnung?«

Paul suchte nach den passenden Worten. »Du ziehst in Dannys Viertel«, sagte er schließlich traurig. »Zwei Straßen weiter. Ein Haus mit nur acht Parteien … Carl meinte, das würde dir gefallen.«

Sam entließ den angestauten Atem in einem langen Seufzer. »Scheiße.«

Sein Freund nickte und legte ihm mitfühlend eine Hand auf den Rücken. »Du solltest deinen Schrank abdecken … und befestigen, was auch immer du darin aufbewahrst.«

Sams erster Reflex war, sich in Ausflüchte zu stürzen, doch Pauls ernster Gesichtsausdruck ließ keinen Zweifel daran, dass er Bescheid wusste. Und dass er ihn nicht verraten würde. »Es ist nur ein Ficus«, sagte er niedergeschlagen. »Nur ein kleiner Ficus, der langsam verrottet.«

»Egal«, beharrte Paul. »Das Teil ist illegal.« Er schüttelte den Kopf. »Man würde dich erschießen, Sammy.«

»Ich dachte, die Möbelpacker schauen weg?«

Er nickte. »Tun sie auch. Offiziell. Aber kannst du ihnen trauen?«

»Sie arbeiten doch auch für Food Corp., mein Gott!«, blaffte Sam zurück, der spürte, dass er immer wütender wurde. Er wollte sich jetzt nicht mit einem dämlichen Umzug und noch viel dämlicheren Möbelpackern herumschlagen. Er wollte auf seinem Sofa liegen und die Decke anstarren. Wollte sich in die Erinnerung an Danny flüchten, an bessere Zeiten denken …

»Ja, ich werde sie auch noch mal schmieren, keine Sorge«, versuchte Paul, ihn zu beschwichtigen. »Aber du kannst niemandem trauen … außer mir natürlich.«

»Ich habe Danny vertraut«, hauchte Sam. »Und er hat mich belogen.«

»Er hat sich erhängt!«, warf Paul ein. »Das kann man wohl kaum vergleichen.«

»Er hat gelogen«, beharrte Sam. »Er hat kein Wort gesagt, niemals. Nicht einmal gestern Morgen. Er hat eine Krankheit erfunden, anstatt sich uns anzuvertrauen, Paul.« Er blickte ihm eindringlich in die Augen. »Uns! Er hat uns verraten.« Er schüttelte den Kopf. »Wieso hat er uns nicht vertraut?«

»Ich weiß es nicht«, gestand Paul. »Ich weiß es wirklich nicht.« Er erhob sich und zwang auch Sam aufzustehen. »Los, geh unter die Dusche. Ich schick die Männer noch einen Kaffee trinken.«

Sam gehorchte und entledigte sich auf dem Weg ins Bad

schon seiner Klamotten, verteilte sie achtlos auf dem Fußboden. Im Bad stieg er, ohne zu zögern, unter die Dusche und drehte das Wasser auf, ohne zu kontrollieren, wie warm es eingestellt war. Es stellte sich als eisig kalt heraus, doch Sam blieb nahezu regungslos unter dem Wasserstrahl stehen. Seine Gedanken kreisten um Danny, um die letzten Dinge, die sie zueinander gesagt hatten. *Warum habe ich es nicht bemerkt?*

Nach einer Weile hörte er ein lautes Klappern. Er hatte unbewusst die Arme um die Brust geschlungen und zitterte am ganzen Leib. Sein Kiefer schmerzte, so hart schlugen seine Zähne aufeinander. Erst jetzt drehte er das warme Wasser auf, und schon bald füllte sich das Bad mit heißem Dampf. Er legte den Kopf in den Nacken und ließ sich das Wasser aufs Gesicht niederprasseln.

»Danny, verdammt!«, brüllte er plötzlich und schlug mit der Faust gegen die Fliesen. Eine von ihnen splitterte und eine Scherbe schlitzte ihm den Handrücken auf. Blut tropfte in die Duschwanne, verdünnte sich im Wasser, färbte es in ein zartes Hellrot. Er betrachtete den Schnitt seltsam entrückt, wartete auf den Schmerz, der nicht kam. Beinah fasziniert starrte er auf die Wunde, das Blut, das im Takt seines Pulsschlags daraus hervorquoll. Er hielt die Hand unter den Wasserstrahl und wusch die Wunde aus. Dann beobachtete er, wie sie sich erneut mit Blut füllte und die ersten Tropfen über seinen Handrücken liefen.

Sam wartete, doch der Schmerz blieb aus. All seine Gedanken galten Danny, die Nachricht von seinem Tod hatte ihn auf eine Art betäubt, wie er es niemals für möglich gehalten hätte. Er drehte das Wasser ab und trat aus der Dusche. Aus dem Regal fischte er ein kleines Handtuch und wickelte es sich um die verletzte Hand. Dann nahm er ein großes Badetuch und trocknete sich ab. Danach band er es um seine Hüften und betrat wieder die Wohnküche.

Paul hatte bereits einen Kaffee aufgesetzt, wobei Sam über das fertige Gesöff nur die Nase rümpfte und sich ein Glas Wasser nahm.

»Ach so, hab ich vergessen«, sagte Paul entschuldigend. Dann griff er sich eine Aluminiumtasse und füllte sie mit Kaffee. »Ich darf doch aber, ja?«

»Bedien dich.«

Für ein paar Minuten standen sie sich schweigend gegenüber, Paul starrte in seine Tasse und Sam nippte immer wieder an seinem Wasser.

»Schöne Scheiße.« Pauls Stimme war ungewohnt kraftlos. »Ich hätte das niemals gedacht.«

»Hör auf«, wehrte Sam ab. »Lass uns einfach meinen Kram zusammenpacken.«

Paul schien seine Verletzung erst jetzt zu bemerken. »Was hast du gemacht?«

Sam betrachtete das blutgetränkte Handtuch und zuckte die Achseln. »Ist doch egal.«

»Ist es nicht«, sagte der Freund streng. »Komm, lass mich das ansehen.«

Er seufzte und streckte ihm die Hand entgegen.

Paul wickelte vorsichtig das blutige Frotteetuch ab und inspizierte die Wunde unter dem hellen Küchenlicht. »Das sieht böse aus. Jedenfalls nicht nach nichts.«

»Das geht schon.«

»Nein, das muss genäht werden«, beharrte er. »Komm, ich schaff dich zum Arzt. Die Kerle packen den Umzug allein.«

»Und mein Ficus?«

»Hmm«, er kratzte sich am Kinn. »Das wird wohl noch ein paar Scheine extra kosten.« Er zückte sein Handy und wählte eine Nummer – ob aus dem Kurzwahlspeicher oder seiner Anrufliste, konnte Sam nicht erkennen. »Stell den

Lautsprecher an«, befahl Paul seinem Gesprächspartner. Kurz darauf fuhr er fort: »Jungs, wir müssen in die Klinik, Sam hat sich verletzt … Nichts Ernstes … Also, hört zu, hier oben steht ein kleiner Holzschrank … ja, echtes Holz. Klappe jetzt!« Er machte eine kurze Pause und legte sich die nächsten Sätze zurecht. »Also, ihr werdet den Schrank wie ein rohes Ei transportieren, klar? Und ihr werdet nicht reinsehen, verstanden? Wenn ihr das schafft, und das Teil auch nicht auf der Transportliste auftaucht, dann zahle ich euch allen einen fetten Bonus.« Offensichtlich sagte sein Gesprächspartner noch etwas, denn er legte erst nach ein paar Sekunden auf. »Alles klar«, sagte er grinsend. Dann deutete er mit ernster Miene auf Sams Hand. »Ab ins Krankenhaus.«

»Von mir aus.« Sam ging in sein Schlafzimmer und griff blindlings in den Kleiderschrank. Er warf ein paar Kleidungsstücke aufs Bett, dann betrachtete er seine Auswahl: drei Boxershorts, ein T-Shirt und keine Hose. *Also noch mal*, dachte er. Und diesmal mit ein wenig mehr Konzentration.

Im zweiten Anlauf gelang es ihm besser, und er hatte endlich alles beisammen, was für ein zivilisiertes Auftreten vonnöten war. Vom Nachttisch nahm er noch seine Brieftasche und das Handy, dann ging er zurück zu Paul. Seine Hand blutete wieder ein wenig stärker, und er musste ein neues Handtuch darumwickeln, wenn er nicht Pauls Wagen vollbluten wollte.

Der Weg zum Krankenhaus war verschwommen, Sam nahm kaum etwas von seiner Umgebung wahr. Er stellte lediglich erstaunt fest, dass seine Hand schließlich zu schmerzen begonnen hatte. *Ich bin also noch am Leben*, dachte er müde. *Und es ist kein Traum.* Diese kleine Hoffnung hatte er sich bewahrt, doch sie zerbrach endgültig, als der Schmerz in seiner Hand immer stärker wurde, ein dumpfes Pochen, das in einem ganz eigenen Rhythmus anschwoll und wieder abklang. Wie die Brandung des Meeres rauschte der Schmerz heran, überrollte ihn, schlug über ihm zusammen, sodass er beinah laut aufschreien wollte. Dann tauchte er wieder auf, konnte klare Gedanken fassen und sich auf die nächste Welle vorbereiten.

Paul hielt direkt vor der Klinik und ließ den Motor laufen. Sam fand, dass er unheimlich überreagierte, als er ihn, lauthals nach einem Arzt verlangend, ins Gebäude zerrte. *Vielleicht bewältigt er so seine Trauer*, dachte er schließlich.

Seine eigene kopflose Handlung hatte ihn wieder klar denken lassen. Als wäre mit dem Blut ein Teil seiner Trauer aus seinem Körper gewaschen worden. Vielleicht musste Paul diesen Schritt noch gehen. Womöglich hatte er seinen Schmerz bisher durch seine Pflichten überspielt. Carl hatte ihm mit ziemlicher Sicherheit aufgetragen, dass er ihn gut in die neue Wohnung bringen sollte.

Schließlich nahm sich ein junger Krankenpfleger ihrer an und karrte sofort einen Rollstuhl für Sam an.

»Ich kann stehen«, wehrte er ab.

»Keine Widerrede, Sammy, du setzt dich hin!«

»Bitte«, redete der Pfleger auf ihn ein, »das ist Vorschrift.«

Sam blickte dem jungen Mann in die dunklen Augen, die unter fein gezupften Augenbrauen saßen. Das Lächeln wirkte fast aufrichtig, also gab er nach und fügte sich in die Mühlen der Krankenhausbürokratie und nahm im Rollstuhl Platz. *Das muss ein versicherungstechnischer Albtraum sein, wenn jemand nicht den Anweisungen folgt*, dachte er.

Auch Paul atmete erleichtert auf, bedrängte den Pfleger im nächsten Moment aber direkt: »Schaffen Sie sofort einen Arzt her!«

Der junge Mann behielt seine Gelassenheit mit antrainierter Professionalität bei und betrachtete Sams blutende Hand. »Ja, das sieht übel aus«, sagte er, nachdem er das Handtuch abgewickelt hatte. »Wie ist das passiert?«

»Keine Ahnung. Er ging duschen und kam damit aus dem Bad«, warf Paul ein.

O Mann, bald hält man uns noch für ein Liebespaar, wenn er sich weiterhin so reinsteigert, dachte Sam und verdrehte genervt die Augen. »Paul, *Schatz*«, sagte er übertrieben betont, in der Hoffnung, dass seinem Freund auffiel, wie lächerlich überzogen er reagierte, »du solltest dich vielleicht um die Möbelpacker kümmern.« Er warf dem Pfleger einen vielsagenden Blick zu. »Ich denke, ich bin hier in guten Händen.«

»Den besten!«, pflichtete der junge Mann bei.

Offenbar dämmerte nun selbst Paul, dass er sich ein wenig zum Affen gemacht hatte, und er grinste verlegen. »In Ordnung. Ich kümmere mich um deine Möbel.« Damit ließ er Sam in der Notaufnahme sitzen und rannte zurück zu seinem Wagen.

»Also, wie ist das passiert?«, fragte der Pfleger erneut. Sein Kugelschreiber schwebte über einer leeren Krankenakte.

Sam seufzte und ließ die Schultern hängen. »Einer unserer besten Freunde hat sich gestern Morgen erhängt«, erzählte er leise. »Und da hab ich heute …«

»… ein wenig Dampf abgelassen«, vollendete der Pfleger nickend. »Kein Problem.« Er machte eine kurze Pause, während der er Sam stirnrunzelnd musterte. »Möchten Sie mit einem Psychologen sprechen?«

Er lehnte dankend ab. »Sorgen Sie nur dafür, dass meine Hand genäht wird, dann verschwinde ich auch schon wieder.«

Der Pfleger nickte und notierte noch einige Dinge in der Krankenakte, dann schob er den Rollstuhl samt Sam in eine Art Wartebereich für Patienten.

»Drücken Sie das auf die Wunde«, sagte er und reichte ihm einige sterile Kompressen. »Und dann halten Sie den Arm hoch.«

»Jaja«, winkte Sam ab. »Schaffen Sie einfach einen Arzt ran.«

Der Pfleger quittierte seine Unhöflichkeit mit einer genervten Grimasse, sparte sich aber eine Erwiderung. *Er hat begriffen, dass mir heute nicht der Sinn nach Nettigkeiten steht*, überlegte Sam.

Offensichtlich ging es in der Klinik gerade sehr ruhig zu. Außer Sam war da nur noch eine andere Person, eine ältere Frau, die auf einem Krankenbett lag. Sie war bereits an eine Infusion angeschlossen, deshalb vermutete er, dass es sich bei ihrem Leiden um schlichte Dehydration oder andere kreislaufbedingte Beschwerden handelte. Dass man die Alte schon versorgt hatte, ließ ihn hoffen, dass er nicht lange auf einen Arzt warten müsste.

Er vertrieb sich die Wartezeit damit, die Wände des Warteraums anzustarren. Eine Zeitschrift wollte er mit seiner blutenden Hand nicht anfassen und die Bodenplatten entbehrten jeglicher Überraschung.

Die Wände hingegen waren von einem ganz anderen Kaliber. Man hatte den nackten Beton erst komplett in beruhigendem hellem Blau gestrichen. Und danach hatte sich irgendein Künstler daran ausgetobt. Im Bürogebäude von Food Corp. konnte Sam solchen wirren Malereien nichts abgewinnen, aber in diesem Moment empfand er es als überaus interessant.

Ich muss zu viel Blut verloren haben, schoss es ihm durch den Kopf und er gestattete sich ein kurzes Lächeln. Das erste seit Dannys Tod. Außerdem glaubte er zum ersten Mal, in den Farbklecksen ein Muster erkennen zu können. Blumen, die wild und ungezähmt auf einer Wiese blühten, einen Baum, der sich majestätisch in den Himmel emporstreckte, und Tiere, die sich im Unterholz eines nahen, dunklen Waldes versteckten. Er wusste nicht, wie das Bild in seinem Kopf entstanden war, die letzten Naturaufnahmen hatte er in einem alten Bildband bei seinen Eltern gesehen. Und das lag schon über zwanzig Jahre zurück!

»Wer hat das gemalt?«, stammelte er leise vor sich hin. Er suchte die Wand nach einem Hinweis auf den Künstler ab, konnte jedoch nichts finden außer den Buchstaben K und A. *Keine Angabe*, dachte er kichernd.

Aber etwas anderes stach ihm ins Auge. Sam konnte es nicht genau greifen, war sich nicht sicher, ob er es überhaupt sah oder sich bloß einbildete, aber er hätte schwören können, dass sich in dem Meer aus Blumen eine Botschaft versteckte.

Er stand auf, ließ alle Gedanken an mögliche Versicherungsschäden, die man ihm anlasten würde, sollte er nun stürzen, fahren und entfernte sich einige Schritte weiter von der Wand.

Doch, da ist etwas!, dachte er überzeugt.

Es gab vier verschiedenfarbige Blumen auf der Wiese, die scheinbar keiner Ordnung folgten, sondern schlicht in chaotischer Weise auf die Wand gemalt worden waren. Sam isolierte nun im Geist die gelben Blüten. Er versuchte, sich die Namen der Pflanzen wieder ins Gedächtnis zu rufen, doch über Sonnenblumen und Ringelblumen kam er nicht hinaus. Die gelben Blüten bildeten tatsächlich ein Muster – nein, Buchstaben!

E und S!, entzifferte er. *Es. Es … was?*

Nun nahm er sich die anderen Farben vor. Eine nach

der anderen, entschlüsselte er die Worte, die der namenlose Künstler auf der Wand versteckt hatte.

Weiße Lilien sagten »zurück«.

Die roten Tulpen formten das Wort »alles«.

Und lila Veilchen, gemischt mit blauen Eisenhüten schrieben schließlich »kommt« auf die Wiese.

Es kommt alles zurück, setzte Sam die Worte mit Blick auf das Wandgemälde instinktiv zusammen. »Es kommt alles zurück«, hauchte er fassungslos, als sich ihm der tiefere Sinn der Aussage erschloss.

»Irgendwann sicher«, flüsterte die Alte plötzlich mit ausgetrockneter Kehle, und Sam erschrak so heftig, dass er beinah über einen Stuhl stolperte.

Er starrte die Patientin aus großen Augen an, befürchtete, sie würde sich jeden Moment wie ein Geist erheben und ihm eine lange verschollene Prophezeiung offenbaren, doch nichts geschah. Sie lag einfach nur wieder reglos auf dem Krankenbett, und die Infusion tropfte im Sekundentakt aus dem Beutel in den Katheter.

Spooky, dachte er und spürte den kalten Luftzug der Klimaanlage an seinen aufgerichteten Nackenhaaren. Bevor man ihn noch zufällig als Vorschriftenrevoluzzer erwischte, setzte er sich lieber wieder in seinen Rollstuhl, bugsierte ihn aber mit argwöhnischem Blick auf die Alte einige Meter weiter weg von ihrem Krankenbett.

Hin und wieder liefen Leute vom Pflegepersonal vor der Tür des Wartezimmers vorbei, manchmal sogar ein Arzt, doch aufgerufen wurde Sam nicht. Es kam auch niemand zu ihm, um ihm mitzuteilen, wie lange er noch warten müsse. Und plötzlich fürchtete er, dass die alte Frau möglicherweise bei ihrer Einlieferung sehr viel jünger gewesen war.

Es dauerte tatsächlich noch drei Stunden, bis sich jemand um ihn kümmerte. Bis dahin hatte Sam unzählige Wetten mit sich abgeschlossen, wann der Alten die Infusion ausgehen würde und sie vor seinen Augen in sich zusammenfiel wie eine löchrige Luftmatratze, aber es kam nicht dazu. Wann immer der Beutel sich komplett entleerte tauchte der Pfleger – sein Pfleger – auf und schloss einen neuen an. Und wann immer das geschah, fragte Sam, wann er einen Arzt sehen könnte, und wurde vertröstet.

Als er gerade frustriert aufstehen und das Krankenhaus verlassen wollte, erschien eine junge Ärztin in der Tür. Sie begrüßte ihn fachmännisch, stellte sich als »Doktor Simmert« vor, trug vielleicht beim Anblick der Verletzung ein etwas zu fröhliches Lächeln zur Schau und bat ihn, ihr in den Behandlungsraum zu folgen.

Sam gab sich große Mühe, mit dem Rollstuhl Schritt zu halten, bis sie sich plötzlich zu ihm umdrehte und ihn verwirrt anblickte.

»Haben Sie sich auch am Bein oder einem Fuß verletzt?«

»Äh … nein«, stammelte er überrascht.

Sie schüttelte stutzig den Kopf. »Na, dann lassen Sie das Ding doch stehen und beeilen sich ein bisschen.«

Sam verkniff sich jeden Kommentar und erhob sich aus dem unbequemen Rollstuhl. Er war müde und genervt. Und er hatte ein schlechtes Gewissen, dass Paul den ganzen Umzug allein bewältigen musste. Jetzt hatte man ihn vermutlich so lange hier warten lassen, bis man diese Simmert – aller Wahrscheinlichkeit nach eine Assistenzärztin – aufgetrieben hatte, damit sie ihre erste Schnittwunde vernähen konnte.

Zumindest befürchtete er das.

Sie deutete auf eine Liege und nahm selbst auf einem dieser typischen Ärztehocker Platz. Sam wusste aus den unzähligen Dokumentationen, die den ganzen Tag nonstop auf allen Kanälen im Fernsehen liefen, dass diese Stühle schon zwei Jahrhunderte in ihrem Design überdauert hatten, doch er schenkte diesem Schnipsel unwichtigen Detailwissens keine weitere Beachtung. Stattdessen konzentrierte er sich auf die diversen Gerätschaften, die Frau Doktor Simmert auf einem kleinen Behandlungstisch platzierte; darunter auch zwei Spritzen.

»Zeigen Sie mal her«, sagte sie, und allmählich machte sich das nagende Gefühl in Sam breit, in einer Zeitschleife gefangen zu sein. »Oh, das ist nicht weiter schlimm«, stellte sie mit einem seltsamen Unterton fest, als Sam die Kompresse von der Wunde nahm.

Es kostete ihn einige Augenblicke, bis er erkannte, dass sie plötzlich enttäuscht klang.

Sie griff nach einer der Spritzen, einem recht großen Ding, dem sie nicht einmal eine Kanüle aufsetzte, und Sam zog die Hand instinktiv etwas zurück.

»Keine Sorge«, beruhigte sie ihn, »damit spüle ich nur die Wunde aus und desinfiziere alles.«

Die Flüssigkeit brannte ein wenig im verletzten Gewebe, was er allerdings als gutes Zeichen wertete. *Die Nerven scheinen noch intakt zu sein*, dachte er erleichtert.

»Gut«, sagte sie, nachdem sie den ganzen Inhalt der riesigen Spritze in die kleine Wunde – kaum mehr als zwei Zentimeter maß der Schnitt – gespült hatte. »Jetzt betäube ich das Areal und vernähe es. Sie haben Glück, da oben laufen die Sehnen entlang, das hätte übel enden können.« Sie betrachtete die Wunde noch etwas genauer. »Nein, es ist tatsächlich nur das Gewebe verletzt, das wird gut verheilen.«

Die Betäubungsspritze tat für den Bruchteil einer Sekunde höllisch weh – im Handrücken war einfach nicht genug Platz für die Nadel und die Flüssigkeit. Sam spürte einen unangenehmen Druck und beobachtete mit Erstaunen und wachsendem Interesse, wie sich die Haut um die Einstichstelle der Kanüle herum wölbte.

Sie wartete nicht ab, ob die Betäubung schon vollständig wirkte, sondern begann nach einigen peinlichen Momenten der Stille, die Wunde zu vernähen. Unter anderen Umständen hätte er vermutlich versucht sie anzugraben, aber heute war ihm einfach nicht danach. Stattdessen biss er den Schmerz beim Einstich der Nadel beiseite und wartete darauf, dass die Betäubung endlich ihre volle Kraft entfaltete.

Mit einer gebogenen Nadel durchstach sie sein Fleisch, führte den Faden nach und zog die beiden Wundränder wieder fest zusammen.

Zwei kleine Stiche.

Sam konnte nur darüber staunen, wie eine solch krude Behandlung die Wundheilung verbessern sollte. Aber das Konzept funktionierte seit Jahrhunderten, also auch diesmal. Wenn es ihm auch nicht plausibel erschien, dass die Haut oberflächlich vernäht wurde und das Gewebe darunter noch immer in Fetzen lag.

»So!«, verkündete sie stolz, nachdem sie ihre Arbeit beendet hatte. Sie bedeckte die frische Naht noch mit einer Kompresse, die sie mit mehreren Klebestreifen fixierte. »Sie sollten versuchen, das sauber zu halten. Und schonen Sie die Hand, sonst könnte es wieder aufreißen.«

Sam nickte. »Danke.« Er war erleichtert, nach über vier Stunden im Krankenhaus endlich fertig zu sein. Viel zu erleichtert, um jetzt noch eine altkluge Bemerkung zu machen. Er wollte die Klinik einfach nur noch verlassen und Paul anrufen, damit er ihn abholen und in seine neue Wohnung bringen würde.

Bereits auf dem Weg aus der Klinik hinaus zückte er sein Handy und wählte Pauls Nummer. »Ja, ich bin fertig, wann kannst du mich abholen?«

»Ich bin längst auf dem Weg«, verkündete er gut gelaunt.

»Wie?«

»Ja, der Umzug ist gelaufen. Die Kerle sind schon vor einer Weile abgehauen. Ich bringe dich direkt in dein neues Domizil.«

»Und wo bist du jetzt ungefähr?« Aus seinem Augenwinkel nahm er verschwommen eine Bewegung wahr.

Es war Paul, der ihm zuwinkte. »Ungefähr da«, witzelte er und legte auf. Er joggte die dreißig Meter bis zu Sam und deutete direkt auf die verpflasterte Hand. »Kein Verband? Bist du verrückt?«

Sam verzog genervt das Gesicht. »Es war nur ein kleiner Schnitt. Kaum der Rede wert.«

Paul zuckte die Achseln. »Okay, ist deine Hand, die dann vom Pilz befallen wird und abfault …«

»… was bisher noch niemals vorgekommen ist.«

»Ja, offiziell«, feixte er.

Sam seufzte erschöpft. »Lass uns einfach in die neue Wohnung fahren, ja?«

Paul ließ enttäuscht die Schultern hängen. Offenbar hatte er gehofft, dass Sam Dannys Tod mit einem Mal viel leichter nehmen würde.

Aber ihm war ganz und gar nicht nach ausgelassenen Scherzen. Nicht einmal, um sich von der Wahrheit abzulenken. Und es war ihm herzlich egal, ob er damit nun Pauls Gefühle verletzte – auch wenn er das nicht wirklich zu befürchten brauchte. Paul war hart, manchmal schon beinah gefühlskalt, doch das machte ihn auch zu einem so starken Rückhalt.

Sam selbst geriet durch Schicksalsschläge leicht ins Straucheln. Das war so beim Krebstod seiner Schwester gewesen, als er nicht auf Anhieb seinen Abschluss als Ingenieur geschafft hatte oder ihm die begehrte Beförderung, die er nun endlich hatte, so lange verweigert worden war.

Bei all diesen Problemen hatten ihm Paul und Danny treu zur Seite gestanden. *Danny…* Er konnte nicht verhindern, dass die Trauer ihn immer wieder in Schüben übermannte, und er verdrückte ein paar Tränen.

»Hey, Sammy«, sagte Paul und zwang ihn, ihm in die Augen zu blicken. »Das wird wieder, klar?«

Sie gingen zu Pauls Wagen und fuhren zu Sams neuer Bleibe. Das Gefühl, als das Elektroauto sich immer weiter Dannys Wohnung näherte, war beklemmend, schnürte Sam fast die Luftröhre ab. Sobald der Wagen vor seinem neuen Haus, einem perfekt gepflegten, gelb gestrichenen Mehrparteienhaus, hielt, glaubte Sam, er müsste sofort aus dem Auto springen und zu Dannys Wohnung rennen. Als könnte er die Katastrophe noch abwenden, wenn er nur schnell genug dort ankäme.

»Wir sind da«, sagte Paul, als sein Freund keine Anstalten machte auszusteigen.

Dieser atmete tief durch und zwang seine Gedanken zurück in die Wirklichkeit. Er betrachtete den Vorgarten aus Kunstrasen, Plastikbäumen und falschen Blumen. Alles war perfekt angeordnet, in einer Linie mit den Nachbarhäusern. Das Zerrbild einer perfekten Idylle. Der Versuch, die Massenhaltung von Menschen mit dem Charme einer Vorstadt aus dem letzten Jahrtausend erträglich zu machen.

So wie man die Wände ständig mit frischer Farbe übertüncht, dachte Sam. Er stieg aus dem Wagen und nahm den Rest der Straße in Augenschein. Sie lag zwei Querstraßen näher zum Stadtzentrum als Dannys Straße. Soweit er das auf die Schnelle überblicken konnte, gab es kein Gebäude, das nur sechs Parteien beherbergte. Alle Häuser ringsum waren vierstöckig gebaut. »Nett hier.«

»Nett?«, fragte Paul ungläubig und machte große Augen. »Nur nett? Sammy, das hier ist wirklich eine tolle Anlage. Da hat sich Carl einmal nicht wie ein Arschloch verhalten.«

»Mag sein«, entgegnete er gleichgültig.

Paul seufzte resignierend. »Lass uns reingehen.« Er überreichte ihm die neue Schlüsselkarte und ließ ihn vorangehen.

Sam wandelte wie in Trance durch das Treppenhaus, ohne Blick für die Plastikverkleidung in Holzoptik oder die kunstvoll gearbeiteten Lüster an der Decke. Der Stilmix, der die Außenfassade wie ein Idyll des zwanzigsten Jahrhunderts und das Treppenhaus wie aus dem neunzehnten Jahrhundert wirken ließ, ging nicht auf – ging er nie im Delta, wie Sam fand –, aber das kümmerte sonst niemanden und ihn heute sowieso nicht.

»Zweiter Stock, links«, ertönte Pauls Stimme hinter ihm.

Sam nickte und steuerte auf die angewiesene Tür zu. Er zog die Magnetkarte durch das elektrische Türschloss und sie öffnete sich mit einem unscheinbaren Klicken.

Betrat man die Wohnung, stand man in einer großen Wohnküche, die der seiner letzten Wohnung erschreckend ähnelte. Doch Sam registrierte sofort, dass aus diesem Raum drei weitere Türen abzweigten, nicht bloß zwei.

»Du hast ein richtiges Arbeitszimmer«, sagte Paul aufgeregt. »Oder Gästezimmer«, fügte er hinzu, als er Sams ausbleibende Reaktion als Missfallen deutete.

Sam hörte ihn zwar sprechen, schenkte ihm aber kaum Beachtung. Er schritt durch sein neues Domizil und betrachtete seltsam entrückt die Anordnung seiner Möbel, auf die er keinerlei Einfluss genommen hatte. Das Sofa würde er vermutlich als Erstes verrücken. Die weißen Wände störten ihn nicht, er mochte weiß. Es lenkte ihn weniger ab.

»Wo ist mein Schränkchen?«, fragte er plötzlich und fühlte die ansteigende Beklemmung.

»Welches Schränkchen?«, fragte Paul breit grinsend und reckte ihm die Transportliste der Möbelpacker entgegen.

Sam riss ihm das Papier aus der Hand und überflog die dort aufgeführten Einrichtungsgegenstände. Sein Holzschrank tauchte dabei nirgends auf. »Wo ist er?«

Paul hob beschwichtigend die Hände. »Keine Sorge, Sammy.« Er deutete auf eine Tür.

Sam stürzte hinüber, riss die Tür auf und atmete erleichtert durch, als er im dahinterliegenden Raum seinen Schrank unversehrt vorfand. Er öffnete vorsichtig die kleine Tür und stellte erfreut fest, dass auch sein Ficus bester Dinge war. Als Paul in den Raum eintrat, schloss er hastig die Tür wieder ab.

»Keine Sorge, Sam. Ich habe die Möbelpacker nicht teuer geschmiert, nur um jetzt selbst zum Judas zu werden.«

»Danke.«

Er reichte ihm einen Stift. »Du musst die Liste noch abzeichnen, dann kann sie ans Meldeamt.«

Sam rollte genervt mit den Augen. »Wüsste ohnehin gerne, was es die angeht, welche Möbel bei mir stehen.« Dann unterzeichnete er die Liste mit einem langen Seufzen und gab sie Paul samt Stift zurück.

Der nahm sie stöhnend entgegen. »Ich weiß, Sammy. Aber werd jetzt bitte nicht politisch, das ertrage ich gerade nicht.«

»Schon klar.« Er verspürte den plötzlichen Drang, sich um die Nahtstelle auf seinem Handrücken herum zu kratzen, so sehr juckte es unter der Kompresse.

»Musst du noch mal hin?«

Er zuckte die Achseln. »Davon hat die Ärztin nichts gesagt.«

»Hmm. Na ja, kannst du sicher auch beim Firmenarzt machen.«

»Ja.«

Er seufzte. »Okay, Sammy, was soll ich tun? Soll ich gehen?«

Er blickte ihm erst jetzt wieder richtig in die Augen. »Was?«

»Ja, ich meine … du könntest wenigstens versuchen, dich ein bisschen zu freuen.«

Sam starrte ihn mit offenem Mund an. »Paul. Danny ist tot. Seit gestern. Und du willst, dass ich mich über eine beschissene Wohnung freue? Dass ich hier grinsend durch die Räume laufe und nicht mehr daran denke, dass wir morgen unseren besten Freund einäschern?«

Paul zeigte sich zerknirscht. »Ja, ich weiß. Aber … ich dachte, dass du es vielleicht kurz verdrängen könntest.«

Sams Ärger verflog so rasch, wie er gekommen war. »Ich weiß, dass du es nur gut meinst«, sagte er versöhnlich. »Aber gib mir noch Zeit.« Er blickte durchs Fenster und erkannte, dass es nur zwei Straßen weiter einen kleinen Park gab. »Die Gegend und die Aussicht sind wirklich schön.«

Paul trat ebenfalls ans Fenster und betrachtete den beginnenden Sonnenuntergang. »Ich hab's immer gewusst«, sagte er leise. »Im richtigen Licht sieht die Stadt sogar wirklich schön aus.«

»Ja«, pflichtete Sam bei. »Im richtigen Licht.« *Es kommt alles zurück*, hallte der Satz des Krankenhausgemäldes noch immer in seinen Ohren. Die wilde Wiese, die ungezähmte Natur, die sich frei entfaltete. Tiere und Freiheit … all die Dinge, die man als chaotisch bezeichnete, überlegte er. Eine Wiese, die nicht im Labor geplant war? Unmöglich. Und dennoch lag in einer solchen Wiese mehr Ordnung, als das ganze Delta jemals hätte erzeugen können. Egal wie viele Sanktionen die Politik auch noch verhängte.

»Ich bin dir wirklich dankbar«, sagte er zu Paul. »Ich weiß nicht, ob ich das ohne dich packen würde.«

Paul winkte ab. »Doch, würdest du.« Er blickte auf seine Uhr. »Wollen wir was essen gehen?«

»Ich hab keinen Hunger.«

Er nickte. »Soll ich dich allein lassen?«

Sam dachte kurz über eine Antwort nach. Er war müde und niedergeschlagen. Er wollte eigentlich bloß noch ins Bett, den Tag hinter sich bringen, denn er hatte ihn sich wahrlich anders vorgestellt. »Sei mir nicht böse. Ich bin müde, die Betäubung, weißt du?«, log er.

»Kein Problem. Ich hole dich morgen früh ab, ja?«

Er nickte. »Ach ja, mein Wagen steht ja noch vor meiner alten Wohnung.«

»Soll ich ihn für dich herbringen lassen?«, fragte Paul in dem Versuch, noch ein wenig fürsorglich zu sein.

Sam lächelte matt. »Nein, nicht nötig. Du kannst mich morgen dort absetzen.«

Er klopfte ihm auf die Schulter. »Okay. Ruh dich aus. Ich bin auch ziemlich müde.«

Er begleitete Paul nicht zur Tür, doch er wusste, dass er es ihm nicht übel nehmen würde. Stattdessen ging er ins Nebenzimmer und ließ sich direkt auf sein Bett fallen, schloss die Augen und betrachtete in Gedanken noch einmal das Wandgemälde der Klinik.

»Es kommt alles zurück«, flüsterte er unentwegt, bis er schließlich einschlief.

Vor Sonnenaufgang erwachte Sam und setzte sich auf. Die Welt drehte sich noch ein wenig, als er aus verschlafenen Augen zum Fenster hinausblickte. Ungläubig betrachtete er seine Hand. Hatte ihn die Betäubung wirklich so außer Gefecht gesetzt? Oder war er einfach so ausgelaugt?

Das Fenster des Schlafzimmers zeigte nach Osten, also stand Sam auf, stellte sich direkt hinter die Glastür, die zu einem ungewohnt ausladenden Balkon führte, und wartete. Er starrte zum Horizont, ließ seine Gedanken kreisen, um Danny, das Gemälde, die Arbeit – einmal streiften sie sogar den prallen Hintern von Frau Doktor Simmert. Draußen bewegte sich nichts.

Wie lange er auf den Sonnenaufgang gewartet hatte, konnte er nicht sagen, es erschien ihm wie eine Ewigkeit. Sobald der glühende Feuerball sich endlich träge über den Horizont quälte, fühlte er eine große Enttäuschung in sich. Als hätte er für den Tag von Dannys Beisetzung erwartet, dass die Sonne nicht aufging, dass die Erde sich nicht länger drehte; dass einfach die ganze Welt und das Universum in seine Trauer mit einstimmten.

Sam hatte das nagende Gefühl, dass ihm die Unvorstellbarkeit von Dannys Tod leichter fiele, wenn es nicht ein so gewöhnlicher Tag wäre.

Aber vermutlich war dies bloße Einbildung.

Mit der aufgehenden Sonne schoben sich lange Schatten über den Komplex, schufen selbst bei Tag finstere Gassen zwischen den hoch aufragenden Gebäuden, sorgten dafür, dass die Gehwege und Straßen fast den ganzen Tag über im Dunkeln lagen und man die Sonne nur aus höhergelegenen Stockwerken sehen konnte. Er hatte Glück, seine neue Wohnung lag in einer Straße, die sich über einen kleinen Hügel spannte. Und der im Osten des Deltas liegende Flughafen, der nur selten benutzt wurde, verhinderte dort den Bau der großen Wolkenkratzer, die im Süden und Westen des Komplexes das Stadtbild so entscheidend prägten.

Er wandte sich ab und orientierte sich kurz, wie die Möbel in seinem neuen Schlafzimmer angeordnet waren. In seinem Kleiderschrank hing ein neuer schwarzer Anzug, der ihm unbekannt war. In der Brusttasche des Sakkos steckte ein kleiner Zettel: »Zum Tragen und Wegwerfen – Paul.«

Ein schmales Lächeln huschte über Sams Lippen. Paul war unschlagbar, wenn es darum ging, Dinge zu organisieren. Wenn es einen Menschen gab, der ohne Probleme ein Doppelleben mit zwei Ehefrauen hätte stemmen können – es wäre mit Sicherheit Paul. Selbst jetzt in seiner Trauer dachte er noch an seine Freunde und half ihm jetzt dabei, sich auf die Beisetzung vorzubereiten. Denn Sam besaß tatsächlich keinen schwarzen Anzug. Er runzelte kurz die Stirn über den Zusatz mit dem Wegwerfen, nickte dann aber, als er seine Gefühle ein wenig ergründete. Sein restliches Leben lang den Schrank zu öffnen und darin den Anzug zu sehen, den er zu Dannys Einäscherung getragen hatte, das würde er sicher nicht verkraften. »Danke«, flüsterte er dem kleinen Zettel zu, nahm den Anzug aus dem Schrank und legte ihn aufs Bett.

Das Badezimmer lag am anderen Ende der Wohnung, was Sam die Gelegenheit gab, sich die große Wohnküche einmal genauer anzusehen. Die Schrankfronten waren in weißer Klavierlackoptik gehalten, die Türgriffe und Armaturen aus gebürstetem Aluminium. Die Anordnung der Schränke und Geräte entsprach exakt der in seiner alten Wohnung. Was allerdings nicht weiter verwunderte, im oberen Delta herrschte ein einheitliches Design vor. Lediglich die exklusiveren Häuser, mit vier oder weniger Wohneinheiten, ließen den Bewohnern vor dem Einzug freie Hand bei der Ausgestaltung der Zimmer.

Manchmal musste Sam über die simple Tatsache, dass nur die Unterschicht über ähnliche Freiheiten verfügte, lachen. Jedoch nicht heute. Es war bezeichnend für die rigide

Organisation des persönlichen Lebens im Komplex. Er, als Mitglied der Oberschicht, hatte weniger persönliche Freiheit als ein Bettler aus den Slums. Dafür würde er aber vermutlich auch doppelt so alt werden. Aber diese Unfreiheit nagte an ihm.

Hat es dich auch so wahnsinnig gemacht?, hielt er in Gedanken Zwiesprache mit Danny. *Hast du dich deshalb erhängt? Weil du dir auch wie ein Gefangener des Systems vorkamst?*

Er wusste, dass er niemals eine Antwort auf diese Frage finden würde. Es würde keine geheime Botschaft aus dem Jenseits geben. Danny war tot. Noch am selben Nachmittag würde er seine Wohnung ein letztes Mal betreten und sich zur Erinnerung ein Foto oder seine Lieblingstasse mitnehmen. Und dann würde die Wohnung ausgeräumt und ein anderes Mitglied der Oberschicht würde sie bekommen.

Im Bad erwartete ihn ein ähnliches Bild. Gebürstetes Aluminium, ein großer Spiegel und ein weißer Schrank für Handtücher. Zu seinem Erstaunen war die Toilette augenscheinlich aus echter Keramik und nicht aus Metall. Und dort, wo er eigentlich die Dusche vermutet hatte, erstreckte sich eine breite Badewanne. Mehr Luxus würde er vermutlich in den nächsten fünf Jahren nicht sein Eigen nennen, wenn man die Zeit bedachte, die ihn diese Beförderung gekostet hatte. »Wow!«, kam ihm unwillkürlich über die Lippen, und er drehte direkt das heiße Wasser auf, um die Wanne damit zu füllen.

Nach einem ausgiebigen Bad, bei dem er auch hin und wieder erneut einnickte, konnte er die Wahrheit nicht länger verdrängen.

»Danny wird heute verbrannt«, sagte er zu sich selbst. »Du musst dich jetzt anziehen, Sam.«

Er befolgte die eigenen Anweisungen und probierte den Anzug an. Er wusste nicht, woher Paul seine Kleidergröße kannte, war aber zu niedergeschlagen, um darüber nachzudenken. Die weiche Kunstfaser schmiegte sich an seinen Körper, doch der ihr noch immer leicht anhaftende Gestank von Chemikalien ließ ihn angewidert die Nase rümpfen.

Gerade als er den Krawattenknoten vollendet hatte, klingelte es an der Tür. Sam ging zur Gegensprechanlage und sah Paul auf dem Display der Überwachungskamera. »Ich komme gleich runter«, sagte er und nahm den Finger wieder vom Sprechknopf. Bevor er die Wohnung verließ, steckte er noch seine Brieftasche und die Autoschlüssel ein.

Erneut hatte er keinen wirklichen Blick für das schön gestaltete Treppenhaus, obwohl er sich beim Treppensteigen übermäßig viel Zeit ließ. Als könnte er das Unvermeidliche aufhalten, indem er einfach nicht dort auftauchte. Als würde Dannys Einäscherung nicht ohne ihn stattfinden.

Paul, ebenfalls in einem schwarzen Anzug, begrüßte ihn mit einem knappen Kopfnicken.

»Danke«, sagte Sam und deutete auf seine Kleider, doch Paul winkte bereits ab.

»Ich hatte beim Umzug gesehen, dass du keinen hast, da hab ich dir rasch noch einen besorgt.« Er verzog die Lippen kurz zu einem Lächeln, das angesichts der Situation fast augenblicklich aus seinem Gesicht wich. »Die Größe hab ich aus deinen übrigen Klamotten rausgesucht.«

»Danke«, wiederholte Sam und stieg in Pauls Wagen ein.

Der Weg zum Krematorium war weit, denn es lag am östlichen Rand des Deltas, südlich des Flughafens und wirkte wie eine gewaltige Industrieanlage. Paul hielt auf einem kleinen Parkplatz – hier draußen verzichtete man auf ausladende Parkhäuser oder schmückenden Kunstrasen.

Alles war rein funktionell gehalten. Ein kleiner Parkplatz, eine unscheinbare Halle, hinter der man die Brennkammern aufragen sah. Sam dachte oft, dass eine unterirdische Einäscherung, so wie man sie noch im beginnenden einundzwanzigsten Jahrhundert praktizierte, durch die unterirdischen Maisfelder heutzutage unmöglich war. Dennoch jagte ihm der Anblick der Verbrennungsanlage einen eiskalten Schauer über den Rücken.

»Kommt sonst noch jemand?«, fragte er Paul und stieg aus dem Wagen aus.

»Carl«, war seine knappe Antwort.

»Als Chef fühlt er sich wohl verpflichtet.«

»Pff …« Er winkte ab. »Ich kann den Penner einfach nicht ab.«

Ein frisch gekalkter Kiesweg führte vom Parkplatz zum Hauptgebäude. Dort würde man ihnen eine bereits verschlossene Aluminiumkiste zeigen, in der Danny lag. Dann hätten sie die Gelegenheit, noch einmal wehmütig über das kalte Metall zu streichen in der irrwitzigen Vorstellung, dass darin tatsächlich noch etwas von Daniel enthalten wäre. Aber seine Seele – Sam war sich nicht sicher, ob es so etwas wirklich gab – hatte seinen Körper längst verlassen, schwebte in einer anderen Sphäre und blickte vielleicht gelangweilt oder fasziniert auf die Erde und dieses Spektakel herab. *Und am Ende wirft sich jemand theatralisch über den Metallsarg*, dachte Sam kopfschüttelnd.

Fakt war, dass er weder wusste, wo Dannys Geist nun war, noch die religiöse Verklärung für solche Gedanken besaß.

Carl erwartete sie bereits an der Tür. Wie gewohnt trug er auch diesmal seine Maske der Gleichgültigkeit zur Schau. Doch heute hätte Sam ihm dafür am liebsten einen Tritt ins Gesicht verpasst. Die Haare hatte er akkurat nach hinten gegelt und flach an den Schädel gestylt, fast so, als wären sie eine enge schwarze Haube. Auch er trug einen schwarzen Anzug. Sam hätte schwören können, dass er ihn bereits früher im Büro getragen hatte.

Dieses dämliche Arschloch!, dachte er. *Er könnte wenigstens den Anstand haben und sich einen neuen Anzug kaufen. Geld hat er mehr als genug.*

Er schluckte die Wut hinunter und grüßte Carl kurz, aber höflich. Immerhin war er sein Vorgesetzter und hatte ihn erst vor zwei Tagen in die Abteilung geholt. Er sollte sich nicht direkt unbeliebt machen.

Carl ließ ihnen den Vortritt und Paul betrat das Krematorium schließlich als Erster. Er studierte kurz eine Tafel, an der die Namen der Verstorbenen standen und in welchem Raum man ihre Särge besuchen konnte.

Sam fühlte sofort Beklemmung in sich aufsteigen, als er die grauen Steinwände des Gebäudes um sich herum betrachtete. Düster und drohend umschlossen sie ihn. Am liebsten wäre er augenblicklich wieder hinausgerannt und nach Hause gefahren. Aber für Danny musste er heute stark sein.

Warum?, dachte er plötzlich. *Er ist tot. Und es wäre ihm sicherlich egal, ob ich hier bin oder nicht. Er würde nur wissen wollen, dass ich an ihn denke … Und Danny, ich denke an dich. Jeden Tag, versprochen*, schwor er sich selbst mit Blick auf das unscheinbare Namensschild an dem Aluminiumsarg.

Er stand in einem kleinen Nebenzimmer. Der Raum war gerade groß genug, dass der Sarg und noch eine Handvoll Trauergäste hineinpassten. Sam stand dort, wo er das Fußende vermutete. Einerseits hätte er Danny gerne ein letztes Mal gesehen, andererseits war es mit Sicherheit kein schöner Anblick.

Noch ehe er den Gedanken mit sich selbst ausdiskutieren konnte, erschien ein Angestellter des Krematoriums.

»Guten Tag«, begrüßte er sie beiläufig. Dann stellte er sich an die vermeintliche Kopfseite des Sargs und bedachte jeden von ihnen kurz mit einem mitfühlenden Blick. »Wer möchte die Asche bekommen?«, fragte er ohne Umschweife.

Es gab keine Worte der Trauer oder des Mitgefühls, kein Gebet – einfach überhaupt keine kirchlichen Rituale, die man vielleicht noch vor hundert Jahren praktiziert hatte.

Der Tod war zu einem einzigen Verwaltungsakt geworden. Menschen starben, wurden verbrannt und irgendjemand konnte die Überreste, die klinisch reine Asche, mit sich nehmen. Wollte das niemand, wurden sie im Müll entsorgt. Friedhöfe oder Urnenwände gab es nicht, schon lange nicht mehr. Manche Firmen stellten die Asche von verdienten Mitarbeitern auf deren letzten Abteilungen aus, eine bizarre »Hall of Fame«, wie Sam fand.

Auch bei Food Corp. standen im Foyer die Urnen von berühmten Vorständen. *Ob man Danny wohl auch bei Food Corp. ausstellen wird?*, fragte sich Sam.

Carl beantwortete seine Frage mit Schweigen.

Kurz bevor der Krematoriumsangestellte die Asche zu Müll erklärte, meldete sich Sam: »Ich würde sie gerne mitnehmen.«

Carl taxierte ihn mit einem neugierigen Blick, blieb ansonsten aber undurchsichtig wie immer.

Paul brachte seine Gedanken klarer zur Sprache: »Was soll denn das werden, Sammy? Willst du aus deiner neuen Wohnung ein Mausoleum machen?«

Sam zuckte die Achseln. »Ist doch meine Sache. Ich will einfach nicht, dass Danny in der Kanalisation endet.«

»Danny ist tot!«, brüllte Paul plötzlich. »Und keine scheiß goldene Urne mit seinen zu Staub verbrannten Knochen wird das ändern!«

»Paul … bitte«, ging Carl dazwischen. »Wenn Sam

die Urne möchte, dann spricht doch nichts dagegen.« Er wandte sich an Sam. »Wähle, welche auch immer dir gefällt, die Firma zahlt, ja?«

»Danke.« Das Wort huschte ihm unbewusst über die Lippen und er verfluchte sich innerlich dafür. Allerdings nicht, weil er nicht echte Dankbarkeit empfand, sondern schlicht, weil er Carl nicht den Triumph gönnen wollte, sich wie ein guter Mensch aufzuführen.

Der Mann nickte entspannt und reichte Sam einen dicken Ordner, woraus der wiederum ohne zu zögern die erste Urne wählte. Das Aussehen war ihm egal, er wollte nur verhindern, dass auch der letzte Rest von Danny ins Klo gespült und vergessen wurde. Danach ließ der Krematoriumsangestellte sie noch einen Moment in dem Raum mit dem Sarg allein, ehe zwei Männer kamen, die ihn aus dem Zimmer rollten. Erst jetzt fiel Sam das fahrbare Gestell, auf dem der Sarg stand, auf.

Es dauerte nicht lange, dann bekam Sam die Asche in einer weißen Urne übereicht. Sie war aus Metall, das man weiß lackiert hatte, wie die Karosserie eines neuen Autos. Er zog skeptisch die Augenbrauen nach oben, sagte jedoch nichts.

Carl verabschiedete sich rasch von ihnen und fuhr davon.

»Wollen wir noch was trinken?«, fragte Sam, nachdem sie noch ein paar Minuten schweigend vor Pauls Auto gestanden hatten.

»Nein, ich muss meine Familie anrufen«, lehnte er ab.

»Ach ja«, sagte Sam leise. »Es ist ja wieder drei Tage her.«

»Tut mir wirklich leid, Sammy«, entschuldigte er sich. »Aber ich bin heute zu nichts zu gebrauchen.«

»Das verstehe ich nur zu gut.«

»Ich fahr dich noch zu deinem Wagen, ja?«

»Klar.«

Vor seinem alten Wohnhaus verabschiedete Paul sich rasch und fuhr davon. Sam schüttelte den Kopf. Zum Teil darüber, wie wichtig es Paul war, pünktlich mit seiner Mutter zu telefonieren, zum Teil darüber, was für ein bescheuertes Bild er abgeben musste. Allein vor dem Haus mit einer Urne unter dem Arm.

In seinem Wagen stellte er die Asche auf dem Beifahrersitz ab und schnallte sie fest. Dazu musste er sich weit hinüberbeugen, um an den Gurt zu gelangen, wobei ihm etwas ins Auge fiel. Im Fußraum der Beifahrerseite lag ein kleiner USB–Stick, den er noch nie zuvor gesehen hatte.

Danny muss ihn am Donnerstag dabeigehabt und hier verloren haben, erkannte er schlagartig. Er hob den kleinen Speicherstick auf und betrachtete ihn. Dabei schossen ihm Tränen in die Augen. *Danny*, dachte er unentwegt. *Ständig hast du Sachen verlegt.*

Er steckte ihn ein und schnallte endlich die Urne fest. Dann fuhr er zu seiner neuen Wohnung, die er dank seines Navigationssystems auch ohne Probleme fand. Vor dem Haus war ein Parkplatz auf seine Wohnungsnummer reserviert.

Sam nahm die Urne und ging wieder hinauf in seine Wohnung. Dort stellte er den Metallbehälter auf die Küchentheke, denn es wollte ihm auf Anhieb kein besserer Ort dafür einfallen. Anschließend holte er den USB–Stick aus seiner Hosentasche und ging ins Schlafzimmer. Er warf das kleine Plastikding aufs Bett und zog den Anzug achtlos aus, knüllte Sakko, Hemd und Hose zu einem Haufen zusammen und schwor sich, die Sachen schnellstmöglich zu entsorgen. Dann ging er ins Bad und nutzte die Badewanne als behelfsmäßige Dusche. Er fühlte sich dreckig … auch auf eine gewisse Art staubig, und er wurde das nagende Gefühl nicht los, dass an ihm die Asche toter Menschen klebte.

Danach ging er zurück ins Schlafzimmer und schloss den USB-Stick an seinen Computer an. Als er auf die Daten zugreifen wollte, erschien eine Passwortabfrage. Er runzelte die Stirn, versuchte ein paar der üblichen Wörter, von denen er wusste, dass Danny sie benutzte, doch keines davon konnte die Daten freischalten. *Merkwürdig*, dachte er achselzuckend und entschied, dass er es später noch einmal versuchen würde.

Sein Handy teilte ihm mit einem Klingelton mit, dass er eine neue Nachricht hatte. Er entsperrte das Display und öffnete sie: »Neue Ware am Montag«, las er leise vor. »Interesse?«

Sein Herz schlug ein wenig schneller. Natürlich hatte er Interesse! Sein Ficus war kurz davor, einzugehen, das hatte er im Gefühl. Darum tippte er auch rasch eine Antwortnachricht ein und verschickte sie.

Wenig später piepste sein Handy erneut: »Montag früh, acht Uhr.«

»Acht Uhr«, wiederholte er gedankenverloren.

Sam dachte kurz über den Zeitpunkt nach. Normalerweise bevorzugte er, wenn ein Schwarzmarkt am Wochenende abgehalten wurde. Eine plausible Entschuldigung für die Arbeit zu finden, war nicht immer leicht. *Danny*, dachte er traurig, schüttelte dann jedoch den Kopf. *Nein, das kann ich nicht bringen …*

Er ging seine übrigen Optionen durch, doch keine davon erschien ihm gut genug. Schließlich wählte er resignierend Carls Nummer.

»Sam? Das ist ja ein Zufall«, meldete er sich.

»Wieso?«

»Ich wollte mit dir reden.«

Er verzog die Miene in der beruhigenden Gewissheit, dass das Arschloch ihn nicht sehen konnte. *Will er mich etwa schon wieder feuern?* Er dachte einen Moment über seine Reaktion nach, offensichtlich einen Moment zu lange, denn Carl wurde ungeduldig.

»Bist du noch dran?«

»Ja ... ich ...« Jetzt blieb ihm bloß noch die Flucht nach vorn. »Ich wollte fragen, ob ich noch zwei Tage Urlaub bekomme.«

»Wegen Daniel?«

»Ja.«

Carls Reaktion überraschte ihn. »Kein Problem. Unser Gespräch kann warten.«

»Danke.«

»Nimm dir so viel Zeit, wie du brauchst, verstanden?«, verlangte er. »Ich habe ja deine Zeichnungen, die Arbeiten können wie geplant beginnen.«

Sam nickte bereits geistesabwesend mit dem Kopf, als ihm plötzlich klar wurde, was Carl eigentlich meinte. »Woher ...«

»Keine Sorge, Sam«, beschwichtigte er und lachte. »Ich habe dich gerade deswegen ins Team geholt.«

Sam stand ein wenig perplex mitten in der Wohnung, unfähig, spontan etwas zu erwidern.

Carl lachte ein wenig lauter. »Dachtest du wirklich, dass ich *nicht* über alles Bescheid wüsste, was in meiner Abteilung vor sich geht?«

»Ich ... weiß nicht, was ich sagen soll«, gestand er.

»Nichts«, entgegnete Carl. »Also, nimm dir die Zeit, die du brauchst. Und dann kommst du wieder ins Büro.«

»Danke.« Er legte auf und starrte zum Fenster hinaus. »Vielleicht ist er ja gar kein so großes Arschloch«, flüsterte er und wollte direkt Paul anrufen, um ihm davon zu erzählen, erwischte aber bloß dessen Mailbox und brach die Verbindung ab.

Es war Zeit, die neue Küche einzuweihen, also öffnete er den Kühlschrank, nicht bedenkend, dass es der Kühlschrank seiner neuen Wohnung war und auch schon im letzten Ebbe geherrscht hatte, bevor er umgezogen war. Zu seiner Überraschung war er jedoch gut gefüllt, offensichtlich hatte Paul am Tag des Umzugs bereits für ihn eingekauft. Die wichtigsten Dinge waren vorhanden, Hühnchenwurst, Pflanzenfett, frische Maisgrießnocken und viel Wasser. Er würde den Tag überleben und seine Wohnung morgen weiter ausstatten. *Vielleicht verkaufen sie ja auf dem Schwarzmarkt Fleisch?*, überlegte er.

Hin und wieder gab es Schmuggler, die bei ihren Streifzügen durch die Außenwelt ein Wildtier erlegten. Fleisch – nicht die klinisch kontrollierten Hühner, sondern echtes, natürliches Fleisch – war ein kleines Vermögen wert. Food Corp. und die Hersteller in den anderen Komplexen hatten ihre Produktion auf Hähnchenfleisch und Mais ausgerichtet. Von Zeit zu Zeit mischte man noch andere Pflanzen zum Mais dazu, doch generell wurde er in Monokultur angebaut. Dann verwendete man ihn als Futter- und Nahrungsmittel und sogar für die Alkoholproduktion.

»Der Lebensretter«, spottete Sam. Mit seinen Plänen für neue Gewächshäuser hoffte er, die Diversität in die angebauten Pflanzen zurückzubringen. Bisher hatte er aber befürchtet, dass es bei dem Wunschtraum bleiben könnte, da vor allem Carl immer wieder betonte, wie wichtig allein die Steigerung der Produktivität sei, nicht die Forschung nach neuen Produkten. Dabei hatte Sam sein Gewächshaus so konzipiert, dass man es auch als Forschungslabor nutzen könnte. In verschiedenen Abschnitten ließe sich dort womöglich der Pilz genauer untersuchen und so ein wirksames Mittel gegen ihn finden.

Nach dem jetzigen Telefonat mit Carl schöpfte er sogar neue Hoffnung, dass diese Pläne nicht bloße Illusion blieben.

*

»Bereich Delta«, verkündete die sanfte Frauenstimme, als der Fahrstuhl abrupt abbremste und die Türen mit einem leisen Geräusch zu den Seiten glitten. Er zögerte einen Augenblick, einen Fuß in den Gang zu setzen. Die gefühlte Sicherheit des Aufzugs erschien ihm wesentlich erstrebenswerter.

In dem Moment, in dem sein Fuß die Bodenplatte berührte, schaltete sich die Deckenbeleuchtung des Korridors an, wie ein Leitsystem erleuchtete es jetzt den weiteren Weg.

»Wir haben Sie bereits erwartet«, ertönte eine kratzige Männerstimme aus einem Lautsprecher.

Er straffte die Schultern und marschierte los, bis er nach dreißig Metern eine verschlossene Durchgangstür erreichte, die sich erst nach einem erfolgreichen Netzhautscan samt Stimmenanalyse öffnete.

Im dahinterliegenden Raum war die Beleuchtung so weit heruntergedimmt, dass seine Augen einige Sekunden benötigten, um ihm wieder klare Sicht zu verschaffen. Hinter einer zehn Meter breiten Richterbank saßen neun Männer und Frauen, allesamt jenseits der siebzig. Er wusste nicht, wie alt der Rat genau war, doch innerhalb derer, die überhaupt von ihm wussten, scherzte man, dass ihr addiertes Lebensalter beinah ein komplettes Jahrtausend umspannte.

»Wie geht die Arbeit in Ihrer Abteilung voran?«, fragte der Mann mit der kratzigen Stimme. Er saß in der Mitte des Rats und war der »Älteste der Alten«, Vorsteher des Gremiums, das in Wahrheit die Geschicke der Firma leitete.

»Er wurde befördert und baut die Filter«, war seine knappe Antwort.

»Und der Verräter?«

»Wurde heute eingeäschert.«

Die Alten nickten zufrieden. »Es ist essenziell, dass unsere Bestrebungen nicht nach außen dringen.«

»Ich weiß.« Er zögerte einen Moment, doch schließlich musste er die Frage einfach stellen. »Wäre es nicht besser, ihn ebenfalls zu liquidieren? Immerhin haben er und der Verräter gemeinsam an der Sache gearbeitet. Und es könnte durchaus sein, dass er die treibende Kraft hinter der Kreuzung war.«

»Nein«, war die bestimmte Antwort des Ältesten. »Noch nicht. Noch ist er nützlich … zumindest, solange er sich keine neuen Pflanzen kauft. Wenn er noch einmal auffällig wird, dann haben Sie freie Hand.«

»Ich verstehe.«

»Ihr Vorgehen bei Daniel Holden war unvorsichtig!«, warf eine Frau mit wütender Stimme ein. »Er sollte ohne viel Aufsehen sterben!«

Die anderen Alten nickten zustimmend und der Älteste ergriff erneut das Wort. »Sollten Sie bei Samuel Konrad zum Handeln gezwungen werden, dann achten Sie darauf, ihn unbemerkt verschwinden zu lassen. Wir können es uns nicht leisten, dass die Regierung sich noch weiter einmischt!«

»Zumal wir den Maulwurf noch immer nicht gefunden haben«, ergänzte die wütende Frau.

»Ich dachte, mit Daniel Holden wäre der Verräter aus der We…«

»Hören Sie auf zu denken!«, herrschte die Frau ihn an. »Und befolgen Sie endlich unsere Anweisungen.«

»Die Komplexe sind die einzig schützenswerte Ordnung«, fuhr der Älteste ungerührt fort, offenbar war er nicht mehr ganz bei Verstand, aber niemals würde er ein Mitglied des Rats infrage stellen.

»Ich weiß«, antwortete er leise.

»Seit dem Zerfall und der Rettung der Menschheit in den Komplexen gab es keine Kriege mehr«, pflichtete eine gebrechliche Frau bei. »Wir haben das Chaos der Natur endlich geordnet.«

Er nickte. »Aber was, wenn die Natur sich erholt?«

Die Alten tauschten einige besorgte Blicke und nickten bedächtig. »Deshalb ist Ihre Arbeit auch so wichtig«, fuhr der Älteste fort. »Jede Pflanze wird untersucht und dann vernichtet. Nur so können wir die Stabilität garantieren.«

Nur so könnt ihr eure Macht konservieren, wusste er nur zu gut, doch er verfolgte den Gedanken nicht weiter. Eines Tages würde er auch zum Rat der Alten gehören – wenn er nicht wieder versagte. Und die Macht, über die diese Tattergreise verfügten, war nicht das eigentlich Erstrebenswerte daran. Nein, als Mitglied der Alten hatte man Zugang zum Lager von Food Corp. Man konnte sich nehmen, was immer man wollte. Dort standen alle Pflanzen, die man in den letzten Jahrzehnten hatte finden können.

Unter den Agenten gab es Gerüchte, dass sich dort sogar eine gesunde Eiche befand.

Ein gesunder Baum!

Allein der Gedanke daran ließ sein Herz höherschlagen.

»Sorgen Sie dafür, dass das Experiment gelingt«, befahl der Älteste.

Das Experiment bezeichnete die neue Plantage außerhalb des Deltas. Vordergründig ging es dabei um die Produktion von Lebensmitteln, doch in Wahrheit könnte man an diesem Ort ungestört mit dem Pilz und seinen Auswirkungen auf Pflanzen, Tiere und Menschen experimentieren, ohne dass die Bevölkerung der Stadt davon erfahren würde. Die genauen Pläne der Alten kannte er nicht, doch es hielten sich hartnäckige Gerüchte, dass ein Bestandteil des Pilzes wie ein sehr starkes Nervengift wirke, während ein anderer die eigene Widerstandsfähigkeit erhöhe.

Welchen Nutzen diese beiden Eigenschaften für Food Corp. hatten, konnte er sich noch nicht erklären, aber was auch immer die Firma vorhatte, es war besser, auf dieser Seite der Gleichung zu stehen.

»Und können wir Samuel Konrad vertrauen?«

Er zuckte die Achseln. »Ich denke schon. Er ist ein Idealist, das macht es immer schwierig. Aber er hat keine Ahnung, was der eigentliche Sinn der Plantage ist.«

»Sorgen Sie dafür, dass er weiterhin im Unklaren über seinen Beitrag zu unseren Zielen bleibt. Haben Sie ihn verwanzt?«

»Selbstverständlich.«

»Sie leisten gute Arbeit«, lobte ihn ein anderes Mitglied des Gremiums. Die Stimme des Mannes klang deutlich jünger als die der übrigen Ratsmitglieder, aber er konnte sein Gesicht nicht erkennen, da er es wie die restlichen Alten durch einen großen Kapuzenumhang verdeckte.

Kapitel 7

»Montagmorgen, acht Uhr. Habe den Käufer.«

Jacks Nachricht hatte Elaine am Vortag erreicht. Nun stand Tessa unter der Dusche und bereitete sich auf den heutigen Schwarzmarkt vor. Elaine hatte gestern Abend seltsamerweise noch versucht, sie davon abzuhalten. Sie hielt es für zu gefährlich. Woher der plötzliche Sinneswandel der Frau kam, konnte sich Tessa nicht erklären, aber sie hatte die Bedenken energisch zurückgewiesen und darauf bestanden, heute dabei zu sein.

Hatte Elaine nicht versprochen, ihr einen anderen Lebensweg aufzuzeigen? Welchen Wert hätte ein solches Versprechen, wenn sie sie jetzt außen vor ließe?

Tessa trat aus der Dusche heraus und trocknete sich ab. Auf dem Heizkörper hingen bereits neue Sachen, die Elaine ihr besorgt hatte. Ein robustes Hemd und graue Kakihosen mit zusätzlichen Taschen. Sie fühlte sich ein wenig wie eine Soldatin, die gerade ihre Uniform anzog. Aber sie war keine Soldatin aufseiten des Staates, sondern eine Freiheitskämpferin einer imaginären Revolutionsarmee.

»Bist du so weit?«, fragte Elaine aus dem Wohnzimmer.

Sie benutzte ein Stirnband, um die noch nassen Haare aus ihrem Gesicht zu verbannen, und öffnete die Tür. »Ja.«

Elaine ging ins Schlafzimmer und winkte sie mit den Fingern herbei. »Komm, wir haben zu arbeiten.«

Tessa folgte ihr mit einem herzhaften Gähnen. Es war gerade einmal fünf Uhr in der Früh und draußen war es noch finstere Nacht.

Die Schmugglerin hatte den Geheimraum bereits betreten und wartete in der Luftschleuse auf Tessa. Sie seufzte und zog die Kleider bis auf die Unterwäsche aus. Erneut setzte sie sich dem starken Gebläse aus, um möglichst alle Pilzsporen von ihrem Körper zu entfernen. *Dabei habe ich doch gerade erst geduscht!*, dachte sie während der leicht schmerzhaften Prozedur.

Nach dem leisen Piepsen, das entfernt an das Signal einer Spülmaschine nach beendetem Waschgang erinnerte, betrat Elaine zügig den Gewächsraum und ging die Reihen mit Pflanzen entlang.

Tessa nahm sich nun zum ersten Mal die Zeit, sich genauer in dem Raum umzusehen. Schließlich würde dies ihr neuer Arbeitsplatz … wenn man es so nennen wollte.

Die Einrichtung bestand größtenteils aus Küchenmöbeln. Niedrige Unterbauschränke trugen eine einfache Arbeitsplatte, und das in doppelter Ausführung. Über jeder dieser Schrankreihen hingen starke Tageslichtlampen, die sicherlich auch echtes Sonnenlicht simulieren konnten. Auf jeder Arbeitsplatte standen die Pflanzen in einer Doppelreihe, sodass vier separate Bahnen entstanden. Manche Pflanzen waren unter einer dicken Plastikplane verdeckt, an deren Innenseite Kondenswasser hing und langsam zu Boden lief. Über anderen Gewächsen war das Licht ein wenig abgedunkelt oder die Birne fehlte komplett. Anscheinend wusste die Försterin genau, was sie tun musste, um ein optimales Ergebnis zu erzielen.

Aus einem der Unterschränke holte Elaine gerade eine dicke Rolle Klarsichtfolie und ein Paar Handschuhe hervor. Sie ging zu einem unscheinbar wirkenden Strauch mit grünen Blättern und kleinen gelben Blüten.

»Ginster sieht schön aus«, erklärte sie. »Ist aber giftig.«

Tessa machte unwillkürlich einen Schritt zurück. »Wie giftig?«

»Ziemlich.« Elaine umwickelte die Pflanze gerade mit der Folie, vermutlich, um sie für den Transport vorzubereiten. »Du solltest nicht mit den Blättern herumspielen. Und seine Früchte sollte man lieber nicht essen.«

»Stirbt man davon?«

Sie schüttelte den Kopf, zuckte nach einer kurzen Pause jedoch mit den Schultern. »Kommt auf die Dosis an. In der Medizin hat man Ginster vor der Seuche auch eingesetzt. Bei Kreislaufstörungen und ein paar anderen Sachen.«

Tessa betrachtete fasziniert die kleine Pflanze. »Also kann er heilen und schaden …«, flüsterte sie. »Als hätte er zwei Gesichter.«

Elaine stutzte und legte den Kopf schief. »Du wärst die Erste, die bei Pflanzen von Gesichtern spricht.«

»Aber … wenn er doch giftig ist«, begann Tessa, »wie kannst du ihn dann verkaufen? Ich meine, wer kauft eine giftige Pflanze?«

Elaine kicherte. »Sein Gift macht ihn auch so wertvoll. Denn es lässt ihn dem Pilz ein wenig länger widerstehen.« Sie zuckte erneut die Achseln. »Und dann ist es nicht mein Problem, was die Käufer mit den Pflanzen machen. Verkaufen und vergessen.«

»Verkaufen und vergessen …«, wiederholte die ehemalige Prostituierte.

Elaine hatte den Ginster komplett verpackt und verstaute die Frischhaltefolie wieder im Schrank. »Die Käufer interessieren sich auch meist gar nicht dafür. Die wollen nur eine natürliche Begrünung für ihr Zuhause.« Sie wollte es schon dabei bewenden lassen, hatte aber noch ein Argument parat: »Und für dich oder mich interessieren die sich auch nicht. Wenn wir die Pflanzen nicht ranschaffen, dann tut es jemand anderes, verstehst du?«

Sie nickte. *Das verstehe ich nur zu gut*, dachte sie. *Nutten arbeiten mit einer ähnlichen Einstellung.*

Elaine ging bereits zu einem anderen Blumentopf,

offensichtlich der Wilde Wein, von dem sie gesprochen hatte.

Die Pflanze wirkte eher wie eine Ranke und war auch um einen senkrechten Stab gewunden, der in der Mitte des Blumentopfes steckte.

»Eigentlich heißt es ja Wilde Weinrebe«, erklärte Elaine. »Der Ursprung, aus dem sich die Gewächse entwickelt haben, aus denen man früher Wein machte.«

»Wie viel früher?«, fragte Tessa und beobachtete gebannt, wie Elaine die Pflanze mit einigen Bändern verschnürte.

Sie blickte grübelnd zur Decke empor. »Ich glaube, der letzte gekelterte Jahrgang war zehn Jahre nach Ausbruch der Seuche.«

Tessa deutete auf einen kleinen Zweig an der Pflanze, der mit kleinen grünen Kügelchen übersät war. »Was ist das?«

»Trauben«, sagte Elaine knapp. »Seine Früchte. Aus ihrem Saft hat man Wein gemacht.«

Ihre Augen weiteten sich erstaunt. »Aus diesen kleinen Dingern?«

Elaine lachte. »Nein, nein. Bei einer Weinrebe waren die Trauben deutlich größer.« Sie betrachtete die verschnürte Pflanze und seufzte leise. »Früher wäre der Kerl hier mindestens fünf Meter lang geworden. Jetzt bin ich froh, dass er einen gepackt hat, bevor er verreckt.«

»Was passiert, wenn eine Pflanze mit dem Pilz infiziert wird?«

Elaine schnaubte. »Nicht ›wird‹, Tessa, sondern ›ist‹. Jede Pflanze ist von dem verdammten Pilz befallen.« Sie deutete auf den Blumentopf. »Er steckt oft schon in der Erde, schwirrt durch die Luft, sitzt an Haut und Kleidern, im Leitungswasser … einfach überall.«

»Wie kannst du deine Pflanzen dann davor schützen?«

»Mit viel Mühe«, gestand Elaine ein. »Ich brenne meine Erde aus, reichere sie dann wieder mit Mineralstoffen in Tablettenform an, nehme destilliertes Wasser, die Luftfilter. Es ist ein verflucht großer Aufwand. Und es reicht nicht. Manchmal glaube ich, dass ich das scheiß Zeug ausatme oder durch die Haut ausdünste wie Schweiß.«

Tessa verzog angewidert das Gesicht. Die Vorstellung, dass sie in jedem Moment ihres Lebens von einem seltsamen Pilz befallen war, machte ihr Angst. Sie wischte die unschönen Gedanken beiseite und versuchte, möglichst viel von Elaines Arbeit zu beobachten.

Die beiden Pflanzen wurden in große Rucksäcke gestellt. Als Tessa bei einem davon ins Innere blickte, erkannte sie, dass die Seitenwände dick gepolstert waren und die Bodenplatte mit einer Metallscheibe verstärkt war. Sie versuchte das Gewicht einzuschätzen und kam rasch auf über zwanzig Kilo.

Sie wusste nicht, wo genau der Schwarzmarkt stattfinden würde, aber die Aussicht darauf, dieses Monstrum dorthin schleppen zu müssen, behagte ihr nicht im Geringsten.

Elaine sah ihren Blick und deutete ihn entsprechend. »Keine Sorge, Jack hat ein Auto.«

Sie nickte. »Ich wusste nicht, dass er uns abholt.«

»Normalerweise tut er das auch nicht, sondern wir treffen uns am entsprechenden Ort«, räumte Elaine ein. »Aber da es heute dein erster Markt ist und die Pflanzen recht groß sind, hielten wir es für das Beste.«

Elaine wollte den ersten Rucksack schon wieder in die Luftschleuse schleppen, als ihr Blick auf Tessas Blumentopf fiel. »Was zum …«, setzte sie an und eilte hinüber.

Tessa folgte ihr neugierig und betrachtete die Blumenerde. In der Mitte des Topfes bahnte sich ein hellgrüner Trieb bereits seinen Weg aus der Erde. »Oh, wie schön!«, rief sie. »Es ist tatsächlich eine Pflanze!«

Elaine schüttelte den Kopf.

»Was ist?« Tessa konnte ihre Besorgnis nicht so recht verstehen.

»Das ist keine gewöhnliche Pflanze«, sagte die Schmugglerin leise. »Wir haben den Samen erst vor zwei Tagen eingepflanzt … Sie wächst einfach viel zu schnell.«

»Und das ist etwas Schlechtes?«

Sie sah ratlos aus. »Kann ich nicht sagen. Jedenfalls ist mir keine Pflanze bekannt, die so wahnsinnig schnell wächst.« Sie wog den Kopf hin und her. »Ne, das ist zu komisch. Wir nehmen den auch mit.«

Tessa blickte enttäuscht zu Boden.

»Schau«, sagte Elaine mitfühlend. »Wir wissen nicht, was das für ein Ding ist. Es benimmt sich sehr merkwürdig. Und keine Ahnung, was da am Ende rauskommt …«

»Ja, das ist dir zu riskant, verstehe«, wiegelte Tessa ab.

»Ja, ist es!«, beharrte Elaine. »Das hier ist meine Arbeit … mein Leben, klar? Ich kann das nicht aus Nettigkeit heraus riskieren, bloß weil du sehen willst, was am Ende aus dem kleinen Stängel wird.«

Tessa kaute zerknirscht auf ihrer Unterlippe. Diese Samen waren ihre neue Hoffnung gewesen. Die Hoffnung auf ein besseres Leben, doch offenbar wurde jede ihrer Hoffnungen augenblicklich im Keim erstickt. Der Gedanke brachte sie beinah zum Lachen. *Im Keim ersticken.*

»Vielleicht findest du einen Käufer dafür«, versuchte Elaine sie aufzumuntern.

»Aber es ist doch nur eine Pflanze«, sagte sie traurig.

Elaine seufzte. »Ich kenne nur eine Pflanze, die so schnell wächst. Und das ist der Pilz. Ich kann einfach nicht riskieren, dass mit dem Ding was nicht stimmt.«

Tessa ließ resignierend die Schultern hängen und nahm den kleinen Blumentopf an sich. Dabei bemerkte sie zum ersten Mal eine Unregelmäßigkeit in der Außenwand des Raums. Sie betrachtete die Stelle mit einem Stirnrunzeln.

»Meine Versicherung«, kommentierte Elaine ihren Blick. »Ohne zweiten Ausweg säße man hier drin ziemlich dämlich in der Falle.« Sie deutete auf die Scheiben der Schleuse. »Kugelsicheres Glas.«

»Ist das wirklich nötig?«, fragte die junge Frau verunsichert. Ein solcher Bedarf an persönlicher Absicherung ließ diese neue Arbeit sehr – vielleicht sogar zu – gefährlich auf sie wirken.

Elaine zuckte die Achseln. »Bisher noch nicht.« Und augenzwinkernd fügte sie hinzu: »Aber sollte es doch einmal nötig sein und ich habe diese Absicherung nicht, ist es auch zu spät, sich darüber aufzuregen.«

Tessa nickte langsam. Allmählich ergab das einen Sinn. Und sie musste ihre anfängliche Euphorie ein kleines Stück weit bremsen. Elaines »Beruf« barg mehr Gefahren, als sie bisher angenommen hatte … Aber für Menschen der Unterschicht war vermutlich jede Form von Wohlstand mit hohen Risiken verbunden.

Sie schleppten die Rucksäcke in die Luftschleuse, und Elaine verschloss den Gewächsraum sorgfältig. Dann ließ sie noch einmal die Luftreinigung laufen, ehe sie die Schleuse verließen.

Tessa stellte ihren Blumentopf auf einen Tisch, dann zog sie ihre Kleider wieder an. Sie betrachtete den grünen Keimling, der so harmlos wirkte, und konnte sich einfach nicht vorstellen, dass diese kleine Pflanze ein Schädling sein könnte oder dass Kurt … Daniel … einen Schädling bei sich gehabt hätte.

Elaine trug praktische und robuste Kleidung, die ihrer sehr ähnlich war und eher an die Sachen von Paramilitärs erinnerte als an Kleider für junge Frauen.

Die Schmugglerin öffnete eine kleine Schranktür und Tessa wich erschrocken einen Schritt zurück.

Der Schrank war voller Waffen!

Sie wusste zwar, dass ihre Gönnerin über einige Waffen verfügte, aber dass es ein ganzer Schrankvoll war, überraschte sie. Soweit sie an Elaines Schulter vorbei sehen konnte, erspähte sie eine Armbrust, mindestens fünf Wurfmesser und ihren silbernen Revolver.

Die Försterin nahm den Revolver aus dem Schrank und legte den Halfter an. Dann griff sie nach einer kleinen Schachtel, aus deren Innerem ein leises Klimpern zu hören war.

Schließlich befestigte sie noch eine Schiene an ihrem linken Unterarm, auf der zwei Wurfmesser steckten. Die weiten Ärmel ihres Pullovers verdeckten rasch die Sicht darauf.

Ein Blick auf die Uhr verriet Tessa, dass die Vorbereitung der Pflanzen mehr Zeit in Anspruch genommen hatte als sie gedacht hätte. Sie sprachen nicht viel miteinander und Elaine wirkte ungewohnt angespannt. *Bei einem Schwarzmarkt steht wohl viel auf dem Spiel*, überlegte Tessa.

Schließlich wagte sie sich doch mit einer Frage nach vorn und durchbrach die Stille: »Wie viel verdienst du eigentlich mit den beiden Pflanzen?«

Die Schmugglerin wiegte den Kopf hin und her. »Mit den beiden von heute … vielleicht zehntausend. Vielleicht auch weniger, kommt drauf an, wie viele Interessenten sich einfinden.«

»Zehntausend?«, wiederholte Tessa erstaunt. »Wieso verkaufst du dann nicht alles und setzt dich zur Ruhe?«

Elaine lächelte schnaubend. »So einfach ist das nicht. Allein der Gewächsraum kostet eine ganze Menge. Bestechungen, Gunther bekommt immer mal wieder was zugesteckt, meine Ausrüstung … da bleibt nicht viel übrig.« Ihr Handy klingelte kurz. »Das ist Jack«, sagte sie nach einem Blick auf das Display. »Los, schnapp dir einen Rucksack und dann geht's los.«

Tessa nickte und kramte Daniels Brieftasche zwischen ihren Sachen hervor. Sie hatte das Gefühl, dass sie ihren Neubeginn vor allem ihm zu verdanken hatte. Natürlich auch Elaine, die ihr in allen Belangen half, aber Daniels aufrichtige Nähe und seine Zärtlichkeit hatten ihr gezeigt, dass es einen anderen Weg im Leben gab.

Sie verließen die Wohnung und Elaine schloss leise die Tür ab. Dann lief sie los, wobei sie sehr darauf bedacht war, keine unnötigen Geräusche zu erzeugen. Tessa wollte bereits fragen, was das solle, konnte es sich aber im letzten Moment verkneifen. *Wenn sie nicht auffallen will*, dachte sie, *dann will sie schon gar nicht, dass ich darüber rede.*

Also folgte sie der Schmugglerin, so leise sie es vermochte. Das Treppenhaus wirkte plötzlich viel weniger trostlos als noch die Tage zuvor. Denn diesmal ging sie nicht als Hure die Stufen hinab. Sie war nicht so stark geschminkt, dass ihr Gesicht fast einer Maske glich, und sie war nicht auf dem Weg, sich selbst zu verkaufen. Heute ging sie diese Stufen in dem Wissen hinab, dass sie ihr Leben selbst in die Hand nahm. Sie würde etwas verändern, etwas bewirken. Wenn nicht für andere, dann für sich.

Sie betrachtete schweigend Elaines Hinterkopf und wäre der Frau am liebsten um den Hals gefallen. »Danke«, formte sie tonlos mit den Lippen. *Danke für diese Chance.*

Jack wartete bereits vor dem Haus in seinem Wagen auf sie. Tessa schnaufte missmutig, als sie den unscheinbaren, grauen Kleinwagen erblickte.

»Was hast du denn erwartet?«, fragte Elaine und lachte

leise. »Dass er hier mit einem Laster ankommt? Einem gestohlenen Militärfahrzeug?«

»Ich weiß nicht«, gestand sie. »Das hier wirkt nur so …«

»… unauffällig?«, vollendete Elaine den Satz.

»Nein, eher … gewöhnlich.«

Der Satz ließ die ältere Frau verdutzt die Stirn runzeln. »Was ist daran schlecht?«

»Gar nichts«, wehrte Tessa ab. »Ich hatte nur nicht erwartet, dass wir so normal wirken werden … Nach all der Geheimniskrämerei hatte ich … ach, egal.« Sie konnte ihre Gedanken nicht in Worte fassen, doch ein kleiner Teil von ihr war enttäuscht, hatte sich etwas Spektakuläreres erhofft. Und wieder ein anderer – der größere – Teil war froh darüber, dass ihr neues Leben einen so gewöhnlichen Anstrich vertrug. *Ein gewöhnliches Leben*, dachte sie lächelnd. *Wann hatte ich das jemals gehabt?*

»Kommt schon«, sagte Jack ungeduldig und tippte auf das Deckglas seiner Armbanduhr. »Man lässt die Kunden nicht warten.«

Sie klemmten die Rucksäcke hinter Vordersitzen und Rückbank fest, Tessa zwängte sich dazwischen, während Elaine auf dem Beifahrersitz Platz nahm.

Die Sonne war bereits aufgegangen, entfaltete jedoch noch längst nicht ihre volle Kraft. Die Fassaden der Häuser im unteren Komplex waren alles andere als ansehnlich, bemerkte Tessa. Normalerweise betrachtete sie die Gebäude nur bei Nacht, wenn sie im Auto eines Freiers daran vorbeifuhr. Und da vermittelten ihr die oftmals leer stehenden Häuser ein Gefühl von Sicherheit. Sie wusste, wo sie war, wusste, dass sie hierhergehörte.

Heute betrachtete sie die Häuser und erkannte, dass sie ein besseres Leben führen könnte. Eines, das sie womöglich in eine schönere Gegend führte. So wie Jack, der im

Nordwesten des unteren Deltas lebte. Tessa verstand nicht, weshalb Elaine überhaupt im Süden des Komplexes blieb, vermutete aber, dass es etwas mit ihrer Tarnung zu tun hatte. Hier musste sie sich bloß mit geldgeilen Versagern wie Gunther herumschlagen. In einer feineren Gegend wären die Nachbarn sicherlich aufmerksamer, was sich hinter den Fenstern in ihrem unmittelbaren Umfeld abspielte.

Jack fuhr in Richtung Osten, was Tessa sehr wunderte, denn dort standen lediglich jene Industrieanlagen, die man nicht unter die Erdoberfläche verlagern konnte, wie Kraftwerke und die Abwasserreinigung. Sie hatte in ihrer Unwissenheit erwartet, dass der Schwarzmarkt in irgendeiner geschützten Ecke eines Stadtparks stattfand, nicht zwischen Raffinerien, Abluftschloten und Faulbehältern.

»Sind die Streifenbullen alle geschmiert oder müssen wir vorsichtig sein?«, fragte Elaine nach einer Weile.

Jack grinste breit. »Alles erledigt. Zwei von denen, die heute Dienst haben, sind auch Kunden von mir.«

»Sehr gut.« Sie lächelte zufrieden. »Kommen noch andere Schieber?«

Jack nickte beiläufig. »Ja, ich habe noch die McMillan-Brüder eingeweiht. Denen kann man vertrauen.«

»Wie meint er das?«, warf Tessa ein, die dem Gespräch bisher aufmerksam gefolgt war.

Elaine und Jack tauschten kurz Blicke aus, dann begann er zu erklären: »In unserem Geschäft ist Konkurrenz natürlich nicht wirklich erwünscht. Und ein Schieber könnte es schlechter treffen, als seine Konkurrenten durch einen Tipp bei der Polizei aus dem Weg zu räumen.«

»Aber Konkurrenz belebt auch das Geschäft, wie überall«, ergänzte Elaine. »Und vergrößert den Kundenkreis. Jeder Schieber hofft schließlich, dass die eigenen Förster bessere Ware ranschaffen als die der Gegenseite.«

»So profitieren am Ende hoffentlich alle davon.«

»Und wenn sie uns verraten?«, fragte Tessa leicht besorgt. »Kommt das nie vor?«

Wieder schauten Elaine und Jack sich vielsagend an. Diesmal war es die Schmugglerin, die zuerst antwortete: »Dafür bin ich bewaffnet.«

Jack klopfte sich mit der Rechten gegen die Seite. »Jep, so eine kleine Lebensversicherung kann nie schaden.«

Tessa wollte schon nach ihrer »Lebensversicherung« fragen, verwarf den Gedanken allerdings. Sie war sich nicht sicher, ob das Leben eines Schmugglers oder Schiebers überhaupt für sie geeignet war, geschweige denn ob sie jemals eine Waffe abfeuern könnte. Noch dazu auf einen anderen Menschen!

Elaine und Jack hatten diese Frage mit sehr großer Wahrscheinlichkeit bereits für sich beantwortet. Und auch wenn Tessa noch nie gesehen hatte, wie die ältere Frau jemanden tötete, so zweifelte sie keinen Moment daran, dass es bereits häufiger vorgekommen war.

Um diese Uhrzeit begegneten ihnen kaum andere Fahrzeuge auf den Straßen. Die meisten Abläufe in den Industrieanlagen waren automatisiert, und die wenigen Arbeiter, die noch gebraucht wurden, nahmen meist die Bahn. Niemand wollte das eigene Auto ständig dem beißenden Gestank aussetzen, der hier draußen vorherrschte.

Jack steuerte den Parkplatz einer verlassenen Fabrik an. Tessa wusste nicht, was hier früher einmal produziert worden war, doch auf dem Gelände standen auch schwere Maschinen wie Bagger und Planierraupen.

»Hier war früher die Zentrale der Straßenmeisterei«, erklärte Elaine, als hätte sie ihre Gedanken gelesen. »Als man dann Food Corp. die Instandhaltung übertrug, wurde die Anlage geschlossen.«

»Was hat Food Corp. denn mit Straßen zu tun?«, fragte Tessa unwillkürlich.

Jack wedelte mit dem Zeigefinger. »Genau *das* ist die Preisfrage!«

»Food Corp. übernimmt Stück für Stück das Delta«, fügte Elaine hinzu. »Und das kann nicht gut sein.«

»Und die Regierung sieht tatenlos zu.«

»Was soll sie denn machen?«, hielt die Schmugglerin dagegen. »Die Firma kontrolliert, was wir essen und wie viel wir davon essen. Man beißt nicht die Hand, die einen füttert. Jeder Hund weiß das, warum sollten wir klüger sein?«

Er parkte den Wagen hinter einem leer stehenden Container, auf einem Teil des Parkplatzes, der von der Straße nicht direkt einsehbar war. In fünfzig Meter Entfernung begannen die Fabrikhallen. Ein langsam rostender Stahlbau, dessen blaue Lackierung an vielen Stellen bereits abgeblättert war. Die wenigen Fensterscheiben waren vor langer Zeit gebrochen, entweder, weil ein paar Kids sie mit Steinen eingeschmissen hatten, oder, weil sich jemand von dem Glas auf die Schnelle ein bisschen Geld erhofft hatte.

Zu ihrer Rechten mündete der Parkplatz nach zehn Metern in ein verzweigtes Labyrinth aus schrottreifen Autos und Industriefahrzeugen, so weit ihr Auge reichte. Vermutlich war das Gelände irgendwann einmal umzäunt gewesen, doch auch daraus hatten findige Plünderer schon längst Kapital geschlagen.

Elaine goutierte den Ort mit einem zufriedenen Kopfnicken. »Hast du gut gemacht, Jacky!« Sie schaute sich um. »Hey, sogar ein zweiter Fluchtweg fürs Auto!«, sagte sie mit Blick auf einen kleinen Trampelpfad neben dem Autofriedhof.

»Ich weiß nicht, ob der nicht an einem Zaun endet.« Er winkte ab. »Lasst uns die Ware da hinten platzieren.«

Er deutete auf eine Stelle zwischen einem ausgebrannten Kleinwagen und einem verrosteten Schaufelbagger. »Die McMillans kommen sicher auch gleich an.«

Tessa blickte auf ihre Uhr. Es war bereits kurz vor acht. Sie fühlte, wie die Aufregung in ihr wuchs. Es war ein schönes wie beängstigendes Gefühl. In wenigen Minuten würde sie das Gesetz brechen, wurde ihr plötzlich klar.

Als Hure habe ich gegen kein Gesetz verstoßen. Ich war einfach nicht sonderlich beliebt. Aber jetzt?

Egal wie sie die Gedanken drehte und wendete, für einen Rückzieher war es ohnehin zu spät.

Die McMillans fuhren in einem Pick-up vor. Jack schüttelte nur den Kopf. »Viel zu auffällig. Verdammte Amateure!«

Tessa warf Elaine einen fragenden Blick zu.

»Na, wie oft siehst du einen Truck auf der Straße? Noch dazu einen, der mit Pflanzenöl und nicht mit Strom fährt?« Sie wartete Tessas Antwort nicht ab. »Die könnten auch ein großes Schild auf ihr Autodach stellen. Hätte denselben Effekt.«

»Egal«, wischte Jack ihre Bedenken beiseite. »Sie bringen einen Haufen Kunden her. Und die Bullen werden von mir fürs Wegschauen bezahlt. Macht euch keine Sorgen.« Er deutete zur Parkplatzauffahrt.

Drei Kleinwagen fuhren vor und parkten wahllos verteilt. Die Fahrer schienen sich beinah zu belauern, zumindest machte es auf Tessa den Eindruck. Als würde der Erste, der aus seinem Wagen aussteigt, das Spiel verlieren. Ein Spiel der Nerven, bei dem es letzten Endes darum ging, den besten Preis für sich selbst herauszuschlagen. Sie schloss sich jedenfalls Elaine und Jack an, die den Verkauf nun doch auf dem freien Platz abwickeln würden.

»Weißt du, was die McMillans verkaufen?«, fragte Elaine den Schieber gerade.

Er zuckte breit grinsend die Achseln. »Würde mich wundern, wenn sie mehr als Unkraut hätten.«

Elaine wandte sich zu ihr um. »Halte dich im Hintergrund und lerne. Und lerne schnell, verstanden?«

Sie nickte und nahm ihren Blumentopf aus dem Auto. Obwohl sie Jack und Elaine vertrauen konnte, wollte sie die Pflanze nicht aus den Händen geben. Dieser Keimling gehörte ihr. Sie hatte ihn vielleicht gestohlen, aber sie wollte diese Chance auf ein besseres Leben nicht leichtfertig verspielen. So wie die Pflanze gedieh, so fand sie auch mehr und mehr Tritt in ihrer neuen Berufung.

Der Markt hatte begonnen.

*

Sam war früh aufgebrochen, um zum verabredeten Treffpunkt zu gelangen. Und trotzdem war er zu spät. Denn im Gegensatz zu den meisten anderen Kunden bevorzugte er es, nicht direkt am Ort des Geschehens mit seinem Wagen vorzufahren. Also hatte er eine halbe Stunde damit verbracht, den Parkplatz zu umfahren und in der näheren Umgebung einen geeigneten Stellplatz zu finden. Vorzugsweise einen, der sein Auto ein wenig versteckte.

Dann war er zu Fuß zum Treffpunkt gelaufen. Glücklicherweise gab es auf der Rückseite des Fabrikgeländes noch eine weitere Zufahrt. So schlängelte er sich zwischen stählernen Karkassen hindurch, bis er den freien Platz erreichte.

Sein Schieber stand an einem verrosteten Container und hatte zwei Pflanzen im Angebot, auf die schon heftig geboten wurde. Ginster und eine Wilde Weinrebe, wenn Sam die Nachricht richtig verstanden hatte. Ginster wollte er nicht. Die Pflanze war zwar überaus schön, doch er wollte sich keine Giftpflanze in die Wohnung stellen. Er wollte sie berühren können, die Struktur ihrer Blätter erfühlen, an ihren Blüten schnuppern. Und das alles, ohne sich hinterher die Seele aus dem Leib zu kotzen.

Die Wilde Weinrebe war da schon wesentlich interessanter, aber um sie bemühten sich bereits drei Interessenten, die gerade gegenseitig den Preis in die Höhe trieben. Er konnte zwar nicht verstehen, bei welchem Betrag sie momentan waren, aber drei Konkurrenten waren deutlich zu viel für seinen Geschmack.

Zwei Frauen halfen dem Schieber, seine Ware an den Mann zu bringen, wobei eine von ihnen noch sehr jung wirkte, kaum älter als siebzehn. Sie hielt sich im Hintergrund und klammerte sich krampfhaft an einen kleinen Keramiktopf. Sie sah ein wenig verloren aus und blickte sich mehrmals nervös um.

Gegenüber von seinem Schieber stand ein dunkler Truck, von dessen Ladefläche herunter drei Kerle kleine Blumentöpfe unters Volk warfen. Offensichtlich die Konkurrenz. Sam überlegte schon, ob er sich ihr Angebot ansehen sollte, doch ihre Pflanzen waren einfach zu klein. Er wollte etwas, das seinen Ficus ersetzen könnte, nicht einen kleinen Setzling.

Missmutig, die beste Ware verpasst zu haben, wollte er gerade wieder gehen, als das Mädchen ihn bemerkte. Mehrmals machte sie Anstalten, auf ihn zuzugehen, brach aber jedes Mal nach dem ersten Schritt wieder ab. Schließlich gab sie sich einen Ruck, das konnte Sam deutlich an ihrer geänderten Haltung erkennen, und kam zu ihm herüber.

Als sie nur noch zwei Meter von ihm entfernt war, konnte er sehen, dass in ihrem Topf ein kleiner grüner Trieb steckte. Noch weniger als das, was sich Sam erhofft hatte.

Sie blickte ihn verlegen an. »Möchten Sie den Keimling

kaufen?« Ihre Stimme war hell und klar, aber auch viel zu reif für ein Mädchen ihres Alters. Es schwang etwas darin mit, ein Unterton, der ihn neugierig machte. Nicht bloß auf ihre Ware, sondern auf *sie*, ihren Körper, ihre Gedanken.

Sam wollte dennoch dankend ablehnen, als das geschäftige Treiben auf dem Parkplatz von einer lauten Sirene jäh unterbrochen wurde.

Unwillkürlich zuckte er zusammen und duckte sich halb hinter den platten Reifen eines Schaufelbaggers, während laute Schüsse die Luft förmlich zerrissen. Er sah, wie die Männer auf dem Truck auseinanderstoben. Einer von ihnen fiel getroffen von der Ladefläche, landete mit dem Gesicht im Dreck und bewegte sich nicht mehr.

Sein Schieber und dessen Gehilfin waren hinter dem Container in Deckung gegangen und hatten ihrerseits Waffen gezückt.

»Komm in Deckung, Kleine!«, zischte er dem Mädchen zu, das stocksteif dastand und das Gemetzel mit offenem Mund beobachtete. Dabei hielt sie noch immer ihren Blumentopf wie einen Schutzschild vor ihren Bauch.

Kugeln zischten durch die Luft, prallten mit hohen Tönen von den stählernen Karosserien ab.

»Mädchen!«, rief Sam eindringlicher und reckte ihr die Hand entgegen. »Komm schon!«

Der erste der Angreifer – Sam konnte nicht sagen, ob es die Polizei oder ein konkurrierender Schieber war – wurde getroffen und hing leblos aus dem Fenster der dunklen Limousine. Kurz darauf wurde ein Reifen des Autos von einer Kugel zerfetzt und brachte den Wagen ins Schleudern, bis er schließlich mitten in den Truck krachte.

Ein zweites Auto tauchte auf, und die hohe Schussfrequenz eines Sturmgewehrs übertönte den Lärm der kleineren Waffen.

Das Mädchen stand noch immer reglos da. Plötzlich explodierte der Blumentopf in ihrer Hand, und sie schreckte hoch, als wäre sie aus einer Art Trance erwacht. Sie fiel auf die Knie und raffte den grünen Trieb und ein wenig Erde zusammen.

Sam fluchte leise, als er aus seiner Deckung sprang und das Mädchen einfach hinter sich herzerrte. »Weg hier!«, rief er ihr zu.

Sie rannten zwischen den Industriemaschinen hindurch. Sam schlug mehrere Haken, brachte möglichst viel stählernen Schrott zwischen sich und das Inferno des Parkplatzes, ehe er in den Schatten zwischen zwei Containern anhielt und verschnaufte.

Das Mädchen war kreidebleich vor Schock und sagte kein Wort. Sie zitterte am ganzen Leib. Sam deutete auf die Handvoll Erde und schüttelte ungläubig den Kopf. »Bist du wahnsinnig, für das kleine Ding so viel zu riskieren? Ein Wunder, dass dich die Kugel nicht getroffen hat, als der Topf ...«

Er hielt inne und betrachtete das Mädchen genauer. Ihre Weste verfärbte sich dunkel und sie schwitzte stark. Sie blickte ihn aus weit aufgerissenen Augen an und sackte auf die Knie.

Bevor sie längs in den Staub fiel, fing er sie auf, stützte ihren Kopf und hievte ihren Oberkörper auf seinen Schoß, um ihr das Atmen zu erleichtern.

Noch immer krallte sie sich krampfhaft an dem kleinen grünen Trieb fest, dass ihre Knöchel bereits weiß hervortraten. Jetzt löste sie die linke Hand von dem Erdhaufen, verkrallte sie in Sams Arm und zwang ihn, seine Hand um das Häufchen Dreck zu schließen.

»Alles wird gut, Kleine«, versuchte er zu lügen, doch seine Stimme überschlug sich vor Angst. Er hatte noch niemals mit angesehen, wie jemand starb, und jetzt verblutete sie in seinen Armen.

Sie schüttelte leicht den Kopf, wurde sichtlich schwächer. Sie wollte etwas sagen, doch aus ihrem Mund ergoss sich nur ein Schwall von dunklem Blut.

Sie hustete und spuckte, es war ein aussichtsloser Kampf. Wenn ihr Herz nicht bald aufgab, würde sie einfach am eigenen Blut ersticken.

Dann blickte sie ihm fest in die Augen, rüttelte an dem Erdhaufen und nickte ihm zu.

Er schluckte schwer. »In Ordnung«, sagte er leise. »Ich kaufe ihn.«

Die Worte ergaben keinen Sinn, aber sie schienen sie zu beruhigen. Sie ließ los, überließ ihm den grünen Trieb, den sie zuvor noch wie einen Schatz behütet hatte, und fischte kraftlos eine Brieftasche aus ihrer Kakihose. Sie öffnete die Kunstledermappe und starrte lächelnd auf eine kleine Karte.

Nein, auf ein Bild auf einer Karte.

Sam brauchte eine gefühlte Ewigkeit, bis er begriff, was genau sie da anblickte.

Das ist Danny!, erkannte er schließlich. *Das ist Dannys ID-Card!*

»Wo hast du das her?«, fragte er eindringlich. Als sie ihm keine Antwort gab, schüttelte er sie leicht, verdrehte ihren Kopf, bis sie ihm in die Augen blickte. »Wo hast du das her?«

Sam war so perplex, so blind in seiner Hoffnung, mehr über Danny zu erfahren, dass er nicht bemerkte, dass das Mädchen nicht mehr reagierte, dass ihr Blick vollkommen leer war.

Sie war gerade in seinen Armen gestorben.

Ihm stockte der Atem, seine Knie wurden weich, und

es war ein Glück, dass er schon auf dem Boden saß. Ein weiterer Schuss vom Parkplatz zerriss die unwirkliche Stille, die sich über ihn und das Mädchen gelegt hatte, und Sam ergriff die Flucht. Er legte sie sanft auf dem Boden ab, doch dann konnte er nichts mehr für sie tun.

Er rannte, so schnell er konnte, bis er seinen Wagen erreichte. Erst im Auto bemerkte er, dass er noch immer den kleinen Haufen Erde umklammert hielt, und verteilte den Dreck und den Trieb auf seinem Beifahrersitz.

Der Elektromotor schnurrte leise, als er kopflos davonraste.

*

»Scheiße!«, fluchte Elaine, als der erste Schuss fiel. Sie und Jack warfen sich hinter den Container, und der Colt Python hatte bereits den Weg in ihre Hand gefunden. »Hast du nicht gesagt, die Bullen wären geschmiert?«, fragte sie wütend.

»Sind sie auch!«, brüllte Jack über den aufkommenden Lärm hinweg. »Das sind keine Bullen!«

»Wer ist es dann?« Sie spähte hinter der Deckung hervor und erkannte, dass es sich bei den Angreifern vermutlich um eine Gang handelte. »Punks!«, fluchte sie.

Einer von den McMillans wurde getroffen, und die Wucht des Geschosses riss ihn von der Ladefläche des Trucks. Er überschlug sich halb in der Luft und landete leblos mit dem Gesicht im Staub. Seine Brüder sprangen auseinander und brachten sich hinter ihrem Wagen in Deckung. Einer eröffnete das Feuer auf die Angreifer, die in einer schwarzen Limousine anrückten, und seine Kugel zerfetzte ihm den Schädel.

Jack zielte mit einer großkalibrigen Flinte auf den Reifen des Wagens, und das Gummi explodierte förmlich unter dem Beschuss. Der Fahrer verlor die Kontrolle über das Fahrzeug und krachte in den Truck, schoss halb über die Laderampe des bulligen Pick–ups und blieb auf der rechten Seite liegen.

Elaine wollte schon aus ihrer Deckung springen, um kurzen Prozess mit den Angreifern zu machen, als ein zweites Fahrzeug den Parkplatz stürmte. Es war ein Kleinwagen, an dessen Beifahrerseite die Tür fehlte und ein fetter Kerl ein Sturmgewehr heraus abfeuerte.

Aus dem Augenwinkel sah sie noch, wie Tessas Blumentopf zu Bruch ging, dann zerrte ein Mann das Mädchen davon.

»Scheiße!«, stieß sie aus. »Die Kleine macht nur Ärger!«

»Was ist?«, fragte Jack, ohne seinen Blick von dem neuen Ziel zu nehmen, und lud seine Flinte mit einem weiteren Geschoss.

»Ich muss zu ihr!«, schrie Elaine und deutete auf das Labyrinth aus Autoschrott.

Er nickte und jagte seine nächste Kugel in die Angreifer. Das Flintenlaufgeschoss durchschlug den Fettsack, den Fahrer, die Fahrertür und schließlich noch den auf der Seite liegenden Wagen. Das Sturmgewehr verstummte schlagartig, und der Wagen driftete unkontrolliert nach links, als der sterbende Fahrer die Kontrolle darüber verlor.

Elaine spurtete über den Parkplatz und verschwand im Dickicht aus rostigem Stahl und altem Gummi. Im Vorbeirennen bemerkte sie aus dem Augenwinkel frische rote Spritzer an einer gelben Karosserie, doch sie schüttelte bloß trotzig den Kopf. *Nein!*, sagte sie sich bestimmt. *Das ist nichts Schlimmes!*

Wie ferngesteuert eilte sie durch das Gewirr aus Fahrzeugen, als würde ein unsichtbares Band sie zu der jungen

Frau leiten. *Tessa!*, dachte sie dabei unentwegt. *In welche Scheiße hast du dich da geritten?*

Was wollten diese Kerle von ihr? Aber eine viel drängendere Frage, die an ihren Nerven zerrte, war, woher die Punks wussten, dass sie hier waren.

Nein, Jack kannst du vertrauen!, versicherte sie sich plötzlich, ehe der nagende Zweifel überhaupt laut genug geworden war, um ihn zu hören. Ein weiterer Schuss aus Jacks Flinte schallte vom Parkplatz herüber und sie zuckte kurz zusammen.

Gerade umrundete sie eine alte Planierraupe, als sie ein Paar Stiefel erblickte, das ihr nur allzu vertraut erschien. Sie dankte ihrer Intuition, die sie so sicher zu Tessa geführt hatte, und beschleunigte ihre Schritte noch ein wenig.

Das Mädchen lag leblos am Boden, ihr rotes Blut färbte den staubigen Boden. Ihre Hände lagen friedlich auf ihrem Bauch, auf ihrer Brust eine aufgeklappte Brieftasche.

Elaine erkannte, dass nicht ihre Intuition sie hergeführt hatte. Sie verfolgte gedanklich Tessas Weg und wie sie den Blick immer auf den Boden gerichtet hatte.

Sie war der Blutspur bis hierher gefolgt.

Schnell beugte sie sich zu Tessa hinab, kontrollierte, ob die junge Frau noch atmete, aber da war nichts mehr. Keine Reaktion, kein Herzschlag, kein Zucken. Sie lag einfach nur da. Friedlich, still – und auf ihre Art wunderschön.

»Was hätte alles aus dir werden können …«, flüsterte Elaine ihr leise ins Ohr.

Ihr Blick fiel auf die offene Brieftasche. Es war die von jenem Freier, der Tessa so beeindruckt hatte.

Jener Freier, der mittlerweile tot war.

Jener Freier, dessentwegen plötzlich Agenten in ihrer Wohnung aufgetaucht waren.

»Scheiße«, stieß sie hinter zusammengebissenen Zähnen aus. »Die haben mich doch verwanzt!«

Ich bin schuld!, dachte sie. *Ich bin schuld an Tessas Tod. Ich habe sie hierhergebracht.*

Sie nahm die Brieftasche an sich und ging taumelnd zum Parkplatz zurück. Mittlerweile war es wieder ruhig, doch es war ihr schlichtweg egal.

Jack erwartete sie bereits an der Stelle, an der die Scherben von Tessas Blumentopf verstreut lagen. »Die McMillans sind schon abgehauen«, setzte er sie ins Bild. »Haben die Kohle und die Pflanzen zusammengerafft und sind in ihre Karre gestiegen.« Er zuckte die Achseln. »Nicht schlecht, der Truck. Ziemlich robust.« Er bemerkte wohl ihren abwesenden Blick oder sie musste kreidebleich sein, jedenfalls musterte er sie besorgt von Kopf bis Fuß. »Alles in Ordnung? Bist du verletzt?«

Sie ließ die Schultern hängen. »Sie haben Tessa umgelegt.«

»Die Kleine?«, fragte er entgeistert. »Warum denn das?« Sie wollte in einen Schwall von Erklärungen verfallen, wollte darüber lachen, wie lächerlich schwach sie doch war, dass sie der Tod der jungen Frau, die sie kaum gekannt hatte, so aus der Bahn warf, aber Jack ließ nichts davon zu. Er blickte ihr fest in die Augen. »Du musst funktionieren, Elaine! Keine Zeit zur Trauer.«

Sie straffte sich ein wenig. »Was ist mit den Angreifern?«

»Einer röchelt noch, die anderen sind hinüber.«

»Wo?«, wollte sie wissen.

Jack schüttelte den Kopf. »Kannst du vergessen. Der Schuss streifte ihn am Hals. Der ersäuft gerade an seinem Blut.«

»Ich will ihn sehen!«, beharrte sie.

Er seufzte schulterzuckend und führte sie zur umgekippten Limousine. Dahinter lag ein mittelgroßer Mann mit blauen Haaren. Womöglich der Fahrer des Wagens, der nach dem Unfall versucht hatte zu entkommen. Die Halsverletzung war nicht sein einziges Problem. Offenbar hatte eine von Jacks Kugeln ihm das halbe linke Bein abgerissen. Dass er überhaupt noch lebte, war schon ein kleines Wunder.

Doch etwas anderes stach Elaine sofort ins Auge. Sein rechtes Hosenbein war hochgerutscht und gab den Blick auf eine Tätowierung frei.

Eine ihr nur allzu bekannte Tätowierung.

»Sid.« Sie spuckte verächtlich auf den Boden. »Das muss einer seiner Männer sein. Was haben die damit zu tun?«

Jack schüttelte den Kopf. »Wir müssen jetzt wirklich los!«, drängte er. »Du hast, was du wolltest.«

»Was ist mit den Kunden?«, fragte sie noch, während er sie zu dem Kleinwagen schob.

»Einer ist tot«, berichtete er, »liegt hinter dem Container. Der dritte ist gar nicht erst aufgetaucht.«

Während Jack sie zurück zu ihrer Wohnung fuhr, sprachen sie kein Wort. Elaine blickte sich immer wieder nervös um, ob ihnen jemand folgte oder die Polizei bereits die Fabrikanlagen stürmte, doch sie waren die meiste Zeit allein auf der Straße.

Vor dem Wohnblock hielt Jack an und schaltete den Elektromotor aus. »Was ist passiert?«, fragte er fassungslos.

Elaine zeigte ihm die Brieftasche. »Die waren hinter Tessa her«, sagte sie trocken. Die Trauer in ihr wurde mehr und mehr zu einem dumpfen Gefühl, einem leisen Brummen, das das eigene Unterbewusstsein in Schwingung versetzte, aber nicht wirklich ablenkte. Der Schmerz war da, aber irgendwie auch nicht.

Sie musste einfach wieder funktionieren.

»Ich verstehe das nicht«, gestand Jack. »In was für eine Scheiße bist du da geraten?«

»Ich?«, fragte sie ungläubig. »Die wollten Tessa!«

»Die Kerle waren doch aus derselben Gang, die dich schon überfallen hatte«, erinnerte er sie. »Das klingt mir eher nach einem Racheakt … Hast du nicht den Bruder von diesem … diesem Sid umgelegt?«

Sie legte den Kopf schief und dachte über seine Worte nach. *Ja, ich habe Bull kaltgemacht*, überlegte sie. *Aber woher sollte der wissen, wo ich war?* »Warum haben sie dann die Brieftasche von Tessa gesucht?«

»Wenn sie die wirklich gewollt hätten, warum haben sie sie dagelassen?«, konterte Jack.

Ihr fiel nichts darauf ein.

»Die waren deinetwegen da, Mädchen.«

Jetzt schüttelte sie den Kopf. »Nein, da war ein Mann«, erinnerte sie sich. »Der hat Tessa hinter sich hergezogen.«

»Aber da war sie schon getroffen.«

»Woher weißt du das?«

»Ich habe den Blutfleck gesehen … und die Spur«, sagte er leise.

»Dann wollten die sie eben kidnappen und der Plan ging nach hinten los!«, beharrte Elaine.

Er schüttelte skeptisch den Kopf. »Jedenfalls habt ihr mich da ganz schön in die Scheiße geritten.«

»Ach, für *dich* ist das schlimm?«, fragte sie schnippisch. »*Du* hast jetzt ein Problem? Frag doch mal Tessa … ach nein, stimmt, die ist ja tot!«

»So hab ich's doch nicht gemeint«, sagte er kleinlaut. »Ich meinte nur … wegen der Kunden und … ach, egal.«

Elaine entließ ihre angesammelte Wut in einem langen Seufzen. »Egal.« Sie schüttelte mit zusammengekniffenen Augen den Kopf. »Irgendwas passt da nicht zusammen.«

»Was willst du jetzt tun?«

»Ich werde diesen Sid finden«, sagte sie entschlossen. »Und ich werde herausfinden, was das Schwein von Tessa und von mir wollte.«

»Lass lieber die Finger davon«, warnte er sie. »Die Kerle sind gefährlich. Und sie haben gute Kontakte – bessere als du.

»Ist mir egal«, wiegelte sie ab. »Ich will das Schwein bluten sehen.«

Er seufzte geschlagen. »In Ordnung. Ich helfe dir. Geflügelte Rose, ja?«

»Geflügelte Rose«, bestätigte sie. Elaine wollte schon aus dem Wagen steigen, als sie ihm noch einmal fest in die Augen blickte. »Weißt du, ich habe das wirklich nicht gewollt.«

»Das weiß ich doch.«

»Ich wollte ihr Leben verbessern. Ich wollte etwas für sie bewirken.«

»Das hast du auch.«

»Ja, sie ist tot«, entgegnete sie mit ironischem Unterton in der Stimme.

Er schüttelte bestimmt den Kopf. »Nein, du hast davor etwas in ihrem Leben bewirkt, hast es verändert … zum Guten!«

»Bist du dir da sicher?«

Er zuckte die Achseln. »Sie wirkte glücklich auf mich.«

Elaine schleppte sich müde in ihre Wohnung. Gunther lugte kurz durch einen Türspalt ins Treppenhaus herein, doch er ließ sie zu seinem Glück in Ruhe. In diesem Moment hätte sie sein schmieriges Gehabe nicht ertragen und ihn womöglich ohne zu zögern umgelegt.

Sie warf die Tür hinter sich ins Schloss und atmete tief

durch. Tessa war tot, daran konnte sie nichts mehr ändern. Nichts, rein gar nichts, was sie tat, würde die junge Frau wieder ins Leben zurückbringen.

Es war nicht die Unabänderlichkeit des Todes, die Elaine diesmal aus der Bahn warf; sie hatte häufig mit dem Tod zu tun, war selbst nicht selten diejenige, die ihn über andere Menschen brachte. *Töten oder getötet werden,* hatte sie früh gelernt, eine andere Wahrheit gab es in dieser Welt nicht mehr.

Doch ein kleiner Teil von ihr – ein zugegeben irrationaler Teil – hatte gehofft, dass sie durch die Hilfe, die sie Tessa zukommen ließ, etwas veränderte. Nicht bloß für die junge Frau oder sich selbst, sondern für das Delta als Ganzes.

Sie schüttelte schnaubend den Kopf. *Was für eine selten dämliche Vorstellung!*

Sie blickte sich argwöhnisch im Wohnzimmer um. *Haben die mich neulich verwanzt?*, nagte die Ungewissheit an ihr. *Aber wir haben nie über den Ort gesprochen!*, fiel ihr wieder ein. *Wir waren vorsichtig!*

Und wenn man sie wirklich abgehört hätte, warum hatte man sie dann nicht bereits hier angegriffen?

Sie schüttelte entschieden den Kopf. Nein, die undichte Stelle musste an anderer Stelle zu finden sein. Wie schon zuvor schloss sie Jacks Beteiligung ebenfalls aus.

Elaine ging in ihre geheime Werkstatt und entlud dort den Colt Python. Die antike Schusswaffe hatte ihr auch heute wieder treue Dienste erwiesen. *Wer bleibt übrig?*, überlegte sie, während sie den Lauf mit einer kleinen Bürste reinigte. *Die McMillans?*

Sie schüttelte erneut den Kopf. Es wäre nicht ungewöhnlich und darum auch sicher nicht unmöglich, dass diese Bier saufenden Idioten versucht hätten, Jack aus dem Geschäft zu drängen, aber dafür hatten sie selbst unter dem

Angriff viel zu sehr gelitten. Wenn man einen Konkurrenten aus dem Weg räumen wollte, dann tat man das für gewöhnlich auch. Man bestellte kein Erschießungskommando, das dann plötzlich nur die eigenen Leute durchlöcherte.

Und auch die übrigen Umstände deuteten nicht auf die McMillans hin. Für Elaine stand fest, dass es kein Zufall war, dass Tessa zuerst hier gesucht und dann bei der Schießerei getötet wurde. Ebenso merkwürdig war es, dass Sids Gang sie erst in der Wildnis überfiel und dann auch auf dem Parkplatz zuschlug.

Irgendwas stimmt da nicht!, wusste sie, doch sie kam nicht darauf.

Plötzlich runzelte sie die Stirn. *Was war mit dem dritten Kunden? Jack sagte, er sei gar nicht aufgetaucht … Und mit wem ist Tessa verschwunden?*

Sie legte den gesäuberten Revolver beiseite und betrachtete erneut die ID–Card von Tessas gönnerhaftem Freier. »Daniel Holden«, sprach sie den Namen laut aus. »Ich weiß nicht wieso, aber ich wette, du bist der Schlüssel zu diesem Puzzle.«

Und ihr einziger Anhaltspunkt. Sie würde Daniel Holdens Wohnung ausfindig machen und sich dort einmal genauer umsehen. Vielleicht könnte das ein wenig Licht ins Dunkel bringen.

Sie bereitete die leeren Patronenhülsen vor, um sie wieder zu befüllen, als ihr ein weiterer Einfall kam. *Jacks dritter Kunde*, dachte sie grimmig. *Er hängt auch irgendwie mit drin.*

Aber an ihn würde sie ebenfalls herankommen. Jack würde ihr sicherlich die Nummer seines Handys überlassen. Vermutlich war es ein Zweitgerät, das er nur für seine Einkäufe auf dem Schwarzmarkt verwendete, aber das sollte genügen. »Ja«, sagte sie entschlossen, »das wird gehen.«

Die erste wieder befüllte Patrone fand ihren Weg in eine der leeren Kammern der Revolvertrommel.

Es war nicht schwer, herauszufinden, wo Daniel Holden gewohnt hatte. Die meisten Polizisten waren sehr auskunftsfreudig, wenn man mit genügend Scheinen wedelte. Einer der Polizeiberichte über die Katastrophe gab in jeder Einzelheit wieder, wo der Mann lebte, für wen er gearbeitet hatte und wann man ihn in welcher Position aufgefunden hatte.

Von all diesen Informationen war die, dass Daniel ein Ingenieur bei Food Corp. gewesen war, noch immer die interessanteste.

Der Weg zu seinem Apartment würde einige Stunden dauern, erkannte sie anhand des Stadtplans. Sie musste im Stillen anerkennend nicken, dass Tessa den ganzen Weg allein auf Socken geschafft hatte, ohne in noch größere Schwierigkeiten zu geraten.

Na ja, wie viel größer könnten ihre Schwierigkeiten noch gewesen sein?, fragte sie sich achselzuckend. Ihre Routine kam wieder zurück. Sie machte einen Plan, verarbeitete das Geschehene und blickte nach vorn. Das tat sie immer. Und es würde ihr auch dieses Mal helfen, nicht den Verstand zu verlieren.

Mit dem Revolver bewaffnet würde sie es keinesfalls durch die Sicherheitskontrolle schaffen – sollten sich die lahmarschigen Bullen dazu entschließen, sie zu kontrollieren. Normalerweise hingen sie nur faul auf ihren Stühlen herum und winkten die Passanten durch. Aber manchmal packte sie der Eifer. Da sie eine ansehnliche Frau war, bestand immer eine Chance, dass einer der Kerle plötzlich eine Leibesvisitation vorschlug. Und sollte man bei der Gelegenheit einen antiken Revolver bei ihr finden, hätte sie einen ziemlichen Erklärungsnotstand.

Sie verzichtete also auf die schöne Waffe und auch auf ihre Wurfmesser – einfach auf alles, was sie verdächtig erscheinen ließe oder schlicht illegal war.

Sie blickte auf die Uhr. Wenn sie jetzt losging, dann wäre sie mit Einbruch der Dunkelheit sicher wieder zurück. Und sie wäre womöglich schon am Abend um einige Antworten reicher.

Elaine zog den schweren Mantel an, versteckte den Zugang zu ihrer Werkstatt sorgfältig mit der Platte und verließ die Wohnung.

Der Gang durchs Treppenhaus fiel ihr mit jeder Stufe etwas leichter, als würde jeder Schritt sie mehr und mehr in ihr altes Selbst zurückverwandeln. Tessas Tod hatte ihre eigene Schwäche offenbart. Hatte sie für einen kurzen Moment verwundbar gemacht. Und nun galt es, diesen Makel auszumerzen.

Gunther spähte erneut durch eine spaltbreit geöffnete Tür, enthielt sich aber auch diesmal eines Kommentars. Auf der Straße atmete Elaine einmal tief durch. Sie würde die Kerle nicht davonkommen lassen, aber sie würde sich auch nicht schuldig fühlen.

Sie klappte den Kragen des Mantels gegen den Wind hoch und machte sich auf den Weg in den oberen Komplex.

*

Eine Weile fuhr er kopflos durch die Gegend, ohne bestimmtes Ziel, mit der einzigen Absicht, eine möglichst große Entfernung zwischen sich und den Ort des Massakers zu bringen.

Seine Hände waren blutig und von Erde verdreckt. Seine Hose und sein Hemd waren ebenfalls mit dem Blut der jungen Frau getränkt.

Nach etwa zwei Kilometern hielt er an. Er war noch immer im Industriegebiet, und weit und breit war kein anderes Fahrzeug oder ein Fußgänger zu sehen. Sam öffnete die Wagentür, lehnte sich zur Seite hinaus und übergab sich mit lautem Würgen auf den grauen Asphalt. Sein Magen krampfte, denn er hatte noch nichts gegessen, und somit gab es keinen Inhalt, den er hätte auskotzen können. Er wollte kurz durchatmen, wollte eine Pause machen, doch immer wieder ertappte er sich dabei, wie er sich panisch umdrehte und kontrollierte, dass er auch tatsächlich nicht verfolgt wurde. So blieb ihm nur der Weg zurück in die Stadt.

Je näher er der Innenstadt kam, desto mehr Mühe gab er sich, nicht sonderlich durch einen unruhigen Fahrstil aufzufallen. Allerdings hatte er keine Ahnung, wie er ungesehen in seine Wohnung gelangen sollte. Die Nachbarn einer so feinen Wohngegend waren für gewöhnlich deutlich aufmerksamer, was ihre Umwelt anbelangte.

Er entschied, dass er bis zum Einbruch der Dunkelheit sicherheitshalber umherfahren würde. Im Handschuhfach hatte er eine Flasche Wasser liegen, das müsste reichen. Appetit hatte er ohnehin nicht. Zu präsent war das Bild des toten Mädchens in seinen Gedanken.

Er wusste nicht, wie sie hieß, wer sie war oder woher sie kam. Er wusste nur, dass sie ein Bild von Danny – nein, sogar Dannys komplette Brieftasche – bei sich gehabt hatte.

Wütend drosch Sam auf das Lenkrad ein und der Wagen zuckte kurz unruhig auf der Straße umher. *Warum habe ich die Sachen nicht mitgenommen?*, schalt er sich.

Er kannte die Antwort auf diese Frage und wusste, dass sie ihn nicht beruhigen würde. »Weil ich zu viel Schiss hatte!« Er schnaubte, wurde mit jedem Atemzug wütender. Auf sich, diejenigen, die den Schwarzmarkt überfallen hatten – ja sogar auf den Menschen, der vor so vielen hundert Jahren das Schießpulver erfunden hatte –, doch es half nichts. Am Ende blieb das Gefühl, dass er versagt hatte. Er hätte Dannys Andenken retten können, aber er hatte den Freund im Stich gelassen.

Ich habe ihm wieder nicht geholfen.

Seine planlose Fahrt führte ihn kreuz und quer durch die Megastadt. Er passierte gläserne Bürotürme im Zentrum, einmal sogar das Gebäude von Food Corp. Dann fuhr er durch verwinkelte Straßen, die von großen Häusern gesäumt waren, in denen lediglich vier Parteien wohnten. Kurzzeitig fuhr er durch den westlichen Teil des unteren Komplexes, kehrte allerdings rasch wieder um, nachdem er es bemerkte.

Als die Sonne endlich untergegangen war, bog Sam in seine neue Straße ein und parkte den Wagen vor dem Haus. Er wartete noch einen Moment, bis sich zufällig eine Wolke vor den Mond schob, dann stieg er schnell aus und huschte im Schatten der Nacht zur Haustür. Im Flur verzichtete er darauf, das Licht einzuschalten, und tastete sich den Weg zu seinem Apartment nach oben.

Dort zog er sofort die Sachen aus und rannte unter die Dusche. Er brauchte über eine halbe Stunde, bis er endlich das Gefühl, von Blut beschmiert zu sein, abgewaschen hatte und sich wieder beruhigte. Er ging in die Wohnküche, sammelte die ruinierten Kleider auf und steckte sie in den Abfall. Nachdem er den Küchenschrank geschlossen hatte, riss er die Tür gleich wieder auf, da ihm ein beunruhigender Gedanke kam. *Was, wenn jemand den Müll durchsucht?*

Er blickte sich mit wachsender Panik um. *Wie soll ich die Sachen loswerden?*

Es gab nur einen Ausweg. Er musste die Klamotten behalten. Vielleicht nicht für immer, aber zumindest so lange, bis Gras über die Sache gewachsen war. Morgen würde die Polizei sicherlich die Leiche des Mädchens finden, falls das nicht schon geschehen war. Und dann würden sie möglicherweise nach dem Mörder suchen. Fänden sie die blutverschmierte Kleidung, weil eine Nachbarin zu viel Zeit hatte, die sie damit verbrachte, den Mülleimer zu durchsuchen, dann hätte er ein ernsthaftes Problem.

Also stopfte er die Klamotten in eine Mülltüte, die er fest verschloss. Die Tüte wiederum steckte er in seinen Reisekoffer, der auf dem Schrank lag. Er war sich bewusst, dass die Kleider ihn dort oben, so exponiert, immer wieder an diesen schrecklichen Tag erinnern würden, doch er wusste nicht, wohin er sie sonst verschwinden lassen könnte.

Vielleicht kann ich sie außerhalb des Deltas vergraben?, huschte ein Gedanke durch seinen Kopf, den er nicht auf der Stelle wieder verwarf.

Das Klingeln seines Handys verhinderte weiteres Grübeln. Auf dem Display war Pauls Bild zu sehen. »Hallo, Paul«, meldete er sich. *Als hätte er geahnt, dass ich daheim bin*, dachte er.

»Hey, Sammy, wo warst du heute?«

Er zögerte kurz mit einer Antwort und schluckte schwer. *Soll ich Paul davon erzählen?*, nagte es an ihm. Es war ein offenes Geheimnis zwischen den Freunden, dass jeder von ihnen sich auf dem Schwarzmarkt mit Pflanzen versorgte. Dennoch sprachen sie nie ein Wort darüber. Nicht weil sie einander misstrauten, sondern weil man sich nie zu hundert Prozent sicher sein konnte, nicht heimlich belauscht zu werden.

Die Regierung war überaus geschickt darin, ihre Bürger zu überwachen.

»Ich konnte einfach nicht«, antwortete Sam stattdessen.

»Wegen Danny?«, fragte Paul und klang ernsthaft besorgt.

»Ja.«

»Soll ich vorbeikommen? Brauchst du jemanden zum Reden?«

Sam wehrte ab. »Nein, nein, ist schon okay. Ich brauch einfach noch ein paar Tage, um damit fertigzuwerden.«

»Weiß Carl davon?«

»Ja, er hat gesagt, ich kann freimachen, solange ich will.«

Paul lachte trocken. »Na ja, bei mehr als zwei Wochen wird er vermutlich schon nachfragen.«

»Vermutlich.«

»Aber was anderes, Sammy«, fing Paul nach einer kurzen Pause an. »Das kommt jetzt zwar sicherlich doof, aber … Dannys Wohnung wird übermorgen geräumt. Und bevor das geschieht, solltest du noch mal hinfahren und dir was aus seinen Sachen aussuchen«, erklärte er.

Sam seufzte traurig. Eigentlich wollte er das Angebot schon ablehnen, doch dann erkannte er, dass es die letzte Gelegenheit war, ein persönliches Andenken von Danny zu bekommen. »Gut, ich fahre morgen früh hin.«

»Super. Ich hab dir die Schlüsselkarte schon in den Briefkasten geworfen.«

»Wie umsichtig von dir«, sagte Sam und ließ sich seinen Ärger darüber, dass Paul ihn hier quasi vor vollendete Tatsachen stellte, durchaus anmerken.

»Soll ich mitkommen?«

»Nein, nein«, lehnte er ab. »Carl dreht durch, wenn wir beide fehlen.«

»In Ordnung.« Er machte eine kurze Pause, als würde er überlegen, wie er Sam auf andere Gedanken bringen könnte. »Du, sag mal, wo warst du heute? Ich hab ein paarmal versucht dich zu erreichen.«

»Ja, ich … war spazieren und hab geschlafen«, log Sam.

»Und das Telefon hattest du dann wohl ausgestellt«, ergänzte Paul.

»Ja, genau.« Er druckste ein wenig herum. »Du, kann ich dich morgen anrufen? Ich fühl mich gerade echt beschissen.«

»Na klar. Ich hab mir nur Sorgen gemacht.«

»Danke. Ich ruf dich an«, verabschiedete Sam sich noch und legte auf. Dann schaltete er das Handy ab und warf es achtlos aufs Bett.

Er ging ins Wohnzimmer, ließ sich auf die Couch fallen und schaltete den Fernseher ein. In der Hoffnung, dass die Polizei von dem Massaker noch nichts bemerkt hatte, schaltete er sich durch die diversen Nachrichtenkanäle, und allem Anschein nach war der morgendliche Vorfall bisher unbemerkt geblieben.

Er schlug sich gegen die Stirn, warf die Arme über den Kopf und starrte zur Decke empor.

»Wieso habe ich Paul nichts davon erzählt?«, flüsterte er. »Wieso all die Geheimnisse?«

Er konnte es nicht wirklich beantworten, doch seit er Dannys Speicherstick in seinem Wagen gefunden hatte, war er verunsichert. Darauf waren offensichtlich Daten, von denen Danny nicht wollte, dass sie irgendjemand in die Finger bekam. Und jetzt noch Dannys Brieftasche bei dieser Schmugglerin.

Sam setzte sich auf und atmete tief durch. *Danny*, dachte er wehmütig, *in was für eine Scheiße bist du geraten?* Denn allmählich zweifelte er daran, dass es sich bei all dem um einfache Zufälle handelte. *Ich darf Paul nicht in Gefahr bringen*, beschloss er für sich. *Danny steckte offenbar tief drin. So tief, dass er niemandem von uns ein Wort sagte. Wenn er uns schützen wollte, dann muss ich dasselbe für Paul tun.*

Aber was sollte er als Nächstes tun?

Was war überhaupt geschehen?

Sam wälzte diese Frage in seinem Kopf hin und her, ohne eine rasche Antwort darauf zu finden. Er stand auf, marschierte in der Wohnung auf und ab, wie ein Löwe in seinem Käfig – zumindest hatte er solche Szenen in alten Tierfilmen aus Zoos gesehen. Er versuchte die Dinge zu ordnen, zu verstehen, weshalb sich Danny umgebracht hatte und wie das Mädchen an seine Brieftasche gekommen war.

Ich weiß, dass Danny seine Sachen noch hatte, als wir im Theater waren, fiel ihm plötzlich ein.

Er blieb wie angewurzelt stehen. *Das Mädchen! Sie war bei Danny in der Nacht, bevor er starb.*

Hektisch suchte er in seinen Hosentaschen nach dem zweiten, geheimen Handy, das er nur zur Kommunikation mit dem Schieber nutzte, doch da fiel ihm ein, dass er es im Auto hatte liegen lassen.

Er eilte die Treppe hinunter und öffnete die Wagentür. Die Beleuchtung schaltete sich ein, und der mit Erde verdreckte Beifahrersitz stach ihm ins Auge. Und mitten darauf, als wäre nichts geschehen, lag der grüne Trieb, gerade einmal vier Zentimeter lang. Ein kleines grünes Stängelchen, kaum dicker als ein Grashalm, und eine weiße Wurzel.

Mit der Linken fischte er im Fußraum nach seinem Handy, mit der Rechten sicherte er den Keimling aus dem parkenden Auto. Dann wischte er die Erde vom Sitz und schloss den Wagen wieder ab.

Zurück in seiner Wohnung legte Sam die Pflanze auf den Küchentresen, noch unschlüssig darüber, was er damit anfangen sollte. *Das Ding stirbt doch ab, bevor es auch nur das erste Blatt bekommt*, dachte er und verspürte dabei eine seltsame Traurigkeit in sich aufkommen.

Schlagartig fiel ihm wieder das Gemälde des Krankenhauses ein und die geheime Botschaft, die sich darin versteckte. *Ob sie Danny auch aufgefallen war?*

Wegen einer Lebensmittelvergiftung hatte Danny vor einiger Zeit ein paar Tage im Krankenhaus verbringen müssen. Paul hatte immer darauf bestanden, dass sie von einer Pilzvergiftung sprachen. Danny selbst hatte nie darüber gesprochen, und Sam hatte sich gewundert, weshalb er wegen einer Lebensmittelvergiftung so lange in der Klinik bleiben musste. Normalerweise schluckte man dagegen eine Pille, aß einen genetisch veränderten Maiskolben und war binnen eines Tages wieder gesund.

Er schüttelte den Kopf und konzentrierte sich auf die bevorstehende Aufgabe. Mit zittrigen Fingern tippte er eine Nachricht an seinen Schieber: »Was war denn das für eine Scheiße heute?«

Er sendete sie ab und wartete auf Antwort.

»War nicht meine Schuld. Wo warst du?«, kam nach wenigen Momenten die erhoffte Reaktion des Mannes.

»Hinten«, antwortete er knapp. »Hab noch immer Interesse an Ware.«

»Hab keine Ware mehr.«

Gut, dachte Sam und legte sich die nächsten Worte genau zurecht. »Was für eine Scheiße ziehst du hier ab?« Er wusste nicht, ob es klug war, den Mann zu verärgern, doch er wollte nicht feige klingen. Wenn er wirklich ein verärgerter Kunde sein wollte, dann musste er sich auch wie einer benehmen.

»Ich ziehe gar nichts ab! Irgendwer hat uns verpfiffen.« Die Antwort kam prompt, und man konnte deutlich erkennen, dass Sams direkter Angriff den Schieber ein wenig aus seiner Deckung brachte.

»Was ist mit der Kleinen?«, fragte er zurück. »Die hatte ich noch nie gesehen.«

»Tut nichts zur Sache.« Auch diese Antwort erreichte ihn rasch, war jedoch deutlich knapper gehalten.

Sam wusste nicht viel über illegale Geschäfte, aber er hatte das sichere Gefühl, dass ihm der Kerl aus dem Weg ging. Er wollte bereits wieder eine Nachricht abschicken, als er innehielt und sich fragte, was er eigentlich erreichen wollte. *Ich weiß einfach zu wenig darüber*, erkannte er schließlich. *Wenn der Kerl etwas mit Dannys Tod zu tun hat, dann ist das gefährlich. Aber was könnte es sein? Hatte Danny womöglich Schulden?*

Er wälzte die Gedanken schier endlos hin und her, am Ende seufzte er resignierend und schrieb eine letzte Antwort: »Bin noch immer interessiert an Ware. Meld dich.«

Er legte das Handy beiseite und atmete tief durch. Die ganze Sache hatte ihn nervöser gemacht, als er sich eingestehen wollte. Sicherheitshalber stand er auf und verriegelte die Wohnungstür. Und an den Fenstern ließ er die Rollläden herunter.

Als er sich in der Küche eine Flasche Wasser aus dem Kühlschrank holte, fiel sein Blick erneut auf den kleinen grünen Trieb.

Er entschied, dass er der jungen Pflanze wenigstens den Hauch einer Chance geben wollte, die er ihr bieten konnte. Sein Ficus wäre in wenigen Tagen endgültig vom Pilz zerfressen, vielleicht würde ihm dieses kleine Ding ein paar schöne Momente bescheren.

Es wäre auch die erste Pflanze, die er beim Wachstum beobachten würde. Er holte eine flache Schüssel aus einem Hängeschrank und setzte den Trieb in die Mitte. In dem zweiten Raum, der momentan ausschließlich von seinem antiken Holzschränkchen beansprucht wurde, entnahm er dem Blumentopf des Ficus ein wenig Erde.

Das wird dir nicht helfen, dachte er wehmütig mit Blick

auf die fortschreitende Durchsetzung mit Pilzsporen, die bei der Erde schon eingesetzt hatte. Er zuckte die Achseln, denn es musste reichen.

In der Küche verteilte er die Erde gleichmäßig in der Schale und drückte den Trieb fest hinein. Er würde so bald wie möglich saubere Erde auftreiben.

Der grüne Stängel wirkte ein wenig verloren, doch er stand aufrecht, als wolle er ihm zeigen, dass er sich nicht kampflos ergeben würde. *Was wohl aus dir wachsen könnte?*, fragte Sam sich.

*

Sid vergrub die gepiercten Lippen in seiner Handfläche. Die Nachrichten waren gar nicht gut. Die menschlichen Verluste waren zu verschmerzen und ließen sich leicht wieder auffüllen. Auf den Straßen standen die jungen Männer Schlange, um für ihn zu arbeiten. Er bot den Menschen eine Perspektive. Er bot ihnen Sicherheit.

Was ihn jedoch störte, war der Verlust der vielen Waffen.

»Zwei Maschinenpistolen und ein Sturmgewehr sind so stark beschädigt, dass ich sie nicht mehr repariert bekomme«, schloss Eli die Liste ab. »Sowie die Limo und der Mini.«

Bei dem letzten Satz winkte Sid bereits wieder ab. Fahrzeuge waren auch kein Problem. Die ließen sich leicht beschaffen. Nein, nur die Waffen wären schwierig zu ersetzen. Denn dafür müsste er mit Mr Bluechips reden. Und das hasste er.

Noch dazu war er sich nicht sicher, ob sie den Auftrag zur Zufriedenheit des Mannes ausgeführt hatten.

»Stört den Schwarzmarkt und beschafft mir die Pflanzen«, hatte er befohlen. »Räumt die Schieber aus dem Weg, dann bekommst du deine Wohnung.«

Jetzt saß Sid auf dem alten Sessel, den er wie einen persönlichen Thron nutzte, und hörte mit wachsendem Missfallen Elis Bericht zu.

»Also haben die Idioten total versagt«, schlussfolgerte er.

Eli zog die Schultern hoch. Es war seine Aufgabe gewesen, den neuen Rekruten zu folgen. Nach ein paar Stunden war er allein zurückgekehrt. »Die Neuen sind alle tot, ja. Aber sie haben auch ein paar der Ziele getroffen.«

Sid brummte verstimmt. »Das dürfte kaum genügen.« Er musste sich beherrschen. Mr Bluechips hatte sich unmissverständlich ausgedrückt. Ohne einen Erfolg würde es keine Wohnung geben.

»Was willst du jetzt tun, Boss?«

Deinen Schädel wegpusten!, war der erste Gedanke, der ihm in den Sinn kam, denn Elis vorschnelle Fragerei ging ihm gehörig auf die Nerven. Noch dazu ließ es ihn in schlechtem Licht dastehen, wenn er nicht sofort eine Antwort parat hatte. Er unterdrückte den Impuls, seine Waffe zu ziehen und Elis kümmerliches Gehirn auf dem Boden zu verteilen, und atmete tief durch.

Ohne die gewünschten Ergebnisse würde er die neue Wohnung nicht bekommen, das war sicher. Und wenn er die Wohnung nicht bekäme, hieße das, dass er noch länger im Slum festsitzen würde. In dieser Bruchbude, die aber immer noch besser war als die meisten anderen Gebäude.

Sein Blick schweifte nachdenklich durch den Raum. Eli stand mit leicht zittrigen Knien vor ihm – bei ihm musste man ohnehin ständig befürchten, dass er sich selbst einnässte, also maß er ihm keine Aufmerksamkeit bei.

Doc lag auf einem speckigen braunen Sofa, das ein großes Loch in der gegenüberliegenden Wand halb verdeckte, und war mit einer abgerissenen Nutte zugange. Sid verstand einfach nicht, wie dem Mann seine Umwelt so völlig egal sein konnte, dass er nicht auf ein wenig mehr Privatsphäre bestand, doch urteilte man nach Docs Gesichtsausdruck, war ihm ohnehin alles egal. Sid war sich nicht einmal sicher, ob der hagere Kerl die Dienste der Frau erbeten hatte – oder ob er überhaupt bemerkte, was sie da tat.

An die rechte Wand gekauert saßen zwei weitere Huren, von denen sich eine gerade mit einer Spritze einen von Docs Drogencocktails setzte. Sid selbst rührte die Drogen nicht an, aber er konnte nur zu gut verstehen, weshalb sie für manche Menschen in den Slums unersetzlich waren. Schließlich stellten sie den einzigen Ausweg aus dem Elend dar – wenigstens für ein paar Stunden.

Oder für immer, wenn man sich so das Hirn rausschießt wie Doc, dachte er mürrisch.

Eli wartete wohl noch immer auf eine Antwort, denn der Idiot wollte einfach nicht verschwinden. Glücklicherweise waren sonst keine von Sids Männern hier, darum störte er sich schon etwas weniger an dem Schwachkopf mit der Sonnenbrille, die Eli selbst in dem abgedunkelten Raum nicht ablegte. Der nervöse Mann fuhr sich hektisch mit der rechten Hand durch seine gelb gefärbte Irokesenfrisur und verlagerte sein Gewicht unruhig von einem Bein aufs andere. »Boss?«

Sid stöhnte genervt auf. Der Ton begann als hohes »Oh« und steigerte sich zu einem tiefen Knurren, das fast wie das Brüllen eines wilden Tieres klang. »Ich denke noch darüber nach!«

Er wusste, dass er sich in seiner Position keine Zögerlichkeiten leisten konnte. Zu schnell wäre ein anderer zur Stelle, der sich selbst für den fähigeren Anführer hielt. Allerdings fürchtete Sid weder Doc noch Eli. Doc war einfach zu stoned, um irgendeinen Plan für mehr als zwei Minuten zu behalten. Und Eli pisste sich vermutlich schon in die Hose, wenn er nur daran dachte, dass er eines Tages in die Situation gelangen könnte, dass er die Gang anführen müsste.

Nein, bei seinen nächsten Untergebenen hätte er sich lediglich um Adam sorgen müssen. Die kleine Ratte wäre durchtrieben genug gewesen, sich gegen ihn zu verschwören. Und er hätte womöglich genug Unterstützer in den eigenen Reihen gefunden. Aber Adam war tot. Insgeheim musste Sid der Schlampe sogar dafür danken.

Auf der anderen Seite musste er den Kreis seiner engsten Vertrauten, der Männer, denen er auch hin und wieder die Führung kleinerer Gruppen der Gang überließ, um neue Mitglieder erweitern. Bull und Adam hatten eine Art Machtvakuum hinterlassen, das es nun möglichst rasch zu füllen galt.

Er rieb sich müde und entnervt die Schläfen. Was sollte er zuerst anpacken? *Das Gespräch mit Bluechips muss ich selbst machen*, wusste er. *Ich muss es noch heute tun. Und die Neubesetzung der Stellvertreter?*

Er blickte Eli direkt in die Augen. »Wir brauchen Ersatz für Bull und Adam«, sagte er leise. Dann deutete er auf Doc. »Und er ist kaum in der Lage, sie auszusuchen.«

»Du willst, dass ich das mache?«, fragte Eli überrascht.

Sid seufzte. »Nein, ich will, dass du mir vernünftige Vorschläge machst!«, herrschte er ihn an. »Um den Rest kümmere ich mich.«

Eli schien erleichtert darüber, nun endlich wieder eine Richtschnur für seine nächsten Handlungen zu haben. Er bedachte Doc und dessen Gespielin mit einem unverhohlen eifersüchtigen Blick, dann zog er sich aus dem Raum zurück.

Sid seufzte erneut. »Eli!«, rief er ihm noch hinterher und er blieb in der Tür stehen. »Du kannst dir später eins von den Mädchen nehmen … *nachdem* du deine Aufgabe erledigt hast.«

»Danke, Boss!« Er grinste breit und verschwand energisch durch die Tür.

Sid schüttelte ungläubig den Kopf. »Besorg den Kerlen eine Nutte und sie machen, was du willst, was Doc?«

Doc kicherte wirr. »Ich geb den Leuten immer eine Pille.«

Das war der Vorteil an Docs Zustand. Womit auch immer er beschäftigt war, er würde stets antworten. Sid wusste nicht, ob ein Teil seines Verstandes einfach nicht abschalten konnte oder ob es gerade daran lag, *dass* sein Verstand komplett von Drogen benebelt war und er sich ohnehin auf nichts konzentrieren konnte. In gewisser Weise schien Doc seine ganze Umgebung ungefiltert wahrzunehmen, er hatte nur keine Möglichkeit mehr, darauf zu reagieren … Zumindest nicht auf angemessene Art.

Sid spielte das Gespräch mit Bluechips im Kopf schon einmal durch, schließlich wählte er einfach die Nummer und wartete.

»Was willst du?«, meldete sich Mr Bluechips genervt. »Hat alles geklappt?«

Der Punk atmete tief durch. »Meine Jungs sind alle tot. Die Schieber waren bewaffnet.«

»Wieso glaubst du immer, dass dein Personal mein Problem ist?« Er seufzte. »Also, hast du mal wieder versagt?«

Sid unterdrückte seinen ersten Impuls, den aufgeblasenen Kerl anzubrüllen. Stattdessen atmete er nochmals tief durch. »Nein, nicht vollständig.« Bereits in dem Moment, in dem die Worte seine Lippen verließen, wusste er, wie dämlich sie klingen mussten. Und dass sie eine unzureichende Entschuldigung waren.

»Oh, hört, hört!«, giftete Bluechips. »Was ist denn glattgelaufen? Haben deine Leute ihre Schuhe selbst gebunden?«

»Einige der Schieber sind tot«, hielt Sid ungerührt dagegen.

Jetzt war es an seinem Gesprächspartner, tief durchzuatmen und sich eine Antwort genau zu überlegen. »In Ordnung. Verbuchen wir das also als Teilerfolg. Hast du ein paar Pflanzen?«

»Nein.«

»Und schon schwindet er dahin.«

Sid überhörte auch diese Spitze. »Keine Sorge, die beiden machen keine Geschäfte mehr.«

»Ich nehme dich beim Wort.« Es entstand eine kurze Pause, in der Sid sich wünschte, er könnte dem Mann am anderen Ende der Leitung durch das Telefon hindurch einen starken Stromstoß ins Hirn verpassen.

»Wegen deines Chips«, fuhr er schließlich fort. »Morgen müsste ich ihn haben.«

»Danke.«

»Und was die Wohnung betrifft … Ich denke, eine solche Belohnung hebe ich mir auf, bis du mal wieder einen *vollen* Erfolg ablieferst. Und ich hätte da auch schon einen Auftrag für dich.«

Auch diesmal schluckte Sid seinen Ärger hinunter. »In Ordnung. Ich bin ganz Ohr.«

Dritter Teil

Wofür es sich zu sterben lohnt

Kapitel 8

Er hatte die ganze Nacht nicht geschlafen. Immer wieder hatte er sich hin und her gewälzt, die Bilder des Massakers vor Augen, und vergeblich versucht, sie zu verdrängen. Mehrmals hatte er um die junge schwarzhaarige Frau geweint. Hatte sich gefragt, wie alt sie wohl gewesen sein mochte.

Irgendwann war er in einen unruhigen Dämmerzustand gefallen, bei dem er die Bilder wie in einem Traum ablaufen sah. Er konnte sogar eingreifen und das Schicksal des Mädchens verändern. In diesem Wachtraum fragte er sie, woher sie Danny kannte, doch sie gab ihm keine Antwort. Als der Morgen graute, da wusste er, dass er nun zu Dannys Wohnung fahren musste, um die letzten Reste seines Freundes für die Müllabfuhr zu sortieren.

Sam wollte nicht aufstehen, wollte einfach im Bett liegen bleiben. Irgendwann würde der Schlaf ihn finden. Irgendwann würden die Bilder verschwinden.

Irgendwann …

Aber es half alles nichts. Er stand auf und ging mit schweren Beinen ins Bad. Es war, als sträube sich sein gesamter Körper gegen den heutigen Tag. Und auch keine heiße Dusche konnte das ändern. Das Wasser erfrischte ihn nicht, es fühlte sich nicht gut auf der Haut an, das Prasseln beruhigte ihn nicht. Er würde heute Dannys Sachen sortieren. Würde Schränke und Kommoden durchsuchen, würde entscheiden, was direkt in den Müll wanderte und was er womöglich als Andenken behalten wollte. Ein Großteil der Klamotten ging in die Zweitverwertung, ebenso die Möbel und das Geschirr. Nichts wurde verschwendet. In den Müll kamen nur solche Gegenstände, die zu stark beschädigt oder verschlissen waren.

Sogar die Lebensmittel, die sich womöglich noch in Dannys Kühlschrank befanden, würden weiterverwendet werden!

Sam kam aus der Dusche und trocknete sich ab. Er betrachtete die frische Naht auf seiner rechten Hand und zuckte gleichgültig die Achseln, bevor er ein neues Pflaster daraufklebte. Die Zeit drängte, doch er konnte sich nicht wirklich antreiben. Eine Haushaltsauflösung war zwar rasch erledigt, aber wenn er die Sachen vorher noch einmal in Ruhe durchsehen wollte, dann musste er vor dem Hausverwalter damit fertig sein. Der würde um vierzehn Uhr die Wohnung mit einem kleinen Räumkommando betreten und dann die Abwicklung übernehmen.

Er ging ins Schlafzimmer und zog sich an. Das Frühstück bildete ein Maisbrot mit kaltem Hähnchen. Es war ein wenig trocken, also packte er noch mehr Mayonnaise darauf.

Schließlich konnte Sam es nicht noch länger vor sich herschieben. Er verließ das Wohnhaus und setzte sich in sein Auto. Erst jetzt fiel ihm wieder die Schlüsselkarte zu Dannys Wohnung ein, die er noch nicht aus dem Briefkasten geborgen hatte. Er stieg also wieder aus und beeilte sich, denn er wollte nicht jetzt zufällig einem seiner neuen Nachbarn über den Weg laufen. Ihm war einfach nicht nach Small Talk.

Sicher halten die mich schon für einen Sonderling, dachte er schulterzuckend. *Immer lange unterwegs, stellt sich nicht vor, du machst dich ziemlich verdächtig, Sammy.*

Zurück im Wagen atmete er noch einmal tief durch, bevor er den Elektromotor startete. Die Straßen waren stark befahren. Nicht so schlimm, dass sich der Verkehr staute, doch es war auch kein sonderlich gemütliches Fahren bis zu Dannys Wohnung.

Dort parkte er vor dem Haus neben einem dunklen Wagen, den er erst auf den zweiten Blick als den von Danny identifizierte. Der Anblick traf ihn wie ein Schlag in die Magengrube und ließ ihn zögern auszusteigen. Er legte den Kopf in den Nacken und atmete tief durch. »Du kannst das.«

Die Wohnung zu betreten kostete ihn ein enormes Maß an Überwindung. Er war noch niemals allein in Dannys Wohnung gewesen. Und der Anlass machte es nicht besser.

Als er die Tür öffnete, stockte ihm kurz der Atem.

Die Wohnung war völlig verwüstet!

Vorsichtig setzte er einen Schritt hinein, dann noch einen. Schubladen und Schränke waren geöffnet, ihr Inhalt verteilte sich stellenweise über den Fußboden. Möbel waren verrückt worden, die Sofakissen aufgeschlitzt und ihre Füllungen waberten im Luftzug wie kleine Wolken umher.

»Was ist hier passiert?« Er hauchte die Buchstaben mehr, als dass er sie laut betonte. Geistesgegenwärtig schloss er die Wohnungstür wieder hinter sich. Der Anblick war schlimm genug, es gab keinen Grund, ihn auch der Öffentlichkeit der Nachbarschaft zugänglich zu machen.

Erst jetzt nahm er sich die Zeit, die Unordnung genauer zu betrachten, und er erkannte, dass die Wohnung nicht das Opfer blinder Zerstörungswut geworden war, sondern dass hier vielmehr jemand nach etwas gesucht hatte.

Die Schränke waren nicht demoliert, und bis auf die Sofakissen war eigentlich überhaupt nichts beschädigt worden.

Sam kontrollierte rasch die übrigen Zimmer, doch auch dort bot sich ihm ein ähnliches Bild. Möbelstücke waren verrückt worden, Schränke und Schubladen durchwühlt und Kissen, in denen man etwas hätte verstecken können, waren aufgeschnitten und ausgehöhlt.

Er ertappte sich selbst dabei, wie er kopfschüttelnd durch die Wohnung wanderte und sich immer wieder fragte, wie Danny in einen solchen Schlamassel hatte geraten können.

Oder hat er die Wohnung selbst so verwüstet?, kam Sam ein dunkler Verdacht. *War er so unglücklich mit sich und dem Leben, dass er … Hat er das Delta tatsächlich so gehasst?*

Sam selbst war häufig kritischer mit dem System, als es verdiente, das wusste er. Auch Danny hatte bei vielen Gesprächen kein gutes Haar daran gelassen. Aber war das allein ein Grund dafür, sich umzubringen?

Mittlerweile war er sich sicher, dass mehr hinter der Sache steckte, dass Danny tatsächlich in ernsten Schwierigkeiten gewesen war. *Wie sonst sollte eine Kriminelle – denn nichts anderes waren die Schmuggler – an seine Brieftasche gekommen sein?*

Aber was konnte er tun?

Sollte er überhaupt etwas in der Sache unternehmen? Und wenn ja, was?

Ich kann doch nicht zur Polizei gehen und sagen, dass ich bei meinem Hehler die Brieftasche meines Freundes gefunden habe. Die sperren mich sofort ein!

Er schüttelte schnaubend den Kopf. Der Gedanke war bestenfalls als lächerlich zu bezeichnen.

Aber er musste doch etwas tun! Immerhin handelte es sich hier um einen Einbruch. Jemand hatte sich Zutritt zu

Daniels Wohnung verschafft und sie auf der Suche nach etwas verwüstet.

Und was?, fragte er sich. *Was könnte jemand hier gesucht haben?*

Sam seufzte, seine Schultern sackten kraftlos herab und er fühlte sich völlig ausgelaugt. Ein ungutes Gefühl begann an den Rändern seiner Wahrnehmung zu nagen.

Wenn Danny tatsächlich in Schwierigkeiten war, dachte er, *dann bin ich es womöglich auch?*

Er konnte nicht zur Polizei, denn dann würde auffliegen, dass er illegal Pflanzen hielt. Genauso wenig konnte er damit zu Paul gehen. *Wenn die Scheiße Danny in Gefahr gebracht hat, dann kann ich nicht auch noch Paul da mit reinziehen*, entschied Sam schließlich und schöpfte aus der Ausweglosigkeit seiner Situation neue Kraft.

Er nickte entschlossen, wie um sich selbst Mut zu machen, und ging das Inventar der Küchenschränke durch, soweit er es auf dem Boden überblicken konnte. Dabei war nichts von Interesse, kein altes Silberbesteck oder andere Besonderheiten, darum ließ er es links liegen. Sollte sich der Verwalter damit abmühen. Ebenso mit den Aufräumarbeiten. Sam würde es auch nicht erklären, er würde die Wohnung einfach unkommentiert übergeben. Was kümmerte es ihn, ob man Dannys Sofas noch weiterreichen könnte oder nicht.

Mit jedem Schritt formte sich ein deutlich klareres Bild davon, welchen Gegenstand er unbedingt retten wollte: Dannys Kleiderschrank aus massivem Holz.

Das Monstrum stand im Schlafzimmer und war der einzige Gegenstand, der nicht bloß von sentimentalem Wert war. Der Schrank allein war sicherlich ein kleines Vermögen wert und gleichzeitig das persönlichste Erinnerungsstück, das Sam von Daniel bekommen könnte.

Jahrelang hat er darin seine Klamotten aufbewahrt, dachte er. *Das Holz hat ihren Duft regelrecht inhaliert.*

Er stand direkt vor dem zwei Meter großen Möbelstück und war sich sicher, dass er keine bessere Wahl treffen könnte.

Der Schrank atmete förmlich Dannys Geist!

Nur wie bekomme ich ihn in meine Wohnung?, fragte er sich. Holzmöbel waren so selten, dass sie gehandelt wurden wie Diamanten im letzten Jahrhundert. Schon für hölzernes Salatbesteck waren Menschen umgebracht worden. Und das, obwohl man heute gar keinen Salat mehr anbaute.

Er zückte sein Handy und wählte Pauls Nummer. »Hey, ich brauche mal die Möbelpacker, die du für meinen Umzug hattest«, sagte er ohne Umschweife und Begrüßung.

»Na, du klingst ja voller Tatendrang!«, erwiderte Paul freudig. »Warte, ich schick dir die Nummer … Hast du sie?«

Sam blickte auf sein Handydisplay und nickte.

»Sammy?«

»O ja, habe sie!«, beeilte er sich zu antworten, als ihm klar wurde, dass Paul sein Kopfnicken kaum gesehen haben konnte. »Danke.«

»Wie kommst du voran?«, fragte Paul mitfühlend.

Sam wiegte den Kopf hin und her. »Es geht. Ich nehme den Schrank mit, den Rest kann der Verwalter machen.«

»Gut so.«

»Dann lasse ich dich mal weiterarbeiten«, verabschiedete Sam sich und legte auf. Direkt im Anschluss wählte er die Nummer der Möbelpacker und regelte die Details des Transports.

Er räumte die Reste aus dem Schrank, indem er einfach die Kleider packte und unachtsam aufs Bett warf. Dabei fiel sein Blick auf die Zimmerwand hinter dem Bett und er ließ den Haufen aus Pullovern und Hosen fallen.

Das Bild! Das Bild aus der Klinik!, erkannte er und trat ungläubig näher, wobei er einfach mit den Schuhen aufs Bett stieg. Die Sachen würden ohnehin desinfiziert und gereinigt.

Schritt für Schritt arbeitete er sich näher an das Bild – eine Fotografie des Gemäldes, wie er rasch feststellte – heran. Es hing unscheinbar in einem matten Aluminiumrahmen an der Wand. Viele Menschen hängten Bilder, die eine lebendige Natur zeigten, auf, das war nichts Ungewöhnliches, doch Sam war das Bild bisher nie aufgefallen.

Aber es bestand kein Zweifel, dass es eine Fotografie des Wandgemäldes war, denn auch die geheime Botschaft, die Sam darin erkannt haben wollte, war hier sichtbar.

Er blickte auf die Uhr. Die Möbelpacker würden bald hier auftauchen. Dann würden sie den Schrank in eine ihrer Transportlisten eintragen. Sam konnte nicht sagen, woher das Gefühl kam, doch er wollte unter allen Umständen verhindern, dass Dannys Bild in einer Liste auftauchte, darum nahm er es von der Wand, eilte zu seinem Wagen und verstaute es dort sicher im Kofferraum. Anschließend ging er zurück in die Wohnung und räumte den Schrank zu Ende aus. Natürlich nicht, ohne vorher seine Fußabdrücke auf dem Bett zu verwischen.

Allmählich werde ich paranoid!, dachte er. Aber die Ereignisse der letzten Tage waren alles andere als gewöhnlich gewesen.

Die Möbelpacker rückten an. Sie hatten nach Sams Beschreibung alles für den Transport Nötige mitgebracht, darunter eine Hebebühne, mit der sie den Schrank vom Balkon aus zur Erde bringen könnten.

Sam unterzeichnete den Transportschein und gab den Männern einen Tausender extra, damit sie das wertvolle Möbelstück möglichst gut behandelten.

Er blickte sich noch ein letztes Mal in der Wohnung um, dann verließ er sie und schloss schweren Herzens die Tür hinter sich. »Leb wohl, Danny«, flüsterte er.

Er kam nahezu zeitgleich mit den Möbelpackern an seiner neuen Wohnung an. Die Männer hievten den Schrank über seinen Balkon direkt ins Schlafzimmer, was Sam nur recht war. Da sollte er schließlich hin.

Er beeilte sich, den alten Metallschrank auszuräumen, warf die Sachen hastig aufs Bett und brachte die Männer noch dazu, den Metallkasten mitzunehmen und den Holzschrank an seinen Platz zu stellen.

»Danke«, sagte Sam freundlich und warf den Männern noch ein paar Hunderter Trinkgeld zu. Es machte keinen Unterschied. Geld war für ihn schon seit dem Zeitpunkt, da er mehr als genug davon zum Leben hatte, nicht mehr wichtig gewesen. Und diese Männer könnten ebenfalls nur wenig damit anfangen. Die Einkaufsmengen waren streng reglementiert, da half auch Geld nicht weiter.

Sam bekam pro Woche, jetzt, da er befördert war, vier ganze Hühnchen, ein Kilo Maisbrot, ein Dutzend Eier und fünf Liter Wasser pro Tag. Das waren die Grundnahrungsmittel, die man über einen Umrechnungsschlüssel auf andere Dinge umlegen konnte. Wie synthetisch hergestelltes Schweinefleisch und solche Scherze.

Die Rechnung über den Transport würde er später begleichen. Zuerst rannte er zurück zum Wagen und holte Dannys Bild herauf. Er legte es aufs Bett und blickte auf die Uhr. Es war bereits Nachmittag und er hatte außer dem Sandwich nichts mehr gegessen.

Der kleine Vorrat, den Paul ihm angelegt hatte, neigte sich allmählich dem Ende zu, also ging er einkaufen. Bevor er die Küche verließ, fiel sein Blick noch einmal auf die weiße

Urne mit Dannys Asche darin. »Ich habe deinen Schrank gerettet«, sagte er und berührte das kalte Metall fast zärtlich mit den Fingerspitzen. »Und ich habe dein Bild gefunden.« Er runzelte skeptisch die Stirn. »Was verheimlichst du mir?«

Der Lebensmittelmarkt war groß. Nicht so riesig wie die Bauten inmitten der Innenstadt, doch deutlich größer als der letzte Supermarkt, in dem Sam eingekauft hatte.

Er staunte immer wieder darüber, was man mittlerweile alles künstlich erzeugen konnte. Es gab oberflächlich betrachtet jeden Geschmack, den die Menschheit im späten einundzwanzigsten Jahrhundert gekannt hatte, zu kaufen. Dass sich hinter Schweinefleisch, Rinderfilet und Lammkoteletts immer Hühnerfleisch verbarg, trat dabei dezent in den Hintergrund. Über Zusatzstoffe wurde die Konsistenz des Fleischs so weit verändert, dass man – so wollte es die Wissenschaft weismachen – keinen Unterschied zum Original mehr erkannte.

Sam zweifelte daran.

Er verzichtete bei seinen Lebensmitteln nach Möglichkeit auf zu künstliche Kreationen wie Hühnchen mit Rindergeschmack. Allerdings bedeutete das, dass seine Speisekarte recht eintönig ausfiel. Hähnchenbrust, Schlegel, Chickenwings, dann wahlweise paniert oder nicht; Schnitzel, auch als Hawaii-Version, kamen ebenfalls in den Einkaufswagen. Aus Maismehl machte man allerlei Brotsorten, von Baguette bis zum Fladenbrot. Sogar Schwarzbrot wurde mittlerweile aus Mais hergestellt.

Auch hier nahm Sam weniger ausgefallene Dinge, in der Hoffnung, die Aufnahme der Nahrungsmittelzusätze ein wenig zu begrenzen.

Natürlich blieb das lediglich ein frommer Wunsch.

Und ständig musste er beim Einkauf beachten, sein Kontingent nicht zu überziehen. So etwas war möglich –

wenn man große Familienfeste zu feiern hatte –, musste aber mindestens zwei Monate vorher bei der zuständigen Verwaltungsbehörde angemeldet werden. Und selbst dann war es nicht sicher, dass der Antrag bewilligt wurde.

Die komplizierte Rechnerei erledigte ein computergestützter Scanner, der am Einkaufswagen befestigt war. Legte er einen Gegenstand in den Korb, wurde er automatisch abgetastet und auf das Kontingent angerechnet. So blieb man vor bösen Überraschungen an der Kasse gefeit.

Auch die Art, einzukaufen, widerstrebte Sam. Er wurde mehr und mehr das Gefühl nicht los, ständig kontrolliert zu werden. Obwohl er sich früher keinerlei Gedanken darüber gemacht hatte, störte es ihn plötzlich. Nein, nicht plötzlich, sondern seit ein paar Wochen. Das beklemmende Gefühl war schleichend über ihn gekommen. Während er an den Plänen für das neue Gewächshaus gearbeitet hatte. Denn mit jeder Pflanze, die sie anbauen und erfolgreich kultivieren könnten, würden sie vielleicht wieder ein Stück der alten Freiheit zurückerlangen.

Die Freiheit, zu essen und trinken, was man will. Einzukaufen, ohne eine Liste im Kopf zu haben, ohne Restriktion. Er hegte insgeheim die Hoffnung, dass man in dem neuen Gewächshaus auch wieder einige der alten Pflanzen züchten könnte. Sam wusste, dass es eine Art Safe gab, in dem allerlei Saatgut aufbewahrt wurde, das man im Falle einer Erholung der Natur wieder ausbringen könnte. Getreide, Früchte, aber auch etliche Nüsse und Kastanien, um Bäume wachsen zu lassen.

Paul behauptete zwar, das sei bloß ein Mythos, das Lager habe tatsächlich existiert, sei aber vor knapp hundert Jahren aufgegeben worden, doch Sam hoffte weiter.

Es kann nicht sein, dass wir uns in dieses Schicksal ergeben!, dachte er plötzlich.

Die Menschheit hatte den Naturkollaps überlebt, aber sie hatte seitdem nie versucht, das System wieder aufzubauen. Als die Rettungspläne versagten, hatte man aufgegeben.

Unbewusst hatte er sich durch die Regalreihen manövriert und dabei seine benötigten Waren eingesammelt. Nun stand er an der Kasse und war mit Bezahlen dran. Die Kassiererin forderte ihn offenbar schon zum wiederholten Male auf, nun endlich seine ID–Card durch den Scanner zu ziehen, damit der Betrag seinem Konto belastet würde.

Sam murmelte eine Entschuldigung und kam der Aufforderung nach. Dann verabschiedete die Kassiererin ihn noch mit einer eingeübten Floskel, auf die er schon seit Jahren nicht mehr achtete oder auch nur entfernt reagierte. *Falsche Menschlichkeit*, dachte er dann und ging zu seinem Wagen.

Zurück in seiner Wohnung verstaute er die Lebensmittel in dem geräumigen Kühlschrank und öffnete eine der Wasserflaschen. Er trank einen Schluck und verschraubte den Verschluss wieder, ehe er sie ebenfalls in den Kühlschrank stellte.

Er blickte auf die Uhr. Es war mittlerweile später Nachmittag, früher hatten sie sich bei Food Corp. ungefähr um diese Uhrzeit getroffen und waren hinunter in den Wellnessbereich gegangen, um ein paar Bahnen im Pool zu ziehen.

Die drei Musketiere, dachte Sam wehmütig.

Er ging ins Schlafzimmer und hob Dannys Bild von seinem Bett auf. Die Schönheit der Farben, die wilde Blumenwiese und die so lebendig wirkenden Tiere – das alles übte sofort eine starke Faszination auf ihn aus, der er sich nur schwer wieder entziehen konnte.

Sam tippte auf die Glasscheibe des Bilderrahmens. *Wie*

kommst du in die Wohnung meines besten Freundes? Er nahm das Bild mit ins Wohnzimmer, stellte es auf dem Couchtisch ab und stützte es hinten mit einer Wasserflasche, damit es nicht umkippte. *Warum hat Danny dich abfotografiert?*, fragte er sich.

Die naheliegendste Erklärung war, dass Danny, genau wie Sam, die geheime Botschaft in dem Gemälde erkannt hatte. Und dass er sich, genau wie Sam, nach einem Neuanfang für die Umwelt sehnte. Nach einer grünen Wiese, die ohne äußere Einflüsse blühen und gedeihen konnte.

Warst du wirklich ein solcher Idealist? Ein solcher Träumer?, überlegte Sam.

Er runzelte die Stirn und stand auf, ging in seinem Wohnzimmer auf und ab. Schließlich sammelte er die Fakten, die er als gesichert betrachtete. *Danny hat sich erhängt. Eine Schmugglerin hat seine Brieftasche, was bedeutet, dass sie irgendwann in der Zeit nach dem Theaterstück und vor seinem Selbstmord am nächsten Morgen mit ihm in Kontakt war. Und sie ist nun ebenfalls tot. Getötet bei dem Massaker gestern Morgen.*

Er machte eine kurze Pause und trank einen Schluck Wasser. *Und dann ist da noch dieses Bild, das ich im Krankenhaus an der Wand gesehen habe und das in Dannys Schlafzimmer hing.*

Plötzlich fiel sein Blick auf seinen Computer und den daneben liegenden Speicherstick, den Danny in seinem Wagen vergessen hatte und dessen Passwort er bisher noch nicht überwinden konnte. *Und dann wärst da noch du*, dachte er und ging mit schief gelegtem Kopf zu dem Schreibtisch hinüber.

Er balancierte den Stick zwischen den Fingern, unschlüssig, was er damit tun sollte. Sein Blick wanderte zwischen ihm und dem Bild hin und her. *Ich dachte immer, ich kenne alle von Dannys Passwörtern, so wie er alle von mir kannte*, überlegte Sam mit in Richtung Nase gedrückten Lippen. Schließlich schaltete er den Computer an und wartete, bis der Rechner hochgefahren war, der kleine angebissene Apfel aufgeleuchtet hatte und das System bereit war. *Schon seltsam*, dachte er mit einem halben Lächeln, *dass die einzige Computerfirma der Welt ausgerechnet Obst als Firmenlogo benutzt.*

Der Speicherstick wurde erkannt und Sam versuchte sich seinen Inhalt anzeigen zu lassen. Er landete wieder bei der bekannten Passwortabfrage. Mit zitternden Fingern tippte er den Satz ein, der ihm seit seinem Klinikbesuch nicht mehr aus dem Kopf ging. »Es kommt alles zurück.«

Nichts geschah.

Es wäre auch zu einfach gewesen.

Sam versuchte noch einige Varianten des Satzes. Mit Leerzeichen und ohne oder ausschließlich in Kleinschreibung, doch nichts funktionierte. *Danny wäre niemals so leichtsinnig gewesen, ein Passwort zu verwenden, das keine Zahlen oder Sonderzeichen enthielt*, wusste er.

Seine verletzte Hand schmerzte und er schloss sie testweise zur Faust. Die Naht spannte sich verdächtig über seinem Handrücken, und er fürchtete, sie könnte wieder aufreißen. »Ruhig halten«, wiederholte er die Worte der jungen Ärztin.

Die Klinik!, fiel es ihm siedend heiß ein. *Wann war Danny dort?* Er blätterte sich durch die Einträge seines computergestützten Kalenders. *Oktober 2173.*

Sam rief das Eingabefeld für das Passwort erneut auf und folgte seiner ersten Eingebung: ekaz2173.

Ein weiteres Fenster öffnete sich und zeigte ihm sämtliche Dateien, die auf dem Speicherstick lagerten.

Sam überflog den Inhalt: Tabellen, Datenbanken, Dokumente, Blaupausen – es schien, als habe Danny eine Unmenge an Daten gesammelt. Ohne jede Struktur. Viele Dateien zierte das Logo von Food Corp., doch von den Kürzeln und Abteilungen, aus denen sie angeblich stammten, hatte Sam noch niemals auch nur ein Wort gehört.

Sein Handy klingelte und zeigte an, dass er eine Kurznachricht von Carl hatte: »Ich hoffe, es geht dir ein wenig besser. Vergiss unser Gespräch nicht.«

Sam runzelte nachdenklich die Stirn. Er hatte gehofft, das Treffen mit Carl auf unbestimmte Zeit zu verschieben, aber offenbar war sein Vorgesetzter nicht gewillt, die Sache einfach auf sich beruhen zu lassen.

Er dachte plötzlich an den Streit, den Danny mit Carl wenige Tage vor seinem Tod hatte. Was hatte Paul noch gleich gesagt, worum es dabei gegangen war? Die Pflanzen, die Danny gekreuzt hatte? Und hatte er selbst den Freund nicht erst zu diesen Experimenten überredet?

Aber Danny war doch noch mit Carl im Blue Mood, erinnerte sich Sam. *Das passt alles nicht zusammen.* Er warf einen Blick auf die Urne, die friedlich auf der Küchentheke stand. *Ich wünschte, ich wüsste, was wirklich passiert ist.*

Er bemerkte, dass er noch immer das Handy in seiner Hand hielt. Könnte ein Treffen mit Carl möglicherweise Licht ins Dunkel bringen?

Er wählte seine Nummer. »Wie wäre es morgen Abend?«, fragte er direkt.

Die Antwort kam prompt und überraschte ihn. »In Ordnung. Dreiundzwanzig Uhr in dem kleinen Park, den man von deiner Wohnung aus sehen kann. Und bleib bis dahin zu Hause.«

Die Leitung wurde mit einem Klicken unterbrochen und das Gespräch war beendet.

Sam hörte ein lautes Hämmern in seinem Kopf, bis

er bemerkte, dass es sein donnernder Herzschlag war. Er schwitzte. Diese Sache nahm seltsame Züge an.

Äußerst seltsame Züge.

Er wusste nicht, was er weiter tun sollte, aber mit einem Blick auf seinen Computer kam er immer mehr zu der Überzeugung, dass diese Daten etwas mit Dannys Tod zu tun hatten.

Er stand auf und rieb sich den Nacken. Er musste einmal durchschnaufen. Aus bloßer Gewohnheit ging er ins Nebenzimmer und öffnete die kleine Schranktür, hinter der sein Ficus verborgen war.

Der Anblick, der sich ihm bot, trieb ihm die Tränen in die Augen. Der Ficus war tot. Die meisten Blätter waren verwelkt und abgefallen, zierten den Boden des Schränkchens wie Herbstlaub die Straßen vor über hundert Jahren.

Er legte die Hand vor den Mund und atmete tief ein. An die Entsorgung der Pflanze verwendete er vorerst keinen Gedanken. Sein Blick fiel auf den kleinen Topf mit dem grünen Setzling und er legte die Stirn in Falten. *Warst du nicht erst halb so groß?*, fragte er sich.

Zur Sicherheit nahm er die Sonde des Messgeräts, um zu überprüfen, ob er versehentlich Dünger an die pilzverseuchte Erde verschwendet hätte. Die Messung zeigte eine Durchsetzung der Erde mit Pilzsporen von knapp unter siebzig Prozent, was ihn wieder die Stirn runzeln ließ.

Eine Kontrollmessung bei dem Ficus ergab einen Wert von weit über neunzig.

»Wie ist das möglich?«, fragte er ungläubig mit Blick auf die kleine Pflanze. *Es war doch dieselbe Erde!*

Sam stand einen kurzen Moment reglos vor den beiden Blumentöpfen und starrte ins Leere. *Kann es sein, dass …*

Er betrachtete den kleinen grünen Trieb genauer, nahm

den Keramiktopf in die Hand und drehte ihn skeptisch hin und her. *Was wird wohl aus dir wachsen?*

Er nahm die Pflanze mit und stellte sie auf seinem Schreibtisch neben den Computerbildschirm. Bevor er sich wieder Dannys geheimen Daten widmete, warf er noch einen raschen Blick auf die Urne und schüttelte den Kopf. *Was ist hier los?*

Dannys Daten waren noch schwerer zu verstehen, als Sam befürchtet hatte. Doch nach über fünf Stunden glaubte er, einige Dinge erkannt zu haben.

Danny hatte tatsächlich an verschiedenen Pflanzen geforscht, ganz so, wie sie es abgemacht hatten. Ob der kleine Setzling ein Ergebnis dieser Arbeit war, konnte Sam nicht mit Sicherheit sagen, aber er hielt diese Annahme für plausibel.

Überhaupt konnte er keine gesicherten Aussagen treffen, sondern lediglich mit Wahrscheinlichkeiten argumentieren. Er fragte sich jedes Mal, wie wahrscheinlich es wohl wäre, dass diese Pflanze aus dem Nichts gekommen war. Oder ob es nicht realistischer war, anzunehmen, dass Danny sie im Labor erschaffen hatte.

Schließlich legte er sich darauf fest, dass Danny die kleine Pflanze geschaffen hatte. Sam prüfte erneut den Pilzgehalt in der Blumenerde, um seine Messung von vor fünf Stunden zu bestätigen, doch das Ergebnis ließ ihn erneut grübeln. Auf einmal betrug die Konzentration der so verheerenden Sporen nur noch knapp über fünfzig Prozent.

Er schüttelte fassungslos den Kopf. *Wie ist das möglich?* Und zu allem Überfluss schien die Pflanze erneut ein Stückchen gewachsen zu sein.

Sam entschloss sich, von nun an die Messwerte in einer Tabelle zu notieren. Einerseits, um den Fortschritt verfolgen zu können, andererseits, um sich zu vergewissern, dass er die ganze Sache nicht bloß träumte.

Bei der Durchsicht von Dannys Dateien fand er auch Kopien der Baupläne, die er für die neue oberirdische Plantage gemacht hatte. Allerdings schienen sie in einigen wesentlichen Punkten grundlegend geändert worden zu sein. Sam konnte sich nicht erinnern, manche Gewächshäuser auf diese Art in Areale aufgeteilt zu haben. Und auch die Wandstärke schien bei einigen Blaupausen nicht zu stimmen.

Offensichtlich handelte es sich bei Dannys Plänen um mehrere verschiedene Versionen, was man auf dem Gelände errichten könnte.

Aber … hat Paul nicht gesagt, dass ich der Einzige bin, der an der Sache arbeitet?, wunderte er sich.

Nach insgesamt acht Stunden hatte er fast alle Dateien durchgesehen, jedoch ohne alle davon zu durchschauen oder nur entfernt zu verstehen. Manche Texte waren in einer Art Code geschrieben, den er nicht auf Anhieb entschlüsseln konnte.

Und ein Ordner blieb noch immer verschlossen, da man für ihn ein zweites Passwort benötigte.

Sam nahm den Bilderrahmen zur Hand in der Hoffnung, an dem Gemälde noch ein Detail zu entdecken, das ihm zuvor entgangen war, aber da war nichts. Schließlich öffnete er den Bilderrahmen an der Rückseite, um vielleicht so auf die Lösung des Problems zu stoßen.

Als er die Rückwand anhob, löste sich ein kleines Stück Papier und segelte zu Boden, wo es auf dem Gesicht liegen blieb.

Er hob das Blatt auf und bemerkte sofort am Gewicht, dass es sich um ein kleines Foto handeln musste. Neugierig drehte er es herum und ließ es vor Schreck direkt noch einmal fallen, sodass es wieder auf den Boden fiel und abermals auf der bedruckten Seite landete.

Das Bild zeigte die junge Frau, die in seinen Armen gestorben war!

Sams Lippen bebten, als er gegen das plötzliche Bedürfnis zu schreien ankämpfte. Er kämpfte das Gefühl nieder, hielt es in Schach und zwang sich mit zitternden Fingern, das Bild noch einmal aufzuheben.

Er betrachtete es genauer und stellte fest, dass es nicht dieselbe Frau war. Sie war deutlich älter und ihre Haare waren blond, nicht schwarz, doch die Gesichter ähnelten sich, als wären die beiden Geschwister.

Das konnte allmählich kein Zufall mehr sein.

Sam hatte den dringenden Verdacht, dass sein Hehler mehr über die Sache wusste.

»Ich muss dringend mit dir sprechen ... Ich glaube, ich habe Informationen, nach denen du suchst«, schickte er als Kurznachricht.

Sam war sich nicht sicher, ob er gerade etwas sehr Kluges oder überaus Dummes getan hatte, aber er glaubte, dass die junge Frau auf Danny angesetzt worden war.

Möglicherweise hat man ihn erpresst?, überlegte er. *Vielleicht wollen die Schmuggler die Plantage sabotieren, da sie fürchten, dass mehr legale Pflanzen ihnen das Geschäft ruinieren?*

Die Theorie klang plausibel. Jedenfalls plausibel genug, um sie zu verfolgen.

Aber wenn das stimmt, dachte er weiter, *dann heißt das womöglich ...*

Man hat Danny umgebracht!

Mit einem Mal erschien ihm seine Nachricht überhaupt nicht mehr als eine so gute Idee, doch es gab kein Zurück. Mit jeder Sekunde glaubte Sam weniger an die

Geschichte eines Selbstmords. Und das Gefühl, dass er es Danny schuldete, der Sache nachzugehen, stellte sich ein. Ihre Freundschaft reichte bis in ihre frühe Kindheit zurück. Wenn Danny tatsächlich keines natürlichen Todes gestorben war und dieser Tod auch nur entfernt mit dieser kleinen Pflanze zusammenhing, dann war Sam in gewisser Weise mitschuldig daran. *Ich habe ihn zu dieser Forschung getrieben*, dachte er. *Ohne mich wäre er vielleicht noch am Leben. Aber wieso hat er sich mir nicht anvertraut?*

Er wusste, dass es müßig war, sich den Kopf über diese Fragen zu zerbrechen, da sie für immer unbeantwortet bleiben würden, aber eine ging ihm nicht mehr aus dem Kopf.

Wer war die Frau auf dem Foto?

Nach allem, was Sam in den letzten Stunden über Danny gelernt hatte, vermutete er stark, dass sie der Schlüssel zu dem letzten geschützten Ordner auf dem Speicherstick war. Ihr Name, ein Datum, eine Kombination daraus – er war sich sicher, dass er die Antwort finden würde, wenn er nur ihren Namen wüsste.

Es war mitten in der Nacht, draußen war es schon seit einer Ewigkeit dunkel, und er war müde. Er wollte es sich nicht eingestehen, doch er musste schlafen. Gleich morgen würde er versuchen herauszufinden, wer die Frau auf dem Foto war, auch wenn er noch keinen blassen Schimmer hatte, wie er das anstellen sollte.

*

»Weißt du, was das hier ist?«, fragte Mr Bluechips ärgerlich und knallte eine Fotografie auf den Tisch.

Sie saßen wieder in einem abgetrennten Bereich des Blue Mood, denn heute sollte Sid sich den neuen Chip abholen. Nun starrte er stattdessen auf das Bild eines toten Mädchens. Er zuckte mit den Achseln, versuchte seine grenzenlose Selbstsicherheit unter Beweis zu stellen. »Eine tote Schlampe?«

»Nicht nur eine tote Schlampe«, fauchte Mr Bluechips. Es war eine der wenigen Situationen, in denen er tatsächlich komplett die Kontrolle verlor. »Sie ist das Mädchen, das ich suche!«

Sid nickte bedächtig. »Die kleine Nutte?«

»Ja, die du für mich finden solltest!« Er schien fast erneut die Fassung zu verlieren. »Und jetzt rate, wo sie gefunden wurde.«

»Keine Ahnung«, erwiderte Sid und überlegte bereits fieberhaft, ob sie sich vielleicht unter seinen Huren befand.«

»Sie lag tot auf dem Parkplatz rum«, erklärte Mr Bluechips. »*Dem* Parkplatz, den du und dein Abschaum für mich säubern solltet!«

»Und jetzt?«, fragte Sid mit seiner aufgesetzten Gleichgültigkeit.

»Jetzt werden du und deine Vollidioten zu dem Haus fahren, in dem sie gewohnt hat, und es auseinandernehmen!«, befahl Mr Bluechips.

Er überreichte Sid ein Tablet, in dem die Adresse des Hauses und alle gemeldeten Anwohner gespeichert waren. Sid klickte sich wahllos durch die Namen und Gesichter. Wischte sie beinah angewidert zur Seite, als er plötzlich wie vom Blitz getroffen innehielt.

»Sandra Parker«, las er leise vor und ließ die Eckzähne in einem hämischen Grinsen aufblitzen. »Es freut mich, dich wiederzusehen, meine kleine Schlampe!«

Mr Bluechips zog interessiert die Augenbrauen hoch. »Du kennst sie?«

Sid nickte. »Das ist die verfluchte Schlampe, die meinen Bruder und Adam umgelegt hat.«

»Interessant«, sagte er leise. »Also eine Försterin.«

Er nickte erneut. »Und keine ungefährliche Frau.«

Sein Auftraggeber lehnte sich zurück und legte den Kopf in den Nacken. »Sag mir, Sid, wie hoch schätzt du die Wahrscheinlichkeit ein, dass mein gesuchtes Mädchen verschwindet, bei einem Schwarzmarkt erschossen wird und ihre Nachbarin eine Schmugglerin ist … und das soll Zufall sein?«

»Ich würde sagen, dass meine und Ihre Schlampe unter einer Decke stecken.«

»Treffender hätte ich es nicht formulieren können.« Mr Bluechips nickte kalt lächelnd. »Ich will, dass du der Sache auf den Grund gehst. Finde heraus, was Sandra Parker weiß.«

»Mit dem größten Vergnügen.«

Sid stieg in den Wagen ein, der vor dem Blue Mood schon auf ihn wartete. Darin saßen Eli, Doc und Jo, ein stämmiger Kerl, den Eli offensichtlich als Ersatz für Bull ausgewählt hatte.

Sid konnte ein gehässiges Grinsen nicht ganz unterdrücken. Offensichtlich dachte Eli, dass er Adams Position ausfüllen könnte. Als Sids rechte Hand.

»Wir müssen in die südliche Unterstadt«, sagte Sid knapp und gab Jo die genaue Adresse. Der Wagen startete, und der Elektromotor erzeugte ein hohes Summen, als er die Räder in Bewegung setzte.

Das Blue Mood lag in einem der besseren Viertel, am Rand des oberen Komplexes. Sid mochte die Gegend. Wenn er sich einen Ort im Delta hätte aussuchen können, hätte er seine besetzte Bruchbude jederzeit gegen eine kleine Wohnung im Norden der Stadt eingetauscht.

Vielleicht hält Mr Bluechips sein Wort?, dachte er, verwarf den Gedanken jedoch rasch wieder. Wäre er der Auftraggeber, er würde seine Gehilfen auch an der kurzen Leine halten. Darum machte Sid sich keine Hoffnungen, jemals eine Wohnung hier zu bekommen. Aber es war wichtig, solche Dinge zu fordern. Solche Forderungen zeigten, dass er sich seines Werts bewusst war, dass er kein Fußabtreter war.

Es verschaffte ihm Respekt. So glaubte Sid zumindest.

Die Straßen waren menschenleer. Um diese Uhrzeit, weit nach Mitternacht, hatten sich die Menschen schon längst in schützende Wohnungen oder abgeschiedene Ecken zurückgezogen. Niemand wollte schutzlos der Nacht ausgesetzt sein. Es begegneten ihnen auch nur wenige Autos. Sid fragte sich dann, ob darin auch Gangmitglieder saßen, so wie in seinem Wagen. Und ob sie auch gerade auf dem Weg waren, jemanden zu töten.

Der letzte Gedanke ließ ihn sich wieder auf ihr Ziel konzentrieren. Die kleine Schlampe.

Endlich könnte er ihr den Mord an seinem Bruder heimzahlen. Dass sie aus Notwehr heraus gehandelt hatte, spielte für Sid dabei keine Rolle. Auch nicht, dass Adam und Bull hirnlose Idioten gewesen waren, weil sie es zugelassen hatten, dass diese Sandra Parker sie überlistete.

Für Sid zählte lediglich, dass sein Bruder tot war. Und dass er ihr die Schuld daran geben konnte. »Fahr schneller«, hielt er Jo an, der sich bisher als passabler Fahrer herausgestellt hatte. Ein Blick auf den muskulösen Körper des Mannes überzeugte Sid davon, dass der Junge ein Sturmgewehr halten könnte.

Am Ende war das auch das Einzige, was Sid wirklich interessierte.

Der Wagen bog in die gesuchte Straße, und er gab den Befehl, an der Ecke zu parken.

Sie stiegen aus und Jo öffnete den Kofferraum. Sid nahm

sich eine Maschinenpistole heraus und prüfte, ob sie geladen war. Er nickte zufrieden.

Mr Bluechips versorgte sie immer mit guter Ware. Sid wusste nicht, wie der Mann an die Waffen kam, doch er schaffte es irgendwie immer wieder, auch die ausgefallensten Dinge zu organisieren. Sid verfügte mittlerweile über ein Waffenarsenal, das es an Schlagkraft durchaus mit der Polizei aufnehmen konnte.

Eli griff ebenfalls zu einer Maschinenpistole, allerdings einer kleineren Ausführung als der von Sid. Er unterdrückte ein Lachen, denn auch wenn Eli ein schwächlicher Schwachkopf war, eine Knarre in der Hand hatte noch jeden Mann großgemacht.

Doc nahm eine abgesägte Schrotflinte, die mit ihrer großen Streuung perfekt zu seiner eingeschränkten Konzentration passte. Hier musste er nur in die ungefähre Richtung zielen und abdrücken, und alles in einem drei Meter Radius vor ihm wurde von Schrot durchlöchert.

Jo hievte das Maschinengewehr aus dem Kofferraum, als wäre es ein leerer Aktenkoffer, und Sid gestattete sich ein zufriedenes Lächeln. Er nickte Eli anerkennend zu und gab ihnen mit einem Kopfnicken das Zeichen, ihm zu folgen.

Im gesamten Haus brannte kein Licht mehr. Eli hatte geschickte Finger, und das Türschloss stellte absolut kein Hindernis für den Mann dar. Sid betätigte den Lichtschalter, doch der Flur blieb dunkel.

»So ein Drecksloch«, fluchte er leise. »Passt auf, wo ihr hintretet.«

»Geht klar, Boss«, antwortete Doc in seiner gewohnt gleichgültigen Art. Sid wunderte sich immer wieder, wie dieser Kerl es schaffte, sich auf die richtigen Dosierungen seiner Drogen zu konzentrieren, wenn ihm alles andere so komplett am Arsch vorbeiging.

Die erste Treppe führte lediglich ins Hochparterre, mit einer Wohnungstür gleich auf der rechten Seite. Sid bemerkte im Vorbeigehen, dass sie nicht verschlossen war. Er blieb kurz stehen und es schien, als würde er mit der Dunkelheit des Flurs sprechen. »Wenn ich rauskriege, dass es hier doch ein Flurlicht gibt, dann brenne ich das Scheißhaus ab.«

»Was ist, Boss?«, fragte Doc, hatte im nächsten Moment aber schon wieder das Interesse verloren.

Sid bemerkte mit Genugtuung, wie die Tür hinter ihnen leise wieder geschlossen und verriegelt wurde. »Nichts, Jungs«, sagte er gelassen. »Lasst uns die Schlampe finden.«

Sie gingen leise die Treppenstufen hinauf und einen dunklen Korridor entlang. Nach der Beschreibung wohnte Sandra Parker hinter der Tür am Ende des Gangs und die kleine Schlampe war ihre direkte Nachbarin.

Die Wohnungstür zum Apartment des toten Mädchens war völlig im Eimer. Wo einmal das Schloss gewesen war, prangte nun ein gähnendes Loch, und die Räume dahinter waren vermutlich schon vor einigen Tagen geplündert worden. Durch die beschädigte Tür und das Fenster der Wohnung fiel gerade genug Licht in den Flur, um Sandra Parkers Tür auszumachen.

Sid gab Eli ein Zeichen, und der nervöse Mann machte sich direkt an die Arbeit, wobei Jo mit dem Maschinengewehr in den dahinterliegenden Raum zielte, für den Fall, dass man sie bereits erwartete.

Die Tür öffnete sich mit einem leisen Knarzen und sie betraten vorsichtig eine große Wohnküche. Sid musste anerkennend nicken, als er sah, dass die kleine Schlampe offensichtlich zwei Wohnungen miteinander verbunden hatte, denn der Raum war riesig. Mangels Fensterläden fiel auch hier genug Licht herein, dass sie sich problemlos zurechtfanden.

Sid deutete auf zwei Türen, die in der gegenüberliegenden Wand lagen. Er und Doc übernahmen die rechte Tür, Eli und Jo die linke.

Bloß ein Bad, dachte er mürrisch und ging wieder zu den anderen, die somit offensichtlich das Schlafzimmer gefunden hatten.

Eli stand vor einem Kleiderschrank und Jo hatte das Maschinengewehr auf das Bett angelegt.

Unter der Bettdecke konnte Sid schon die Konturen der Frau ausmachen und verzog die Lippen zu einem bösartigen Grinsen. »Zahltag, Schlampe«, sagte er kalt und gab Jo einen Klaps auf die Schulter.

Der stämmige Mann zog den Abzug durch, und das Mündungsfeuer tauchte den Raum in ein Lichtstakkato wie das Stroboskop einer Bar.

Ihr Leib zuckte und krampfte unter den Einschüssen, doch bereits nach der ersten Salve war sie tot und regte sich nicht mehr.

Er war beinah enttäuscht darüber, dass der Auftrag schon gelaufen war, und verschwendete keinen Gedanken daran, dass Mr Bluechips ihm aufgetragen hatte herauszufinden, was sie wusste. Sid war sich sicher, dass er aus den Dingen in ihrer Wohnung genug Schlüsse ziehen könnte.

Ihn interessierte nur die Rache für seinen Bruder. »Ich mache auch keine Gefangenen mehr«, sagte er trocken und ging hinüber zum Bett.

»Hehe, Boss, der haben wir's gezeigt!«, sagte Doc, wobei man an seiner Stimmlage nicht erahnen konnte, ob er sich nun freute oder sich darüber lustig machte.

»Ja, Bo…«, begann Eli, doch ein lauter Knall schnitt ihm das Wort im Mund ab.

Sid drehte sich gerade zu ihm herum, als ein Sprühnebel

aus Blut und Innereien ihn einhüllte und Eli mit einem Loch im Bauch auf die Knie sackte.

Sid warf sich brüllend aufs Bett.

Jo hatte das Maschinengewehr schon herumgeschwenkt und zog den Abzug durch, vergaß dabei aber, dass er das Magazin bereits völlig entleert hatte.

Ein zweiter Schuss kam aus dem Schrank und traf Elis Schulter. Die Wucht des Aufpralls riss ihn herum und schleuderte ihn endgültig zu Boden.

»Doc!«, schrie Sid. »Schieß auf den Schrank!«

Die Schrotflinte brüllte auf und die Schrotkugeln rissen mit metallischem Kreischen ein klaffendes Loch in die Aluminiumtür.

Warmes Licht fiel durch das Loch ins Schlafzimmer und offenbarte somit einen Geheimraum. Jo hatte das Maschinengewehr inzwischen nachgeladen und feuerte mehrere kurze Salven in den Schrank, ungefähr in die Richtung zielend, aus der Eli erschossen worden war.

»Ihr nach!«, befahl Sid und rappelte sich wieder vom Bett auf. »Lasst sie nicht entkommen!«

Doc knickte den Lauf der Schrotflinte um und entfernte die leeren Patronenhülsen. Dann schob er zwei neue Geschosse in den Doppellauf und klappte ihn mit einem lauten Klicken wieder hoch. »Die Schlampe hat echt was drauf«, bemerkte er monoton.

*

Es war kein lautes Geräusch, das sie aus dem Schlaf riss. Auch kein sonderlich eindringliches oder auffälliges. Nein, es war das leise Summen, das der Vibrationsalarm am Kopfteil ihres Betts auslöste – das untrügliche Zeichen dafür, dass Ärger bevorstand.

Der Alarm war mit einer Druckplatte direkt vor ihrer Wohnungstür verbunden. Nicht mit der Tür selbst, denn in dem Moment, da jemand die Tür öffnete, wäre es bereits zu spät.

Nein, Elaine wurde in dem Moment gewarnt, in dem sich jemand vor ihrer Tür überhaupt erst in Stellung brachte.

Sie reagierte blitzschnell mit der Sicherheit spendenden Routine, diesen Vorgang bereits Hunderte Male eingeübt zu haben. Sie rollte aus dem Bett, wobei sie eine lange Kissenrolle ein Stück mit sich zog und sie mit schlafwandlerischer Sicherheit mittig unter der Bettdecke platzierte. Dann öffnete sie den Kleiderschrank und löste die Platte in der Rückwand, die den geheimen Durchgang freigab.

Sobald sie hindurchgeschlüpft war, verschloss sie die Geheimtür wieder und verriegelte sie von ihrer Seite. Der ganze Vorgang hatte keine zehn Sekunden gedauert, doch es waren zehn entscheidende Sekunden.

In ihrer Werkstatt bewahrte sie immer einen Satz Klamotten sowie ihre Ausrüstung auf. Noch bevor sie die Hose vom Haken nahm, schaltete sie einen kleinen Monitor ein, der mit einer Kamera in der Küche verbunden war. Es war schließlich immer möglich, dass sich ein anderer Hausbewohner schlicht im Stockwerk geirrt hatte und wieder seines Weges zog.

Diesmal war die Sache allerdings ernst. Vier dunkel gekleidete Gestalten betraten die Wohnung, nachdem sie das Türschloss überwunden hatten.

Fuck!

Sie biss sich auf die Lippen, um nicht aus Versehen laut aufzuschreien. In der Dunkelheit war nicht zu erkennen, wer die Männer waren, doch nach den letzten Ereignissen hatte Elaine schnell einen ersten Verdacht: Sid.

Aber wie hat er mich gefunden?

Sie vertrieb auch diese Gedanken mit einem Kopfschütteln und zog sich weiter an. Dunkle Kakis aus robuster Kunstfaser. Darüber einen schwarzen Pullover aus doppelt gewebtem Material. Sie öffnete den Waffenschrank und nahm den Rucksack heraus. Sie dankte einer wie auch immer gearteten höheren Macht dafür, sie mit ihrem besonderen Maß an fast paranoider Vorsicht gesegnet zu haben, denn der Rucksack war bereits mit den wichtigsten Dingen gepackt: Geld, Verpflegung und Munition. Dazu noch ein paar kleine Werkzeuge, die sich als nützlich erweisen konnten.

Es war Tessas Notfallausrüstung und die Situation schien eindeutig in diese Kategorie zu fallen. Schließlich schnallte sie den Halfter des Colt Python um und rastete die Verschlüsse der Stiefel ein.

Ein kurzer Seitenblick auf den Monitor zeigte eine leere Küche. Aus dem Schlafzimmer hörte sie ein verräterisches Klicken, wie von einer Waffe, die entsichert wurde. Wenige Herzschläge später war der Raum hinter der Geheimtür vom ohrenbetäubenden Lärm einer Maschinengewehrsalve erfüllt.

Elaine schüttelte den Kopf. Gegen diese Macht würde sie schwerlich ankommen. Sie wollte bereits durch die Luftschleuse zu ihrem Notausgang, als sie eine Idee hatte.

Leise schob sie die Geheimtür auf und legte den Revolver an. Sie zielte kurz auf die Stelle, hinter der sie das Maschinengewehr vermutete, und drückte ab. Der Colt brüllte wütend auf und spuckte die Kugel mit einem Feuerstoß aus dem Lauf. Das schwere Geschoss riss ein Loch in die dünne Schranktür und alles, was sich dahinter befand.

Sie feuerte noch einen zweiten Schuss ab, ehe sie durch

die Luftschleuse huschte und sie hinter sich verschloss und verriegelte. Sie rannte an den Blumenkästen vorbei, direkt zu dem Teil der Außenwand, der in Wahrheit eine weitere Geheimtür war, die sich durch einen Sprengsatz öffnen ließ.

Elaine stellte die Zündung auf drei Sekunden und ging hinter den Pflanzen in Deckung.

Eine Schande, dass ich sie alle zurücklassen muss!, dachte sie. In dem Moment detonierte der Sprengsatz und gab den Durchgang zur Feuertreppe frei.

Dicker Rauch füllte den Raum, und es würde eine Weile brauchen, bis er sich durch die nun offene Tür verzogen hätte. An einer Stelle des Türrahmens glomm ein kleines Feuerchen, das jedoch schon bald von allein erstickte.

Sie nahm den Rucksack ab, als sie eine Idee hatte, und kramte in einer Innentasche nach einem kleinen, unscheinbaren Gegenstand, der wie ein metallischer Knopf aussah. Diesen steckte sie tief in eine der schöneren Pflanzen und verdeckte das Loch wieder mit Erde. So weiß ich wenigstens, wo sie dich hinbringen, dachte sie mit Blick auf den Blumentopf. Elaine schulterte den Rucksack und startete in Richtung Freiheit.

In dem Moment betrat ein Mann ihre Werkstatt und sah sich um. Er schoss eine Salve aus einer Maschinenpistole in ihre Richtung ab, doch die Kugeln überzogen das schusssichere Glas lediglich mit einer Reihe von spinnwebenartigen Rissen, sie konnten das Material nicht durchdringen.

Elaine winkte ihm schelmisch grinsend zu, dann sprang sie durch die Tür und hastete, immer zwei Stufen auf einmal nehmend, die Feuertreppe hinunter.

Unten angekommen orientierte sie sich direkt nach Westen. Die Feuerleiter hatte sie hinter dem Haus auf die Straße gebracht, und wenn sie es jetzt schaffte, einen kleinen Vorsprung zu behaupten, könnte sie in den verwinkelten Seitenstraßen untertauchen und einer möglichen Verfolgung entgehen.

»Okay, du Arschloch«, sagte sie keuchend, während sie über einen niedrigen Zaun kletterte. »Du hast meine volle Aufmerksamkeit.«

Ihre Flucht mochte planlos wirken, aber Elaine hatte ein festes Ziel vor Augen: Jack.

Er würde ihr helfen, bei ihm könnte sie untertauchen.

In ihrem Hinterkopf machte sich noch ein weiteres Gefühl breit, nämlich die Angst, dass Jack in Gefahr sein könnte, denn eine Frage blieb: *Wie hat Sid mich gefunden?*

*

Sid brüllte wütend und feuerte weitere Salven in das kugelsichere Glas, während Doc lustlos am Griff der Schiebetür rüttelte.

»Hat uns ausgesperrt, die kleine Schlampe«, sagte er leise. »Die hat was drauf.«

»Eli ist tot!«, rief Jo aus dem Schlafzimmer herein. »Am eigenen Blut ersoffen.«

»Die hat was drauf«, wiederholte Doc murmelnd, womit er sich einen wütenden Blick von Sid einfing.

»Die Schlampe ist so was von tot«, sagte Sid grimmig.

Doc kicherte. »Ja, sie weiß es bloß noch nicht, was?«

Sid fuhr wütend zu ihm herum, sein Finger zuckte über dem Abzug seiner Maschinenpistole.

Doch der Langzeitabhängige ließ sich nicht einschüchtern. »Vergiss nicht, auf wen du eigentlich sauer bist, Boss«, sagte er ruhig, beinah gleichgültig. Ein wenig vermutete Sid auch, dass es Doc wirklich egal wäre, ob man ihn erschoss oder nicht. Der Kerl hatte einfach eine Spritze zu viel gehabt, einen Joint zu viel geraucht und eine Pille zu viel geschluckt.

Doc war in einem Zustand, dass sein Gehirn dauerhaften Schaden in Form einer leichten Umnebelung erlitten hatte, und nichts auf der Welt würde seinen Körper wieder von den Drogen reinigen können.

Manchmal glaubte Sid, dass er dem Mann einen Gefallen erweisen würde, wenn er ihn endlich umlegte.

»Jo, versuch sie zu erwischen!«, brüllte Sid, nachdem seine erste Wut verflogen war. »Sie ist hinterm Haus runter!«

Doc winkte ab. »Lass stecken, die ist über alle Berge.« Er deutete auf die Pflanzen. »Lass uns lieber die Beute abgreifen und verschwinden.«

Sid widersprach ihm nicht und ließ Jo dennoch loslaufen. Der bullige Mann war neu in der Truppe und vor allem als Sids Begleiter angeheuert. Da wollte der Anführer vermeiden, dass der Neue direkt erlebte, wie er hilflos vor einem verschlossenen Durchgang herumstand. »Doc? Tu mir einen Gefallen: Halt's Maul und mach die beschissene Tür auf.«

»Ist in Arbeit, ist in Arbeit«, kam die gewohnt monotone Antwort.

Während Doc an dem Schloss herumhantierte, sah Sid sich in dem Zimmer um. Ein Monitor zeigte ein Bild der Küche und er schüttelte ungläubig den Kopf. Er hatte sie wieder unterschätzt. Schon zum zweiten Mal. *Oh, du bist gerissen,* dachte er anerkennend.

Der Tisch glich eher einer Werkbank, war jedoch sauber geputzt. Anhand der Werkzeuge, die ordentlich sortiert waren, vermutete Sid, dass die Kleine hier unter anderem auch ihre Munition fertigte.

»Tadaa!«, sagte Doc, als die Tür endlich aufglitt, wobei es durch seine eintönige Stimme nicht im Geringsten feierlich oder fröhlich klang.

Sie gingen durch die Luftschleuse hindurch und schritten die Reihen mit Pflanzenkästen entlang.

»Nette Sammlung«, bemerkte er.

Sid nickte und sah sich weiter um. Ein großer Ventilator in einem Kasten erregte seine Aufmerksamkeit. Für eine Klimaanlage war es viel zu groß, und gemessen am Zustand der Pflanzen zog Sid rasch seine Schlüsse. »Sie hat hier ein eigenes Treibhaus betrieben.«

»Ich sagte doch, die Schlampe hat was drauf«, warf Doc ein.

Jo erschien in dem aufgesprengten Durchgang. »Sorry, Boss, ich konnte sie nicht mehr finden.«

»Wie ich sagte«, merkte Doc an.

Sid zuckte lediglich die Achseln. »Wir packen ihre Ware ein und verschwinden.«

»Und was ist mit Mr Bluechips?«, fragte Doc ungewohnt neugierig.

Der Anführer zuckte erneut die Achseln. »Lass den mal meine Sorge sein.«

In Sids Kopf formte sich bereits ein Plan, wie er endlich zu seiner Rache käme und zu einer neuen Wohnung. *Ich weiß nicht, ob die kleine Hure hier war. Aber ich kann es sicherlich so berichten.* Er blickte sich mit wachsender Genugtuung im Raum um. Die Pflanzen würden ein kleines Vermögen einbringen. *Ich habe deine Ware, Schlampe. Und deine Wohnung. Und schon bald … habe ich dich.*

Kapitel 9

»Komm schon, Jack!«, presste sie unter zusammengebissenen Zähnen hervor, als sie wiederholt auf den Klingelknopf drückte. »Mach schon auf!«

Ihre Flucht war geglückt, doch sie war einen Großteil der Strecke gerannt. Selbst als sie es bis in eine Straßenbahn geschafft hatte und sich sicher war, dass sie nicht länger verfolgt wurde, hatte ihr Herz nicht aufgehört zu rasen.

Nach einer gefühlten Ewigkeit, während der sie schon befürchtete, dass Jack bereits tot war, öffnete er die Tür und bat sie mit einem Ausdruck der Verwunderung auf dem Gesicht hinein.

»Was ist denn mit dir los?«, fragte er erstaunt und verriegelte hinter ihr wieder die Tür. »Du wirkst, als hätte dich der Teufel persönlich gejagt.«

Sie nahm den Rucksack ab und legte ihn auf die Theke. Dann ließ sie sich müde auf einen der Barhocker fallen. »Man hat mich angegriffen«, sagte sie matt. »In meiner Wohnung.«

Er blies pfeifend die Luft durch die Zähne. »Weißt du, wer es war?« Er lief sofort hinter die Theke und machte seine Schrotflinte feuerbereit. »Ist man dir gefolgt?«

Sie schüttelte zuerst den Kopf, zuckte dann aber lediglich mit den Schultern. »Ich weiß es ehrlich gesagt nicht.«

Er musste sich offensichtlich beherrschen, ihr keine Standpauke zu halten, doch schließlich überwog sein Mitgefühl und er legte die Flinte auf die Arbeitsplatte und nahm zwei leere Gläser. »Brauchst du einen Schnaps?«, fragte er mit aufmunterndem Lächeln. »Und erzähl mir, was passiert ist. Und schön der Reihe nach.«

Sie lehnte dankend den Alkohol ab und machte es sich auf dem Hocker ein wenig bequemer. »Vier Männer kamen in meine Wohnung«, begann sie ihre Geschichte und lud währenddessen den Revolver nach.

In dem Rucksack waren immer fünf volle Schnelllader in Reserve verstaut, also blieben ihr noch vierunddreißig Schuss, wenn sie keine neue Munition auftreiben könnte. »Die hatten ein Maschinengewehr«, sagte sie weiter. »Da bin ich abgehauen.«

»Das ist alles?« Er rieb sich nachdenklich das Kinn. »Scheiße, Kleine, das sieht nicht gut aus.«

»Ich weiß nicht, wie die mich gefunden haben«, sagte sie kopfschüttelnd. »Aber ich bin mir ziemlich sicher, dass es Sids Männer waren.«

Jack lachte trocken, aber es war kein fröhliches Lachen. »Dass du jetzt wieder das Offensichtliche nicht siehst, Mädchen«, begann er. »Die waren nicht deinetwegen bei dir …«

»Tessa!«, platzte die Erkenntnis aus Elaine heraus und ließ sie bereits im nächsten Moment die Stirn runzeln. »Aber was wollten sie von ihr?«

Jack tippte auf den Bildschirm des Fernsehers und zeigte ihr einen Bericht im Internet, der das tote Mädchen zeigte und die Überschrift »Massaker auf Parkplatz« trug. »Viel wichtiger ist die Frage, was sie bei dir gesucht haben, wenn sie doch vermutlich wussten, dass Tessa schon tot ist«, sagte er.

Sie konnte den Bericht nicht durchlesen oder auch nur auf den Bildschirm schauen. Sie hatte Tessa im Stich gelassen, hatte sie allein sterben lassen.

»Tessa hatte diese komische Pflanze«, sagte sie. Und als würde sich ein Schleier heben, ergab plötzlich alles einen Sinn.

Sie sprang auf und ging in der Kneipe auf und ab. »Aber natürlich! Sid und seine Gang, dieser Wissenschaftler und Tessa – Jack, das hängt alles zusammen!«

Er lehnte sich gegen ein Regal voller Flaschen mit synthetisch hergestelltem Schnaps. »Klär mich auf.«

Elaine kam zurück zur Theke, setzte sich auf den Hocker und stützte die Ellenbogen auf der Bar ab. »Also, dieser Daniel Holden klaut eine geheime Pflanze bei Food Corp. Dafür wird er umgebracht. Von jemandem, den er kannte, sonst hätte er nachts wohl kaum die Tür geöffnet.« Sie machte eine kurze Pause, um zu sehen, ob Jack ihr noch folgen konnte, und er nickte aufmunternd. »Aber die Sache geht schief. Tessa schnappt sich die Pflanze und verschwindet, taucht unter.«

»Und dank deiner Hilfe wird sie auch nicht von der Polizei gefunden«, ergänzte Jack.

»Genau! Und Sid und seine Gang sollen nun die Pflanze wiederbeschaffen.«

»Was macht dich da so sicher?«

Sie schaute ratlos. »Ist bloß eine Vermutung. Aber für eine durchschnittliche Gang sind sie viel zu hartnäckig.«

»Das meinte ich nicht«, sagte er düster. »Ich meine, was macht dich so sicher, dass Sid und seine Gang euch nicht einfach bloß umlegen sollten?«

Die Bemerkung brachte sie ins Straucheln. Niemand konnte ihr so gut einen Dämpfer verpassen wie Jack. Und das Schlimmste daran war, dass sie seiner Logik nicht widersprechen konnte.

Was, wenn Sid und seine Gang wirklich den Auftrag hatten, sie zu töten?

Sie zuckte die Achseln. »Ich kann es jetzt nicht mehr ändern und es spielt auch keine Rolle mehr.« Sie zückte ein etwa faustgroßes Etwas, das Ähnlichkeit mit einem altertümlichen Navigationsgerät hatte, aus ihrem Rucksack. »Jetzt werde nämlich ich *sie* finden.« Ein Schalter hauchte dem glänzenden Display Leben ein, und eine Texteinblendung teilte ihnen mit, dass das Gerät mit der Suche begonnen hatte. Nach zwei Minuten, während derer sie beide gebannt auf den keinen Bildschirm starrten und warteten, verkündete ein grünes Blinken, dass es eine Position ausgemacht hatte.

»Das ist gar nicht so weit von hier«, stellte Jack fest. »Nur drei Kilometer.«

»Da sind meine Pflanzen«, sagte Elaine grimmig. »Da ist Sid.«

Jack verstaute die doppelläufige Schrotflinte wieder unter der Theke und humpelte durch die Tür ins Nebenzimmer. Kurz darauf kehrte er zurück, mit einer Pumpgun, die er sich lässig über die Schulter gelegt hatte. »Du fährst.« Damit warf er ihr die Autoschlüssel zu und hinkte in Richtung Kneipentür.

Elaine verstaute ihren Rucksack hinter der Bar, nachdem sie die Ersatzmunition in die Taschen ihrer Hose gepackt hatte, und folgte ihm. Auf halbem Weg zur Tür kehrte sie wieder um und suchte noch den kleinen blauen Chip, den sie Adam abgenommen hatte. *Vielleicht klärt sich heute das Geheimnis um dich auf*, dachte sie und verließ endgültig die Bar.

Elaine fuhr nach Jacks Anweisungen bis zum Ziel, wobei sie den Wagen schon eine Querstraße vor der markierten Adresse abstellten. Die Fahrt hatte sie in die nördlichen Ausläufer der Stadt geführt, direkt an die Grenze, wo Wohnhäuser auf die ersten Industriehallen trafen.

Als gäbe es eine Naht, die den Komplex in zwei Welten teilt und sie gleichzeitig zusammenhält, sinnierte Elaine.

»Hat sich wohl in einer alten Industriehalle breitgemacht«, bemerkte Jack und versteckte die Schrotflinte unter einem Mantel.

Elaine tat es ihm gleich. Sie steckte ihre Hand durch eine Manteltasche, die sie innen ausgeschnitten hatte, und berührte mit den Fingern den Griff des Colts.

Sie gingen vorsichtig die Straße entlang, und sie bemerkte mit Erleichterung, dass Jack offenbar seine Beinschiene frisch geölt hatte, denn der Mann bewegte sich nahezu lautlos. Doch selbst wenn er es nicht gewesen wäre, sie fühlte sich wohler, da sie ihn in ihrer Nähe wusste. Zu ihrer und seiner Sicherheit.

Ein kleiner Pfeil zeigte nun in die genaue Richtung ihres Ziels und blinkte in einem langsamen Takt auf dem Display weiß auf.

An der Ecke hielten sie inne. Elaine spähte um die Mauerkante eines Hauses herum und versuchte die Situation am Zielort einzuschätzen.

In der gesamten Straße brannten keine Laternen, die einzige Lichtquelle war der Mond, der sich heute Nacht allerdings lieber hinter einigen Wolken in Sicherheit gebracht hatte.

Sie zuckte die Achseln. Zehn Meter vor ihrer Position stand ein Wagen, der ihnen ein wenig Deckung verschaffte. Doch die letzten Meter zu Sids Stützpunkt – Elaine war sich sicher, dass die Gang in einer großen Lagerhalle abgestiegen war – müssten sie über die offene Straße zurücklegen. Und stünden damit auf dem Präsentierteller für jeden halbwegs geübten Schützen.

»Das sieht nicht gut aus«, flüsterte sie. »Fünf Meter über die offene Straße.« Sie deutete auf sein Bein. »Schaffst du das?«

Jack winkte ab. »Natürlich.« Mit einem schelmischen

Grinsen fügte er hinzu: »Da du schneller bist, werden sie ohnehin erst mal auf dich schießen.«

»Immer der Ritter in strahlender Rüstung, was?«, konterte sie und atmete tief durch. »Die ersten Meter können wir vielleicht noch als gewöhnliche Passanten durchgehen.«

Er hob seine Schultern an und marschierte los. Lange Pläne waren nicht in Jacks Sinn. Er suchte stets die direkte Konfrontation, so auch diesmal. Elaine beeilte sich, zu ihm aufzuschließen, denn nach allem, was er für sie getan hatte, würde sie ihn nicht allein gehen lassen.

Zu ihrer großen Überraschung wurden sie nicht beschossen. Nicht einmal, nachdem sie den parkenden Wagen passierten und über die Straße auf das im Navi markierte Gebäude zusteuerten.

Vor der Halle war ein kleines Wachhäuschen, durch dessen Scheibe ein schwaches Licht hindurchschien. Elaine und Jack tauschten fragende Blicke; keiner von ihnen wusste, wie dieses Detail zu bewerten war.

Als sie noch einen Schritt näher kamen, erkannte sie deutlich ein Firmenlogo auf der Seitenwand des Wachhäuschens: Food Corp.

Sie zog den Revolver, verdeckte die Waffe aber unter dem Mantel und hielt sie tief neben ihrem Oberschenkel.

Jack postierte sich an der Eingangstür des kleinen Kabuffs, das kaum mehr als zwei Meter in jede Richtung maß. Die Tür war vermutlich verschlossen, darum versuchte Elaine erst gar nicht, die Klinke zu betätigen. Stattdessen gab sie Jack ein Zeichen, der mit der schweren Schrotflinte auf das kleine Türschloss zielte.

Metall kreischte protestierend, als das großkalibrige Geschoss Schloss und Türrahmen einfach zerfetzte. Elaine trat die Tür aus den Angeln, während Jack mit einem schlürfenden Geräusch eine neue Patrone in den Lauf lud, und drängte in den kleinen Raum.

Dort saß ein überraschter Wachmann, der hektisch am Griff einer Pistole hantierte, sie aber nicht aus dem Halfter bekam.

Elaine zielte direkt auf den Kopf des braunhaarigen Mannes und sagte kalt: »Keine Bewegung.«

Der Mann erstarrte. Ob es nun an der eisernen Autorität und Entschlossenheit in ihrer Stimme lag oder dem verchromten Lauf, der genau zwischen seine Augen gerichtet war, konnte Elaine nicht mit Sicherheit sagen, doch er gehorchte.

Jack betrat das Wachhaus und brachte sich in eine Position, von der aus er die Tür überwachen konnte.

Elaine würdigte ihn keines Blickes. Sie wusste, dass er ihren Rücken decken würde, und vertraute ihm völlig. Sie nickte dem Wachmann auffordernd zu: »Was ist das hier?«

»Das darf ich nicht sagen.«

Sie schüttelte den Kopf. »Was und was du nicht sagen darfst, bestimme ich, klar? Meine Knarre, meine Spielregeln.« Sie deutete auf die Pistole. »Leg sie langsam auf den Boden und schieb sie mit dem Fuß weg, verstanden?«

Der Mann gehorchte und hob danach die Hände in die Luft. »Bitte … ich will keinen Ärger.«

Jack lachte leise im Hintergrund. »Dafür ist es wohl schon zu spät.«

Elaine nickte bedächtig. »Also von vorn. Ich stelle Fragen, du wirst antworten. Das sind einfache Regeln. Und ich will die Wahrheit hören. Was ist das hier?«

Ihre anfängliche Frustration darüber, dass dies nicht Sids Versteck war, war der Neugier gewichen, was Food Corp. mit dieser Lagerhalle zu schaffen hatte. Und was ihre Pflanzen hier zu suchen hatten.

Der Wachmann wand sich kurz um die Antwort, seufzte dann aber resignierend. »Hier ist ein Lager.«

»Wofür?«

Er zuckte mit den Schultern. »Das hat man mir nicht gesagt.«

Sie spannte den Hahn des Revolvers. »Versuch nicht, mich zu verarschen.«

Er schüttelte energisch den Kopf. »Nein, wirklich, ich weiß es nicht!«, sagte er flehend. »Ich habe bloß die Nachtschicht, mehr nicht. Ich sitze hier ab zwölf Uhr und passe auf, dass niemand das Gebäude betritt.«

»Der Einstellungstest muss ja sehr schwer gewesen sein«, spottete Jack, was dem Wachmann eine gequälte Grimasse entlockte.

»Wirklich«, beteuerte er, »ich weiß nicht, was da drin ist. Ich hab ja nicht mal einen Schlüssel!«

Sie schürzte die Lippen. »Wofür brauchen wir dich dann noch?«

Ihr Zeigefinger legte sich auf den Abzug, und der Wachmann schrie panisch auf. Im letzten Moment entspannte sie den Hahn, machte einen plötzlichen Schritt nach vorn und schlug den Mann mit dem Revolver nieder. Er ging zu Boden, an der Schläfe eine große Platzwunde, doch er würde es überleben.

Sie durchsuchte ihn und fand tatsächlich bloß einen einzigen Schlüssel – den für das Wachhäuschen. Ansonsten hatte er nichts bei sich, was ihnen Aufschluss über den Zweck des Gebäudes gegeben hätte.

»Und jetzt?«, fragte Jack leicht besorgt. »Wir können ihn doch nicht hier liegen lassen.«

»Ich will ihn aber auch nicht einfach umbringen«, entgegnete Elaine und sah sich in dem kleinen Raum um. Sie entdeckte den Seilzug der Jalousie und riss das ganze Ding von der Wand. Die Kordel maß über zwei Meter, ausreichend, um den Wachmann an ein Tischbein zu fesseln.

Jack hatte die Pistole des Mannes eingesteckt, während Elaine noch seine Telefonanlage und sein Handy unbrauchbar machte.

Sie verließen die Wachhütte und bauten sich vor der Eingangstür der Lagerhalle auf. Diese wirkte aus der Nähe plötzlich alles andere als gewöhnlich, sondern hochmodern.

Überhaupt bemerkte Elaine jetzt, dass das gesamte Lagerhaus aus neuesten Materialien zu bestehen schien und lediglich durch die Farbe und einige aufgeschraubte Teile einen möglichst heruntergekommenen Anstrich bekommen hatte.

Das Türschloss war weder für eine moderne Chipkarte noch für althergebrachte Schlüssel konzipiert. Stattdessen saß dort nur ein kleiner Kasten mit einer Art Münzschlitz an der Oberseite und einem Auswurf am unteren Rand.

»Sollen wir jetzt Geld einwerfen?«, fragte Jack laut und kratzte sich hinterm Ohr.

Elaine schüttelte langsam den Kopf. Ihre linke Hand spielte gedankenverloren an einem kleinen Gegenstand in ihrer Manteltasche herum, und es dauerte eine Weile, bis sie bemerkte, dass es der blaue Chip war, den sie von Sids Gang erbeutet hatte.

Sie holte das kleine Stück Plastik hervor und drehte es zwischen den Fingern. »Kann es wirklich so einfach sein?«, fragte sie leise und blickte zu Jack.

Der zuckte lediglich die Achseln. »Versuchen wir's.«

Elaine steckte den Chip in den Münzschlitz und ließ los. Er verschwand in dem kleinen Kasten. Im Innern hörte man, wie er anscheinend durch mehrere Ebenen fiel und geschoben wurde, dann ertönte ein leises Piepsen und das Türschloss öffnete sich mit einem weichen Klicken, während der Chip wieder in dem Ausgabefach erschien.

»Jetzt weißt du auch, wofür er gut war«, stellte Jack das Offensichtliche fest.

Elaine schob die Tür auf und deckte den sichtbaren Bereich mit ihrer Waffe ab. Sie gab Jack ein Zeichen, und er schlüpfte geduckt durch die Tür, die Schrotflinte im Anschlag.

»Das musst du dir ansehen!«, sagte er aufgeregt.

Sie hastete durch die Tür und blieb wie angewurzelt stehen. Im Inneren der Halle waren mehrere gläserne Gewächshäuser aufgebaut. Und in jedem von ihnen standen Pflanzen.

Gesunde Pflanzen!

In einem der Glashäuser standen Reihen um Reihen von wunderschönen Blumen. Rote und gelbe Rosen, Tulpen, Margeriten, Elaine traute ihren Augen nicht.

In einem anderen Glaskasten standen kleine Büsche und Sträucher, auch ein prächtiger Ficus, der keine Ähnlichkeit mit ihrem kleinen, kümmerlichen Gewächs hatte, sondern prächtig in die Höhe geschossen war.

Wieder eine andere Kuppel versammelte verschiedenste Farne unter ihrem Dach.

»Was ist das?«, fragte sie mit vor Ehrfurcht schwacher Stimme. Sie zückte ihr Handy, um mit der Kamera einige Schnappschüsse zu machen.

»Jedenfalls kein gewöhnliches Lager«, sagte Jack nüchtern, der sich bereits wieder unter Kontrolle hatte. Er deutete auf eine Seitenwand.

Dort war ein Förderband, das weiter ins Innere des Lagers führte, wohin ließ sich jedoch nicht sagen.

In einem der Gewächshäuser bewegte sich plötzlich etwas, und sowohl Jack als auch Elaine brachten ihre Waffen in Stellung und duckten sich zur Seite weg.

Es war ein Roboterarm, der an einem Schienensystem an der Decke befestigt war und in dem Gewächshaus gerade aus ihrem Sichtbereich fuhr. Wenige Augenblicke später erschien er wieder und transportierte eine Grünpflanze im Blumentopf.

»Ein automatisiertes Lager«, sagte Jack staunend. Dann fügte er achselzuckend hinzu. »Macht Sinn. Wem könnte man schon trauen, wenn er tagtäglich mit so vielen Pflanzen zu tun hätte?« Er rieb Daumen und Zeigefinger der linken Hand schnell gegeneinander. »Mir jedenfalls nicht. Der Laden ist ein Vermögen wert.«

Sie nickte langsam. »Also arbeitet Sids Gang für Food Corp.«

»Sieht ganz so aus ... Was denkst du, was die pro Pflanze bekommen?«

Sie hielt kurz inne und wollte gerade die Scheiben der Gewächshäuser zerschießen, als sie an mögliche Alarmanlagen dachte. Die Anlage war von außen zwar nicht sonderlich gut gesichert, doch das musste nicht auf den Inhalt zutreffen. Und Food Corp. hatte überall Gebäude. Es war durchaus möglich, dass, zwei Straßen weiter eine kleine Armee von privatem Sicherheitspersonal saß.

Der Gedanke ließ sie frösteln, und sie gab Jack mit einem Kopfnicken zu verstehen, dass sie verschwinden würden. »Gehen wir, solange uns keiner bemerkt hat.«

Der Wachmann war noch immer ohnmächtig. Elaine fühlte kein Mitleid mit ihm, nur weil sie ihn die restliche Nacht gefesselt ließen. Im Gegenteil. Sie wusste, sobald sie ihn losmachten, würde er die Firma informieren. So hätten sie ein paar Stunden Vorsprung.

»Gut möglich, dass die uns jetzt auf Band haben«, sagte Jack, als sie wieder im Wagen saßen. »Ich würde jedenfalls Kameras aufstellen.«

Sie startete den Motor. »Dann mal lieber schnell weg von hier, bevor die Truppen anrücken, nicht wahr?«

»Du sagst es, Mädchen.« Er schüttelte nachdenklich den Kopf. »Warum horten die da so viele Pflanzen und behaupten immer, der Planet sei tot?«

Sie zog die Augenbrauen skeptisch nach oben. »Denk nach, Jacky. Wenn sie die Pflanzen kontrollieren, kontrollieren sie praktisch das ganze Delta.« Sie nickte, wie um sich selbst in Gedanken zu bestätigen. »Und dieser Daniel hing da irgendwie mit drin. Deswegen musste Tessa sterben. Hier wird irgendwas vertuscht.«

»Wäre möglich«, stimmte Jack ihr zu. »Und wäre nicht das erste Mal.«

Sie schwiegen eine Weile, hingen beide ihren Gedanken nach, bis Elaine schließlich aussprach, was sie vermutlich beide dachten und befürchteten. »Wir sitzen ziemlich tief drin, was?«

Jacks Gesichtsausdruck versteinerte, das machte es unmöglich, die Emotionen des Mannes darin zu erkennen. »Sieht ganz so aus.«

Sie parkte den Wagen im Hinterhof der Kneipe. Jacks Haus war ein Relikt aus früheren Zeiten, ein zweistöckiger Bau, der nur die Bar und seine Privaträume beherbergte. Der einzige Grund, weshalb das Haus nicht schon längst einem Wohnkomplex gewichen war, lag darin, dass es im nordwestlichen Teil des Komplexes noch freie Grundstücke gab, die schlicht kein Mensch nutzte.

Die Bevölkerung im Delta war in den letzten vierzig Jahren konstant geschrumpft. Zum einen lag dies sicherlich daran, dass Food Corp. die maximalen Kapazitäten für die Versorgung mit Lebensmitteln erreicht hatte, zum anderen daran, dass vor allem die Bevölkerung der äußeren Bezirke eine wesentlich kürzere Lebenserwartung hatte.

Hier herrschten schlechtere hygienische Bedingungen und die Menschen waren gewaltbereiter.

Elaine hatte sich damit abgefunden, doch manchmal glaubte sie, dass sie lediglich die Augen vor der Wahrheit verschloss. *Die Reichen lassen uns alle krepieren, wenn sie können!*

Zurück in der Kneipe nahm sie ihren Rucksack und folgte Jack in seine Privaträume. Von seinem Büro aus führte eine weitere Tür in sein Lager, und dort gab es auch eine kleine Treppe, über die man in den ersten Stock gelangte.

Er selbst schlief selten dort, da er zu große Angst vor Einbrechern hatte, die er dann nicht auf frischer Tat ertappen könnte, wenn er erst die Treppe hinunterhumpeln müsste.

Oben lagen ein Schlafzimmer, ein überaus geräumiger Wohnbereich mit angeschlossener Küche und ein komfortables Bad. Jack war nach allen Maßstäben des unteren Deltas als reich zu bezeichnen. Mehr noch, sogar für gehobene Verhältnisse war das keine schlechte Bleibe.

Sie ließ sich erschöpft auf ein Sofa fallen. Ein Blick auf die Uhr verriet ihr, dass der Morgen schon bald dämmerte, aber sie war trotz aller Erschöpfung noch zu aufgekratzt, um jetzt zu schlafen. Sie spielte an ihrem Handy herum und studierte die Bilder des geheimen Lagers, während Jack einen Kaffee kochte.

Das sanfte Aroma der frisch gemahlenen Bohnen flutete den Raum, verschaffte ihr ein Gefühl der Geborgenheit. Es war dieselbe Sorte, die auch sie benutzt hatte. Wenn sie sich recht erinnerte, hatte sogar sie die Bohnen für sie beide organisiert.

»Seltsam«, murmelte sie, nachdem sie die Bilder betrachtet hatte. Dann wandte sie sich an Jack. »Können wir die irgendwie auf dem Fernseher anschauen?«

»Na klar!« Er hinkte zu ihr herüber und nahm ihr das Handy ab. Dann legte er es auf eine runde Matte, die per Induktionsfeld die Verbindung zwischen Fernsehgerät und Handy herstellte.

Elaine beneidete Jack um seine moderne technische Ausrüstung. Er verstand es, sich die neusten Gerätschaften zu besorgen. Möglicherweise war diese kleine Matte mehr wert als die halbe Wohnung. Und das war vermutlich auch ein Grund, weshalb Jack noch immer hier hauste.

»Und hier sind sie.« Er zog die Wörter in die Länge, als würde er eine große Ankündigung machen.

Der kleine Scherz zauberte ein Lächeln auf ihre Lippen. Sie stand auf und deutete auf den Bildschirm. »Siehst du das?«

Er folgte der Richtung, die ihr Finger anzeigte, und rieb sich das Kinn. »Habe ich noch nie gesehen.«

»Ich auch nicht«, pflichtete sie bei und klickte zum nächsten Bild. »Da ist es wieder!«

Ebenso auf dem nächsten Foto.

Es war auf allen Bildern.

In jedem Gewächshaus, ob nun mit Blumen, Farnen oder kleinen Sträuchern bestückt, wuchs noch eine weitere Pflanze. Ein kleines, unscheinbares Gewächs, das entfernt an einen Baum erinnerte – an einen Ginkgo in Bonsaiform. Er saß in jedem Blumenkasten. Und auf einem Bild schien es, als hätte er eine Art große Frucht, einer gewaltigen Nuss ähnelnd, die in der Mitte der Baumkrone ruhte.

»Was ist das?«, stellte Elaine die große Frage in den Raum.

»Mich würde vielmehr interessieren, wie das alles so gut wachsen kann«, sagte Jack stattdessen. »Ich habe keinen einzigen Ventilator gesehen, keine Luftfilter, keinen Reinraum. Die Türen waren ja nicht mal luftdicht.«

Dieser Umstand war ihr bisher nicht aufgefallen, doch als sie sich jetzt genauer an das Lager erinnerte, musste sie zugeben, dass Jack recht hatte.

»Da drin dürfte gar nichts wachsen!«, sagte sie mit einem Anflug von Protest in der Stimme.

Er lachte leise. »Dann haben wir beide ein Problem mit den Augen.«

»Aber wie ist das möglich?«

Er zog fragend die Augenbrauen hoch. Dann blickte er sie bedeutungsvoll an, was Elaine augenblicklich in Alarmbereitschaft versetzte. Wenn Jack einer Sache so viel Gewicht beimaß, dass er auf einen lockeren Spruch oder sein schelmisches Grinsen verzichtete, dann war die Lage ernst.

»Dieser eine Kunde will ein neues Treffen«, sagte er schließlich.

Sie horchte auf. »Welcher, der mit der Wilden Weinrebe? Hast du ihm gesagt, dass ich keine Ware zurücknehme?«

Er winkte ab. »Keiner von denen. Nein es ist der Kerl, der gar nicht erst aufgetaucht ist.«

»Seltsam …«, stimmte sie nachdenklich zu.

»Ich habe ihm gesagt, dass ich vorerst keine Ware mehr habe«, fuhr Jack fort. »Und kurz bevor du hier aufgetaucht bist, kam eine Nachricht, dass er Informationen für mich hätte.«

Sie zog die Brauen tief über die Augen, was ihr Gesicht überaus düster und bedrohlich wirken ließ. »Wie kommt er auf die Idee, dass du die willst?«

Jack zuckte die Achseln.

Elaine ging in ihrer Erinnerung zu Montagmorgen zurück. Zu dem Moment, kurz bevor das Inferno über dem Parkplatz losbrach. *Wo war Tessa noch gleich?*, fragte sie sich. Als sie die Position in Gedanken ausgemacht hatte, versuchte sie sich darauf zu konzentrieren, was sie aus dem Augenwinkel beobachtet haben mochte.

»Tessa war nicht allein«, sagte sie schließlich. »Ich glaube, sie hat mit jemandem gesprochen.«

»Keiner ist zu ihr gegangen«, widersprach Jack nachdenklich.

Elaine schüttelte energisch den Kopf. »Nein, es war jemand in unserem Rücken. Tessa ging zu ihm rüber, dann war sie weg.«

Jack erhob sich und ging zur Kaffeemaschine hinüber. »Also wurde Tessa eigentlich gekidnappt?«, sagte er, während er zwei Tassen Kaffee eingoss. »Kann es so abgelaufen sein?«

Elaine atmete tief durch. Dann klatschte sie in die Hände und stand auf, um sich besser bewegen zu können. »Also, was wissen wir?«, fragte sie ihn, ohne seine Antwort abzuwarten. »Daniel Holden greift Tessa auf. Er wirkt seltsam angespannt, hatte sie erzählt. Sie verbringen die halbe Nacht zusammen, dann taucht jemand in Daniels Wohnung auf und Tessa flieht, bevor der Streit der beiden eskaliert.«

Sie nahm die Kaffeetasse dankend entgegen und blies kurz auf das heiße Getränk. »Tessa geht aber nicht mit leeren Händen!«, hielt sie energisch fest und machte eine kurze Pause, als müsste diese Erkenntnis sich erst tiefer im Gehirn einnisten. »Sie hat Daniels Jacke, in deren Tasche eine Tüte mit Pflanzensamen ist.«

»Und nicht vergessen, Daniel arbeitete für Food Corp.«, merkte Jack an.

Sie nickte. »Tessa wird gesucht. Und später von Sids

Männern getötet. Bevor das geschieht, erscheint ein Mann, der sie mit sich schleift. Als ich sie finde, liegt Daniels Brieftasche aufgeklappt auf ihrer Brust.«

»Kurz darauf greift dieselbe Gang dich in deiner Wohnung an«, warf Jack ein, »und bringt deine Pflanzen zu einem geheimen Lager von Food Corp.«

»Das ist kein Zufall«, sagte sie entschlossen. »Sid arbeitet für Food Corp. Erledigt die Drecksarbeit für die feinen Herren.«

»Die Pflanze«, sagte Jack. »Es ging nicht um Tessa oder dich. Es ging nicht mal um diesen Daniel. Es ging einzig und allein um die Pflanze.« Er deutete wieder auf den Fernsehbildschirm und dort auf die kleinen Bäume, die keiner von ihnen jemals zuvor gesehen hatte. »Zehn zu eins, dass es darum ging.«

»Und was machen wir jetzt wegen des Kunden?«, fragte sie. »Was, wenn der für Food Corp. arbeitet und uns auch umlegen will?«

Jack wiegte den Kopf hin und her. »Glaube ich nicht«, sagte er schließlich. »Wenn er der Mann war, der Tessa vom Parkplatz gezerrt hat, dann hätte er doch mit ihrer Pflanze mittlerweile, wonach er sucht.« Er schüttelte den Kopf. »Nein, das macht keinen Sinn.«

Sie zog eine Augenbraue hoch und lächelte entwaffnend. »Denk nach, Jacky. Wir wissen ebenfalls von der Pflanze. Vielleicht will er uns auch einfach bloß umlegen.«

»Herrlich.«

»Egal, ich will ihn treffen«, sagte sie plötzlich. »Kannst du ihm eine Nachricht schreiben?«

Jack machte große Augen. »Bist du verrückt? Wir sollten untertauchen, aber ganz tief!«

Sie blickte betreten zu Boden. »Ich kann nicht«, gestand sie. »Ich bin es Tessa schuldig, dass ich herausfinde, warum sie sterben musste. Ich kann das nicht einfach auf sich beruhen lassen.« Sie zog den Colt und drehte die Trommel mit einem hohen Rattern durch. »Ich will ihm ein paar Fragen stellen.«

*

»Sieht nicht gut aus, Boss«, raunte Doc, als sie zurück zu dem Haus kamen, in dem Sid die Gang untergebracht hatte. Die Nachricht von Elis Tod verbreitete sich rascher, als es ihm lieb war, und die ersten Gangmitglieder packten bereits ihre Sachen.

Sid zwang niemanden dazu, bei ihm zu bleiben. Er hatte sein kleines Imperium damals allein mit Doc und Bull aufgebaut, er könnte es wieder allein mit Doc schaffen. Jo schien nach dem missglückten Überfall auf die Schmugglerin nicht enttäuscht, schließlich bedeutete Elis Tod automatisch, dass er in der Hierarchie eine Stufe nach oben kletterte. Sid versuchte seine Männer meist durch ihre primitivsten Gelüste zu motivieren – Prostituierte und Drogen –, was bisher immer gut gelungen war. Auch Jo ließ sich mit freierem Zugang zu den Huren zufriedenstellen.

Aber die Verluste in den letzten Tagen waren enorm gewesen. Und Sid gingen allmählich die menschlichen Ressourcen aus.

Einer der Jungs, ein junger Kerl von vielleicht sechzehn Jahren, ging mit gesenktem Kopf an ihnen vorbei. Über die linke Schulter trug er den Riemen eines Rucksacks, der prall gefüllt war. Sid machte sich nicht die Mühe, ihn aufzuhalten. *Soll er doch zu seiner Mama rennen!*, dachte er abfällig.

Sie gingen direkt ins obere Stockwerk des heruntergekommenen Hauses, wo sich die persönlichen Räume des Anführers befanden. Auf dem Weg kamen sie an einem der Schlafräume der Frauen, die für Sid anschafften, vorbei und Doc gab zwei von ihnen zu verstehen, dass er sie gleich sehen wollte.

Die Mädchen verbrachten die meiste Zeit des Tages damit, sich auszuruhen. Es gab ein großes, geräumiges Bad, das sie für sich allein nutzen konnten. Sid hatte früh gelernt, dass saubere Huren doppelt so viel Geld einbrachten, was den kleinen Aufwand der Instandhaltung eines Badezimmers durchaus wert war. Außerdem besorgte er ihnen passende Schminke, damit sie kleinere Blessuren oder Unschönheiten überdecken konnten. Grundsätzlich achtete er aber darauf, dass sich Ausgaben und Einnahmen die Waage hielten. Er wollte zwar, dass die Frauen gesund aussahen, gleichzeitig wollte er aber mehr als achtzig Prozent Gewinn am Umsatz, den sie machten.

Und die Drogen, die Doc einigen der Frauen gab, um sie gefügiger zu machen, waren auch nicht gerade billig.

Beim Gedanken an den Junkie schüttelte Sid den Kopf. *Kann sich keine zwei Sätze merken, aber ficken wie ein Weltmeister.* Zu Sids größter Überraschung schienen die Frauen Docs gleichgültige Art durchaus zu schätzen. Er schlug sie nie, war niemals zu grob, es schien eher, als wäre der tägliche Sex eine Art Droge für ihn, wie seine Pillen. Darüber hinaus hatten ihn die vielen Substanzen so betäubt, dass er ein ziemlich ausdauernder Liebhaber war. Den Frauen, ob gekauft oder nicht, war wohl der eigene Spaß nicht unwichtig.

Sid zuckte die Achseln und konzentrierte sich auf das anstehende Gespräch mit Mr Bluechips. Sie hatten weder die Schmugglerin gefasst noch viel über sie herausgefunden. Aber konnte er es ändern?

Erschöpft fiel er in den Sessel, der wie eine Art Thron den Vorraum einnahm. Hinter ihm war eine Tür, die in sein Schlafzimmer führte, und an den Seiten standen weitere Sofas, auf denen sich seine ranghöheren Untergebenen, seine Vertrauten, niederließen.

Er wählte die Nummer des Auftraggebers auf seinem Handy.

»Wie ist es gelaufen?«, fragte dieser direkt.

»Nicht gut«, antwortete Sid ohne Umschweife. »Eli ist tot.«

»Und die Schlampe?«

»Verschwunden.«

Es entstand eine lange Pause, während der keiner von beiden auch nur ein Geräusch machte.

Schließlich ergriff Sid das Wort: »Sie hat uns bereits erwartet und eine Falle gestellt.«

»In die du nur zu bereitwillig getappt bist, nicht wahr?«

Sid biss sich auf die Lippe. Es fiel ihm noch immer schwer, seine Sätze so zu formulieren, dass Mr Bluechips ihm keinen Strick daraus drehen konnte. »Nein. Wir waren vorsichtig. Aber sie hatte einen Geheimraum, von dem aus sie uns beobachtet und angegriffen hat.«

»Ein Geheimraum?«, wiederholte der Mann am anderen Ende der Leitung neugierig. »Was war da drin?«

Sid entspannte innerlich ein wenig. Das Interesse des Auftraggebers geweckt zu haben, war stets ein gutes Zeichen. »Eine Werkstatt und eine Art Gewächshaus«, berichtete er weiter. »Und von dort hatte sie einen Notaus…«

»Erzähl mir mehr über das Gewächshaus!«, unterbrach der Mann ihn barsch.

Sid kämpfte die aufkeimende Wut zurück, schluckte seinen Ärger hinunter, bevor der seine Urteilsfähigkeit zu weit einschränkte und er seine Zunge nicht mehr unter Kontrolle hätte. »Sie hat dort eine Menge Pflanzen gezüchtet. Und Luftfilter installiert«, sagte er. »Die Pflanzen haben wir schon ins Lager gebracht.«

»Was für Pflanzen waren es?«

Sid versuchte, sich genau zu erinnern. »Nichts Besonderes. Ein Ficus, ein paar Farne und Gräser. Keine Blüten.«

»Und dir waren die Pflanzen alle bekannt?«, hakte der Mann nach.

Sid stutzte mit verwirrtem Gesichtsausdruck. *Was will er von mir?*

»Und?«, drängte Mr Bluechips.

»Ja, waren sie«, antwortete er, und es entsprach sogar der Wahrheit. »Alles schon gesehen.«

»Gut.« Der Mann schien kurz über etwas nachzudenken. »Und auch sonst ist dir nichts aufgefallen?«

»Außer dass sie ihre Patronen für den Revolver selbst herstellt, nein.«

»Gut.« Mit einem Mal schien Mr Bluechips überaus zufrieden zu sein. »Du kommst deiner Wohnung deutlich näher.«

Sid unterdrückte ein freudiges Lächeln, da man das in seiner Stimme erkannt hätte. Und er wollte Mr Bluechips nicht das Gefühl von Dankbarkeit entgegenbringen. Das würde dem Mann nur noch mehr Macht über ihn verleihen, als er ohnehin schon hatte, wenn der Gesetzlose ehrlich zu sich war. *Ohne seine Aufträge wäre ich doch schon längst Hühnerfutter im Kampf mit einer anderen Gang geworden*, dachte Sid.

Er kontrollierte seine Stimme und versuchte gelangweilt zu klingen. »Ich sagte Ihnen doch, dass ich gute Arbeit leiste.«

Mr Bluechips lachte leise. »Ja, und ich bin nun zum ersten Mal geneigt, dir zu glauben.«

»Am besten treffen wir uns morgen Abend und besprechen die Details meines Umzugs«, wagte sich Sid nach vorn, doch sein Gesprächspartner wiegelte direkt ab.

»Da habe ich keine Zeit für dich. Vielleicht danach.«

Sid hätte ihm am liebsten gesagt, dass er nicht so mit sich reden ließe, dass er kein einfacher Handlanger war, den man nach Belieben herumschubsen konnte, doch die schmerzliche Wahrheit war: Er war ein einfacher Handlanger. Und jedes bisschen Respekt, das er sich von dem Mann am anderen Ende der Leitung abtrotzte, war mehr, als der ihm geben musste. Es gab Hunderte Männer wie Sid. Die eine Waffe halten konnten und auf ihre Chance warteten.

Darum schwieg er – er wusste, wo sein Platz war.

»Halte dich auf Abruf bereit«, sagte Mr Bluechips plötzlich. »Ich habe vielleicht schon bald wieder Arbeit für dich. Ein Kurier bringt dir ein Päckchen. Darin findest du einige Anweisungen.«

Und entgegen Sids innerer Wut und Überzeugung stimmte er zu.

*

Sam erwachte am nächsten Morgen erneut mit einem mulmigen Gefühl im Magen. Er hatte das Foto der Frau auf seinem Nachttisch liegen in der Hoffnung, dass ihm die körperliche Nähe zu dem Bild einen genialen Geistesblitz senden würde, wie er ihren Namen herausbekäme.

Doch er hatte keinen.

Alles, was ihm blieb, waren immer neue Rätsel, was Danny eigentlich gemacht hatte und wie er sich in solche Schwierigkeiten hatte bringen können.

Wussten diese Schmuggler vielleicht von der Frau? War

sie am Ende die Mutter jenes Mädchens, das am Montag gestorben war? Hatte man Danny erpresst?

Sowenig er den Mann auch mochte, aber insgeheim hoffte er, dass Carl ein wenig Licht in die Angelegenheit bringen würde.

Danny war doch immer mit uns unterwegs!, dachte er. *Wie sollte er heimlich eine Frau kennen?*

Das einzige Mal, als er Danny über einen längeren Zeitraum nicht gesehen hatte, war, als der im Krankenhaus war.

Das Krankenhaus!

Mit einem Mal war Sam hellwach, sprang aus dem Bett und rannte ins Bad. *Das Bild!*, dachte er immer wieder. *Das Original ist im Krankenhaus an der Wand!*

Möglicherweise wusste man dort ja, wer die Frau war.

Vielleicht hat sie das Bild gemalt? Vielleicht arbeitet sie im Krankenhaus?

Er war so aufgeregt wie ein kleiner Schuljunge. Er rubbelte sich rasch mit einem Handtuch trocken und verzichtete darauf, sich die Haare zu föhnen. Dann rannte er noch einmal in sein drittes Zimmer, um seine Pflanzen zu betrachten.

Zu seiner großen Überraschung war der kleine Setzling erneut gewachsen. Er hatte in der Nacht einen gewaltigen Sprung gemacht. Nun konnte man schon erahnen, was aus ihm wachsen würde. Eine Art kleiner Baum, in Form und Größe fast dem Ficus ähnlich, der neben ihm kränklich die Blätter hängen ließ.

Sam war zu aufgelöst, um sich ernsthafte Gedanken über die kleine Pflanze zu machen. Er war hauptsächlich froh, dass der Haufen Erde überhaupt irgendetwas Sichtbares hervorgebracht hatte. Außerdem bemerkte er mit großer Freude, dass der Ficus über Nacht kein weiteres Blatt verloren hatte.

Er schloss das kleine Holzschränkchen sorgfältig ab, eilte zurück ins Schlafzimmer und zog sich frische Kleider an. Das Bild der Frau steckte er ein, bevor er die Treppen hinunter zu seinem Wagen hastete.

In der Klinik war überaus wenig Betrieb, was ihm nur recht war. Er wollte nicht den ganzen Tag sinnlos mit Rumsitzen verschwenden. Er zückte direkt das Bild und zeigte es bei der Anmeldung einer älteren Dame, die sich bis zu diesem Zeitpunkt sehr bemüht hatte, einen geschäftigen Eindruck zu machen. Womöglich in der Hoffnung, dass er sie nicht ansprechen würde.

»Entschuldigen Sie, arbeitet diese Frau hier?«

Sie warf nicht einmal einen flüchtigen Blick auf das Foto. »Ich darf Ihnen eine solche Auskunft nicht geben.«

»Bitte«, ließ sich Sam nicht abwimmeln. »Es geht um meinen Freund … Sehen Sie, er hat sich in sie verliebt.«

»Und dann wissen Sie nicht, ob sie hier arbeitet? Und wo ist Ihr Freund? Traut er sich nicht selbst her?«

Sam schüttelte den Kopf. »Er ist tot.«

Das schien die Neugier der Frau zu wecken, denn sie blickte zum ersten Mal von ihrem Schreibtisch auf.

Sam nutzte den Moment und fuhr fort, ohne sie zu Wort kommen zu lassen. »Ich fand das Bild in seinen Sachen. Sie wissen ja, wie das ist.« Er seufzte leise. »Die, die zurückbleiben, haben die meiste Arbeit.«

Auch für seinen Galgenhumor schien sie zugänglich, denn sie nickte lächelnd. »Ich weiß nicht, ob sie heimlich ein Paar waren, aber ich fand das Foto auf der Rückseite eines Bildes. Und das Bild habe ich hier schon einmal gesehen.«

Sie nickte eifrig. Offensichtlich war diese Art Abwechslung genau nach ihrem Geschmack. »Zeigen Sie es noch einmal!«, bat sie.

Sam überreichte ihr das Foto und hoffte auf Glück. Die Chance war gering, andererseits würde die Frau bei der Anmeldung hier allerhand Menschen kommen und gehen sehen.

Nach einer halben Minute, die sich in Sams Kopf wie eine Ewigkeit zog, gab sie ihm das Bild zurück. »Es tut mir leid, die arbeitet hier nicht.«

»Sind Sie sicher?«

»Hundert Prozent.«

Er drückte die Lippen nach oben gegen die Nase, bis sein Kinn sich in kleine Falten legte. »Und als Patientin?«, fragte er schließlich. »Es ist wirklich wichtig.«

Die Frau wollte ihn schon abweisen, als sie selbst einen Einfall hatte. »Ich könnte das Bild einscannen und mit der Patientenkartei vergleichen«, schlug sie vor.

Sam überließ ihr hoffnungsvoll das Bild und trat von dem Tresen zurück. Sie stand auf, wobei das Alter ihr offensichtlich einige Probleme bereitete, und ging zu einem Scanner, der im rückwärtigen Bereich der Anmeldung stand.

Das Bild wurde gescannt, und sie begann sofort einige Befehle mit einer Computermaus zu steuern. Sam beobachtete genau ihr Gesicht, versuchte darin zu lesen, ob sie die Frau in der Datenbank ausfindig machen konnte.

Schließlich lächelte sie zufrieden und ein Drucker erwachte piepsend und mit grünem Blinklicht zum Leben.

Sams Herz machte einen kleinen Sprung, als der Drucker das erste Blatt Papier auswarf, doch die Empfangsdame schien plötzlich gar nicht mehr zufrieden zu sein. Sie blickte betrübt auf den Bildschirm und seufzte schwer.

Der Ausdruck war fertig und sie übergab ihm die drei Seiten mit einem traurigen Kopfschütteln. »Es tut mir leid.«

Sam nahm die Blätter mit zitternden Fingern entgegen, verstand noch nicht, was die Frau ihm sagen wollte.

»Sie war einmal Patientin hier«, sagte sie leise. »In der Notaufnahme.«

Sam verglich rasch das Bild in den Akten, das von der ID–Card der Frau stammte, mit dem kleinen Foto, das er bei Daniel gefunden hatte, und nickte.

Sie ist es!

Kate Anderton. Eine Frau von Anfang zwanzig und durchschnittlicher Größe. Auf ihrer ID–Card war ihr Haar etwas dunkler als auf dem Foto, aber es bestand kein Zweifel. Er wollte die Akte gerade überfliegen, als ihm klar wurde, was die Frau ihm hatte sagen wollen.

Sie ist tot!, erkannte er. Er blätterte den Bericht durch, suchte nach dem Datum. Sie starb am neunten Oktober 2173.

Die Frau schüttelte traurig den Kopf. »Es tut mir leid, dass ich Ihnen nicht helfen konnte. Aber jetzt ist Ihr Freund wenigstens mit ihr zusammen.«

Sam belegte sie mit einem fragenden Blick, und sie lächelte warmherzig und deutete zur Decke empor. »Es mag zwar so aussehen, doch der Herr hat uns nicht verlassen.«

Sam unterdrückte den Drang, die Augenbrauen zu heben und ihr zu sagen, auf wie vielen Wegen sie sich irrte, dass Gott nicht existierte und man das bereits 2126 bewiesen hatte, aber er ließ ihr ihren Aberglauben.

Vielleicht ist der Glauben wichtiger als die Wissenschaft, überlegte er beim Verlassen der Klinik. *Vielleicht möchten wir glauben, dass es mehr gibt als das Leben. Dass es nach dem Tod nicht endet, dass wir Teil eines größeren Plans sind. Vielleicht …*

Sam wollte gerade wieder gehen, als er sich an die Worte der Empfangsdame erinnerte. *Sie wurde in die Notaufnahme gebracht*, dachte er, und sein Blick schweifte unwillkürlich in jenen Warteraum der Notaufnahme, in dem das Wandgemälde hing.

Er folgte einer roten Markierung auf dem Fußboden, die ihn von der Anmeldung direkt in diesen Raum führte. Dort warteten bereits zwei Patienten darauf, dass sich ihnen ein Arzt widmete. Ein Mann, der sich offensichtlich an der Hand verletzt hatte, und eine alte Frau in einem Krankenbett.

Sam traute seinen Augen nicht, als er erkannte, dass es dieselbe Alte war, die ihn vor ein paar Tagen schon so erschreckt hatte. *Spooky!*, dachte er erneut und mied es, sie direkt anzusehen. Aus der irrationalen Angst heraus, sie würde sich plötzlich aufrichten und ihn mit einer Art Todeshauch belegen. Und dann müsste er so enden wie sie. Auf einem Krankenbett für alle Ewigkeit an die Notaufnahme gefesselt.

Er schüttelte sich die Gänsehaut vom Körper und richtete seine Aufmerksamkeit auf den eigentlichen Grund seines Besuchs. Er suchte das Gemälde rasch mit den Augen ab, bis er es gefunden hatte. Der einzige Hinweis auf den Künstler waren die Initialen K und A.

Kate Anderton, vervollständigte er in Gedanken. *Sie hat das Bild gemalt!*

Er verließ die Klinik und fuhr zurück zu seiner Wohnung. Dort schaltete er direkt den Computer an und versuchte auf den letzten verschlüsselten Ordner auf Dannys Speicherstick zuzugreifen.

Er probierte einige Kombinationen aus ihrem Namen und dem Datum des Klinikaufenthalts, doch nichts wollte funktionieren. Der Ordner blieb noch immer verschlossen.

Sam studierte ihre Krankenakte noch einmal genau. Irgendwo musste ein Hinweis sein, den er bisher übersehen hatte.

Wenn Danny wollte, dass ich den Speicherstick finde, dann wollte er auch, dass ich die Passwörter entschlüsseln kann. Das Gemälde war in seiner Wohnung.

Sam marschierte vor dem Computer auf und ab. *Er muss geahnt haben, dass ich seine Wohnung ausräume*, dachte er weiter. *Und dass ich das Bild bemerken würde. Weil wir oft über Pflanzen sprachen. Also sollte ich auch Kates Foto finden. Und ihrer Spur in die Klinik folgen … aber warum? Und was soll ich finden?*

Kate war im Alter von sechsundzwanzig Jahren gestorben, las er aus dem Krankenbericht. Sie hatte eine fortschreitende Lungenerkrankung, soweit Sam das aus den ärztlichen Fachbegriffen herauslesen konnte. Die letzten Tage ihres Lebens hatte sie die Ambulanz täglich aufgesucht.

Erst jetzt wurde ihm klar, dass der Warteraum der Notaufnahme und der Ambulanz identisch sein mussten.

Sie war über zwei Wochen hinweg täglich dort, erfuhr er aus dem Bericht. *Aber da musste sie schon wissen, dass sie stirbt … Doch warum ist sie nicht im Krankenhaus geblieben?*

Diese Frage konnte er vermutlich beantworten. Denn so würde er sie auch für sich selbst beantworten. Wenn man schon sterben musste, dann doch nicht in einer trostlosen Klinik. Sam konnte diese Entscheidung gut nachvollziehen. Er würde selbst auch nicht so abtreten wollen.

Wenn ich wüsste, dass ich morgen sterbe, überlegte er, *ich glaube, ich würde einfach so weit in die Wildnis fahren, wie ich kann.*

Ja, der Gedanke war Trost spendend. Er würde versuchen einen Berggipfel zu erreichen, um sich von dort aus noch ein letztes Mal umzusehen.

Das Datum ihres Aufenthalts stimmte haargenau mit Dannys Krankenhausaufenthalt überein.

Womöglich haben sie sich da kennengelernt?, überlegte Sam. *Und Danny konnte sie nicht vergessen?*

Es hätte zu dem stillen Freund gepasst, dass er in Trauer über eine unerreichbare Liebe zerging und es dennoch keinem von ihnen anvertraute.

Er rieb sich mit der Hand über den Mund. Das Passwort war da, genau vor ihm, aber er sah es noch nicht. Schließlich folgte er seinem Instinkt. Das erste Passwort war als Kombination aus der geheimen Botschaft innerhalb des Gemäldes und einer Jahreszahl aufgebaut. Allerdings war allein schon Kates Foto selbst eine geheime Botschaft, darum hielt Sam an ihrem Namen als Bestandteil des Passworts fest. *Danny würde es jetzt nicht mehr unmöglich machen*, versuchte er sich selbst Mut zuzusprechen.

Er versuchte einige weitere Kombinationen, zunächst ohne Erfolg. Am Ende war es die Mischung aus ihrem Namen und ihrem Geburtsdatum. Sam hatte eher darauf spekuliert, dass es der Tag war, an dem Danny und Kate sich kennengelernt hatten, und darum alle möglichen Daten im Oktober ausprobiert, doch es stellte sich als viel einfacher heraus.

Der letzte Ordner ließ sich endlich öffnen und Sam fand darin wieder mehrere Dokumente.

Eines davon ließ ihm den Atem stocken. Die Datei trug die Bezeichnung: Für dich, Sam.

Sein Puls raste plötzlich wie wild, als wolle sein Herz direkt aus seiner Brust springen. Er nahm all seinen Mut zusammen und öffnete das Dokument.

Es war ein einfacher Brief.

*

Mein lieber Sammy,

ich hoffe, das kleine Rätsel hat dir nicht zu viel Mühe gemacht. Ich muss aber leider auf diesen Vorsichtsmaßnahmen bestehen. Und ich hoffe, dass du gerade alleine bist, wenn du das hier liest.

Unser Plan ist gescheitert. Es tut mir leid. Ich habe es geschafft, eine Pflanze zu kreuzen, die gegen den Pilz immun ist. Aber es blieb nicht unentdeckt.

Sie haben sie gestohlen, Sam!

Meine Kreation! Die Hoffnung für den ganzen Planeten! Ich habe dir in den anderen Dateien hinterlegt, wie ich die Pflanze geschaffen habe und was sie leisten kann.

Sam, du musst sie aus der Stadt bringen. Du musst sie irgendwie retten.

Ich habe bei Food Corp. Dinge gefunden. Geheime Dokumente, die beweisen, dass die Firma absichtlich nicht versucht, dem Pilz Einhalt zu gebieten.

Auch deine neue Plantage ist nur eine Fassade.

Sam, sie wollen den Pilz erforschen, ja, aber um daraus eine Waffe zu machen!

Es hat nur so lange keinen Krieg gegeben, weil noch niemand ein wirksames Mittel gegen die anderen gefunden hat. Der Pilz ist der Schlüssel. Food Corp. will ihn nutzen, um noch mehr Einfluss zu gewinnen. Der untere Komplex wird schon bald als Versuchslabor herhalten.

Wenn du diesen Brief liest, dann weißt du von Kate. Sie war eines der ersten Opfer der Versuche. Ihre Lungenkrankheit war nicht natürlichen Ursprungs.

Ich weiß nicht, warum die Firma diese Dinge tut. Und ich bin mir bewusst, wie verrückt das alles klingt. Aber ich weiß, was ich gesehen habe. Sam, du musst mir glauben, denn wenn du diesen Brief liest, dann bedeutet das, dass ich es nicht geschafft habe, die Daten an die Regierung weiterzugeben. Food Corp. wird von einem Ältestenrat kontrolliert, keinem Vorstand. Aber sie planen einen Genozid. Erst dann wollen sie die Pflanze – meine Pflanze – nutzen, um den Planeten wieder zum Leben zu erwecken.

Meine Pflanze frisst den Pilz. Sie reinigt die Erde. Und sie wächst schneller, je mehr Pilzsporen in ihrer Umgebung sind. Sie wird die Erde heilen. Aber wenn wir zulassen, dass Food Corp. sie behält, dann wird diese Heilung für neunzig Prozent der Weltbevölkerung zu spät kommen.

Ich hoffe, du bist jetzt nicht enttäuscht, hier keinen traurigen Abschiedsbrief zu finden. Aber ich weiß, dass ich dir trauen kann.

Enttäusche uns nicht.

Wenn du mir glaubst, dann sprich mit Carl, er wird dir helfen.

In Liebe,
Danny

*

»Das kann nicht wahr sein!«, schrie Sam laut auf, als er das Ende des Briefs erreicht hatte, und stieß sich kraftvoll mitsamt dem Stuhl von dem kleinen Schreibtisch ab.

Er sprang auf und eilte ins Nebenzimmer, wo der sterbende Ficus und der kleine Pflanzentrieb in seinem Holzschränkchen standen.

Hastig schloss er die Tür auf und öffnete sie so weit, dass das Scharnier protestierend quietschte.

Er traute seinen Augen nicht.

Der Setzling war wieder deutlich gewachsen, sein Stamm verholzte bereits und es bildete sich eine Art Geäst für eine kleine Baumkrone. Mittlerweile war er fast zwanzig Zentimeter hoch.

Doch das war noch nicht alles. Sein Ficus erwachte zu neuem Leben. Als wäre die Pflanze völlig gesund.

Sam maß die Pilzsporenkonzentration, und in dem kleinen Blumentopf des Setzlings lag sie unter zwei Prozent. Beim Ficus war sie noch deutlich höher, aber auch hier langsam im Sinken begriffen.

»Wie ist das möglich?«, hauchte er fassungslos. Völlig perplex holte er beide Pflanzen aus dem Schrank und brachte sie in die Küche. Dort nahm er sie beide aus ihren Blumentöpfen, wobei ein kleiner Haufen Erde sich ringsum auf der Arbeitsplatte verteilte, und steckte sie gemeinsam in eine große Schüssel.

Er ging zurück an den Computer. Noch immer den Kopf schüttelnd. Er war sich nicht sicher, was er von Dannys Brief halten sollte, aber die Worte klangen ernst und ehrlich. Und er hatte keinen Grund, dem Freund nicht zu trauen.

Aber diese Zeilen ließen auch einiges in einem anderen Licht erscheinen. Wie das junge Mädchen vom Schwarzmarkt. Sam konnte sich nicht erklären, wie gerade sie in den Besitz dieser Pflanze gelangen konnte.

Genau dieser Punkt ergab für ihn keinen Sinn.

Wenn Danny die Pflanze aus dem Labor geschmuggelt hatte, wieso würde er sie dann einer Schmugglerin anvertrauen? Die würde doch damit sofort zum Meistbietenden rennen.

Er schüttelte den Kopf. *Vielleicht war sie nicht bloß eine einfache Schmugglerin? Vielleicht war sie die Schwester von Kate Anderton?*

Er kontrollierte noch einmal den Krankenbericht, in dem er keinen Hinweis auf Geschwister der Patientin finden konnte. Nur eine Adresse, unter der sie früher gewohnt hatte, doch die ganze Geschichte lag fast vier Jahre zurück!

Er ließ sich ratlos aufs Sofa fallen. Er hatte die Passwörter entschlüsselt und herausgefunden, dass Danny ihm den Speicherstick ins Auto gelegt hatte. Mittlerweile hielt es Sam für mehr als wahrscheinlich, dass man Danny umgebracht hatte.

Alles für eine Pflanze? Er warf einen Blick in die Küche. Dannys Gewächs wirkte so unscheinbar. Dass Menschen dafür töteten, erschien ihm einfach nicht logisch.

Aber für Geld würden sie töten, nistete sich eine traurige Gewissheit in seinen Gedanken ein. *Und Food Corp. macht ein Vermögen damit, dass die Menschen auf Retortennahrung angewiesen sind.*

Plötzlich erschien ihm Dannys Brief gar nicht mehr so abstrus und verrückt. Sondern vielmehr wie eine dunkle Prophezeiung.

Das Klingeln seines Handys riss ihn aus seinen Gedanken. Es war eine Nachricht seines Schiebers: »Treffen uns heute Nacht um ein Uhr. In der Nähe des Südeingangs zum Stadtpark.«

Er starrte das Display eine Weile ungläubig an. Die Ereignisse waren im Begriff, sich zu überschlagen, und für einen Moment fürchtete er, sie würden ihn unter sich begraben und zerquetschen. Er würde an diesem Abend das Gespräch mit Carl führen. Und nach Dannys Brief zu urteilen, sollte er mit allen anderen Personen äußerst vorsichtig sein.

Er sagte dem Treffen dennoch zu. Wenn sein Freund in dem Brief die Wahrheit gesagt hatte, dann könnte er Carl den Treffpunkt nennen und den Hehler dingfest machen – sollte der Schuld an Dannys Tod haben.

Sam vertrieb sich die Zeit bis zum Abend damit, Dannys Dokumente weiter zu durchforsten. Er wollte verstehen, was es mit der Pflanze auf sich hatte und wie Food Corp. plante, den Pilz zur Waffenentwicklung zu nutzen.

Nach mehreren Stunden Lesen hatte er gelernt, dass es wohl machbar war, einzelne Eigenschaften des Pilzes zu separieren. Beispielsweise seine enorme Widerstandsfähigkeit gegenüber äußeren Einflüssen. So war es möglich, eine Beschichtung für Farben und Gebäude zu erstellen, die nicht nur dem Wetter trotzte, sondern auch vor einem direkten Angriff schützte.

Ein anderes Merkmal war, dass die Sporen durch klebrige Fäden an nahezu jeder Oberfläche hafteten. Die weiteren Zeilen hatten Sam überaus schockiert und verstört zurückgelassen.

Man hatte diese Eigenschaft auf ein Biogas übertragen, das man in Zukunft im Kampf nutzen könnte. Die Bestandteile des Gases verklebten die Atemwege der Opfer und ließen sie qualvoll ersticken.

Unter dem Testbericht stand eine Einschätzung, wie lange es dauern würde, bis die Wissenschaftler eines anderen Komplexes einen wirkungsvollen Schutz dagegen entwickelt hätten, und die Zeit wurde auf über ein Jahr nach Bekanntwerden der Waffe geschätzt.

In einer weiteren Bemerkung stand, dass man bereits mit der Produktion beginnen könnte, sollten die politischen Gegebenheiten einen solchen Vorstoß unterstützen.

Sam schüttelte fassungslos den Kopf.

Ein anderer Ordner enthielt lauter Berichte, Daten und Bilder zu einem Projekt, das sich mit der Verbesserung des

Menschen befasste. Nach der Durchsicht der Inhalte, erkannte Sam, dass es sich dabei um ein Soldatenprogramm handelte, mit dem man überlegene Kämpfer heranzüchten wollte.

Das klang alles recht weit hergeholt, doch nach den letzten Tagen und den übrigen Daten, die er gesichtet hatte, zweifelte er keinen Moment an dem Wahrheitsgehalt.

Er stand kopfschüttelnd auf und ging in seinem Wohnzimmer auf und ab. Dabei fiel sein Blick immer wieder auf den kleinen Baum, der neben seinem Ficus wuchs und dabei die Erde von Pilzsporen reinigte.

Wie kann das sein?, fragte er sich. *Dass der Pilz dem Planeten den Tod gebracht hat und nun in einer Kreuzung seine Rettung sein könnte?*

Der eingestellte Alarm ging los und machte ihn mit einem penetranten Piepsen darauf aufmerksam, dass sein Treffen mit Carl in wenigen Minuten bevorstand.

»Dann mal los«, sagte er zu sich selbst und zog den Speicherstick vom Computer ab. Er wog das kleine Stück Plastik kurz in der Hand und überlegte, was er damit tun sollte.

Wenn Danny recht hatte, dann sollte ich ihn vielleicht Carl geben? Je eher ich den Kram loswerde, desto eher ist dieser Albtraum zu Ende.

Er nickte und steckte ihn in seine Hosentasche. Dann klemmte er sich die Schüssel mit dem Baum unter den Arm und verließ die Wohnung.

Der Park bei seiner Wohnanlage war klein, deutlich kleiner als der in der Innenstadt, aber dafür war er auch nicht so überfüllt. Um genau zu sein, war um diese Uhrzeit nicht eine Menschenseele in dem Areal unterwegs. Weißer Kies zog sich über immergrünen Kunstrasen. Plastikbäume und Sträucher säumten die Wege, aus ihren Stämmen strömte ein künstliches Duftaroma, das die gesamte Luft streng nach etwas riechen ließ, was man wohl für den natürlichen Duft eines Waldes hielt.

Sam versuchte sich vorzustellen, dass er in einem echten Wald umherliefe, dass die Bäume nicht alle aus lackiertem Plastik über einem Metallgerüst bestünden, dass er wirklich einen echten Vogel zwitschern hörte und nicht eine computergenerierte Aufnahme in Endlosschleife.

Doch es ging nicht. Er konnte die Lüge zwar tolerieren, aber nicht ausblenden.

»Es kommt alles zurück«, flüsterte er leise und blickte auf die Pflanze unter seinem Arm. Er ging ein hohes Risiko ein, sie so offen mit sich herumzutragen, aber er war über den Punkt, an dem ihn Risiken noch schreckten, längst hinaus.

Carl erwartete ihn bereits, was Sam kurz verunsicherte. Das Gefühl, beobachtet zu werden, schlich sich langsam seinen Rücken hinauf und ließ seine Nackenhaare sich aufrichten.

Sein Vorgesetzter trug wie immer einen dunklen Anzug und streng nach hinten gegelte Haare. Darüber trug er einen hellen Mantel, der ihm offenbar eine Nummer zu groß war, denn er stand weit vom Körper ab.

Sam gab sich einen geistigen Arschtritt und ging entschlossen weiter.

»Du bist unvorsichtig, Sam«, begrüßte Carl ihn direkt.

Sam zuckte die Achseln, wobei die Blätter des Ficus leise raschelten. »Vorsicht erschien mir nicht länger angebracht.«

»Dann weißt du, warum ich dich sprechen will?«

»Ich habe Dannys Dateien gefunden«, antwortete Sam direkt. »Und einen Brief.«

Er hob interessiert die Augenbrauen. »Was stand darin?«

Sie hatten eine kleine Bank erreicht und Sam setzte sich hin. »Danny schrieb, ich könne dir vertrauen.«

Carl nickte und setzte sich neben ihn. »Er hat mir geholfen, ja.«

»Wobei?«

»Food Corp. zu entlarven, Sam. Ich arbeite für die Regierung.«

»Regierung?«, fragte Sam ungläubig. »Welche Regierung? Die des Deltas?«

Carl schüttelte den Kopf. »Es ist etwas komplizierter.« Er suchte wohl nach den richtigen Worten. »Sei versichert, dass es bereits seit einiger Zeit Bemühungen gibt, die Menschen auf diesem Planeten wieder unter einer Flagge zu vereinen.«

Sam wischte das Thema mit einem Kopfschütteln beiseite. »Warum musste Danny sterben?«

Carl seufzte. »Vermutlich hat er zu tief gegraben und wurde dabei abgehört.«

Sam fühlte die Beklemmung in sich anwachsen. Er hatte Carl noch nie gemocht, und nun sollte er ihm blind vertrauen, bloß weil er davon in Dannys Brief gelesen hatte? *Was, wenn Danny sich in ihm getäuscht hat?*, nagte es an ihm. *Was, wenn am Ende Carl Danny umgebracht hat?*

»Danny hat immer mehr der schmutzigen Geheimnisse von Food Corp. aufgedeckt«, fuhr Carl fort. »Und er hat den falschen Menschen vertraut. So wie du.«

Er wandte sich Sam zu, wobei sein Mantel eine weite Falte warf und Sams Blick von einem dunkel glänzenden metallischen Gegenstand unter Carls linkem Arm gelenkt wurde.

Jede Faser in seinem Körper schrie bereits vor Angst, als die Erkenntnis sich in sein Hirn brannte. Carl trug eine Waffe!

Sams Instinkte übernahmen die Kontrolle über seinen Körper. Er riss die Metallschüssel, in der er den Ficus und Dannys kleinen Baum transportierte herum und schlug sie Carl hart ins Gesicht.

Er konnte deutlich das Knacken der Knochen hören, als Carls Nase unter der Wucht des Aufpralls brach und er zu Boden geschleudert wurde.

Sam sprang auf und rannte davon. Er wusste nicht, ob er Carl getötet oder nur bewusstlos geschlagen hatte, doch er wusste, dass er so weit wie möglich weg von ihm wollte.

Mein Auto!, drängte sich irgendwie ein klarer Gedanke in den Vordergrund. Sam kramte bereits in seiner Hosentasche nach den Schlüsseln, als ein anderer Wagen mit quietschenden Reifen am Straßenrand vor seinem Haus parkte.

Die Scheibe wurde heruntergelassen und Paul streckte den Kopf zum Fenster heraus. »Sam, was ist los?«, rief er ihm besorgt zu.

Sam änderte kurz entschlossen seinen Kurs und hastete in drei Schritten zum Auto seines Freundes hinüber. Er riss die Tür auf, warf die Schüssel mit den Pflanzen hinein und sprang hinterher. Seine Beine waren noch nicht komplett im Wagen, als er schon schrie: »Fahr los!«

Paul gehorchte, offensichtlich von der Dringlichkeit in Sams Stimme überrascht und zugleich überzeugt. Der Elektromotor erzeugte einen hohen, beinah gequälten Ton, als Paul Vollgas gab und an der nächsten Kreuzung blind abbog.

»Willst du mir nicht sagen, was hier los ist?«, fragte Paul nach einer halben Stunde, die er planlos durch die Stadt gefahren war, mit dem einzigen Ziel, niemals stehen zu bleiben. »Und bist du bescheuert, so offen mit Pflanzen rumzurennen?«

Sam atmete tief durch. Anscheinend verfolgte Carl sie

nicht, und Paul hatte ein Händchen dafür, einen Wagen unauffällig durch das Straßenlabyrinth des Deltas zu manövrieren. Er wollte etwas sagen, doch im letzten Moment machte er einen Rückzieher. *Wie kann ich ihm das erklären?* Er zweifelte ja selbst noch an der ganzen Geschichte.

»Sam, spuck's aus oder ich halte sofort an!«, verlangte Paul jetzt energisch.

»Also schön.« Sam atmete erneut tief ein und aus. Er entschied sich, mit seinem schlimmsten Verdacht zu beginnen, und sich dann von dort aus an den Fakten entlangzuhangeln. »Ich glaube, Danny wurde umgebracht.«

Paul trat vor Schreck mit beiden Beinen gleichzeitig auf Gas und Bremse, und der Wagen machte einen kleinen Ruck. »Was erzählst du da?«

Sam nickte, wie um sich selbst zu überzeugen. »Danny hat etwas herausgefunden, Paul. Über Food Corp. Und dafür musste er sterben.«

Paul fuhr rechts an den Straßenrand und parkte schief auf dem Bürgersteig. Er drehte sich zu Sam herum und blickte ihm prüfend in die Augen. »Hm … du bist nicht betrunken«, urteilte er schließlich. »Aber bist du sicher, dass du keine Drogen genommen hast?«

Sam nickte mit ernster Miene. »Er wurde umgebracht, Paul.« Er holte die Schüssel neben sich in Pauls Blickfeld. »Und ich glaube, es war hierfür.«

Paul legte die Stirn skeptisch in Falten. »Für einen Ficus?« Er schüttelte den Kopf. »Ich weiß ja, dass dir Dannys Tod sehr naheging, Sam, aber …« Er suchte nach den richtigen Worten, fand aber keinen Weg, es schonend auszudrücken. »Das ist total verrückt.«

Sam deutete auf das kleine Bäumchen daneben. »Es geht um diese Pflanze, Paul, nicht um den scheiß Ficus! Das hat Danny entwickelt.«

Paul behielt sein Stirnrunzeln bei, widersprach aber nicht sofort. »In Ordnung. Nehmen wir für einen kurzen Moment an, dass ich dir glaube«, sagte er schließlich. »Was macht die Pflanze so besonders?«

»Sie frisst den Pilz. Ich weiß nicht wie, aber sie säubert die Erde, als würde sie sich von ihm ernähren. Je mehr Sporen in der Erde sind, desto schneller wächst sie.« Er deutete noch einmal auf das Bäumchen, das mittlerweile schon gut zwanzig Zentimeter maß. »Man kann ihm beim Wachsen zusehen. Ich habe das Ding erst am Montag eingepflanzt!«

Paul starrte mit offenem Mund auf den kleinen Baum. »Das ist verrückt.« Er blickte Sam an und nickte langsam. »In Ordnung. Erzähl mir alles, was du weißt. Ich glaube dir.«

Sam erzählte ihm die ganze Geschichte. Von dem Wandgemälde in der Klinik bis zu der Fotografie von Dannys heimlicher Liebe. Vom Speicherstick, den er in seinem Wagen gefunden hatte und dem Setzling, den die tote Schmugglerin ihm in die Hand gedrückt hatte. Dass sie Dannys Brieftasche gehabt hatte, ließ er ebenso nicht aus.

Paul hörte aufmerksam zu, vor allem der Teil mit den Schmugglern interessierte ihn besonders. »Glaubst du, dass sie Danny umgebracht haben?«, fragte er, als Sam fertig war. »Vielleicht hat man sie bei Food Corp. dafür angeheuert?«

Sam wiegte den Kopf hin und her. »Ich weiß nicht. Es schien mir eher, dass Danny in dem jungen Mädchen diese Kate wiedererkannt hatte.« Er blickte auf die Uhr. »Aber das können wir sie auch fragen.«

»Wie meinst du das?«

»In einer Stunde treffe ich sie am Südeingang des Stadtparks.« Er nickte grimmig. »Dort finden wir hoffentlich die letzten Teile des Puzzles.«

»Dann sollten wir uns auf den Weg machen.« Der Wagen erwachte anstandslos zum Leben und zockelte los. »Und du denkst wirklich, dass Carl hinter alldem steckt?«, fragte Paul noch.

»Ich glaube schon.«

»Und was willst du jetzt tun?«

Sam blickte betreten zu Boden. »Ich weiß es nicht. Danny und ich wollten den Planeten retten. Ich habe keine Ahnung, wie ich das anstellen soll.«

»Du solltest gut auf die Pflanze aufpassen, für den Anfang«, sagte Paul in dem Versuch, die Spannung zu lockern.

Diese Bemerkung verfehlte ihre Wirkung jedoch komplett und führte lediglich dazu, dass Sam die Schüssel noch enger an sich heranzog.

Die Fahrt durch die Stadt jagte Sam einen Schauer nach dem anderen über den Rücken. Hinter jeder Ecke erwartete er Carl, der mit gezückter Pistole auf ihn zustürmte, um ihm den Baum zu entreißen.

Die gläsernen Häuserfassaden erhoben sich drohend zu allen Seiten. Und nach Dannys Ausführungen in dem Brief hatten sie für Sam eine völlig neue Bedeutung. *Als wären wir die Pflanzen im Gewächshaus des Konzerns, der uns nach seinen Vorstellungen züchtet und beschneidet*, dachte er mit mulmigem Gefühl.

Dieses Gefühl, das wusste er, rührte hauptsächlich daher, dass sein Vergleich gar nicht so abwegig war.

Paul parkte den Wagen am Straßenrand. Sie hatten noch ein wenig Zeit bis zum verabredeten Treffen, doch es hielt sie nicht länger auf den Sitzen. Als Sam die Schüssel aus dem Auto nahm, hielt Paul ihn zurück.

»Willst du das wirklich mitnehmen?«, fragte er besorgt. »Wenn sie es tatsächlich bloß darauf abgesehen haben, dann haben wir kein Druckmittel mehr in der Hand.«

»Und was soll ich dann tun?«

»Lass ihn im Wagen«, schlug er vor.

Sam schüttelte entschieden den Kopf. »Nein. Dannys Baum geht dahin, wo ich hingehe.«

Paul verschränkte seine Arme und zuckte mit den Schultern. »Wie du meinst.«

Sam nickte und ging zum Südeingang des Parks voran. Um diese Uhrzeit wurde die Straßenbeleuchtung bereits gedimmt und im Park gab es keine einzige brennende Laterne. Er schluckte ängstlich, versuchte aber, sich nichts anmerken zu lassen, und machte einen weiten Schritt in die Anlage hinein.

Nach zwei Schritten hörte er hinter einem der künstlichen Büsche ein verräterisches Klicken.

»Keine Bewegung!«, befahl eine kalte Frauenstimme.

Ein im Mondlicht silbrig glänzender Revolver tauchte hinter dem Gebüsch auf, gefolgt von der Frau, die ihn hielt und damit direkt auf Sams Brust zielte.

Er dachte für den Bruchteil einer Sekunde darüber nach, wie groß seine Chancen wohl wären, die Frau zu entwaffnen, doch als hinter Paul noch ein Mann mit einer Schrotflinte auftauchte, ließ er jegliche Fluchtgedanken fallen.

»Ist er das?«, fragte die Frau ihren Begleiter.

Der zog ein Handy aus seiner Jackentasche, ohne dabei die Schrotflinte auch nur eine Sekunde zu senken, und drückte einen Knopf. Im nächsten Augenblick klingelte Sams Handy und der Mann nickte zufrieden. »Ist er.«

»Ich hätte nicht erwartet, dass du kommst«, sagte die Frau an Sam gerichtet. »Das war nicht klug.«

Sam wollte protestieren, wollte sie mit ruhigen Worten bitten, ihm ein paar Fragen zu beantworten, wollte sie davon überzeugen, dass er nicht ihr Feind war, aber bevor er irgendetwas von diesen Dingen tun konnte, machte sie einen schnellen Schritt nach vorn und schlug ihm mit dem Revolver gegen die Schläfe.

Sterne explodierten an den Rändern seiner Wahrnehmung, und er hörte noch, wie weit entfernt eine Metallschüssel auf dem Boden aufschlug.

Und dann schaltete jemand die Welt einfach aus.

Kapitel 10

Elaine saß an einem von Jacks Tischen und betrachtete die Pflanzen in der Metallschüssel. Die Bar war vorsorglich geschlossen, was bei einigen Stammkunden für Murren und lautstarken Protest gesorgt hatte, doch weder sie noch Jack wollten in den nächsten Stunden vor Publikum agieren.

Ihr alter Freund stand hinter seiner Theke und bewachte die beiden Männer, deren Hände sie an die Füße der Barhocker gebunden hatten, auf denen sie saßen. Dabei hielt er seine Schrotflinte beinah wie ein Neugeborenes im Arm und lehnte sich gegen das Regal an der Wand, in dem Gläser und Flaschen aufgereiht waren.

Auf diese Entfernung war ein Schuss aus der kurzläufigen Flinte absolut tödlich. Das hatten sie den beiden auch deutlich gesagt.

Es hatte eine Weile gedauert, bis der Erste von ihnen wieder sein Bewusstsein erlangt hatte, und noch einmal so lange, bis er zu einem klaren Gedanken fähig war.

Elaine saß nun einfach da und wartete entspannt darauf, dass die beiden Männer sich mit ihr unterhielten.

»Wieso musste Tessa sterben?«, fragte sie zum wiederholten Mal.

Der von ihr aus gesehen links sitzende Mann, dessen ID–Card ihn als Samuel Konrad auswies, schüttelte langsam den Kopf. Er musste einen ziemlichen Brummschädel haben. »Ich kenne keine Tessa«, sagte er leise.

Sam war der Redseligere von beiden. Er hatte ihr eine recht abenteuerliche Geschichte über eine Verschwörung bei Food Corp. erzählt und über eine Pflanze, die angeblich den Pilz auffraß und die Erde reinigte. Zumindest hatte sie das aus den wirren Erklärungen des Mannes herausgehört, kurz nachdem er wieder erwacht war.

»Dann vielleicht unter dem Namen Clara Lucas?«, setzte Elaine nach. Doch auch diese Frage hatte sie bereits hundertmal gestellt.

Jack warf ihr einen ernsten Blick zu, als wolle er sagen: »Das bringt so nichts, Mädchen.«

Sie nickte ihm unauffällig zu, dann machte sie weiter mit ihrem Verhör. »Wieso hast du Kontakt zu uns aufgenommen?«

»Ich wollte herausfinden, ob ihr Danny getötet habt«, war die prompte Antwort.

Elaine legte den Kopf leicht schief und musterte den Mann erneut. Er war groß, hatte markante Gesichtszüge, aber es haftete ihm buchstäblich die Aura eines reichen, verwöhnten Milchbubis an. »Wo arbeitest du?«

»Ich bin Ingenieur bei Food Corp.«

Sie schnaubte verächtlich. »Allein dafür sollte ich dir eine Kugel zwischen die Augen setzen.«

»So wie Danny?«, hielt er dagegen.

Sie gestattete sich ein schmales Lächeln. *Reizt man den Tiger, zeigt er die Krallen, was?* »Ich habe Danny nicht getötet«, sagte sie schließlich. »Ich habe mich nur um Tessa gekümmert.«

»Ist das der Name des Mädchens vom Parkplatz? Und wie kam sie an seine Brieftasche?«

Sie zuckte die Achseln. Natürlich kannte sie die wahre Geschichte, aber das musste sie den beiden ja nicht auf die Nase binden.

»Bitte«, flehte der andere plötzlich, »können wir nicht einfach wieder gehen? Sie haben doch jetzt, was Sie wollten.«

Er nervte sie schon die ganze Zeit mit seinem weinerlichen Gehabe. Dabei war er von den beiden vermutlich der fähigere Mann für eine solche Situation, zumindest nach seinem körperlichen Zustand zu urteilen. »Ihr geht, wenn ich sage, dass ihr geht«, hielt sie fest. »Und auch nur, wenn ich den Eindruck habe, dass ihr nicht versucht, mich für dumm zu verkaufen.«

»Das würden wir niemals tun!«, wimmerte er wieder. Sein Name war Paul, falls das stimmte. Eine ID–Card hatte er seltsamerweise nicht bei sich. »Ich will einfach nur nach Hause. Behaltet doch die scheiß Pflanzen!«

Sie legte den Kopf schief und musterte die Pflanzen eingehend, als würde sie sein Angebot tatsächlich überdenken.

Als würde sie es überhaupt überdenken müssen!

Elaine konnte kaum glauben, dass dieser Baum von etwa zwanzig Zentimetern tatsächlich aus dem Samen gewachsen sein sollte, den sie vor drei Tagen in ihrem Gewächsraum eingepflanzt hatte. Ebenso erstaunlich fand sie seine große Ähnlichkeit mit den seltsamen Bäumchen, die sie in dem geheimen Lagerhaus in jedem Abschnitt entdeckt hatte.

Sie schüttelte ungläubig den Kopf. *Tessa, wie konntest du dich in solche Schwierigkeiten bringen?*

»Wenn ihr nicht für Carl arbeitet«, fuhr Sam indessen fort, »dann helft uns, den Baum vor Food Corp. zu schützen.«

Elaine war mehr als überrascht davon, wie ruhig der Mann blieb. Sein Begleiter, jener Paul, schien eine einzige Ansammlung blank liegender Nervenenden zu sein. Sam dagegen wirkte ruhig und gefasst. *Vielleicht ist ihm aber auch einfach alles egal*, dachte sie. *Wenn nur die Hälfte seiner Geschichte stimmt, dann würde ich das verstehen.*

Jacks lautes Seufzen zeigte ihr deutlich, dass sie bald eine Entscheidung treffen mussten. Sie hatten die Nacht komplett damit zugebracht, die beiden Männer zu verhören, und allmählich verlor der alte Haudegen die Geduld.

»Also, Food Corp. ist hinter diesem Ding her, sagst du?«, fragte sie und deutete auf den kleinen Baum. »Weil es so ein Wunderwerk ist?«

»Wenn du mir nicht glaubst, dann schau dir doch die Daten an!«, entgegnete er trotzig.

»Daten?« Bisher hatte keiner von ihnen irgendwelche Aufzeichnungen erwähnt, doch ihr entging nicht, dass Paul mit einem Mal sehr still wurde. Seine offen zur Schau gestellte Angst wich nun einem finsteren Gesichtsausdruck, den Elaine noch nicht wirklich einordnen konnte. »Zeig sie mir«, forderte sie Sam schließlich auf.

Er deutete mit einem Kopfnicken auf seine rechte Hosentasche. »Sie sind auf einem kleinen Speicherstick.«

Sie stand langsam auf und verengte die Augen zu Schlitzen. »Wenn das ein blöder Scherz ist, damit ich in deiner Hose rumkrame, dann wird das ein sehr ungemütlicher Trip für dich, versprochen.«

Er schnitt eine Grimasse und lehnte sich, so weit wie er konnte, zurück.

Sie holte den kleinen Speicherstick hervor und blickte Jack fragend an.

»Computer ist im Nebenzimmer«, sagte er knapp. »Bring ihn mit.«

Elaine ging nach nebenan und wählte das kleine Tablet. Für einen Überblick über die Dokumente würde es sicher ausreichen.

Sie schob den Speicherstick in den Anschluss und versuchte die Ordner zu öffnen, was die Passwortabfrage auf den Plan rief.

Sie zog eine Augenbraue hoch und blickte Sam fragend an. »Wie lautet das Passwort?«

»ekaz2173«, antwortete er, ohne zu zögern.

Paul schien das nicht wirklich zu gefallen, denn er schüttelte leise seufzend den Kopf und blickte dann zu Boden.

Elaine durchstöberte die Ordner und Dokumente, wurde aus den ganzen technischen Begriffen nicht wirklich schlau. Schließlich legte sie das Tablet beiseite und kratzte sich nachdenklich am Kopf. »Und das soll ich jetzt einfach so glauben?«

Sam zuckte die Achseln. »Ich sage die Wahrheit, mehr kann ich nicht tun.«

Sie wechselte wieder einen langen Blick mit Jack, der ihr jedoch keinen Aufschluss darüber gab, was er von der Sache hielt.

Schließlich atmete sie tief ein und entließ die Luft in einem lang gezogenen Schnauben. »Also schön. Nehmen wir an, das stimmt alles.« Sie blickte wieder zu Jack, der ermutigend nickte. »Das würde zu einem Lager passen, das wir entdeckt haben.«

»Was für ein Lager?«, platzte Paul heraus.

»Im Norden des Deltas«, erklärte Elaine. »Ein Lager von Food Corp., wo sie jede Menge Pflanzen züchten. Und diese kleinen Bäume standen in jedem Gewächshaus dabei. Wie kleine Aufpasser.«

Sam nickte. »Das macht Sinn. Mein Ficus da war vor zwei Tagen tot. Jetzt scheint er sich wieder zu erholen.«

»Die kleinen Bäume benutzen sie also als eine Art … Pilzfilter?«, warf Jack skeptisch ein.

»Ja«, beharrte der Ingenieur. »Danny hat die Pflanze mit dem Ziel entwickelt, die Menschheit und den Planeten zu retten. Uns eine zweite Chance zu geben.«

»Und Food Corp. benutzt sie, um heimlich ein paar Pflanzen zu züchten?«, warf Jack ein.

Sam zog die Schultern ein wenig nach oben. »Danny

hat mir einen Brief hinterlassen. Es scheint, dass die Firma mehr plant, als weiterhin nur Nahrungsmittel herzustellen.«

Elaine stimmte ihm zu. »Food Corp. übernimmt ganz langsam das gesamte Delta.« Sie schüttelte nachdenklich den Kopf. »Und dieser Carl ist einer ihrer Agenten?«

»Ja, aber natürlich!«, rief Paul und nickte. »Und er hat Danny umgebracht. Und vermutlich auch die kleine Hure.«

Sam schien sich nicht so sicher zu sein. »Ich weiß es nicht. Danny sagte, ich könne ihm vertrauen. Aber dann sah ich seine Waffe …«

Elaine klatschte in die Hände und stand auf. Sie nahm die Metallschüssel und brachte sie zur Theke hinüber. »Ich bin bereit, euch zu glauben. Und du, Jacky?«

Seine Antwort bestand darin, dass er die Pumpgun auf die Theke legte und Sam vom Hocker losband. »Jetzt ist nur die Frage, was wir mit alldem anstellen«, sagte er, während er sich an Pauls Fesseln zu schaffen machte.

Sam stand auf und rieb sich die Handgelenke. Elaine konnte sich vorstellen, dass sie nach ein paar Stunden, und in eine starre Position gebunden, höllisch schmerzten.

Doch in ihrem Hinterkopf begann ein leiser Zweifel zu nagen. Sie konnte noch nicht sagen, was es war, aber die ganze Geschichte war noch nicht vorbei, das fühlte sie.

»Egal was wir tun«, sagte Paul und entließ seine Anspannung in klaren Worten, »ich muss erst mal pissen. Fünf Stunden auf dem Hocker … ihr seid doch krank!«

Jack deutete auf ein Hinweisschild an der Wand links von der Bar. »Fühl dich wie zu Hause.«

»Wir sollten das Delta verlassen«, sagte Sam gefasst. Elaine war sich nicht sicher, ob er diese ganze Sache geplant hatte oder ob es ein spontaner Einfall war. Jedenfalls konnte sie sehen, dass es dem Mann ernst war. »Vermutlich gibt es weitere Agenten. Und wenn sie den Baum auch noch bekommen, dann werden wir nie eine Chance kriegen, den Pilz zu besiegen.«

»Und weiter?«, fragte Elaine. »Das Delta verlassen ist nicht ganz so einfach. Und wie willst du garantieren, dass der Baum da draußen nicht von jemandem wie mir gefunden und zu Geld gemacht wird?«

Er lächelte. »Solange ihn bloß Food Corp. nicht findet, wäre das doch ein Anfang.« Dann deutete er auf seine Brieftasche. »Paul und ich arbeiten an einer Plantage, die außerhalb des Komplexes gebaut wird … Es dürfte kein Problem für uns sein, die Stadt zu verlassen.«

»Aber dann müssen wir uns beeilen«, warf Jack ein. »Wenn dieser Carl noch lebt, dann könnten eure Privilegien schon bald Geschichte sein.«

Paul kam gerade von den Toiletten zurück, und Sam betrachtete fasziniert den kleinen Baum, als Elaines Zweifel immer drückender wurden. Es war ein mulmiges Gefühl, das sich schwer wie ein Stein in ihrem Magen sammelte.

Plötzlich schien der Knoten zu platzen und sie blickte stirnrunzelnd in die Runde. »Ich habe nie gesagt, dass Tessa eine Hure war …«

Paul hielt die linke Hand vor den Mund. »Ups.« Seine Stimme war gefühllos und dadurch überaus grausam. Er griff nach der Schrotflinte.

Jack reagierte sofort, doch er kam einen Herzschlag zu spät.

»Danke fürs Durchladen«, sagte Paul kalt und drückte ab.

Die Schrotmunition streute in einem weiten Kreis und traf Jack teilweise in der linken Schulter. Die Wucht des Aufpralls war jedoch noch immer ausreichend und riss ihn mit sich, schleuderte ihn gegen die Regalwand und zu Boden.

»Scheiße«, fluchte Paul, als ihm klar wurde, dass die Wunde nicht tödlich sein würde. Er hatte sich nicht genug Zeit zum Zielen gelassen.

Elaine zog den Colt und feuerte eine Kugel blindlings ab, während sie hinter der langen Theke halb in Deckung ging. Jack saß am Boden, sein Arm blutete stark und hing schlaff herab, doch er könnte es überleben.

Dämlich, dämlich, dämlich!, schalt sie sich, schob die Gedanken schnell beiseite, um sich auf den Moment zu konzentrieren. Sollte sie überleben, wäre noch immer genug Zeit, sich Vorwürfe zu machen, den beiden so leichtsinnig vertraut zu haben.

Paul feuerte ein zweites Mal. Die Schrotkugeln schossen über die Theke hinweg, Flaschen im Regal zersprangen unter den Treffern der kleinen Geschosse, und wo immer eine Kugel an einer Metallfläche abprallte, erzeugte sie ein hohes Klingeln in ihren Ohren.

Sie konnte ihn nicht sehen, aber auf Sam hatte sie ein klares Schussfeld. Sie zielte mit dem Colt Python, zögerte aber im letzten Moment, denn der Mann hatte sich unter panischen Schreien auf den Boden geworfen und die Arme über dem Kopf zusammengeschlagen.

»Du hättest Danny mehr vertrauen sollen«, sagte Paul kalt und schoss auf seinen Freund. »Aber nun weiß ich endlich, dass Carl die Ratte ist.«

Sam entging den Kugeln nur knapp, indem er sich in dem Gewirr aus Tischbeinen und Stühlen verkroch.

»Er hat Danny angestiftet, weißt du?«, fuhr Paul fort. »Ohne ihn wäre er noch am Leben. Und die Musketiere komplett!«

Elaine nutzte die Gelegenheit und lehnte sich seitlich aus ihrer Deckung hervor. Der Colt brüllte ihre Wut heraus und feuerte eine Kugel quer durch den Raum. Sie hatte ungefähr in die Richtung gezielt, aus der die Stimme kam, in der Hoffnung, etwas zu treffen – vergeblich.

Aber der Lärm signalisierte ihr, dass Paul seinerseits in Deckung gegangen war, da ein Tisch umgeworfen wurde.

»Was tust du?«, schrie Sam und arbeitete sich weiter voran. »Bist du komplett wahnsinnig?«

Elaine fragte sich, was der Mann erreichen wollte, denn er kroch mehr oder weniger ziellos durch die Tischreihen, versuchte einfach bloß, nicht getötet zu werden.

Sie biss sich auf die Lippen. Ihr Instinkt sagte ihr, dass sie ihm vertrauen konnte. Allerdings hatte sie ihr Gespür kurzzeitig in die Irre geführt, als sie Paul losband. Schließlich hörte sie erneut auf ihr Bauchgefühl und brüllte laut: »Sam! Zu mir!«

Der Mann startete, doch Paul schoss grob in seine Richtung, bevor er sich wieder hinter einige Tische zurückzog.

»Ihr kommt hier nicht raus!«, schrie der Verräter zwischen dem Schuss und dem schlürfenden Geräusch des Nachladens.

Warum greift er nicht an?, fragte sich Elaine. Paul schien sich hinter einem Tisch in Deckung gebracht zu haben und abzuwarten. *Aber worauf?*

»Warum tust du das?«, fragte Sam. Sie konnte sein Gesicht zwischen zwei Stuhlbeinen hindurch erkennen, es zeigte das blanke Entsetzen.

»Er hält euch hin«, sagte Jack zwischen den Zähnen hindurch gepresst. Er hielt sich den verletzten Arm und schnaufte schwer. Ein dünner Blutfaden hing aus seinem Mundwinkel, aber Elaine verdrängte die Erkenntnis, die damit einherging. Sie würden es schaffen können. Sie hatte noch vier Kugeln in der Trommel, Paul hatte drei seiner acht Ladungen bereits verschossen.

Fast Gleichstand, dachte sie grimmig.

Jack schüttelte den Kopf, als hätte er ihre Gedanken erraten. »Er hält euch hin. Ihr müsst hier weg!«, bat er sie eindringlich und streckte sich nach der doppelläufigen Schrotflinte, die er unter der Theke aufbewahrte.

Normalerweise nutzte er sie, um randalierende Gäste zur Räson zu bringen, doch sie würde auch hier ihren Zweck erfüllen.

Der Raum war erfüllt von Sams fassungslosen Schreien und dem gelegentlichen Lärm, wenn ein Stuhl umkippte und auf dem Boden aufschlug, während der Mann zwischen ihnen hindurchkroch.

Oder vom lauten Brüllen des Gewehrs, wenn Paul versuchte, den einstigen Freund durch die Tische hindurch zu treffen.

Vier, zählte Elaine seine verschossene Munition mit.

Jack legte die Waffe auf seinen Schoß und holte seine Autoschlüssel aus der Hosentasche. Er schubste sie über den Fußboden entlang zu Elaine. »Verschwindet von hier, ehe seine Verstärkung kommt!«

»Welche Verstä…«, wollte Elaine stirnrunzelnd widersprechen, als ihr einfiel, dass Paul kurz zuvor auf der Toilette gewesen war. »Scheiße!«, fluchte sie laut. *Er hat mit Sicherheit telefoniert!*

Jack nickte ihr ermutigend zu. Es war beinah eine väterliche Geste, und in seinen Augen konnte sie erkennen, wie sehr er ihr verbunden war. »Mach was draus«, sagte er lächelnd und spannte den Hahn von einem der beiden Läufe.

»Sam!«, brüllte Elaine erneut. »Zu mir!«

»Nein, Sammy!«, schaltete Paul sich ein. »Vertrau mir, ich tu das zu unserem Besten! Dir wird nichts passieren!«

»Hast du das auch zu Danny gesagt?«, schrie Sam aus seinem Versteck heraus.

»Danny hat es nicht verstehen wollen, Sam!«, brüllte

Paul zurück. »Er hat nicht erkannt, wie wichtig eine stabile Ordnung für die Menschheit ist. Eure Pflanze würde alles zerstören!« Einen kurzen Moment wartete er, dann fuhr er fort: »Ich kann das jetzt alles noch für uns drehen, Sammy! Aber wenn du jetzt abhaust … dann kann ich nichts mehr für dich tun, verstehst du?«

Elaine lugte wieder hinter der Theke hervor. Sie hatten sich in eine Pattsituation manövriert. Paul überblickte von seiner Position hinter einem Tisch aus die gesamte Bar. Niemand würde den Raum verlassen können, ohne durch sein Schussfeld zu laufen.

Doch der Mann hatte Jack offenbar vergessen.

»Jetzt!«, brüllte er, und Elaine gab einen Schuss in Richtung von Pauls Tisch ab. *Noch drei*, zählte sie die Kugeln in der Trommel.

Der Verräter zog sich hinter die Tischplatte zurück und lachte aufgesetzt. »Ihr kommt hier nicht raus!«

Jack hatte den Moment ausgenutzt und zielte jetzt mit seiner Schrotflinte direkt auf Pauls Deckung. Die Streuung der Waffe war ausreichend, um bei dieser Entfernung mit einem Minimum an Aufwand beide Seiten des umgestürzten Tischs zu bedrohen. »Falsch«, sagte er angestrengt, wobei erneut ein kleiner Faden blutigen Speichels aus seinem Mund troff. »Du kommst hier nicht raus, Arschloch.«

Elaine wollte zum Angriff übergehen, als Pauls Lachen immer lauter wurde. »Das spielt alles keine Rolle mehr! Sie sind gleich da.«

Jack hielt Elaine mit einem wütenden Blick zurück. »Verschwinde endlich, Mädchen!«

Sie schluckte schwer, gab sich aber einen Ruck. »Los, Sam!«

Jack hatte erkannt, dass diese kleine Pflanze wichtiger war als sie alle zusammen. Dieser Baum, den Food Corp.

noch nicht kontrollierte, stellte die Hoffnung für einen gesamten Planeten dar.

»Es lohnt sich, *dafür* zu sterben«, sagte er friedlich mit Blick auf die Pflanze.

Sie wollte widersprechen, doch in dem Moment rannte Sam los. Paul lugte seitlich hinter seiner Deckung hervor und wollte den ehemaligen Freund erschießen, aber Jack reagierte schneller.

Die Schrotflinte spie einen Hagel von Geschossen auf den Agenten, und einige kleine Kugeln streiften ihn an Gesicht und Armen. Er verzog seinen Schuss, und Sam konnte die Entfernung bis zur Theke sicher zurücklegen. Und ehe Jack einen zweiten Schuss abgeben konnte, zog sich Paul schreiend hinter seine Deckung zurück.

Sam griff im Vorbeirennen nach der Metallschüssel mit den Pflanzen, dann ging er hinter der Theke in Deckung.

»Wenn ich es sage, rennt ihr los!«, befahl Jack. Er hatte offensichtlich leichte Probleme damit, aufrecht zu stehen, lange würde er nicht mehr durchhalten. Eine der Kugeln musste seine Lunge erwischt haben.

Elaine schluckte schwer, doch sie nahm sich fest vor, nicht zu zögern.

»Du machst dabei einen Fehler, mein Freund«, sagte Paul lachend. »*Ich* höre dich auch!«

»Ich bin schneller«, versicherte Jack. Dann nickte er Elaine zum Abschied noch einmal zu. »Los!«

Sie trieb Sam vor sich her, durch die Seitentür in Jacks Hinterzimmer. In der rechten Hand hielt sie den Revolver, mit der linken packte sie im Vorbeirennen ihren Rucksack. »Bleib hinter mir!«, schrie sie, ohne sich umzusehen.

Sam konnte nicht fassen, was sich da gerade vor ihm abspielte. Alles drehte sich in seinem Kopf. *Paul ist der Verrä-*

ter! Dieser Gedanke verdrängte rasch alle anderen. *Er hat Danny getötet …*

Jetzt kniete er hinter der Theke, und die Frau, die ihn mit ihrer Waffe bewusstlos geschlagen hatte, erwartete von ihm, dass er ihr vertraute.

Sam zweifelte einen kurzen Moment, auf der anderen Seite hätte sie ihn schon längst erschießen können, als Paul sein wahres Gesicht gezeigt hatte. Also beschloss er, ihr zu folgen.

Jack gab ihnen das Signal und Elaine rannte los. Sam stolperte rückwärts durch den Raum, konnte die Augen nicht von dem umgestürzten Tisch abwenden, hinter dem Paul kauerte.

Für einen kurzen Augenblick erschien dessen Körper an der Seite, und Jack hatte nicht übertrieben. Er war schneller als Paul.

Die Schrotflinte spie feurige Wut in den Raum und belegte das Ziel mit einem Geschosshagel.

Doch genau das hatte der Verräter erwartet, erkannte Sam. Paul hatte seinen Vorstoß nur angetäuscht, um Jack seine letzte Munition verschießen zu lassen. Er tauchte plötzlich auf der anderen Seite des Tischs auf und schoss auf die Theke.

Jack wurde voll getroffen und gegen das Regal geschleudert.

Sam beobachtete fassungslos, wie der Mann taumelte und sein Hemd sich dunkel vom Blut verfärbte.

Paul stürmte vollends hinter der Deckung hervor und lud die Schrotflinte durch. Als er auf sie anlegte, warf Jack sich mit letzter Kraft über die Theke und gegen das Gewehr.

Dann zog Elaine die Tür hinter ihnen zu und drehte den Schlüssel herum.

Ein letzter Schuss ertönte in der Bar, danach war es im Raum hinter der Tür totenstill.

Sam hielt sich fassungslos den Mund zu, wollte sich übergeben, aber die Schmugglerin ließ ihm keine Zeit dazu. »Weiter!«, befahl sie und unterdrückte dabei ein Schluchzen. »Sonst war es umsonst!«

Er schluckte seine Angst, den blanken Horror und seine Erschütterung hinunter. Konzentrierte sich auf seine Wut, die er augenblicklich verspürte. Kanalisierte seine Verachtung für die jahrelangen Lügen, die Paul ihnen aufgetischt hatte, an die Oberfläche und ließ sich davon stärken.

Elaine rannte durch den Raum, während Paul mit einem weiteren Schuss das Türschloss zerstörte. Er stand im Türrahmen und legte auf sie an.

»Keine Bewegung«, sagte er kalt.

Elaine blieb auf der Stelle stehen, drehte sich langsam herum und hob den Revolver. Ein böses Lächeln stahl sich auf ihre Lippen.

Paul lud die Waffe durch und erkannte seinen Fehler: Er hatte seine letzte Kugel an das Türschloss verschwendet. »Fuck!« Er ließ die leere Schrotflinte fallen und hechtete zur Seite.

Elaine zog den Abzug durch und die Kugel streifte ihn noch am linken Bein.

»Weg hier!«, schrie sie und rannte weiter.

Sam folgte ihr und sie verließen die Bar durch einen Seiteneingang, der in einen Innenhof führte. Dort stand ein Kleinwagen, den Elaine per Knopfdruck auf den Autoschlüssel öffnete.

»Los, rein da!«, befahl sie und Sam gehorchte. Kaum saß er auf dem Beifahrersitz, startete sie den Motor und gab Vollgas. Hinter ihnen hinkte Paul gerade aus dem Gebäude und lud die Schrotflinte mit neuen Kugeln durch. Offensichtlich hatte er Jacks Ersatzmunition hinter der Theke entdeckt. Er warf sich jedoch hastig zur Seite, als Elaine noch versuchte, ihn mit dem Auto zu überfahren.

An der ersten Kreuzung bog sie rechts ab. Sam konnte nicht mit Sicherheit sagen, ob die Frau tatsächlich ein Ziel vor Augen hatte oder einfach nur möglichst rasch aus dem Sichtfeld der Kneipe verschwinden wollte, doch auch er atmete unbewusst erleichtert auf.

An den nächsten Kreuzungen wiederholte sie das Muster der raschen Kursänderungen, wobei sie keinem Schema folgte. Es kam ihm so vor, als würde sie immer wieder von Neuem eine Münze werfen, in welche Richtung sie nun abbiegen sollte. Nach zehn Minuten, in denen es so schien, als würde keiner von ihnen auch bloß zu atmen wagen, verlangsamte sie das Tempo und orientierte sich an den Straßenschildern, wo genau sie eigentlich waren.

»Es … es tut mir sehr leid«, sagte Sam nach einigen weiteren Momenten des Schweigens. »Das mit Jack.« Er blickte betreten zu Boden, teilweise auch aus Furcht, sie könne sich an ihm rächen. *Aber dann hätte sie mich nicht retten müssen*, versuchte er sich zu beruhigen. »Ich hatte keine Ahnung, was Paul plant.« Er seufzte tief. »Ich hatte keine Ahnung, wer er wirklich ist.«

Sie antwortete nicht, lediglich ihre aufeinander mahlenden Kiefer zeigten ihm, wie es in ihr aussah.

Er starrte nervös auf den kleinen Baum in der Metallschüssel auf seinem Schoß.

»Ich hätte euch einfach umlegen sollen«, sagte sie plötzlich, und Sam fühlte, wie sich sein Herzschlag beschleunigte und seine Kehle zuschnürte. »Im Park. Ich hätte meinem Instinkt trauen sollen, was diesen Paul anging.« Sie schüttelte langsam den Kopf. »Aber ich hab's nicht getan. Ich hab mir gesagt, dass schon zu viele für das Ding da gestorben sind.« Eine Träne rann ihre Wange hinab. »Und nun hat es auch Jack auf dem Gewissen.«

Sam schwieg. Er wusste nicht, was er ihr Tröstendes sagen könnte. Außerdem steckte er noch zu tief in seiner Trauer um Danny und der Erkenntnis, dass Paul ihn wahrscheinlich umgebracht hatte.

Getötet von einem seiner besten Freunde, dachte er fassungslos. *Wie konnte er uns nur all die Jahre so belügen?*

»Ich hoffe, dass es das wert ist«, sagte Elaine plötzlich leise. »Alles für diese kleine Pflanze.«

Sam nickte bestimmt, jedoch mehr, um sich selbst Mut zu machen. »Es ist die Hoffnung für einen ganzen Planeten.«

»Für Food Corp. ist es vor allem eine Menge Geld«, korrigierte sie ihn. »Oder dachtest du wirklich, dass es bei deiner Arbeit darum geht, den Menschen zu helfen?«

Sam schnitt eine Grimasse. Er wusste diese Dinge in seinem Inneren, doch sich damit auseinanderzusetzen, war eine andere Geschichte. »Warum hast du mich nicht erschossen? In der Bar?«, fragte er schließlich. Hauptsächlich wollte er das Thema wechseln, allerdings fiel ihm nichts Besseres ein.

Zu seinem Schrecken zuckte sie gleichgültig die Achseln. »Ich weiß es nicht. Es war Instinkt, dir zu vertrauen.«

»Und wenn ich dich am Ende getäuscht habe?«

Sie blickte ihn kurz an und runzelte skeptisch die Stirn. »Entweder bist du unglaublich gerissen oder unglaublich dumm.«

»Danke.«

»Ernsthaft. Wenn ich noch unentschlossen gewesen wäre – für den Satz hätte ich dir sicher eine Kugel verpasst.« Sie deutete auf die Waffe, die in einem Halfter steckte, der an ihren rechten Oberschenkel gebunden war. »Aber wenn man nur noch zwei Schuss übrig hat, muss man seine Ziele mit Bedacht wählen.«

»Oh.« Er kämpfte gegen seinen ersten Impuls, wieder betreten zu Boden zu blicken, an. Er wollte nicht schwach sein, das war er nach Dannys Tod schon allzu lange. Stattdessen konzentrierte er sich auf ihre Situation. »Paul wird uns verfolgen, nicht wahr?«

Sie nickte grimmig. »Und er wird nicht allein sein.«

»Wir müssen aus der Stadt, bevor man meine ID–Card sperrt«, sagte er nach kurzer Bedenkzeit.

Wieder nickte sie zustimmend. »Wir müssen den Baum weit wegbringen. Oder es war alles umsonst.«

»Danke.«

»Wofür?«

Er zögerte einen Moment, bis er sich entschied, ihr seine Gedanken zu verraten. »Ich hätte erwartet, dass du dich direkt rächen willst.«

Sie zog kurz die Augenbrauen hoch und ihre Augen blitzten wütend auf. »Oh, keine Sorge. Ich werde mich rächen. Aber …«, sie schluckte schwer, »Jack wollte, dass wir fliehen. Er wollte, dass wir den Baum in Sicherheit bringen.«

»Er hat erkannt, wie wichtig es ist.«

Sie seufzte. »Er predigte immer, dass man der Gesellschaft etwas zurückgeben müsse. Ich hab's nie verstanden, bis vor einigen Tagen. Und jetzt …« Sie machte eine kurze Pause und lachte schnaubend. »Jetzt kann ich nicht mehr zurück.«

Sie bog in eine weitere Straße ein, die durch ein heruntergekommenes Wohnviertel führte. Die Häuser links und rechts neben ihnen waren in katastrophalem Zustand. Vielerorts fehlten die Fenster komplett, manche Wände zierten Einschusslöcher, und die meisten Fassaden präsentierten sich in schmutzigem Steingrau.

»Siehst du das?«, fragte sie ihn, wartete jedoch seine

Antwort erst gar nicht ab. Man konnte es einfach nicht übersehen. »Das ist die Wirklichkeit des Deltas. Über achtzig Prozent der Menschen leben so. Und Food Corp. bereichert sich an ihrer Hilflosigkeit.« Sie deutete auf das Bäumchen. »Wenn dieses Ding den Planeten wieder heilen kann, wenn es dafür sorgen kann, dass wir nicht darauf angewiesen sind, Lebensmittel zugeteilt zu bekommen, dann ist es jeden Schmerz und jedes Opfer wert.«

Sam schwieg.

Elaine wollte gerade etwas sagen, als ihre Aufmerksamkeit auf den Rückspiegel gezogen wurde. »Scheiße«, presste sie zwischen zusammengebissenen Zähnen hervor.

Sam lehnte sich ein wenig nach vorn, um im Seitenspiegel etwas erkennen zu können. Es war eine dunkle Limousine, die sich ihnen rasch näherte.

»Sid.« Sie schien nicht allzu überrascht zu sein.

»Wer ist das?«, fragte Sam, der bereits wieder mit der Panik in seiner Stimme rang.

»Das Schwein, das Tessa auf dem Gewissen hat«, erklärte Elaine, während sie das Gaspedal durchtrat und der Elektromotor laut aufheulte, als die Spule plötzlich mit maximaler Drehzahl im elektrischen Feld rotierte. »Und das fehlende Puzzleteil.«

Sam hielt sich krampfhaft an der Türlehne fest, verstand aber kein Wort.

»Dein Freund macht die Drecksarbeit ungern selbst«, fuhr Elaine fort, während sie den Wagen mit quietschenden Reifen durch eine Rechtskurve peitschte. »Mal sehen, ob ich sie abhängen kann.«

Sam schüttelte den Kopf. »Je länger sie uns durch die Stadt jagen, desto eher kann Food Corp. uns einkreisen.«

Sie schien seinen Einwand kurz zu überdenken und nickte dann zustimmend. »Also zum Westtor!«

Sie überfuhr eine rote Ampel und zwang den Kleinwagen in eine Linkskurve. Die Lenkung protestierte und das linke Vorderrad hob sogar kurz vom Boden ab, doch sie schafften es. Sam konnte noch den entgeisterten Gesichtsausdruck eines älteren Herrn erkennen, der seinen Wagen ruckartig abbremste, obwohl er eine grüne Ampel hatte.

Als sie die Kreuzung passiert hatten, konnte Sam hören, wie mehrere Fahrzeuge mit lautem Krachen hinter ihnen kollidierten.

Ihnen ist nichts passiert, betete er sich wie ein Mantra vor. *Ihnen ist nichts passiert.*

Sie kicherte etwas wirr. Nicht sehr laut, aber auffällig genug, dass Sam sich fragte, ob ihr die Sache nicht auch ein wenig Spaß machte. »Mit den Pennern im Schlepptau«, sagte sie, »können wir wenigstens nicht bei der Kontrolle anhalten.« Als er nicht reagierte, warf sie ihm einen kurzen Seitenblick zu. »Es ist also egal, ob deine ID schon gesperrt ist oder nicht.«

Sie bogen auf die Weststraße ein, die direkt zum Stadttor führte. Elaine versuchte, das letzte Watt Leistung aus dem Elektromotor zu pressen, um den Wagen zu beschleunigen.

Die Wachen am Tor sahen sie wohl noch nicht kommen, denn es stand niemand bereit, um das Auto zu kontrollieren.

Noch fünfhundert Meter und sie hätten es geschafft.

Offensichtlich hatte man sie nun doch entdeckt, da ein schweres Stahltor zu beiden Seiten aus der Wand fuhr, um sich irgendwann in der Mitte der Straße zu treffen und eine unüberwindbare Barriere zu schaffen.

Elaine senkte grimmig den Kopf und wurde keinen Deut langsamer. Hinter ihnen tauchte die schwarze Limousine wieder auf, die sie zuvor mit dem gewagten Manöver auf der Kreuzung ein wenig abgehängt hatten.

Sam krallte sich mit der rechten Hand an der Tür und mit der linken an der Metallschüssel fest und kniff die Augen zu. Wenn er gleich an dem Tor zerschellen – oder noch schlimmer, von ihm zerquetscht werden – würde, wollte er das Ende wenigstens nicht kommen sehen.

Elaine schrie laut auf, als sie weiter auf den Kontrollpunkt zurasten. Sam konnte zu beiden Seiten das kreischende Geräusch von aneinanderreibendem Metall hören, doch dann war da nur ein Freudenschrei der Schmugglerin.

Er blinzelte vorsichtig mit einem Auge und sah, dass vor ihnen die weite Wildnis lag und sie eine einsame Straße entlangfuhren.

Zum ersten Mal seit letzter Nacht atmete er erleichtert durch. Er zückte sein Handy und wählte Carls Nummer. »Hoffentlich ist er nicht tot«, murmelte er.

Elaine starrte ihn entgeistert an. »Du bist wirklich dumm!«

»Wie?«

»Ist das ein Firmenhandy?«, fragte sie, als es ihm allmählich dämmerte.

»Scheiße. So haben sie uns gefunden.«

Sie wollte noch etwas erwidern, doch Carl nahm das Gespräch an und meldete sich. »Ich hätte nicht gedacht, dass ich noch einmal was von dir höre.«

»Es tut mir leid!«, begann Sam direkt. »Ich … ich hätte dir trauen sollen.«

»Egal, wo bist du jetzt?«

»Außerhalb des Komplexes«, erklärte Sam.

»Komm zurück!«, rief Carl ein wenig hysterisch. »Wo ist der Baum?«

»Im Delta sicher nicht «, erwiderte er scharf. »Hör mir

zu. In einer Bar namens Linkin Park liegt womöglich noch ein Speicherstick mit allen Unterlagen, die Danny gesammelt hatte.«

Elaine bat ihn energisch um das Handy. Als er es ihr gab, erzählte sie Carl rasch von dem Lagerhaus, dann reichte sie ihn an Sam zurück.

»Ich kann euch beide schützen«, begann Carl von Neuem, aber Sam blockte ab.

»Nein.« Er tauschte einen vielsagenden Blick mit Elaine. »Das hier ist wichtiger als falsche Sicherheit. Leb wohl.«

»Viel Glück.«

Sam legte auf und wollte das Handy schon aus dem Fenster werfen, als Elaine ihn davon abhielt. »Nicht hier. Hier bringt es nichts. Man sieht sofort, dass du es einfach nur losgeworden bist.« Sie grinste wieder verschlagen. »Wir wissen jetzt, dass sie uns immer folgen werden. Nutzen wir das lieber zu unserem Vorteil.«

Sam dachte kurz über ihre Worte nach und schließlich nickte er ebenfalls lächelnd. »Ich weiß, wo wir parken«, sagte er entschlossen.

*

Sid hatte lange auf den Anruf von Mr Bluechips gewartet. Doch schließlich war er gekommen.

»Sie sind hier«, hatte der Auftraggeber gesagt. »Benutzt das Ortungsgerät und kommt zu mir!«

Er öffnete den kleinen Karton, den ein ängstlicher Kurier von Food Corp. ihm am Abend zuvor gebracht hatte, und holte das an ein Funkgerät erinnernde Ortungsgerät heraus. Er schaltete es ein und ein roter Punkt zeigte ihm auf einem matten Bildschirm, wo sich Mr Bluechips befand. Eine kleine Anzeige in der rechten unteren Ecke machte eine Aussage zum Maßstab der Karte, die ein topografisches Bild der Umgebung zeigte.

»Westen«, sagte er knapp. Doc und Jo standen in unmittelbarer Nähe und nickten.

Ein Großteil seiner Gang war in der letzten Nacht tatsächlich weggebrochen. Sid stand quasi vor dem Nichts. Doch wenn er diesen Auftrag zur Zufriedenheit seines Auftraggebers ausführen würde, hätte er sich die Wohnung redlich verdient, da war er sich sicher.

»Beeilung!«, trieb er die Männer an, die sich daraufhin in Bewegung setzten.

Wenig später waren sie unterwegs und würden das Ziel laut der Anzeige auf der Karte in weniger als zehn Minuten erreichen. Jo fuhr den Wagen sicher durch die Stadt, während Doc sich auf dem Rücksitz bereits die dritte Pille einschmiss. Sid schüttelte den Kopf. In letzter Zeit nahm der Drogenkonsum des Freunds überhand und er machte sich ein wenig Sorgen, dass Doc es eines Tages wirklich übertreiben könnte.

Der rote Punkt auf dem Bildschirm fing plötzlich an, sich zu bewegen. Sid wollte Jo gerade anweisen, eine andere Straße zu nehmen, als sein Handy klingelte.

»Wir sind gleich dran, Mr Bluechips«, sagte er direkt.

»Kommt zur Bar ›Zum Linkin Park‹!«, befahl der Auftraggeber. »Und beeilt euch.«

Sid erkannte auf dem Display des Ortungsgeräts, dass der rote Punkt kurz zuvor von der Bar aus gestartet war. Offensichtlich ohne Mr Bluechips.

»Verstanden«, sagte er knapp und legte auf. »Gib mehr Gas!«, drängte er Jo und der Elektromotor jaulte auf.

Mr Bluechips humpelte und sein linker Arm blutete leicht, doch er stieg, ohne eine Miene zu verziehen, in den Wagen.

»Ist wohl nicht so gut gelaufen, was?«, fragte Doc in seiner üblichen monotonen Art.

Sid verkniff sich ein Lachen, es amüsierte ihn, dass Doc die Dinge trotz seiner benebelten Art so klar zur Sprache brachte. *Den Dämpfer hat der Sack mehr als verdient!*

»Schnauze.« Mr Bluechips war alles andere als erfreut. »Folgt dem Ziel. Los!«

Jo blickte Sid fragend an und der nickte kaum merklich. *Hier drin hab ich das Sagen*, dachte der Gangboss zufrieden. *Nicht du, aufgeblasener Schnösel. Ich, der kleine, dumme Punk.*

»Wohin fahren die, Boss?«, fragte Jo nach einer Weile, als sie in einem Zickzackkurs durch das westliche Delta gefahren waren.

»Keine Ahnung, Jo.«

»Die wollen aus der Stadt«, sagte ihr Auftraggeber trocken. Er hielt eine Pumpgun quer vorm Körper, der Lauf lugte zwischen den beiden vorderen Sitzen hindurch.

Doc betrachtete die Waffe neugierig. »Cooles Gerät«, sagte er und man konnte aus seiner Stimme nicht heraushören, ob er den Satz nun ernst meinte oder nicht.

Jo schloss allmählich zu dem Wagen auf. Als sie ins Sichtfeld von dessen Rückspiegel kamen, beschleunigte der Kleinwagen plötzlich.

Sid fluchte leise. »Sie hat unser Auto erkannt.«

»Was jetzt?«, fragte Jo.

»Dranbleiben!«, befahl Mr Bluechips scharf. Lasst sie nicht entwischen.

Der Wagen legte ein halsbrecherisches Tempo an den Tag. An einer Kreuzung überfuhr er eine rote Ampel und verursachte eine Massenkarambolage, die Jo vorsichtig umfahren musste.

»Keine Sorge«, beschwichtigte Sid die übrigen Passagiere und wedelte mit dem Ortungsgerät. »Wir finden sie gleich wieder.«

Und sie sollten nicht enttäuscht werden. Auf der mehrspurigen Straße, die zum westlichen Stadttor führte, kam der Kleinwagen wieder in Sicht.

Die Torwachen hatten das Auto noch nicht entdeckt, oder sie waren schlicht zu faul, um ihren Job zu machen, weshalb Mr Bluechips sein Handy zückte. »Den Komplex sofort abriegeln! Autorisiert durch Paul Nimburgh«, sagte er knapp, nachdem die Verbindung stand, und legte wieder auf.

Das stählerne Rolltor setzte sich in Bewegung, doch der Kleinwagen wurde nicht langsamer.

»Das wagt sie nicht«, flüsterte Paul leise vor sich hin.

»Wer?«, fragte Sid.

»Die Schmugglerin, die ihr erledigen solltet.«

»Die ist knallhart«, merkte Doc nüchtern an.

Paul schüttelte fassungslos den Kopf, als der Wagen in letzter Sekunde durch die verbliebene Öffnung schoss und sich das Tor danach schloss.

Jo trat heftig auf die Bremse, um nicht in die unüberwindbare Barriere zu krachen. Sie kamen kurz davor zum Stehen und mehrere bewaffnete Männer umstellten das Fahrzeug.

»Keine Bewegung, ihr Penner!«, brüllte einer von ihnen.

Es dauerte einige Minuten, bis Paul sie von seiner Identität überzeugt hatte und das Tor wieder geöffnet wurde. Jo trat aufs Gas und der Elektromotor erwachte zum Leben.

»Das holen wir wieder auf«, versuchte Sid den Auftraggeber zu beschwichtigen, da er bemerkte, dass der Mann deutlich mehr Schmerzen hatte, als er zugeben wollte.

Doc blickte ihn fragend an und drehte unmerklich eine

Pille in der Hand, aber Sid deutete kalt lächelnd ein Kopfschütteln an. *Soll er doch leiden, der dämliche Wichser!*

Die Straße war frisch asphaltiert, was Sid stirnrunzelnd darüber nachdenken ließ, was man wohl hier draußen in der Wildnis wollte oder gefunden hatte, das es wert war, dafür eine Straße zu pflegen.

Er sollte seine Antwort bekommen, als sich auf der linken Seite ein großes Areal verbrannte Erde vor ihnen auftat. »Was wird hier gebaut?«, schlüpfte ihm die Frage über die Lippen, doch Paul hüllte sich in eisernes Schweigen.

Jo deutete grinsend auf den Kleinwagen, der am Straßenrand geparkt war. »Die Karre scheint verreckt zu sein!«, sagte er freudig.

Sid sah auf das Ortungsgerät. »Sie bewegen sich in südliche Richtung. Fahr ihnen nach!«

Jo lenkte sofort ein, verließ die Straße rechtwinklig auf Höhe des Kleinwagens und jagte die Limousine die flache Böschung hinunter.

»Nein, nicht!«, schrie Paul, aber es war bereits zu spät.

Das Auto wirbelte Staub und Dreck auf, als sich die Reifen tief in den viel zu weichen Boden fraßen. Das Gelände rings um die zukünftige Plantage war zu stark erodiert. Luftblasen im Untergrund wurden allein von schwachen Erdkrusten gehalten, die dem Gewicht des Wagens nichts entgegensetzen konnten.

Der Boden öffnete sich wie das Maul eines gierigen Monsters und die Front der Limousine tauchte in einen Erdhaufen ab.

Die Airbags öffneten sich und Sid knallte hart gegen das pralle Luftkissen. Doc wurde von seinem Gurt gehalten und würde vermutlich nicht viel von dem Unfall spüren, da sein drogendurchsetzter Körper gegen die meisten Schmerzen unempfindlich war.

Paul hingegen war nicht angeschnallt und krachte in Sids Sitz hinein. Dabei löste sich ein Schuss aus der Pumpgun, und die Frontscheibe wurde von einem roten Sprühnebel bedeckt, als hätte man eine Farbbombe darauf geworfen.

Der Knall des Schusses erzeugte einen schmerzhaften hohen Ton in Sids Ohr und er presste sich schreiend die Hand darauf.

Keiner von ihnen regte sich. Der Schock war zu allgegenwärtig. Und obwohl die Stille nur einige Sekunden dauerte, kam es Sid wie eine Ewigkeit vor.

»Scheiße«, sagte Doc schließlich. »Der hat Jo den Schädel weggepustet.«

Sid drehte sich leicht nach links und unterdrückte den aufkeimenden Drang, sich zu übergeben. Doc hatte nicht übertrieben. Die Schrotmunition hatte von Jos Kopf nicht viel übrig gelassen. Sid wollte etwas sagen, doch er konnte das groteske Bild nur mit offenem Mund anstarren.

»Wir müssen raus hier, bevor der Boden noch mehr nachgibt«, sagte Paul trocken, offenbar völlig unbeeindruckt von den letzten Geschehnissen.

»Du dämlicher …«, begann Sid, aber das schlürfende Geräusch der durchladenden Pumpgun brachte ihn zum Verstummen.

»Sobald dieser Auftrag erledigt ist«, sagte Paul in ruhigem, bedrohlichem Tonfall, »wird jeder von euch mehr Geld haben, als er jemals ausgeben kann. Das sollte euren Schmerz lindern.«

Sid wollte noch etwas erwidern, aber Doc kletterte bereits achselzuckend aus dem Seitenfenster, also ließ auch er es dabei bewenden. *Wenn du mich diesmal verarschst, leg ich dich um*, beschloss er.

»Wir müssen sie einholen!«, drängte Paul, nachdem sie alle das Fahrzeug verlassen hatten.

»Warum?«, stellte Doc eine berechtigte Frage. »Die rennen doch ins Verderben.«

Paul blickte finster drein. »Wenn sie entkommen, stürzen sie das ganze Delta ins Chaos.« Er wollte loslaufen, als das verletzte Bein unter ihm nachgab und er beinah in den Dreck stürzte. Er deutete auf sein verletztes Bein und blickte Doc fragend an. »Hast du eine Pille, die mich das hier vergessen lässt?«

Doc zog eine Spritze aus einer der großen Beintaschen seiner Hose. Er nahm die Kappe von der Kanüle. »Ich hab was viel Besseres.«

*

»Und du bist sicher, dass das funktioniert?«, fragte er sie, während er ihr blindlings Richtung Süden folgte.

Elaine zuckte die Schultern. »Das werden wir bald wissen, schätze ich.«

Sam umklammerte krampfhaft die Edelstahlschüssel, in der noch immer sein Ficus und Dannys Baum standen.

Elaine hatte ihm das Handy abgenommen und eingesteckt. Sam hätte das verwanzte Gerät am liebsten aus dem Fenster des Wagens geworfen, wenn sie nicht darauf bestanden hätte, es noch zu ihrem Vorteil zu nutzen. Er war sich nicht sicher, wie sie das anstellen wollte, hatte sich aber schon in der Bar entschieden, der Frau zu vertrauen.

Sie hätte mich ja schon längst umlegen und fliehen können, sagte er sich immer wieder. Noch immer gestattete sie sich nicht, um den toten Freund zu trauern. *Als könnte sie all ihre Gefühle abstellen, wenn die Situation es verlangt*, dachte er erstaunt.

»Du kennst dich hier aus?«, fragte er schließlich.

Die ganze Gegend war eine einzige karge Steppe, die

allmählich zur Wüste wurde. Von der Sonne verdorrtes Gras bedeckte in unregelmäßigen Flecken den sandigen Boden. Hin und wieder zeugten weiße Flechten von einer größeren Anhäufung der Pilzsporen.

Einmal passierten sie einen abgestorbenen Baum, der mit aufgerissenem Stamm noch immer dem Wetter trotzte, aber schon seit Jahren kein einziges Blatt mehr hervorgebracht hatte.

Sam hatte die Wildnis noch niemals zuvor so genau betrachtet. Es war üblicherweise ein kurzer Abenteuertrip. Die Illusion von Gefahr, wenn man in einer toten Welt umherwandelte. Es gab solche organisierten Reisen für die Mitarbeiter von Food Corp. Dann brachte ein ausgebildeter Überlebenskünstler die Teilnehmer für ein Wochenende aus dem Komplex heraus. Man kampierte hinter einer Hügelkette, die noch immer so nah beim Delta lag, dass man nachts sogar die Lichtverschmutzung des Himmels sehen konnte. Und währenddessen erzählte der Reiseleiter, auf wie viele schreckliche Arten man in der Wildnis sterben konnte. Sei es nun durch ein verirrtes Tier – meist Wildhunde und kleine Wölfe, die im weiteren Umkreis der Komplexe lebten und sich vornehmlich von menschlichem Müll ernährten – oder durch den erodierten Boden, der einen Mann plötzlich verschluckte und dann qualvoll erstickte.

Trotz der drückenden Angst im Nacken wirkte die Wildnis heute auf Sam kaum bedrohlich, sondern eher traurig und trostlos. Sie liefen über tote Erde, die seit Jahren niemand mehr berührt hatte. Ein toter Haufen Sand, Steine und Staub.

Eine einzige Welt aus Staub, dachte Sam.

Elaine blickte nur selten zurück, marschierte einfach weiter und hoffte womöglich, genau wie er, dass man ihnen nicht mehr folgte.

Und eine Frage verdrängte er bis in die hinterste Ecke seiner Gedanken. Die Frage, wie sie wieder in den Komplex zurückkehren könnten.

»Hätte ich doch wenigstens den Rucksack dabei«, sagte Elaine nach einer halben Stunde leise. Sie waren mittlerweile auf ein strammes Marschtempo zurückgefallen, weiterzurennen wäre schlicht unverantwortlich. Sams Kehle war wie zugeschnürt, so ausgetrocknet fühlte er sich schon. »Dann hätte ich meine Ausrüstung dabei.«

Sam schwieg und versuchte, sich auf etwas Positives zu konzentrieren. Der Baum schien erneut gewachsen zu sein. Und so erstaunlich das auch war, ein wenig machte das rasante Wachstum ihm Angst. Er kratzte sich nachdenklich am Kopf. »Was, wenn Paul recht hat?«

»Womit?«

»Dass der Baum den Menschen nicht helfen wird«, fuhr er fort. »Ich meine … sieh dir an, wie er wächst. Wie Unkraut!«

Sie blieb stehen und blickte ihm fest in die Augen. »Sam. Egal wie schlimm der Baum es machen wird. Nichts kann schlimmer sein als das hier.« Und damit machte sie eine ausladende Handbewegung.

Er war sich nicht sicher, ob er ihre Auffassung teilte, behielt seine Bedenken über einen von pilzfressenden Bäumen bedeckten Planeten jedoch für sich.

Elaine starrte plötzlich an ihm vorbei, zurück in die Richtung, aus der sie gekommen waren. »Wir kriegen Gesellschaft.« Sam hatte noch nicht ganz begriffen, was sie ihm sagen wollte, als sie ihn am Arm mit sich zerrte. »Lauf!«

Er gehorchte, fiel in Laufschritt und fragte sich gleichzeitig, welchen Sinn das jetzt noch hatte. »Wohin denn?«

Sie deutete auf eine größere Felsformation, die sich am Rand einer Schlucht erhob. »Beeil dich!«

»Sollten wir nicht das Handy loswerden?«, wagte Sam sich noch einmal mit einer Frage vor.

Sie schüttelte energisch den Kopf. »Das Ding ist unsere einzige Chance! Und wir schulden es denen, die dafür gestorben sind!« Noch ehe er widersprechen konnte, legte sie einen Schritt zu. »Und jetzt lauf, so schnell du kannst!«

Sam betrachtete die drei kleinen Beeren, die sich in der Mitte der Baumkrone ausgebildet hatten. Sie ähnelten dem Samenkorn, aus dem der Baum gewachsen war. »Erstaunlich!«

Sid gestattete sich ein triumphales Grinsen, als er weiter voraus die kleine Staubwolke sah, die ihre Beute aufwirbelte. Das Ortungsgerät hatte sie sicher zu ihnen geführt. »Gleich haben wir sie«, sagte er freudig.

Auch Paul schien zufrieden. Docs Spritze hatte den Mann bis unter die Haarwurzeln mit Aufputschmitteln vollgepumpt. Sid hatte das schon häufiger erlebt. Unter dem Einfluss der Droge konnte man dem Körper ein übermenschliches Leistungsvermögen verschaffen. Doch zu einem hohen Preis. Sid war sich fast sicher, dass das Bein nach dieser Behandlung bleibende Schäden davontragen würde. Wenn er nicht sogar einen Herzinfarkt davon bekäme.

Aber all das schien ihn nicht im Geringsten zu interessieren.

»Sie versuchen die Felsen zu erreichen«, stellte Sid fest.

»Da ist eine Schlucht«, sagte Doc. »Unten zieht sich ein Fluss durch die Erde. Hat sich ziemlich tief reingefressen. Das ist eine Sackgasse, Mann.«

»Oder eine Falle«, warf Paul ein und rannte noch ein wenig schneller.

»Warum jagen wir sie eigentlich?«, fragte Sid erneut. »Was haben sie, was Sie wollen, Mr Bluechips?«

»Einen Baum«, antwortete er knapp.

Sid lächelte zufrieden. Ein willkommener Nebeneffekt des Serums war, dass man durch den erhöhten Adrenalinspiegel im Blut nicht mehr zu hundert Prozent klar denken konnte. Das führte dazu, dass verschwiegene Männer wie Paul eher einmal die Wahrheit sagten, ohne sich Gedanken über die Konsequenzen zu machen.

»Wieso kaufen Sie sich nicht einfach einen?«

»Weil man den nicht kaufen kann«, war die knappe Antwort.

»Was ist daran so besonders?«, fragte Doc. Er zeigte zum ersten Mal seit Wochen echtes Interesse an einer Sache.

»Er frisst den Pilz«, sagte Paul und rannte ein wenig schneller. »Er stürzt uns alle ins Verderben.«

Doc warf Sid einen fragenden Blick zu. »Klingt nicht schlecht, wenn du mich fragst.«

Sid nickte.

Sie erreichten die Felsformation, einen Haufen aus mehreren zerklüfteten Brocken, die alle einen Mann um das Vierfache überragten. Die Felsen hielten sich wie durch ein Wunder mit einigem Überhang an der Kante der Schlucht, die gut fünfzig Meter in die Tiefe reichte. Von unten konnte man leise das Plätschern des Baches hören, das durch die engen Felswände nach oben kanalisiert wurde.

Das Ortungsgerät zeigte jetzt deutlich an, dass die beiden sich hinter einer kleinen Gesteinsgruppe verschanzt hatten. Womöglich, um sie aus der Deckung heraus zu beschießen.

Sid deutete stumm auf den Punkt und sie pirschten sich heran.

Ein weiterer Nebeneffekt der Spritze war, dass Paul durch den erhöhten Adrenalinspiegel seine natürliche

Hemmschwelle verlor. Darum stürmte der sonst so überaus vorsichtige Mann als Erster um den Felsen herum und feuerte drei Schrotladungen in rascher Folge in jede Ritze des Steins.

Doc und Sid folgten, doch der Bereich hinter dem Felsen war verlassen.

Sid hatte ein eigenartiges Déjà-vu-Erlebnis, als er den großen Felsen mit der Pistole in der Hand umrundete. Dann erblickte er das Handy am Boden und erkannte seinen Fehler. »Fuck«, stieß er aus und wollte sich noch zu Boden werfen, doch es war bereits zu spät.

Hinter ihnen brüllte der Revolver der Schmugglerin zweimal laut auf.

Doc bekam eine Kugel in die Brust, die ihn sofort zu Boden schleuderte, wo er reglos liegen blieb.

Sid selbst wurde in die Seite getroffen und von den Beinen gerissen. Lediglich Mr Bluechips war unversehrt geblieben.

Paul wirbelte herum und feuerte seine letzten Patronen in die Richtung, aus der der Angriff gekommen war. Einer der Querschläger schien jemanden zu treffen, denn ein heller Schmerzensschrei ertönte. Er hechtete zu Boden und schnappte sich Docs Schrotflinte, ehe er hinter dem Felsen in Deckung ging.

Wenig später konnte Sid aus dem Augenwinkel sehen, dass die Frau, die ihn in dieselbe Falle gelockt hatte, die er ihr vor einer Woche gestellt hatte, auf allen vieren aus ihrem Versteck gekrochen kam.

Paul legte mit der Schrotflinte auf sie an und wollte abdrücken, als ein lauter Schrei seine Aufmerksamkeit fesselte.

»Leg die Waffe runter!«, rief ein Mann und trat aus seinem eigentlichen Versteck – einer Spalte in der Felsformation – hervor. Er hielt seine Faust ausgestreckt über den Rand der Schlucht und trat weiter ins Licht. »Was willst du jetzt tun, Paul?«, fragte er. »Mich erschießen? Dann fallen die Samenkörner in den Fluss und du wirst sie niemals finden.«

»Was soll das, Sammy?«, brüllte er. »Wir sind doch Freunde!«

»Wir sind keine Freunde mehr.«

Zur Antwort schwenkte Paul die Schrotflinte herum und zielte auf Sams Brust. »Na schön, keine Freunde mehr.«

»Du hast verloren, Paul«, sagte Sam ruhig und ging noch einen Schritt weiter, bis Paul sich ihm so weit zuwenden musste, dass die Frau aus seinem Blickfeld verschwand.

Sid streckte sich nach seiner Pistole aus. Ganz langsam. Millimeter für Millimeter in dem Wissen, dass er dieses Patt entscheiden könnte.

»Sam, warum begreifst du es denn nicht?«, appellierte Paul an sein Gegenüber. »Der Baum wird uns zweihundert Jahre zurückwerfen! All die Fortschritte, die unsere Gesellschaft gemacht hat. Das alles willst du aufgeben?«

»Welche Fortschritte denn?«

»Es gab seit über hundert Jahren keinen Krieg mehr!«, schoss Paul zurück. »Willst du den Weltfrieden aufs Spiel setzen?«

Sam schüttelte energisch den Kopf. »Das ist kein Frieden, wenn ein Teil der Gesellschaft sich wie eine herrschende Klasse verhält, Paul. Wir führen seit Jahren Krieg gegen unser eigenes Volk!«

»Willst du wirklich wieder eine Umwelt, der wir hilflos ausgeliefert sind? Willst du für ein paar grüne Wiesen alles opfern?«

Sam schob sich noch ein wenig weiter an den Rand, als wolle er seiner Haltung noch mehr Nachdruck verleihen. »Ich will eine lebendige Welt!«, verkündete er laut.

»Dann kann ich dir nicht helfen«, sagte Paul fast traurig.

Der Schuss war laut und scharf. Vor Schreck öffnete Sam die Hand und ließ die drei Samenkörner fallen. Zwei fielen in den Abgrund, eines prallte auf seinen Schuh und kullerte davon.

Er stand da und schaute an sich hinunter, fühlte seinen Körper nach den Einschüssen ab.

Schließlich blickte er wieder zu Paul, der scheinbar entspannt gegen den Felsen lehnte. Die Schrotflinte lag neben seinem rechten Bein, die Hand noch immer am Abzug.

»Warum, Sammy?«, brachte er leise hervor. Er spuckte einen Schwall Blut aus, während sich ein verräterischer roter Fleck auf seinem Pullover ausbreitete.

Dann sackte sein Kinn auf die Brust hinab und sein Körper erschlaffte.

Einer der anderen Männer ließ keuchend die Pistole fallen und legte den Kopf flach auf den staubigen Boden.

Elaine kam um den Felsen herumgehumpelt und kickte die Pistole mit dem Fuß beiseite.

Sie blickte zu Sam. »Komm von dem Abhang weg oder willst du, dass dich ein Windstoß hinunterschleudert?«

Sam lief auf zittrigen Beinen zu ihr hinüber, wobei er den Blick nicht von Paul abwenden konnte.

Nur am Rande seines Wahrnehmungsfeldes bekam er mit, dass Elaine die Pistole aufhob und auf den Mann am Boden anlegte. »Du musst Sid sein«, sagte sie kalt.

Er erwiderte nichts. Ein großer Blutfleck unter seiner Seite verriet, dass seine Verletzung bereits tödlich war, doch das schien Elaine noch nicht genug.

Sie spannte den Hahn und wollte abdrücken, als Sam im letzten Moment die Pistole zur Seite schlug. »Es ist vorbei«, sagte er ruhig.

Sie funkelte ihn wütend an, doch nach einem erneuten Blick auf den verblutenden Mann nickte sie zustimmend.

»Warum hast du mich gerettet?«, fragte Sam den sterbenden Gangboss.

Sid rang sich ein mattes Lächeln ab. »Grüne Wiesen. Dafür lohn…« Mehr brachte er nicht zustande.

Sam ging zurück zu der Stelle, wo er die Samenkörner hatte fallen lassen. Zwei waren in die Schlucht gefallen und somit unerreichbar. Er hob das dritte auf, wog es in der Hand und schleuderte es dann, so weit er konnte, davon. Es landete irgendwo auf dem Hügel und rollte aus seinem Blickfeld.

»Wie geht's jetzt weiter?«, fragte er Elaine, nachdem er wieder zu dem Felsbrocken zurückgekehrt war.

Sie zuckte die Achseln. »Wir warten und hoffen. Und lassen der Natur ihren Lauf.«

Epilog

Am Ende war es keine Försterin, die den Samen des Baums verbreitete, und auch kein Wissenschaftler einer korrupten Firma.

Es war ein Vogel, der einen der kleinen Samen aufpickte und nach einiger Zeit auf der Spitze eines hohen Felsens wieder ausschied. In den Ritzen des Gesteins hatten sich über die Jahre Millionen von Pilzsporen gesammelt, und der Samen keimte begierig.

Es war ein kleiner Fluss, dessen Strömung kaum stark genug war, um ein Blatt mitzureißen. In ihm kullerte ein Samen wie ein Stein umher, bis er durch einen Zufall in eine kleine Bucht rutschte und dort an einer sandigen Böschung hängen blieb. Er trieb nach ein paar Tagen aus, filterte die Pilzsporen aus dem Wasser heraus und gedieh prächtig.

Und es war der Wind, der einen Samen ein kurzes Stück mit sich trug. Als er zu Boden fiel, kullerte er einen sanften Hügel hinab. An dessen Fuß verirrte er sich in eine tiefe Erdspalte und blieb in einem Bett aus Pilzsporen stecken. Ein warmes Nest für seine nächsten Tage.

Alle drei Bäume trieben rasch aus. Sie nährten sich von dem Pilz und wuchsen und gediehen. Sie wurden innerhalb kürzester Zeit so groß, dass sie selbst Früchte ausbildeten. Und nach einigen Tagen platzten ihre Fruchtsäcke auf und entließen eine neue Welle der Hoffnung in die Welt.

Die Hoffnung eines Neuanfangs.

Danksagung

Was schreibt man im siebten Roman in die Danksagung? Wie fasst man das Unfassbare in Worte? Zum siebten Mal? Wie drückt man seine tiefe Dankbarkeit, die man all den Lesern gegenüber empfindet, aus, ohne sich zu wiederholen?

Ich weiß es nicht. Und ich fürchte, dass es mir diesmal nicht gelingen wird. Ich kann eine Geschichte von mehreren hundert Seiten Länge schreiben, doch dieses Gefühl, am Ende meiner Arbeit, es überwältigt mich noch immer. Trifft mich wie ein Schlag zwischen die Augen, verzaubert mich wie ein Sonnenaufgang.

Und ja, hier darf ich kitschig sein, wie man merkt!

Ich danke allen Menschen, die mich bei meiner Arbeit unterstützen, aus tiefstem Herzen.

Meiner Partnerin, Astrid, für ihre Geduld, wenn ich im Kopf einmal wieder auf Reisen und weit weg bin. Aber auch dem Rest meiner Familie, die mich immer unterstützt und zu mir steht. Das ist mehr wert als tausend Königreiche.

Meinen Agentinnen, Natalja Schmidt und Julia Abrahams, die mir in bester Sidekick–Manier den Rücken frei halten. Und das soll ihren Anteil daran nicht schmälern. Denn, wo wären die Helden ohne ihre tapferen Helfer?

Meinen Lektoren, Bernd Stratthaus und Miriam Vollrath, ohne die dieses Buch niemals das Licht der Welt erblickt hätte. Sowie dem ganzen Verlag, der mir das Gefühl einer zweiten Familie gibt.

Michael und Christian, ohne die mein Traum schon sehr früh gestorben wäre.

Stephan R. Bellem, August 2011

Paradiesische Zustände

Stephan R. Bellem
Die Wächter Edens
312 Seiten
Klappenbroschur
ISBN 978-3-8000-9548-3

Arienne ist einem Serienmörder auf der Spur, der seine Opfer verbrennt. Als der geheimnisvolle Nathaniel in ihr Leben tritt, beginnen die Ereignisse sich zu überschlagen. Und plötzlich muss sie erkennen, dass die Morde Teil eines Kampfes sind, der schon seit Ewigkeiten tobt. Und das Schicksal der Menschheit hängt davon ab, für welche Seite sie sich entscheidet.

www.ueberreuter.at